Mr Hudson unterwegs

Der stilvolle Reiseführer für schwule Männer

gestalten

VORWORT

„Die Welt macht dem Menschen Platz, der weiß, wohin er geht."

Ralph Waldo Emerson

Schon als Kind war ich gern unterwegs. Die Welt ist so interessant und aufregend, dass ich oft fürchte, ich könnte etwas verpassen oder die Zeit könnte mir davonlaufen. Meine schönsten Erinnerungen haben mit Reisen zu tun, die ich allein oder mit Menschen unternahm, die mir am Herzen liegen. Gern denke ich an die Sommerurlaube in Frankreich zurück, die ich als Kind mit meiner Familie verbrachte. Wir logierten in lauschigen Dorfgasthöfen und kauften mit meinem Vater auf dem Markt frisches Brot, Obst und Gemüse. Schon als kleiner Junge war ich fasziniert davon, wie anders es in fremden Ländern aussah, klang und roch, auch wenn diese Länder gar nicht weit weg waren. Diese ersten Aufenthalte im Ausland weckten mein Fernweh. Später wurden die Reisewege länger, führten mich nach Nord- und Südamerika und Asien. Ich zog in Nepal durch den Himalaya, schwamm mit den Walhaien in Mexiko, ging in Afrika auf Safari und heiratete auf Ibiza. Wenn ich schlechte Laune habe oder mich langweile, rufe ich mir diese Reisen ins Gedächtnis. Dann empfinde ich Dankbarkeit und spüre, wie die Lebensgeister zurückkehren – und bekomme Lust auf das nächste Abenteuer. Wohin soll ich fahren? Was will ich erleben? Wen werde ich wohl kennenlernen? Was werde ich Neues erfahren?

Als ich in jungen Jahren anfing, meine Sexualität bewusster zu leben, wollte ich auf meinen Reisen andere Schwule kennenlernen, ihre Partys mitfeiern – neben all den anderen Dingen, die Spaß machen, wenn man eine Stadt erkundet, wie gutes Essen, Shopping, Kunst und Kultur. Schwule Reisende haben es allerdings nicht immer leicht. Auf unseren gemeinsamen Auslandsreisen bekamen mein Mann und ich zu spüren, mit welchen Schwierigkeiten offen schwule Paare vor allem dann rechnen müssen, wenn sie ihre Zuneigung in der Öffentlichkeit zeigen. Da hilft es, wenn man über die örtlichen Gepflogenheiten und Wertvorstellungen im Bilde ist. Die meisten Länder machen zum Glück erhebliche Fortschritte, was LGBTQ-Rechte angeht, aber in diesem Punkt haben wir immer noch einen weiten Weg vor uns. In Zeiten, in denen eine neue Welle der Intoleranz über den Globus schwappt und manche Länder des Westens sich offenbar eher zurück- als weiterentwickeln, müssen wir uns weiterhin zeigen, unsere Rechte geltend machen und feiern, dass wir so sind, wie wir sind. Und dann gibt es da noch die eher harmlosen und doch ärgerlichen Begegnungen der heteronormativen Art: „Wir haben Sie aus Versehen auf ein Doppelzimmer gebucht. Soll ich Ihnen stattdessen ein Zweibettzimmer geben?" Die meisten, die schon einmal mit einem gleichgeschlechtlichen Partner unterwegs waren, kennen solche Erfahrungen beim Check-in.

Als Schwuler, der ausgiebig reist und in der Tourismusbranche arbeitet, stellte ich mit den Jahren ernüchtert fest, dass es über neue Reiseziele und über die versteckten Juwelen bekannter Großstädte nur wenig Aussagekräftiges zu lesen gibt. Die meisten Websites und Blogs für LGBTQ-Reisende konzentrieren sich auf die lokale Gay-Szene und normale

Verlage, Online-Reisebüros und Bewertungsportale wissen oft nicht, worauf wir Wert legen, oder sind mit unserem Stilempfinden nicht vertraut. Diese Marktlücke brachte meinen Mann und mich auf die Idee, *Mr Hudson* ins Leben zu rufen. Wir bauten eine Website auf, in der sich alles um Reiseziele für Schwule, aber nicht zwangsläufig um schwule Reiseziele dreht. Mit anderen Worten: Wir gehen nicht davon aus, dass alle schwulen Männer Schwulenurlaub machen wollen. Es spricht nichts dagegen, Partys zu feiern und sich in der lokalen Szene zu tummeln, aber viele von uns wollen einfach das Beste erleben, was ein Reiseziel zu bieten hat, zusätzlich zu den Stadtteilen, die für die Gay Community reserviert sind. Es gibt so viele grandiose Orte auf der Welt, die jeder gesehen haben sollte. Wir wollen, dass die Leute von diesen Orten erfahren. Für den Namen Mr Hudson stand ein gleichnamiger britischer Entdecker Pate, der mit seinen Pionierreisen die ersten Siedler animierte, in die Neue Welt aufzubrechen. Es ist wunderbar, dass es inzwischen für jeden und auch für LGBTQ-Reisende immer einfacher geworden ist, die Welt zu erkunden. Wir brauchen unser Reiseverhalten nicht nach unserer Sexualität ausrichten, aber was uns eint, sind die Wertschätzung für alles Schöne, Authentische und Diverse und das Interesse für Menschen mit der gleichen Wellenlänge. Viele von uns reisen als Paar; andere sind solo unterwegs. Was uns alle verbindet, ist der Wunsch nach spannenden Reisedestinationen, unvergesslichen Erlebnissen und Orten, an denen wir stilvoll unser Haupt betten können. Von diesem Wunsch haben wir uns auch bei der Arbeit an diesem Buch leiten lassen.

Uns ging es darum, Orte und Events mit Charakter auszuwählen, die ein Gefühl davon vermitteln, wie die Menschen in 20 besonders erlebenswerten Städten auf der nördlichen Erdhalbkugel die Welt sehen und ihr Leben leben. Dafür haben wir Einrichtungen, Firmen und Initiativen ausgesucht, die inklusiv und relevant, erfrischend und originell sind. Abseits der ausgetretenen Pfade führen wir den Leser zu unseren Lieblingsorten. Wir wissen, wer die besten Cocktails mixt, das köstlichste Mahl serviert, das trendigste Kreativtalent entfaltet, die schönsten Souvenirs verkauft und die besten Partys auf die Beine stellt. So haben wir versucht, den idealen Reisebegleiter für anspruchsvolle Schwule und alle anderen zusammenzustellen, die etwas ganz Besonderes erleben wollen und gerne stilvoll die Welt erkunden. Dieser Reisebegleiter lässt Klassiker wie Paris, London und New York in einem neuen Licht erscheinen und rückt weniger geläufige Ziele wie Shanghai, Portland und Tel Aviv in den Blick. Nebenbei lassen wir einige charismatische Einheimische zu Wort kommen, die eine eigene Sicht auf ihre Stadt und spannende Lebensgeschichten zu erzählen haben. Wir hoffen, dass die Lektüre dieses Buches ebenso großes Vergnügen bereitet wie die Arbeit daran und dass es die Lust weckt, unbekannte Städte für sich zu entdecken oder bewährte Lieblingsstädte mit neuen Augen zu sehen. Willkommen in der Welt von Mr Hudson!

Bastiaan Ellen,
Mitbegründer von *Mr Hudson*
und Mitherausgeber von
Mr Hudson unterwegs

LOGIEREN

1. art'otel
2. Conservatorium Hotel
3. Hotel TwentySeven
4. Mr. Jordaan
5. QO Hotel
6. The Dylan

GENIEẞEN

7. ANNA
8. Café George
9. De Kas
10. Envy
11. Georgette
12. Georgio's
13. IZAKAYA
14. Kaagman & Kortekaas

MITFEIERN

15. BAUT
16. Café 't Mandje
17. Club NL
18. De Hallen
19. De Trut
20. Door 74

SHOPPEN

21. Boerejongens
22. Concrete Matter
23. Hester van Eeghen
24. matter .of material
25. Misc Store
26. X BANK

ENTDECKEN

27. A'DAM Tower
28. Amsterdam City Archives
29. Eye Filmmuseum
30. Foam
31. The Pulitzer

AMSTERDAM

Eine Ansammlung kultivierter Widersprüche

Wer einen Einheimischen fragt: „Was ist eigentlich so toll an Amsterdam?“, bekommt wahrscheinlich die achselzuckende Antwort: „Das Wetter jedenfalls nicht.“ Das Understatement täuscht: Die vermeintlich bescheidenen Amsterdamer sind sehr wohl stolz auf ihre Stadt. Das sachlich-nüchterne Amsterdam steht trotz protestantischer Prägung für sexuelle Freizügigkeit und Gleichbehandlung und hat die Toleranz zur Religion erhoben. Seit Jahrhunderten finden hier Menschen Zuflucht, die wegen ihres Glaubens oder Lebensstils verfolgt werden. Das kurz nach dem Zweiten Weltkrieg gegründete Cultuur en Ontspanningscentrum trat als weltweit erste Organisation für Gay-Rechte ein. In den 1950er Jahren wurde der erste Schwulenclub, in den 1960ern die erste Sauna für Schwule eröffnet. Die Niederländer haben als Erste die gleichgeschlechtliche Ehe legalisiert und den Opfern von LGBTQ-Verfolgung ein Denkmal gesetzt – genug Gründe, warum viele Amsterdam als „Gay Capital of the World“ empfinden.

Die Widersprüche der Stadt sind für den Kurzbesucher nicht so leicht sichtbar, prägen aber den Charakter der sozial fortschrittlichen Metropole. Die Hauptstadt mit menschlichem Maß und Naturell hat etwas von einer Tante, die dem Neffen beim Plündern der Keksdose zuzwinkert, weil sie bei aller Strenge weiß, dass man nur Spaß hat, wenn man manchmal gegen Konventionen verstößt. Das nonkonformistisch-entspannte Amsterdam mit seinen Galerien, gemütlichen Cafés und ausgefallenen Restaurants links und rechts der Grachten ist besonders lebenswert.

Wo früher Arme und Alte gespeist wurden, bietet THE DYLAN gehobene Hotellerie mit allem, was dazugehört. Das Publikum ist eher älter und tendenziell konservativ. Das prachtvolle Refugium verströmt Tête-à-Tête-Atmosphäre – im ruhigen Restaurant und in den minimalistisch gestalteten Zimmern, in denen nichts vom mitgereisten Zimmergenossen ablenkt. Im hauseigenen Sterne-Restaurant Vinkeles wird Französisches originell mit Asiatischem kombiniert. In der Brasserie Occo kann man fast den ganzen Tag frühstücken oder brunchen – zum Beispiel eine unverschämt leckere Kreation namens *Eggs Alaska* – mit Brioche, pochierten Eiern, Sauce hollandaise und Krabben. Unbedingt bestellen!

Einen Steinwurf vom Museumplein entfernt hat der italienische Architekt Piero Lissoni im ehemaligen Konservatorium modernste Hotelkultur geschaffen: das bei Design-Snobs und Promi-Jägern beliebte CONSERVATORIUM HOTEL. Am Wochenende tummeln sich in der sehenswerten Bar namens Tunes die Gäste am Stehtisch in der Mitte oder beobachten das Treiben von einer der opulenten Sitzecken aus. Hochwertiges Design wird auch im ART'OTEL gegenüber der Centraal Station großgeschrieben. In dem ehemaligen Büropalast aus dem frühen 20. Jahrhundert befinden sich neben dem Hotel noch Galerie, Restaurant, Bar und Bibliothek. Die Bereiche sind nur durch clevere halbdurchsichtige Raumteiler miteinander verbunden. Man kann also in der Cocktailbar 5&33 einen Drink nehmen und trotzdem den netten Typen drüben in der Galerie im Blick behalten. Die Küche fügt sich nahtlos in dieses Gesamtkunstwerk ein – inklusive Olivenöl und frechen italienischen Kellnern. Die niederländische Königsfamilie residiert nicht in Amsterdam. Schade – das HOTEL TWENTYSEVEN gegenüber dem Koninklijk Paleis am Dam wäre eine standesgemäße Residenz. Das Hotel im ehemaligen Koninklijke Industrieele Groote Club von 1916 kokettiert mit dem verrauchten Plüsch-Ambiente alter Zeiten, für das Mata Hari und König Midas Pate gestanden haben könnten. Keine Fläche, die nicht verkleidet, poliert oder vergoldet wäre. So viel Prunk und Pomp hat man in Amsterdam seit dem Goldenen Zeitalter der Niederlande nicht gesehen. Das malerische Jordaan-Viertel ist das genaue Gegenteil. Wo sich im 17. Jahrhundert Arbeiter und Einwanderer ansiedelten, lockt heute das nostalgische MR. JORDAAN mit seinem industriell inspirierten Design die Logiergäste, die es authentisch, schnörkellos und bodenständig mögen und kein hippes Ambiente brauchen.

Jenseits aller Trends achten Hotels zunehmend auf ihren ökologischen Fußabdruck. Das QO AMSTERDAM geht dabei ganz neue Wege und nutzt sogar die Wärme des Grundwassers. Vor allem die Energietechnik und das Abfallmanagement des Hotels beweisen, dass Luxushotellerie und Nachhaltigkeit sich nicht ausschließen. Dass das gebrauchte Duschwasser für die Toilettenspülung genutzt wird, ist nur ein Beispiel für die Öko-Logik dieses Hotels.

Das Luxus-Spa „Akasha Holistic Wellbeing“ im Conservatorium Hotel mit Hamam und Gym.

Die verglaste Lobby-Lounge im Conservatorium überzeugt mit ihrem eleganten Stil.

Materialien vom Feinsten und luxuriöse Stoffe in Bronze-, Kupfer- und Goldtönen prägen die Suiten im Hotel TwentySeven.

Amsterdam mit seinen gemütlichen Cafés und ausgefallenen Restaurants links und rechts der Grachten ist besonders lebenswert.

In einem Land, das seine Bauern ebenso achtet und schätzt wie seine Kaufleute, überrascht nicht, dass das DE KAS bei einheimischen Geschäftsleuten ebenso beliebt ist wie bei Feinschmeckern aus dem Ausland. Das acht Meter hohe Gewächshaus bietet Platz für Restaurant, Wintergarten, Gartensaal und Bar. Mit Blick auf das Grün des Frankendael-Parks und den restauranteigenen Gemüsegarten fühlen die dinierenden Gäste sich wie auf dem Lande. Auf den Tisch kommt, was man an einem solchen Ort erwartet: frische Zutaten aus regionalem Anbau, angerichtet im Stil der Haute Cuisine. Hohen Ansprüchen genügt auch das ENVY an der Prinsengracht, das statt Vor- und Hauptspeisen kleine Gourmet-Portionen serviert, die nacheinander oder gleichzeitig gereicht werden und den Gast auf eine abwechslungsreiche Geschmacksreise schicken.

Mit Blick auf den Gemüsegarten fühlen die dinierenden Gäste sich wie auf dem Lande.

In der schmalen Sint Nicolaasstraat liegt etwas versteckt das französisch inspirierte Bistro-Restaurant KAAGMAN & KORTEKAAS. Für die wöchentlich wechselnden Menüs verarbeitet das namensgebende Koch-Duo heimische Produkte mit allen Finessen internationaler Restaurantkultur. Ganz in der Nähe beweist das Restaurant ANNA, dass ein guter Abend in Amsterdams sündigem Rotlichtviertel auch ohne Strichjungen und Junggesellenparty möglich ist. Das Restaurant in der Warmoesstraat mit Blick auf die Oude Kerk ist passenderweise nach der Schutzheiligen der Seeleute und ledigen Frauen benannt und kulinarisch eine sichere Bank.

Hochwertiges wird auch in den Filialen der Restaurantfamilie GEORGE serviert, die auf der Grenze zwischen Brasserie und Imbiss balanciert. Tagsüber kommen Klassiker wie Burger und Arme Ritter, Boeuf bourguignon und Linguine mit Hummer auf den Tisch. Ob im Stammhaus CAFÉ GEORGE an der Leidsegracht, im italienisch angehauchten GEORGIO'S an der Stadhouderskade oder im gemütlichen GEORGETTE an der Modemeile P.C. Hooftstraat – in jeder Filiale werden die gleichen Grundzutaten anders interpretiert. Dass die japanische Küche zu jeder Tages- und Nachtzeit schmeckt, bestätigt das IZAKAYA im pulsierenden Stadtviertel De Pijp. Hier erhält man schon mittags die gleichen verlockenden Gerichte wie am Abend oder zur Cocktailstunde.

Das Restaurant De Kas empfängt seine Gäste im ehemaligen städtischen Gewächshaus von Amsterdam.

Auf der Speisekarte des George Marina südlich der Innenstadt spielen Fisch und Seafood die Hauptrolle.

In Clubs bekommt man oft ein Gefühl für die Seele einer Stadt. In Amsterdam mangelt es auch nach dem Aus der legendären Locations RoXY und iT nicht an Tanzmöglichkeiten: Der CLUB NL bietet im intimen Rahmen für jeden das Richtige und praktiziert eine tolerante, unprätentiöse Einlasspolitik. Hier wird jeder, unabhängig von Status, Ansehen und Orientierung, respektiert. Amsterdams LGBTQ-Community ist seit den 1980er Jahren im DE TRUT zu Hause. Die gemeinnützige Stiftung in einem ehemals besetzten Keller ist eine Institution. De Trut ist nur am Sonntagabend geöffnet und wird ausschließlich von Ehrenamtlichen betrieben. Das Handy- und Kameraverbot sorgt für ein unbeschwertes Klima – jeder kann sich geben, wie er ist, während der DJ durch das Musikangebot scrollt, als wäre es die Profilliste einer Dating-App.

Nicht jede Kneipe kann von sich sagen, im Stadtmuseum einen Nachbau von sich zu haben. Das unverwechselbare CAFÉ 'T MANDJE hat tatsächlich Museumsreife erlangt. Dass die Kneipe am Zeedijk die Zeiten überdauert hat, verdankt sie der Aufgeschlossenheit des Inhabers gegenüber der Gay-Community. Einer seiner Nachkommen hat das Lokal neu eröffnet, in dem es heute exakt so aussieht wie zur Glanzzeit um 1927. Das DOOR 74 macht mit seinen Cocktails von sich reden. Seine geheimnisvolle Reservierungspolitik und der versteckte Eingang lassen an die Speakeasy-Tradition der Prohibitionszeit denken. Im Door 74 kann man in seiner Nische einen gemütlichen Abend verbringen oder den Bartendern bei ihren Kunststücken zuschauen. Für jeden Geschmack gibt es den passenden Drink. Unentschlossenen hilft das Cocktail-Glücksrad.

Jede moderne Stadt muss sich stetig neu erfinden. In Amsterdam wird das besonders deutlich in DE HALLEN, dem ehemaligen Straßenbahndepot in Oud-West, das zu einer Attraktion mit Imbissständen, Kino, 55-Zimmer-Hotel und öffentlicher Bibliothek umgebaut wurde. Für innovative Urbanität steht auch das BAUT, eine wandernde Kombination aus Restaurant und Kulturort, die getreu ihrem Motto „Forever temporary" immer wieder umzieht und Stadtbrachen eine neue Bedeutung verleiht. Ausrangiertes Büromobiliar aus den 1980er Jahren und Flohmarktfunde fügen sich zu einem postapokalyptischen Industrie-Look im Kantinen-Style – unprätentiös und unkonventionell.

Geschüttelt und nicht gerührt – im Wander-Restaurant Baut gibt es attraktive Cocktails und Barmänner.

Das Geniale am Baut: Speis und Trank bleiben immer gleich, aber an jedem neuen Standort wird ein neues Interieur kreiert.

Amsterdam neigt nicht zum Glamour, aber das heißt nicht, dass es hier an qualitativ hochwertigem Design mangelt. HESTER VAN EEGHENS originelle Lederkreationen, entworfen in Amsterdam und hergestellt in Italien, sind geschmackssichere Hingucker. Um die Ecke präsentiert im Spiegelkwartier der Design-Store MATTER .OF MATERIAL innovative Produkte niederländischer Gestalter wie Lex Pott, Christien Meindertsma und Alex de Witte. Die moderne niederländische Design-Szene in ihrer Vielfalt zu charakterisieren, würde zu lange dauern; eine Kurzfassung liefert X BANK hinter dem Dam. Das geräumige Geschäft bietet handverlesene Mode, Kunst und Design von jungen oder arrivierten Kreativkräften und könnte ob der gebotenen Qualität getrost Eintrittsgeld verlangen.

Outdoor-Nostalgiker und große Jungs werden gewiss im CONCRETE MATTER fündig. Das Sortiment reicht von Original-Armeeartikeln über Vintage-Basics in Holzfälleroptik bis zu Biker-Accessoires – alles aus eigener Beschaffung und höchst strapazierfähig. Wer lieber seinen Arbeitsplatz verschönern will, findet im MISC STORE eine reiche Auswahl an stilvollem Bürobedarf.

Als Wein-Metropole ist Amsterdam nicht bekannt, aber Sommeliers gibt es auch hier: die „Cannabis-Sommeliers" der Coffeeshop- und Apothekenkette BOEREJONGENS. Auf die warenkundliche Beratung der Gras-Experten im dunklen Dreiteiler mit Melone ist Verlass. Alle vier Filialen sehen aus wie historische Apotheken – mit zigarrenlounge-artigen Raucherbereichen für Sofortgenießer.

Amsterdam neigt nicht zum Glamour, aber das heißt nicht, dass es hier an qualitativ hochwertigem Design mangelt.

X Bank verkauft niederländische Mode, Kunst und Design von 180 Labels, vom aufstrebenden Newcomer bis zu etablierten Marken.

Was in Amsterdam progressive Stadterneuerung heißt, entdeckt man auf dem A'DAM TOREN, der Ende der 1960er Jahre errichtet wurde. Auf der Aussichtsplattform können sich diejenigen, die Schwindelgefühle mögen, mit der „Over the Edge"-Schaukel über den Rand des Hochhauses hinaustragen lassen. Besser sieht man Amsterdam nicht von oben. Beim anschließenden Drink in der Panorama-Bar Ma'dam kommen die Nerven wieder zur Ruhe. Neben dem A'dam Toren thront auf einem Ehrenplatz das EYE FILMMUSEUM. Die Architektur-Ikone bietet einen imposanten Uferblick auf den Hauptbahnhof und würdigt mit Ausstellungen und Kinovorführungen alte, neue, berühmte und abseitige Filme und Filmemacher. Vergangenes und Gegenwärtiges, im Bild verewigt, gibt es auch im AMSTERDAMER STADTARCHIV (Stadsarchief) und im Fotografiemuseum FOAM zu sehen. Das Foam kooperiert mit der Mode-, Food-, Musik- und Designbranche und bringt eine Zeitschrift für Foto-Freaks heraus. Für die Kanalerkundung empfiehlt sich eine der Rundfahrten, die das THE PULITZER anbietet. Dessen klassisches Salonschiff von 1909 ist wie ein Gentleman-Club ausstaffiert und verspricht in Kombination mit einem Champagner oder Sonnenuntergangspicknick Romantik pur.

Im EYE gibt es neben unzähligen Filmen auch eine kinogeschichtliche Dauerausstellung zu sehen.

Das Pulitzer lädt zur Kanalrundfahrt in seinem 100-jährigen Salonboot ein.

Das INTERNATIONALE DOKUMENTARFILMFESTIVAL AMSTERDAM (IDFA) zählt auch ohne Hollywood-Glamour zu den wichtigsten Kinoereignissen der Welt. Den Besucher erwarten ungeschönte Geschichten aus dem echten Leben, biografische Porträts und kontroverse Diskussionen. Das Spektrum reicht von der künstlerischen Montage bis zu den Neuen Medien. Das Festival verteilt sich auf mehrere Kinos, aber das prächtige Tuschinski gehört ganz oben auf die Besuchsliste.

> Amsterdam hat auch jene wilde Seite mit Paradiesvögeln, vor der Mütter ihre Kinder warnen.

Die Niederlande haben bei der Disco-Welle der 1980er Jahre ganz vorne mitgemischt und weltbekannte Trance-Acts und -Produzenten hervorgebracht. Amsterdam erfreut sich bis heute einer blühenden Electronic-Szene. Beim alljährlichen AMSTERDAM DANCE EVENT wird fünf Tage lang an vielen Orten in der Stadt ein Programm geboten, das fast so renommiert ist wie die DJs, die dort auflegen. Ein weiteres Pflichtfestival für Musikbegeisterte ist die zehntägige CELLO BIËNNALE AMSTERDAM, bei der Nachwuchsmusiker Klassik mit Jazz und Pop mit Weltmusik mischen und ausgiebig improvisieren. Musiker bringen neue Werke zu Gehör und setzen sich in Workshops mit dem – wie ein Cellist einmal formulierte – *most beautiful piece of wood* auseinander.

Amsterdam hat auch jene wilde Seite, vor der Mütter ihre Kinder warnen. Jeden Sommer gehört die Stadt zwei Tage lang den Paradiesvögeln. Auf dem Gelände einer ehemaligen Gasanstalt am Westerpark lässt das MILKSHAKE FESTIVAL mit Drag-Performances, DJ-Partys und anderen Aktionen die Freiheit und die Liebe hochleben. Ebenso ausgelassen geht es bei der Queer-Underground-Dance-Party SPELLBOUND zu, die in kürzeren, aber unregelmäßigen Abständen stattfindet und zu der man aus Paris, Brüssel und Berlin anreist. Die Events werden nicht an die ganz große Glocke gehängt und lohnen auf jeden Fall. Ort des Geschehens ist das Occii, eine unabhängige Kulturinitiative, die sich hinter der unschuldigen Fassade eines Schweizer Chalets verbirgt.

Hinter der Westerkerk, wo die Warteschlange der Anne-Frank-Haus-Besucher beginnt, sieht man bisweilen jemand Blumen niederlegen oder gedankenvoll ins Wasser schauen. Hier mahnt das HOMOMONUMENT an den Schutz der Gay-Rechte. Das rosafarbene Granitdreieck, das wie ein Stachel ins Kanalwasser ragt, erinnert an den „Rosa Winkel", der im Dritten Reich der Stigmatisierung und Verfolgung Homosexueller diente. Ende Juli steht die ruhige Gegend jedes Jahr Kopf, wenn die ganze Stadt zur Amsterdam Pride strömt. Höhepunkt ist die spektakuläre CANAL PRIDE, bei der unter dem Jubel der am Ufer Mitfeiernden die Themenboote den Kanal entlangtuckern und dabei im Tanzrhythmus hin- und herschwanken. Auch die Reguliersdwarsstraat wird zur Partymeile: Aus den Cafés, Bars und Kneipen strömt die Community ins Freie und nimmt die ganze „Gayborhood" in Besitz.

Spaß und Spiel beim Milkshake Festival, das im Hochsommer den Westerpark zur Partymeile macht.

Das Amsterdam Dance Event bietet 1000 Veranstaltungen an 200 Locations in der ganzen Stadt.

Amsterdams Nähe zum Meer merkt man nur ab und zu an einem verirrten Möwenschwarm. Die Stadt liegt in einem ausgedehnten, dicht besiedelten Flussdelta, früher dagegen am Ufer der Zuiderzee, bevor die Niederländer zwei neue Hobbys entdeckten: den Deichbau und die Landgewinnung aus dem Meer. Im relativ stadtnahen Strandort BLOEMENDAAL tummeln sich im Sommer tagsüber die sonnenhungrigen Ausflügler im Sand und später die Nachtschwärmer in den Strandbars und Restaurants. Nicht nur bei einem Spaziergang durch Thijsse's Hof, den ersten botanischen Garten, der sich der einheimischen Vegetation widmete, und durch den Nationalpark Kennemerduinen gibt es im Immergrau der Nordsee, das schon vor Van Gogh Künstler inspirierte, viel Schönes zu entdecken. Wer sich in Amsterdams weltberühmten Kunstmuseen an den Seestücken der berühmten niederländischen Meister sattgesehen hat, setze sich also in den Zug und mache sich selbst ein Bild.

Der Sandstrand von Bloemendaal ist nur eine Zugstunde von Amsterdam entfernt.

Im Sommer tummeln sich in Bloemendaal die sonnenhungrigen Ausflügler im Sand und später die Nachtschwärmer in den Strandbars.

1723

ANNO
1652

AMSTERDAM – FREIZÜGIG UND FOTOGEN

Ferry van der Nat

„Love, Peace & Sex – das ist die DNA von Amsterdam, und das wird auch immer so bleiben", sagt Fotograf Ferry van der Nat über seine Wahlheimatstadt, die mit nur 822.000 Einwohnern die größte Metropole in den Niederlanden ist. Besonders präsent ist Amsterdams DNA in den engen Gassen von De Wallen, dem Epizentrum niederländischer Sexarbeit, aber der Geist der sexuellen Freizügigkeit reicht weit über den Rotlichtbezirk hinaus. „Amsterdam ist eine ausgesprochen liberale Stadt und sehr aufgeschlossen für die LGBTQ-Community", erklärt Ferry und ergänzt: „Amsterdam war schon immer eine emanzipierte Stadt mit internationalem Flair, ein Touristenmagnet und ein Ort, an dem man anonym bleiben kann, wenn man will."

In dem Dorf bei Rotterdam, wo der Fotograf groß wurde, war das nicht so. „Die Mentalität der Einheimischen dort war vollkommen anders", berichtet er. Diese Erfahrung teilt Ferry mit vielen LGBTQ-Menschen, die im Dunstkreis einer Großstadt aufwachsen, ohne dass der progressive urbane Geist zu ihnen vordringt.

Einen wichtigen Beitrag zum zukunftsorientierten Klima Amsterdams leistet die Model-, Mode- und Fotografieszene, in der Ferry fest verwurzelt ist. „Ich habe inzwischen mit fast allen schwulen Männern in der Amsterdamer Branche zusammengearbeitet und kenne wahrscheinlich jeden Einzelnen", erklärt er. „Ich habe hier sehr gute Freunde gefunden. Bei aller Konkurrenz, die es natürlich auch gibt, unterstützen die Fotografenkollegen sich gegenseitig. Das ist sehr angenehm."

Zu Ferrys besonders engen Freunden zählt Jasper Zwartjes von der Amsterdamer Ravestijn Gallery. „Angefangen habe ich vor vielen Jahren als Visagist. Irgendwann kam ich auf die Idee, Polaroids zu machen – und dann kam eins zum andern. Jasper gefielen meine Fotografien so gut, dass er mir anbot, mich als Galerist zu vertreten. Als wir die erste Ausstellung in der Galerie zusammenstellten", so berichtet er weiter, „und ich alle meine Arbeiten als Gesamtschau sah, wurde mir klar, dass ich die Fotografie zu meinem künstlerischen Medium machen wollte."

Ferry hat schon für Amsterdams angesagteste Magazine wie *L'Officiel* und *Dutch Vogue* gearbeitet, aber den meisten ist er wegen seiner sensiblen Polaroid-Porträts bildschöner Männer mit nacktem Oberkörper ein Begriff. Viele davon sind in seiner ersten Hardcover-Monografie mit dem lakonischen Titel *Mr.* abgedruckt. Die Bilder, deren Faszination man sich nicht entziehen kann, strahlen selbstbewusste Queerness aus – so wie Amsterdam und viele seiner Bewohner. Welche Spuren hinterlässt die Stadt in seinen Arbeiten? „Das ist nicht so leicht zu beantworten. Aber ich hoffe, dass meine Fotos genauso frei und unverstellt sind wie Amsterdam."

Und was ist für Ferry die wichtigste Erkenntnis über Amsterdam? „Dass es hier so viele unglaublich schöne Männer gibt!"

Ferry van der Nat

„Love, Peace & Sex – das ist ihre DNA.“

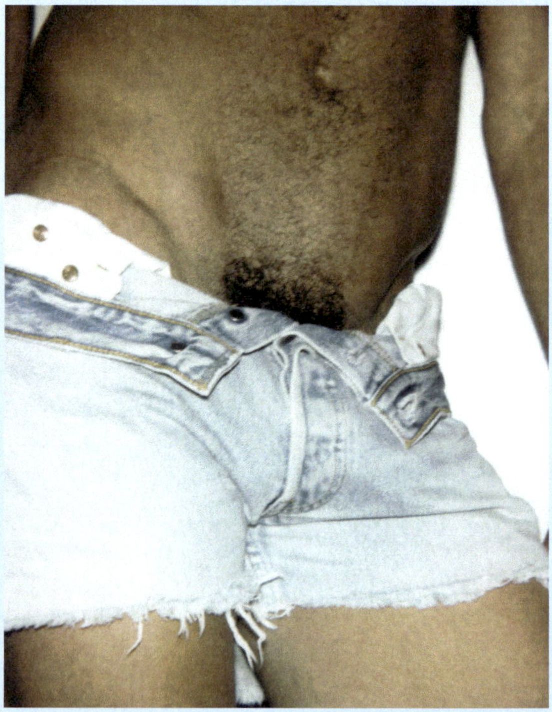

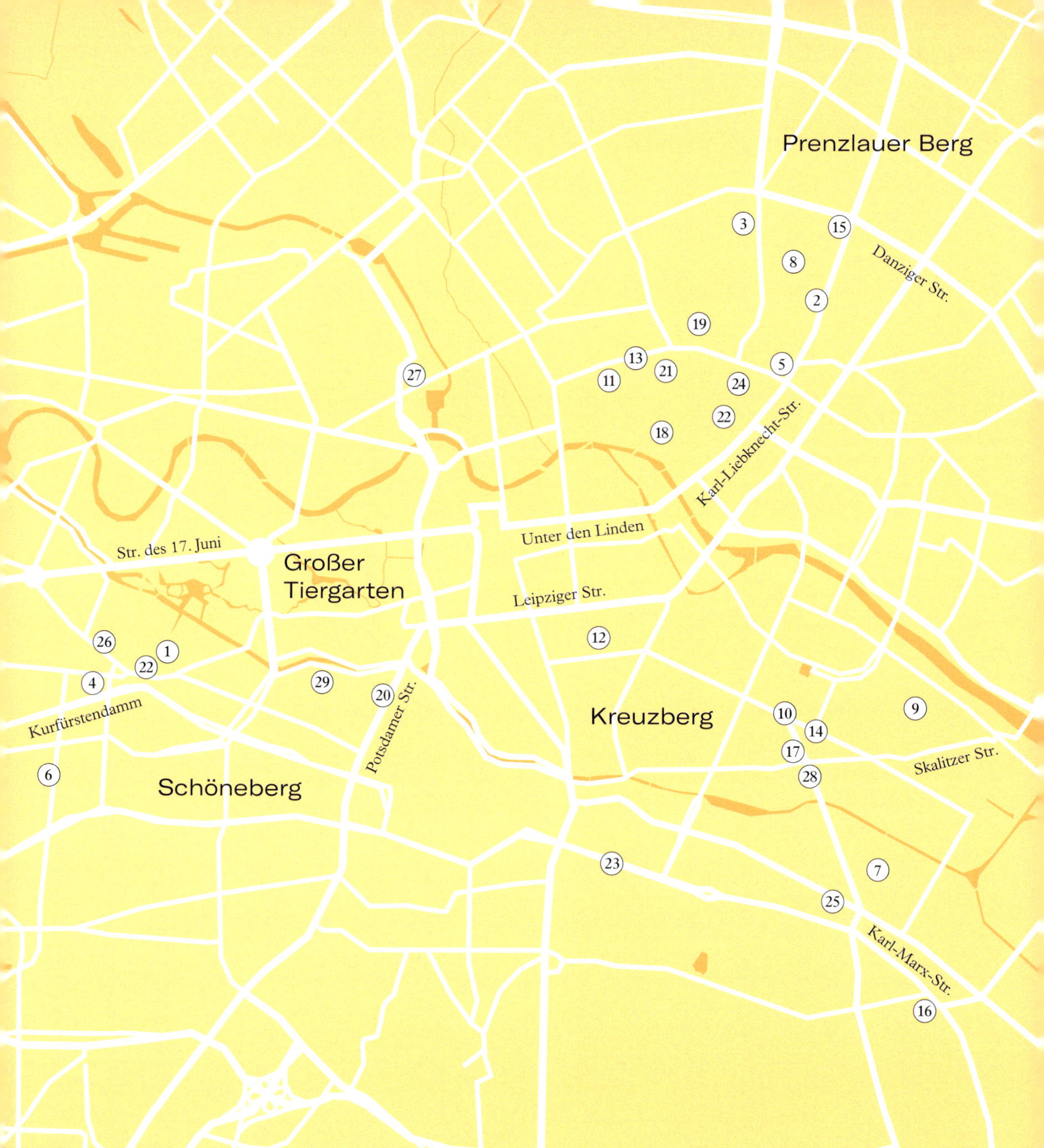

LOGIEREN

1. 25hours Hotel Bikini
2. Ackselhaus
3. Hotel Oderberger
4. Hotel Zoo
5. Soho House Berlin

GENIEßEN

6. Benedict
7. CODA
8. Lucky Leek
9. Markthalle Neun
10. ORA
11. Pauly Saal & Mogg
12. Tim Raue

MITFEIERN

13. Clärchens Ballhaus
14. Möbel-Olfe
15. Perle Bar
16. SchwuZ
17. Südblock
18. The Coven Bar

SHOPPEN

19. A.D.Deertz
20. Andreas Murkudis
21. do you read me?!
22. MYKITA
23. Spacehall
24. TYPE HYPE
25. Urban Industrial

ENTDECKEN

26. C/O Berlin
27. Hamburger Bahnhof
28. Künstlerhaus Bethanien
29. Schwules Museum

BERLIN

Berlin ist schwul – und das ist auch gut so

Berlin ist bekanntermaßen *gay-friendly,* aber der Weg dorthin war alles andere als geradlinig. Schon im 19. Jahrhundert entstanden in Schöneberg und Kreuzberg – hier ist die Gay-Community nach wie vor zu Hause – die ersten noch illegalen, aber geduldeten Schwulentreffs. Später gründete sich in Berlin die erste Organisation, die sich für die Rechte von Schwulen und Lesben starkmachte, und es erschienen zahlreiche schwule Publikationen.

In den liberalen 1920er Jahren entwickelte sich die Schwulenkultur zum festen Teil des Stadtlebens. Berlin avancierte zur Gay-Hauptstadt Europas und der Reichstag stand kurz davor, Homosexualität zu legalisieren. Aber der Aufstieg der Nationalsozialisten löschte nicht nur jahrzehntelange Fortschritte aus, er führte auch zur Verfolgung und Ermordung von Tausenden von Schwulen und Lesben. Als gegen Ende der 1960er Jahre die gleichgeschlechtliche Partnerschaft legalisiert wurde, nahm der Kampf für die Gleichberechtigung wieder Fahrt auf. 2001 hatte Klaus Wowereit mit seinem berühmt gewordenen Ausspruch „Ich bin schwul – und das ist auch gut so" als erster deutscher Spitzenpolitiker sein öffentliches Coming-out, bevor er zum Regierenden Bürgermeister Berlins gewählt wurde. Im Ausland bekannter ist wohl Wowereits Spruch „Berlin ist arm, aber sexy", den die Stadt sich inzwischen stolz zu eigen gemacht hat. Andere deutsche Städte mögen besser betucht sein, aber Berlin hat Mumm, Stil und Charakter.

Die Stadt zu erkunden, ist auch deswegen so angenehm, weil sie im Unterschied zu den meisten anderen Hauptstädten kein echtes Zentrum hat. Sie ist ein Sammelsurium ehemals eigenständiger Städte und Dörfer, die alle über einen besonderen Charakter verfügen. Und: Wenn von Berlin die Rede ist, darf sein hedonistisches Nonstop-Nachtleben nicht unerwähnt bleiben – düstere Spelunken, elegante Cocktailbars oder Clubs, die scheinbar nie Feierabend machen.

In den 1950er Jahren stiegen im damals feudalen HOTEL ZOO Filmgrößen und andere Berühmtheiten ab. Mit den Jahren verblasste der Glanz. Kürzlich haben die Designer Dayna Lee und Ted Berner das Haus so renoviert, dass der alte Glamour aus dekadenteren Tagen wieder auflebt. Dabei haben sie überall Tiermotive hinzugefügt, die auf den nahen Berliner Zoo anspielen. Nur wenige Gehminuten entfernt befindet sich das 25 HOURS HOTEL BIKINI. Das gestalterische Leitmotiv „Großstadtdschungel" zeigt sich an der Pflanzenvielfalt und den raumhohen Fenstern mit freier Sicht auf das Grün des Tiergartens. Das Highlight ist die Monkey Bar im 10. Stock mit atemberaubendem Panoramablick auf Parkanlage, Zoo und Berliner Skyline.

Wer etwas Abstand vom urbanen Trubel braucht, wird sich im Ackselhaus wohlfühlen.

Das SOHO HOUSE BERLIN ist ein Private Members' Club und Hotel, dessen Raumangebot vom schlicht-bescheidenen Zimmer bis zum antik möblierten Riesenloft mit DJ-Deck reicht. Das denkmalgeschützte Gebäude strahlt Luxus aus und punktet mit berlinweit konkurrenzlosen Extras wie dem beheizten Dachpool und dem Cowshed Spa, in dem man sich nach allen Regeln der Kunst verwöhnen lassen darf. Es ist auch die Heimat von The Store, wo sogar die Präsentationstische zum Kauf angeboten werden, denn das Konzept von Kreativdirektorin Alex Eagle sieht vor, das wirklich alles zum Verkauf steht.

Wer etwas Abstand vom urbanen Trubel braucht, wird sich im ACKSELHAUS im Prenzlauer Berg wohlfühlen. Das Hotel als eklektisch zu bezeichnen wäre untertrieben: Jedes der 13 individuell gestalteten Zimmer ist einem bestimmten Thema gewidmet – vom hellen und opulenten „Picasso" bis zum urbanen „New York" mit Industrie-Charme. Ebenfalls im Prenzlauer Berg bietet das HOTEL ODERBERGER in einem wunderschön restaurierten Altbau Zimmer, Apartments und Suiten an. Die (durchweg verkäuflichen) Bilder an den Wänden stammen von Berliner Künstlerinnen und Künstlern. Glanzstück des Hauses ist die Schwimmhalle. Sie gehörte ehemals zum Stadtbad Oderberger Straße, das nach jahrzehntelangem Dornröschenschlaf 2016 zeitgleich mit dem Hotel wiedereröffnet wurde.

Der Hingucker im 6. Stock des luxuriösen Soho House ist die gusseiserne Badewanne mitten im Zimmer.

Im Hotel Zoo hängen die funkelnden Kronleuchter des Speisesaals in Vogelkäfigen.

PALAIS AM FESTUNGSGRABEN

Zu Recht gilt das Frühstück als wichtigste Mahlzeit des Tages – zumal wenn man vorher in den Berliner Clubs, Bars und Kneipen die Nacht zum selbigen gemacht hat. Möglichkeiten gibt es in Berlin im Überfluss. Zu den besten gehört das 24/7 geöffnete BENEDICT. Das Angebot reicht von fluffigen und liebevoll gestapelten Pancakes bis zum Entrecôte mit Spiegeleiern. Wenn gegen Mittag der Hunger wieder anklopft, steuert man Kreuzbergs beliebteste Lunch-Location an: die geräumige MARKTHALLE NEUN mit Einzelständen, an denen köstliches Essen aus aller Welt zubereitet wird – vom Jerk Chicken bis zum Sushi-Burger. Höhepunkt der Woche ist der Streetfood-Donnerstag, der dann immer abends zelebriert wird.

Von der Markthalle ist es nicht weit zum ORA, einem der feinsten Speiselokale in Kreuzberg. Die Originalausstattung der ehemaligen Gründerzeitapotheke haben die Inhaber belassen – vor allem die historischen Holz- und Glasvitrinen, in denen jetzt die alten Tiegel und Tinkturflaschen einträchtig neben den Spirituosen stehen. In Kreuzberg wuchs auch Deutschlands berühmtester Meisterkoch auf. TIM RAUE hat es vom Mitglied einer Jugendgang zum Zwei-Sterne-Koch gebracht – ein beachtlicher Aufstieg. Das nach ihm benannte Restaurant zeichnet sich durch ein schlichtes und dennoch elegantes Interieur und eine asiatisch inspirierte Küche aus, die hochwertige Zutaten aus der Region verarbeitet.

In der Markthalle Neun gibt es erfrischende Mango- und Himbeer-Lassis unter bunten Markisen.

Im Pauly Saal sitzt man unter der himmelhohen Decke einer früheren Mädchenschule.

Auch das LUCKY LEEK hat die Aufmerksamkeit der Michelin-Inspektoren auf sich gezogen. Viele halten Berlin für die vegane Hauptstadt der Welt, und obwohl es eine überreiche Auswahl an veganer Gastronomie gibt, ist dies der Ort, an dem man besonders edel tierproduktfrei speist. Hier wird dermaßen gut gekocht, dass selbst unverbesserliche Fleischesser zufrieden heimgehen. Und weil die fantastische Kost auch noch erschwinglich ist, honorierten die Michelin-Tester das gute Preis-Leistungs-Verhältnis mit einem Bib Gourmand.

Der Preis für das ausgefallenste Interieur in Berlin geht an den ebenfalls Michelin-besternten PAULY SAAL. Das Raumdekor – die Riesenrakete über der offenen Küche ebenso wie die gewaltigen Kronleuchter aus Murano-Glas – wurden speziell für das Restaurant angefertigt. Doch der Pauly Saal ist nicht nur etwas fürs Auge – auch die moderne Küche macht Eindruck und beglückt vor allem Seafood-Gourmets. Im selben Gebäude befindet sich ein Deli, der New York alle Ehre machen würde. Das MOGG trat 2012 an, dem Berliner Mangel an gutem Pastrami abzuhelfen, und erfreut mit seinem selbst geräucherten Rindfleisch seither die Geschmacksknospen. Außerdem gibt es wohl nirgends sonst in Berlin einen so gehaltvollen und samtigen New York Cheesecake – ein Muss!

Unkonventionelles erwartet den Gast in der Dessert-Bar CODA. Als sie 2016 ihre Pforten öffnete, erregte Patissier René Frank mit seinem Konzept einiges Aufsehen. Schon bald erwies seine Idee sich als willkommene Bereicherung der Berliner Gourmet-Landschaft. Die Coda-Kreationen, die 2019 den Michelin-Stern erhielten, entführen den Gast auf eine Reise durch alle Geschmackszonen der Zunge.

Die Gegend rund um den Platz am Kottbusser Tor gehört seit Langem zu den besonders quirligen, multikulturellen und politisch aktiven Ecken Berlins. Hier sind zwei der prominentesten Schwulen-Bars der Stadt zu finden. Im MÖBEL-OLFE, das sich erst in den frühen Morgenstunden leert, kommt man in einem schmuddelig-schicken Nachbarschaftskneipen-Ambiente und rauchgeschwängerter Luft leicht mit Berlinern in Kontakt. Von hier ist es nicht weit zum SÜDBLOCK, das nicht nur eine gute Bar, sondern auch ein angenehmer Ort zum Brunchen ist. Hier finden alle möglichen Events statt – von Lesungen bis zu Drag-Performances. Einen Hauch vornehmer geht es in THE COVEN BAR zu, die sich schon bald nach der Eröffnung 2014 zu einer der besten Gay-Bars in Berlin mauserte und eine deutliche Bereicherung für die aufstrebende Cocktailszene ist. Der Berliner Architekt Thilo Reich hat der Bar ein dunkles und stylisches Interieur im Industrial Design verpasst, in dem man es bis sehr tief in die Nacht aushält.

Einen Hauch vornehmer ist es in The Coven Bar.

Ein weiterer Schwulentreff mit erstklassiger Cocktailkultur ist die PERLE BAR im Prenzlauer Berg. Jeder Trank wird mit saisonalen Ingredienzen, erstklassigen Spirituosen und großartigen Grundstoffen gemixt. Das etwas andere Abendvergnügen bereitet CLÄRCHENS BALLHAUS. Wohl nirgends lässt sich die Pracht der Berliner Golden Twenties so originalgetreu nachempfinden wie hier. Restaurant und Biergarten sind ein guter Zwischenstopp beim Einkaufsbummel in Mitte, aber der eigentliche Publikumsmagnet ist der absolut sehenswerte Tanzsaal. Ob Swing oder Tango – in diesem sagenhaften Ambiente schwofen Jung und Alt bei unzähligen Tanzveranstaltungen in und durch die Nacht.

Wer über den Rand des Cocktailglases hinausblicken und sich in einem der vielen gayfreundlichen Clubs in Berlin vergnügen will, hat die Qual der Wahl. Das legendäre Berghain erlangte als einer der besten Clubs auf Erden Weltruhm, kann aber selbst für unerschrockene Berlinbesucher ein bisschen Hardcore sein. Mit offeneren Armen wird man im SCHWUZ empfangen, das sich in einem schummrigen Teil Neuköllns versteckt und nicht nur zu den besten Gay-Clubs gehört, sondern in seinen drei Hauptträumen von Indie über RnB bis House musikalisch mehr Vielfalt bietet als viele andere Clubs.

Die Cocktailauswahl in der Perle Bar in Prenzlauer Berg lässt nichts zu wünschen übrig.

In Clärchens Ballhaus speist man stilvoll unter der imposanten Stuckdecke des Spiegelsaals.

HELLO again
STILL THERES a PROBLEM
BUT YES NO
SALZIG
SÜß

Seit 15 Jahren ist ANDREAS MURKUDIS Kurator im Museum der Dinge. Schon beim Betreten der auf zwei Etagen verteilten Ausstellung fällt auf, dass die Gegenstände wie in einer Kunstgalerie in Szene gesetzt werden. In der 81er-Vitrine sind unter anderem Strickwaren von Pringle of Scotland zu sehen, während die 77er-Vitrine Wohnaccessoires wie Duftkerzen aus Japan und minimalistische Lampen aus London zeigt. Wer etwas Berliner Style mit nach Hause nehmen will, sollte im URBAN INDUSTRIAL vorbeischauen. Der riesige Raum ist voll mit antikem Vintage-Mobiliar, das Inhaber Jakob Wagner aus ausgedienten Lagerhallen, Schulen und Fabriken gerettet hat.

Eine Nummer kleiner ist der Concept Store TYPE HYPE, in dem es allerhand zu kaufen gibt, was mit Typografie zu tun hat. Ob Kissen oder Weinflasche – jeden Gegenstand ziert ein einzelner Buchstabe oder eine Zahl und eine von fünf Designvarianten. So verbindet beispielsweise DIN Berlin die klare Linienführung der DIN-Schrift mit einer eleganten Farbpalette aus Schwarz, Weiß und Gold. Apropos Typografie: Der beste Ort für Ausflüge in die Welt der Druckerzeugnisse in Berlin ist das DO YOU READ ME?!. Trashige Klatschblätter sucht man hier vergeblich. Ins Regal kommen ausschließlich hochwertige Bücher, Zeitungen und Zeitschriften von Independent-Verlagen – vorwiegend aus den Bereichen Fotografie, Design und Architektur.

Zur Freude von Vinyl-Fans bietet Berlin eine fantastische Auswahl an Plattenläden. SPACEHALL führt hauptsächlich Vinyl-Neuware und vereint quasi drei Plattenläden unter einem Dach: vorn die Soul- und Jazzabteilung, in der Mitte Rock und im Hinterzimmer alles Elektronische.

Wer in seinem Reisegepäck etwas Platz für neue edle Zwirne reserviert, bekommt bei Berlins exzellenten Herrenausstattern den Koffer voll – zum Beispiel bei A. D. DEERTZ. Bei Wibke Deertz greifen Reiselust und Kreativität ineinander: Sie lässt sich von den Orten, die sie bereist, nicht nur inspirieren, sondern bezieht auch einen großen Teil ihrer Stoffe von dort. Entsprechend limitiert sind die Stückzahlen.

Fehlt für das perfekte Outfit noch die passende Brille? MYKITA hilft dem Mangel ab. Das gesamte Sortiment wird von A bis Z in Kreuzberg handgefertigt. Der Eyewear-Spezialist ist in Berlin gleich mit zwei Filialen vertreten, in denen es für jeden Geschmack das Richtige gibt – Brillen von schlichter Schönheit ebenso wie eigenwillige und aufsehenerregende Modelle.

Industrielampen, Arzneischränke und ausgediente Schulspinde in Jakob Wagners Laden Urban Industrial.

Bei Type Hype gibt es Typografisches als Heimdekor, Schreibwaren, Taschen und Accessoires.

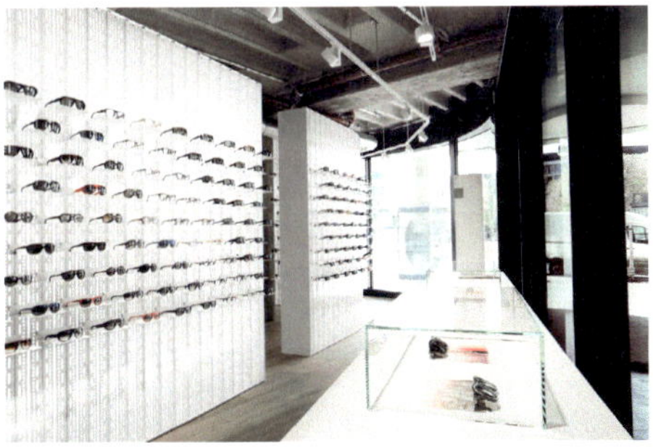

Schnörkelloser Industrial-Ästhetik im Brillengeschäft Mykita in der Budapester Straße.

Einen Überblick über die wichtigsten künstlerischen Strömungen der vergangenen 60 Jahre – vom Expressionismus über Minimalismus bis Pop Art – bietet das Museum für Gegenwart im HAMBURGER BAHNHOF. Ebenso sehenswert wie die hochkarätige Sammlung ist die gewölbte Decke der ehemaligen Bahnhofshalle. Freunde der Fotokunst sollten das C/O BERLIN nicht verpassen, das auf 2.100 m² ganzjährig mit vorzüglichen Fotoausstellungen lockt. Hier stellten schon Annie Leibovitz, Sebastião Salgado und Martin Parr aus, aber auch Nachwuchsfotografen kommen zum Zug.

Freunde der Fotokunst besuchen das C/O BERLIN.

Es gibt nicht allzu viele Museen, die sich der Kultur und Geschichte der LGBTQ-Community widmen. Eine der prominentesten Ausnahmen findet sich in Berlin: das SCHWULE MUSEUM. In wechselnden Ausstellungen dokumentiert es die Kämpfe, die die Community in Berlin und der ganzen Welt ausgefochten hat. Wer Einblicke in den künstlerischen Schaffensprozess wünscht, für den bietet das KÜNSTLERHAUS BETHANIEN mehr an als „normale“ Galerien und Kunstmuseen. Neben regelmäßigen Ausstellungen zeitgenössischer Werke kann man im Bethanien durch die Ateliers touren und Kreativprozesse aus nächster Nähe miterleben.

Der erhabene Hamburger Bahnhof beherbergt neben seiner ständigen Sammlung mehrere temporäre Ausstellungen im Jahr.

Das C/O Berlin zeigt im ehemaligen Amerika Haus ein beeindruckendes Programm von jährlich bis zu 12 Ausstellungen.

Der CHRISTOPHER STREET DAY (alias Berlin Pride) gehört mit über einer halben Million Akteuren und Zuschauern zu den größten Events in der Stadt und dauert einen ganzen Monat. Höhepunkt ist natürlich der Tag der Parade. Im Schritttempo arbeiten die Trucks sich durch die brechend vollen Straßen und beschallen die Menge mit allem, was die Boxen hergeben. Gefeiert wird bis zum Morgen und in der ganzen Stadt – in Clubs und Bars oder bei spontanen Rave-Partys in diversen Berliner Parks.

Im Juni steigt der KARNEVAL DER KULTUREN und zelebriert die für Berlin identitätsbestimmende Multikulti-Vielfalt. Neben dem bunten Straßenumzug durch Kreuzberg gibt es zahllose Stände mit Handgefertigtem und Streetfood aus allen Teilen der Welt.

Alle zwei Jahre bespielt die BERLIN BIENNALE, eines der größten und wichtigsten Festivals für zeitgenössische Kunst in Deutschland, die ganze Stadt mit Ausstellungen und Events an den verschiedensten Örtlichkeiten. Da jede Biennale ein eigenes Thema und ein eigenes Kuratorenteam hat, weiß man nie genau, was einen erwartet, aber gerade das macht die Sache spannend und regt die grauen Zellen an.

Beim Christopher Street Day wird gefeiert und an die New Yorker Stonewall-Krawalle von 1969 erinnert.

RAUSFAHREN

Anders als in Berlin ballt sich in HAMBURG fast alles Sehenswerte im Stadtzentrum. Das macht die Hansestadt zu einem lohnenden Ziel für einen Tagesausflug. Am besten erschließt sich die Innenstadt bei einem Gang durch die gewundenen Straßen und an den beschaulichen Kanälen entlang. Architektonisch hat die Stadt von der barocken Pracht der Hauptkirche St. Michaelis, genannt Michel, bis zur glitzernden Elbphilharmonie viel zu bieten. Die lebhafte Einkaufstraße Lange Reihe in St. Georg sollte im Besichtigungsprogramm nicht fehlen. Dass er hier mitten im Lesben- und Schwulenviertel der Stadt angekommen ist, merkt der aufmerksame Neuankömmling auch an einigen Fußgängerampeln, die statt des einsamen Ampelmännchens gleichgeschlechtliche Paare zeigen. In St. Georg wimmelt es von originellen Geschäften, Kneipen und Bars. Wer über Nacht bleiben will, sollte den hippen Stadtteil Sternschanze in Betracht ziehen, der einige der besten Nightlife-Locations bereithält und auch ein bisschen an Berlin erinnert.

Hamburg ist nur zwei Zugstunden von Berlin entfernt – ideal für einen Tages- oder Wochenendabstecher.

QUEERES MITEINANDER IN BERLIN

Jurassica Parka

Viele moderne Großstädte haben eine lebendige Gay-Szene zu bieten, aber die deutsche Hauptstadt nimmt eine Sonderstellung ein. Die Berliner Dragqueen Jurassica Parka schwärmt: „Für schwule Männer ist Berlin einzigartig. Es gibt hier so vieles, was man machen kann. Alle anderen Städte in Deutschland haben eine viel, viel, viel kleinere Szene. Da gibt es hier und da mal eine Bar, in die man geht. Hier kannst du rund um die Uhr ausgehen und dich nur im Homo-Universum bewegen, wenn du es denn möchtest."

Queere aus aller Welt, die Vielfalt und Freiheit suchen, zieht es scharenweise nach Berlin, das zu den LGBTQ-freundlichsten Städten überhaupt zählt. Bei Jurassica war das anders: „Da ich in Berlin-Neukölln geboren bin, gibt es keine wirklich aufregende Geschichte zwischen mir und Berlin", räumt sie ein. „Berlin ist meine Heimat, meine Eltern leben hier. Ich bin also nicht, wie so viele andere, aus der Provinz geflüchtet, um hier ein neues Leben anzufangen." Jurassica hat miterlebt, wie ihre Heimatstadt sich in den vergangenen Jahrzehnten verändert hat. „Als ich ein Kind war, stand noch die Mauer", erinnert sie sich. „Seitdem ist viel passiert. Ich finde die Entwicklung zu einer internationalen Metropole begrüßenswert. Die negativen Beigeschmäcker muss man ertragen." Die Begeisterung, die das boomende Berlin weckt, sieht Jurassica ambivalent: „Ich kenne Berlin in- und auswendig. Den ganzen Berlin-Hype beobachte ich auch ein bisschen argwöhnisch, um ehrlich zu sein. Aber es ist doch toll, wenn viele junge Menschen diese Stadt so vergöttern." Eine Veränderung findet sie besonders positiv: „Berlin ist heute viel queerer! Und das ist gut so!"

Das zeigt sich zum Beispiel daran, dass in Berlin niemand Anstoß nimmt, wenn sie im wilden Drag-Outfit des Weges kommt. „In Berlin kräht eigentlich kaum ein Hahn danach. Manchmal wird geguckt oder es gibt es einen blöden Kommentar, aber das passiert zum Glück selten", sagt sie. „Die BerlinerInnen sind schräge Vögel im Stadtbild gewöhnt ... Die Drag-Szene", so Jurassica, „ist in den letzten Jahren sehr stark gewachsen. Das begrüße ich sehr. Nachwuchs ist toll und wichtig."

Das Berlin „immer queerer wird", macht sich natürlich auch am Nachtleben bemerkbar. „Es eröffnen immer wieder neue Läden, die gar nicht mehr ‚nur' schwul oder lesbisch sein wollen, sondern eben queer oder LGBTI", erklärt sie. „Der Mix ist richtig und wichtig. Trotzdem gibt es aber auch Plätze, wo nur Schwule hingehen, zum Beispiel Saunen oder Fickpartys. Das ist auch richtig und wichtig."

Einer ihrer Lieblingsorte ist das SchwuZ in der Rollbergstraße in Neukölln: „Dieser Club ist ein Kultur- und aktivistisches Zentrum, das schon seit über 40 Jahren existiert und viel geleistet hat." Hier begann sie vor 15 Jahren als DJ aufzulegen und Partys zu hosten. „Als selbstständige Künstlerin kann man eine Karriere schwerlich planen", findet sie. „Das können andere vielleicht, ich kann es nicht. Berlin hat ganz klar nur Vorteile für mich und meinen

Jurassica Parka

„Die BerlinerInnen sind schräge Vögel im Stadtbild gewöhnt."

Beruf. Hier gibt es so viel Theater, Clubs, Firmen und Agenturen, die kreative Arbeit leisten und brauchen. Ich denke nicht, dass ich in einer anderen deutschen Stadt meinen Beruf so vielfältig ausleben könnte."

Auch das BKA Theater am Mehringdamm in Kreuzberg ist Jurassica lieb und teuer. „Dort spiele ich verschiedene Shows", sagt sie. „Das BKA Theater fördert mich seit einigen Jahren. Ich darf mich dort austoben, es ist wunderbar!"

Und wie verbringt Jurassica ihre Freizeit? „Seit ein paar Jahren gehe ich gar nicht mehr privat aus, außer mal in eine Kneipe oder so" – zum Beispiel „mal ins Rauschgold am Mehringdamm auf ein paar Bier. Bekannte treffen und den Alltag draußen lassen." Meistens genießt sie ihre freien Abende nur zu Hause: „Ich wohne in einer Dachgeschosswohnung mit meinem Mann Klaus in der Potsdamer Straße, nahe dem Straßenstrich an der Kurfürstenstraße. Wir sind hier mitten in Berlin, ich komme überall schnell hin." Das frühere Partyleben ist einem häuslicheren Lifestyle gewichen: „Ausschlafen, lange mit meinem Mann und meinem Hund Gassi gehen (bei hoffentlich schönem Wetter), vielleicht ein bisschen über den Ku'damm bummeln, irgendwo einkehren und Mittag essen. Dann langsam nach Hause, abends was Schönes kochen und – wenn es ein gemütlicher Samstag werden soll – gemeinsam eine Serie auf Netflix bingewatchen."

Typisch für Berlin ist seine Kiezkultur: Jeder Bezirk hat seinen eigenen Charakter und ist ein Zentrum für sich. Dementsprechend hat Berlin für jeden das Richtige parat. „Hier gibt es nicht, wie in anderen Städten, ein Zentrum, wo dann alles ist. Außerdem war diese Stadt 28 Jahre durch eine Mauer geteilt. So etwas frisst sich in das kollektive Gedächtnis einer Stadt."

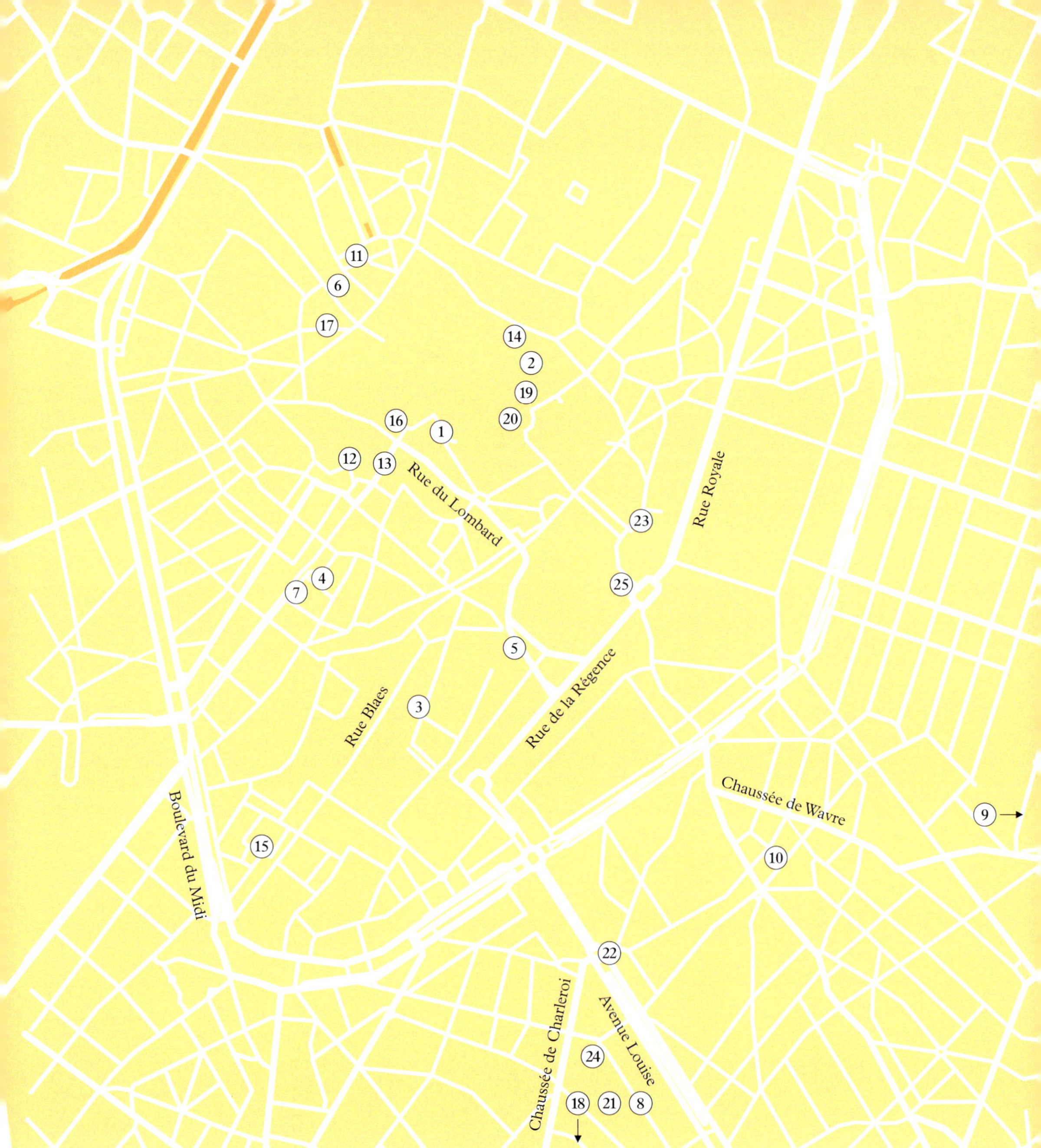

LOGIEREN

1. Hotel Amigo
2. Hôtel des Galeries
3. La Maison Haute
4. Pillows Grand Hotel Place Rouppe

GENIEẞEN

5. Au Vieux Saint Martin
6. Charli
7. Comme Chez Soi
8. La Fabrique
9. Maison Antoine
10. Mano à Mano
11. Noordzee

MITFEIERN

12. Café Charbon
13. Chez Maman
14. L'aube sur Aÿ
15. La Demence
16. Le Belgica

SHOPPEN

17. Hunting and Collecting
18. LuLu Home Interior
19. Maison Dandoy
20. Pierre Marcolini
21. Peinture Fraîche
22. Senteurs d'Ailleurs

ENTDECKEN

23. BOZAR
24. La Patinoire Royal
25. Magritte Museum

BRÜSSEL

Europas gemütlich-weltoffene Hauptstadt

Brüssel entwickelt sich prächtig und hat schon lange mehr verdient als nur einen Tagesausflug von Paris oder Amsterdam aus. Die Stadt gilt vielen als Hauptstadt Europas. Sie ist inspirierend, technokratisch und unbeirrbar *gay-friendly*. Europas Schaltzentrale ist ein Anziehungspunkt für lebensfrohe, kreative und tolerante Menschen aus der ganzen Welt.

Dennoch hat die Stadt sich eine Gemütlichkeit bewahrt, die anderen europäischen Hauptstädten fehlt. Die meisten sprechen hier Französisch, aber offiziell ist Belgien dreisprachig (Französisch, Niederländisch, Deutsch). Die vielen Expats haben als inoffizielle Viertsprache Englisch eingeführt und damit den Gästen der Stadt noch mehr Kontaktmöglichkeiten beschert. Kaum angekommen, hat man schon ein Glas Bier in der Hand und einen neuen Freund an der Seite. Zusammen schaut man Touristen zu, die ein pinkelndes Bübchen fotografieren. Tatsächlich sind die Geister des Surrealismus in dieser Stadt lebendig.

Mit einer relativ großen schwulen Bewegung für eine kleine Stadt ist Brüssel sowohl liebenswert als auch zugänglich. Immerhin wird hier eine Nation regiert, die als zweites Land der Welt die gleichgeschlechtliche Ehe legalisiert hat und in der erstmals ein offen schwul lebender Mann zum Premierminister gewählt wurde. Brüssel ist Sitz der Internationalen Lesben- und Schwulenvereinigung (ILGA) und gehört zu den Vorreitern in Sachen LGBTQ-Akzeptanz. In Brüssel residieren gewichtige politische Institutionen, und gleich nebenan treibt eine muntere Comic-Kultur ihre Blüten. Vergnügt entzieht die Stadt sich allen Versuchen, sie kulturell auf einen Nenner zu bringen, und ist damit die perfekte Adresse für einen Wochenend-Trip.

Wenige Schritte sind es von der prächtigen Grand-Place zum HOTEL AMIGO, bekannt für seine prominenten Gäste und Würdenträger. Perfekt für diejenigen, die für gediegene, aber gut gestaltete Zimmer mit Blick auf das Rathaus gern tiefer in die Tasche greifen. Auf der anderen Seite der Grand-Place residiert das HÔTEL DES GALERIES neben Boutiquen, Cafés, Chocolatiers und einem kleinen Kino in einer glasüberdachten Passage aus dem 19. Jahrhundert. Die Designerinnen Fleur Delesalle und Camille Flammarion haben ihm ein belgisches Ambiente verpasst – eine Kombination aus Keramikarbeiten, modernem Mobiliar und erdfarbenem Parkett. Insider-Tipp: Die Kroketten im Restaurant sollte jeder probiert haben.

Die Drinks in der Bar A des Hotels Amigo werden in Ledersesseln genossen.

Elegantes Understatement prägt die Zimmer des Hotels Amigo.

Das PILLOWS GRAND HOTEL PLACE ROUPPE verbindet minimalistisches Design mit Wärme und Charme, und verströmt mit göttlichem Frühstück und bequemen Betten eine dezent-plüschige Behaglichkeit. Koffein-Boost gefällig? Ein paar Schritte entfernt wartet die Kaffabar, ein Café mit ansprechender Ästhetik und ausgesucht freundlichem Personal. Mit etwas Glück lernt man hier den schwulen Besitzer Marc und sein Maskottchen, Bulldogge Marcel, kennen.

Wer eine andere Seite der Stadt erkunden und trotzdem zentrumsnah wohnen will, ist im LA MAISON HAUTE gut untergebracht: familiär wie ein B&B, komfortabel wie ein Hotel und ein Fest für die Sinne. Der Duft der handgeschöpften Seifen, die im Parterre verkauft werden, ist ebenso verführerisch wie die geschmackvollen Zimmer. Hotelier Sebastien umsorgt seine Gäste in lauschiger Atmosphäre, lässt sie an seinem Brüssel-Wissen teilhaben und bewirtet sie mit einem reichhaltigen Frühstück.

Eine der großzügigen Einkaufsstraßen im Stadtzentrum ist die Rue du Midi.

Das Hôtel des Galeries bietet mit seinen nur 23 Zimmern ein Hauch von Intimität.

Mit einer relativ großen schwulen Bewegung für eine kleine Stadt ist Brüssel sowohl liebenswert als auch zugänglich.

Die belgische Küche ist so facettenreich wie die wechselvolle Geschichte des Landes. Nicht nur modisch, sondern auch als Gourmet-Hochburg kann Brüssel es mit Paris und London aufnehmen. Mit seinem kulinarischen Können hausieren zu gehen, hat Brüssel allerdings nicht nötig – die hiesige Kochkunst spricht für sich selbst.

Das Gute an der weltumspannenden Hipster-Bewegung ist ihre Liebe zu Kaffee, Brot und Gebäck (begleitet von dem Prädikat „artisanal"). Zum Start in den Tag bietet das CHARLI in der belebten Gegend um die Place Sainte-Catherine eine Riesenauswahl an Kaffeevariationen, köstlichen Broten, Croissants und weiteren Leckereien aus der Bio-Backstube – unter anderem die unbedingt zu empfehlenden Choux.

Wenn die Expats aus Paris in einen bestimmten Stadtteil strömen, sollte man ihnen folgen: Viele Besucher würden im Châtelain-Viertel wohl gern wohnen, statt nur zu Gast zu sein. Am Wochenende empfiehlt sich ein Brunch im LA FABRIQUE CHÂTELAIN, wo einfache Gerichte frisch zubereitet auf den Tisch kommen – von der Açaí Bowl bis zum Club-Sandwich. Ein zwangloses Mittagessen – virtueller Ausflug an die Küste inklusive – bietet NOORDZEE mit saftigen Austern, Muscheln und Fisch. Man isst stehend im Freien, mit Blick auf die Kathedrale, an einem Glas Champagner nippend. Etwas schicker und echt belgisch speist man im familiengeführten AU VIEUX SAINT MARTIN, das für sein Filet Américain bekannt ist: Hackfleisch, angemacht mit Eigelb und Mayonnaise, pikant gewürzt und natürlich mit Pommes frites. Der Blick auf die Place du Grand Sablon und ihre eleganten Passanten wird direkt mitserviert.

Austern gefällig? „Fisch für Feinschmecker" lautet das Credo des Restaurants De Noordzee.

Erdige Farben und modernes Mobiliar verleihen dem Restaurant La Fabrique ein unprätentiöses Flair.

Appetit auf einen Nachmittags-Snack? Die MAISON ANTOINE frittiert die wohl besten Pommes der Stadt. Das Imbisshäuschen steht mitten auf der Place Jourdan, und in die Kneipen rings um den Platz darf man die Pommes mitbringen, sofern man zum Runterspülen ein Bier bestellt. Anschließend kann man im nahen Parc Léopold am Europäischen Parlament einen Blick auf das Kommen und Gehen der Eurokraten werfen.

Zum Abend lässt man die Grand-Place hinter sich und nimmt sich Ixelles vor. In Brüssels vitalstem Viertel außerhalb der City erblickte Audrey Hepburn das Licht der Welt. Gegenüber der neugotischen Kirche Saint Boniface liegt an einem der schönsten Plätze der Stadt die Pizzeria MANO À MANO. Feinschmecker mit gehobenen Ansprüchen sollten das COMME CHEZ SOI ansteuern. Das mit zwei Michelin-Sternen prämierte Restaurant blickt auf eine lange Familiengeschichte zurück und ist mit seinem etwas beengten Gastraum, den Jugendstil-Glasfenstern und seiner raffinierten Haute Cuisine ein Brüsseler Mikrokosmos.

Der Flaneur, wiewohl gebürtig in Paris, hat sich schon vor geraumer Zeit nach Brüssel abgesetzt. Vielleicht liegt es an Brüssels überschaubarer Größe oder auch an den Leuten, dass man hier so viel entspannter mit einem Getränk die Zeit genießen kann als anderswo in Europa. Im CAFÉ CHARBON kann man den ganzen Tag bei einem Leffe Blond die Menschen um sich herum beobachten. Die Kombination aus Café, Weinstube und Bistro mit industriellem Flair liegt an einer kleinen

Der Flaneur hat sich schon vor geraumer Zeit nach Brüssel abgesetzt. Hier kann man entspannter mit einem Getränk die Zeit genießen als anderswo in Europa.

Kopfsteinpflasterstraße unweit der schönen Barockkirche Notre-Dame de Bon Secours. Gleich um die Ecke befindet sich Brüssels berühmter Drag-Club CHEZ MAMAN, ein Must-see. Hinter der Tür beginnt eine andere Welt. Die Dragqueens performen auf einem schmalen Tresen und singen Schulter an Schulter mit anderen Akteuren auf Englisch, Französisch oder in anderen Sprachen. Das Chez Maman ist ein intimer Ort – wie geschaffen für den Aufbau neuer internationaler Beziehungen.

Die Rue du Marché au Charbon ist eine gute Adresse, um vor dem Gang ins Chez Maman den Abend einzuläuten. Aus dem reichen Kneipenangebot sticht die beliebte Schwulen-Bar LE BELGICA heraus, in der Einheimische und Gäste gemeinsam Bier und „Martinica“ trinken. Im Sommer nehmen die Besucher die ganze Straße in Beschlag, treffen sich mit ihren Freunden und lernen neue kennen. Wer es glamouröser braucht, geht ins L'AUBE SUR AŸ und wählt zwischen 120 Champagnersorten, kombiniert mit Kaviar, Austern, Foie gras und Schokolade. In diesem Hort der Brüsseler Lebensfreude findet jeder sein persönliches Lieblings-Aphrodisiakum und die passende Livemusik dazu.

Die Dragqueens performen auf einem schmalen Tresen und singen Schulter an Schulter mit anderen Akteuren.

Bei einer Bierprobe sollte man neben einem Leffe Blond auch Oud Bruin oder Flanders Red probieren.

Der nicht sesshafte Catclub sorgt in ausgedienten Industriebauten für entspannte Dancefloor-Stimmung.

Eine innovativere Ausgehoption ist der CATCLUB, der für jedes Event einen anderen Ort wählt – ein Tanz- und Musikerlebnis inszeniert an Kunst- oder Industrieorten wie der Galerie Ravenstein oder dem ehemaligen Citroën-Werk. Unter den Besuchern herrscht eine herzliche Atmosphäre. Wenn in der schwulen Club-Institution LA DEMENCE eine Party steigt, kann man hier bis zur Besinnungslosigkeit abtanzen. Seit Jahr und Tag reisen zu den ausgelassenen Partys – ähnlich wie im Folsom in San Francisco – Männer aller Altersstufen an. Sie bringen unterschiedlichste Lebensgeschichten und Vorlieben mit und leben ihre hedonistische Seite aus oder schauen einfach nur zu.

Die ausgetretenen Pfade zu verlassen ist wichtig und richtig, aber manchmal darf man auch einfach Tourist sein und den stadttypischen Klischees frönen, zumal wenn dabei Schokolade, Waffeln, Bier und Fritten herausspringen. Schweizer Schokolade kennt jeder, aber die wahren Meister-Chocolatiers sind die Belgier. Man lasse Godiva links liegen und begebe sich direkt zu PIERRE MARCOLINI, dem „Chanel der Schokolade", und gleich danach in den Tearoom MAISON DANDOY, wo man aus Zucker und Gewürzen göttliche Spekulatius zaubert.

Ausgetretene Pfade zu verlassen ist wichtig, aber manchmal darf man einfach Tourist sein und den stadttypischen Klischees frönen, zumal wenn dabei Schokolade, Waffeln, Bier und Fritten herausspringen. Schweizer Schokolade kennt jeder, aber die wahren Meister-Chocolatiers sind die Belgier.

Buchfetischisten sind bei PEINTURE FRAÎCHE in Ixelles gut aufgehoben, einem familiären Buchladen mit einer fachkundigen Auswahl aus den Gebieten Fotografie, Kunst, Design und Mode. Design-affine Besucher kommen im LULU HOME INTERIOR auf ihre Kosten, das etwas versteckt in der nahen Rue du Page liegt. Im LuLu besorgen die kosmopolitischen Brüsseler sich ihre innovativen Einrichtungen – vom Sofa bis zur Esszimmergarnitur. So einfach und geschmackvoll wie die Möbel ist das Café; hier kann man sich aus der von Chefkoch Guillaume Gomez zusammengestellten Speisekarte einen Vorabend-Snack aussuchen.

Belgiens einflussreichstes Avantgarde-Mode-Kollektiv, die Antwerp Six, zu denen auch Dries Van Noten und Walter Van Beirendonck gehören, hat das Land zu einer festen Größe für Modefreaks gemacht. Brüssel ist nicht Paris, aber mit Sicherheit ein erstklassiger Ort für das Kleiderschrank-Update. Großartige Designermode gibt es bei HUNTING AND COLLECTING und den geeigneten Duft zum neuen Gewand im SENTEURS D'AILLEURS – ein Paradies für die Nase mit einer großen Auswahl an Wohlgerüchen, die man nirgendwo sonst findet.

Bei Hunting and Collecting gibt es neben Mode auch zeitgenössische Keramikkunst.

Die Backwerktheke des Maison Dandoy ist so lang wie der Ladenraum mit den Buntglaswänden.

Schon die Fassade in den Galeries Royales Saint-Hubert macht deutlich: Maison Dandoy ist ein Traditionshaus.

Wer sich für Kultur interessiert, sich aber nicht in eine Warteschlange vor eine Institution einreihen will, die fünf Millionen Kunstwerke beherbergt, besucht das MAGRITTE MUSEUM. Das unterhaltsame Museum zeigt Werke des berühmtesten belgischen Surrealisten René Magritte. Dank der Hanglage mitten in Brüssel bietet es großartige Ausblicke auf die Stadt und die Grand-Place.

Auch heute lockt Brüssel Künstler aller Disziplinen, die sich von den kreativen Energien und den moderaten Lebenshaltungskosten angezogen fühlen. Das Spektrum reicht von modernem Tanz bis zu klassischer Musik. Besonders berühmt ist das BOZAR – nicht nur wegen seines Veranstaltungsprogramms, sondern auch dank seiner Jugendstil-Architektur, die selbst in der Jugendstil-Metropole Brüssel ihresgleichen sucht. Es beweist, dass erstklassige Ausstellungsräume die Kunst veredeln und umgekehrt. Bei der Châtelain-Erkundung stößt man abseits der Chaussée de Charleroi auf die PATINOIRE ROYALE, ein stilvoll renoviertes Kleinod, in dem sich früher die königliche Eislaufbahn befand. Heute sind hier Arbeiten zeitgenössischer Künstler zu sehen.

Eigentlich ist die ganze Stadt eine Art Leinwand, auf der Künstler ihrer Kreativität freien Lauf lassen.

Im Magritte Museum sind 200 Werke des belgischen Surrealisten zu sehen wie *Die Rückkehr* und *Scheherazade*.

Dass Brüssel ein Herz für das Kindlich-Verspielte bewahrt hat, zeigt schon das Nationalmaskottchen Manneken Pis. Wer durch die Stadt geht, sieht zudem an den Außenmauern lauter gigantische Comic-Wandmalereien. Sie gehören zur COMIC BOOK ROUTE, die zu einer Reihe von Wandmotiven aus berühmten belgischen Comics führt. Der beste Startpunkt für den Rundgang ist das LGBTQ-Bild an der Rue de la Chaufferette. Von dort geht es weiter zu den Schlümpfen vor dem Hauptbahnhof.

Ein Wandbild des deutschen Künstlers Ralph König ziert die Wand des Rainbow House, ein sozialer Raum für die lokale LGBTQI Community.

MITMISCHEN

Wer in Brüssel weilt, folge dem belgischen Beispiel und trinke Bier. Seit Jahrhunderten wird in Belgien gebraut, und heute gehört das kleine Land zu den größten Bierproduzenten der Welt. Jeden Sommer steigt in Brüssel das BXLBEERFEST. Dabei stehen unabhängige und internationale Brauer im Mittelpunkt und ziehen Bierliebhaber in ihren Bann. Als Gegengewicht zum leidenschaftlichen Bierkonsum hat die Stadt die Food-Truck-Szene für sich entdeckt und veranstaltet mit dem BRUSSELS FOOD TRUCK FESTIVAL das größte Event seiner Art. Waffeln, Pommes, Quiche oder Burger, Tacos und Patatas Bravas – die Zutaten zu diesem Festival kommen aus Belgien und der ganzen Welt.

Im Sommer werden Brüssels Kanäle zum Schauplatz rauschender Festivitäten unter freiem Himmel. Besonders fiebert man dem Event BRUXELLES LES BAINS entgegen. Die Brüsseler genießen die Sonne, schlürfen kühle Getränke und beteiligen sich an kulturellen Aktivitäten aller Art. Man kann es sich im Freiluftkino gemütlich machen oder Brüssels schwulen Volleyball-Teams zuschauen. Und im Winter? Da lockt die BRUSSELS ART FAIR (BRAFA) Kunstsammler, -käufer und -liebhaber aus aller Welt an. Die ehemals rein belgische Messe zeigt inzwischen auch internationale Kunst und folgt der Maxime „Klasse statt Masse".

Die neuntägige Kunstmesse BRAFA Ende Januar ist der erste Höhepunkt in Brüssels Kulturkalender.

RAUSFAHREN

Brüssel ist ein guter Ausgangspunkt für Wochenendtrips. In die Niederlande und nach Frankreich ist es nur ein Katzensprung – aber um sich wie im Ausland zu fühlen, braucht man Belgien nicht zu verlassen. Nach wenigen Kilometern wechselt der Zugschaffner vom „Mesdames et messieurs" zum „Dames en heren". Schon ist man in Flandern, Belgiens niederländischsprachigem Norden. Brügge ist malerisch, aber wer zwei Stunden über die Grachten geschippert und durch die allerliebsten Gassen flaniert ist, fragt sich: „Und nun?".

Nach einer Zugstunde gelangt man von Brüssel in die größere, hippere und vitalere Mittelalterstadt GENT. Hier kann man mit einem *gestreken mastel* (einem flämischen Zimtgebäck) in der Hand zur erhabenen St.-Bavo-Kathedrale schlendern, das Altstadtviertel Patershol erkunden, die magische Geschichte Gents und die imposante Architektur auf sich wirken lassen – und sich nach Lunch und wärmendem Kaffee im Vos Restaurant die Nachmittagsdosis moderne Kunst im S.M.A.K. gönnen.

Gents ultramoderne Stadthalle ist eine echte Mehrzweck-Location – hier finden Märkte, Konzerte und Tanz-Events statt.

BRÜSSEL – PROGRESSIV UND INKLUSIV

Gay Haze

„Brüssel war dank seiner Lage und Geschichte den unterschiedlichsten Einflüssen ausgesetzt“, erklärt Guillaume Bleret, Mitgründer und Veranstalter des queeren Dance-Party-Kollektivs Gay Haze. „Hier treffen römische und germanische Traditionen zusammen“, fügt der 38-Jährige, der in einer mittelalterlichen Stadt in der benachbarten Wallonie aufwuchs, hinzu.

Diego Cozzi (28), den zweiten Gründungsvater von Gay Haze, lernte er vor zehn Jahren bei einer Party kennen. „Ich bin in Luxemburg-Stadt groß geworden – also nur zwei Autostunden entfernt“, erzählt Diego. „Zuerst zog es mich nach Berlin, aber inzwischen ist Brüssel meine Heimat.“

An Berlin reizte ihn die unerschöpfliche Clubszene, die es ähnlich auch in Brüssel gibt. In Berlin lernte Diego seinen Partner kennen, mit dem er bis heute zusammen ist. „Am Anfang kam ich ab und zu am Wochenende angereist“, berichtet er. Später zog er ganz nach Brüssel, um nicht mehr pendeln zu müssen. „So lernte ich Guillaume kennen.“

Belgien ist ein Eldorado der elektronischen Musik („Hast du die Dokumentation *The Sound of Belgium* gesehen?“ fragt Guillaume) und zog mit seinem blühenden Nachtleben die beiden Männer in seinen Bann. Brüssels berühmtestes Queer-Event dürfte die Gay-Superparty La Demence sein, die seit Jahrzehnten einmal im Monat steigt. Gay Haze ist frecher und eigenwilliger – „ein gigantischer und schräger Tanztee am Sonntagnachmittag und -abend.“

„Gay Haze ist alternativ und freizügig – und pflegt eine provokante Homo-Ästhetik“, erläutert Guillaume. „Das Konzept kam auf Anhieb gut an und bescherte uns schon bald eine treue Fangemeinde mit den unterschiedlichsten sexuellen Orientierungen. Wir hatten das Glück, dass es in der hiesigen Partyszene bis dahin nichts Vergleichbares gab. Der Nachteil ist, dass es in Brüssel an Locations mittlerer Größe mangelt.“ Und wie sorgen die beiden dafür, dass es bei Gay Haze trotzdem genug Platz für alle gibt? „Das ergibt sich von allein“, meint Diego. „Zum einen machen wir nicht viel Werbung. Gay Haze soll spontan und spaßbetont bleiben. Und die Musik, die wir spielen, ist nicht jedermanns Geschmack. Außerdem findet Gay Haze am Sonntagnachmittag und -abend und damit nicht zu einer klassischen Partyzeit statt. Darum kommen nur Leute, die wirklich unbedingt kommen wollen.“

Guillaume ist Mitglied der Plattform 24hBrussels. „Sie befragt Clubbesucher und -manager, Party People, Clubinhaber, Nachtarbeiter, Nachbarschaftsinitiativen, Verkehrsunternehmen und Leute aus dem Gesundheitswesen, um eine Art Bestandsaufnahme des Brüsseler Nachtlebens vorzunehmen. Die Ergebnisse werden gesammelt und ausgewertet. „Wo hapert es? Was kann man verbessern? Was ist schon super?“ Das Projekt fördert auch die Zusammenarbeit

„Gay Haze pflegt eine provokante Homo-Ästhetik."

zwischen Partyveranstaltern. „Man konkurriert miteinander, aber unterstützt sich trotzdem gegenseitig. Es gibt zwar auch einige, die ihre Pfründe mit Zähnen und Klauen verteidigen, aber dieses übersteigerte Wettbewerbsdenken bestimmt zum Glück nicht das Bild."

Wie viele Kreative lebt Guillaume im bezahlbaren Brüsseler Stadtteil Anderlecht. Diego wohnt näher an der Altstadt, aber auch nur zehn Minuten entfernt. „Alles ist nah beieinander. Man läuft sich häufig über den Weg und es gibt jede Menge Bars und Kneipen", schwärmt Diego. Sein Lieblingsort ist das Fontainas mit seiner LGBTQ-Crew und den gemütlichen Sitzplätzen vor der Tür. „Das ist ein wichtiger Szenetreff – mit kurzen Wegen zur Gay-Meile und zur Schwulensauna. Hier trifft man immer jemanden, den man kennt."

Die beiden müssen allerdings zugeben: In manchen Gegenden der belgischen Hauptstadt überlegen sie sich zweimal, ob sie Hand in Hand durch die Straßen gehen. „Es kann passieren, dass man angestarrt wird, dumme Kommentare zu hören bekommt oder von Passanten sogar angespuckt wird", warnen Guillaume und Diego. „Aber die Gay-Szene ist ziemlich ausgeprägt und versteckt sich nicht", erläutert er. „Unsichere Gegenden und sehr liberale Viertel liegen ganz nah beieinander." In jüngster Zeit wurden wichtige Fortschritte wie die Homo-Ehe und das Adoptionsrecht für LGBTQ-Paare erzielt.

Integration und Miteinander haben in Brüssel Tradition. „Durch die Lage am Meer war Belgien immer ein Transit- und Einwanderungsland", meint Guillaume. „Der Brüsseler Ausdruck *Zinneke*", so erklärt er, „bedeutet so viel wie ‚Promenadenmischung' und war ursprünglich abwertend gemeint. Heute nennen die Brüsseler sich mit einem gewissen Stolz selbst Zinnekes."

LOGIEREN

1. Chicago Athletic Association
2. FieldHouse Jones
3. The Publishing House
4. The Robey
5. Viceroy & Devereaux

GENIEẞEN

6. Entente
7. Lost Larson
8. Passerotto
9. Roister
10. Southport Grocery
11. Vincent

MITFEIERN

12. DISCO
13. Elixir Lakeview
14. RM Champagne Salon
15. Sidetrack
16. The Second City

SHOPPEN

17. Asrai Garden
18. Blind Barber
19. Rotofugi
20. Stock Mfg. Co.
21. Volumes Bookcafe

ENTDECKEN

22. Auditorium Theatre
23. Center on Halsted
24. Museum of Contemporary Art

CHICAGO

Cooler Hotspot im Mittleren Westen

Frank Lloyd Wright sagte einmal: „Irgendwann wird Chicago die letzte schöne Großstadt der Welt sein“. Und während die Frage nach der Wahl der eigenen Lieblingsstadt der Frage nach dem eigenen Lieblingskind ähnelt, erschließt sich einem schnell, warum Wright dieser Stadt so viel abgewinnen konnte. Chicago präsentiert sich als spannender Stil- und Architektur-Mix mit vielen Facetten und geselligen Bewohnern von einnehmendem Wesen – die ideale Mischung aus New Yorker Chic yund Midwest-Herzlichkeit. Die Food-Szene: ein Kaleidoskop aller Geschmacksrichtungen dieser Welt, das uns in himmlische Höhen entführt. Als Kulturmetropole bietet Chicago allen Kunstformen und den besten Jazz- und Blues-Musikern der Welt eine Bühne. Auch Naturliebhaber sitzen in Chicago in der ersten Reihe. Und im Stadtteil Boystown lebt eine der größten LGBTQ-Communitys der USA.

In Chicago wurde LGBTQ-Geschichte geschrieben. In den 1950ern schossen die Homosexuellenbars wie Pilze aus dem Boden. An der Wentworth Avenue gründeten die Trompeterin Ernestine „Tiny“ Davis und ihre Partnerin, die Drummerin Ruby Lucas, die Lesbenbar Tiny and Ruby's Gay Spot. In den 1960ern eröffnete Chuck Renslow, eine Ikone der Chicagoer Schwulenbewegung, seine Gold Coast, die erste Lederbar im Land. Später startete er mit seinem Lebensgefährten Dom Orejudos in der Stadt am Michigansee seine Männermagazin-Reihe *Physique*, rief den International Mr. Leather Contest ins Leben und gründete das Leather Archives & Museum in Rogers Park. 1961 hob Illinois als erster US-Bundesstaat sein sogenanntes Sodomiegesetz auf. Der couragierte Schritt half der Gay-Bewegung, sich mehr und mehr aus der Deckung zu wagen.

Bis heute kämpft Chicago leidenschaftlich dafür, die gesellschaftliche Einstellung zur LGBTQ-Community zum Positiven zu verändern. Auch daran zeigt sich: Chicago hat bei aller Coolness ein heißes Herz.

Mehr als ein Jahrhundert stand die CHICAGO ATHLETIC ASSOCIATION nur wenigen Privilegierten offen. Sie wurde 1890 von Marshall Field, Cyrus McCormick und A. G. Spalding gegründet. Zu ihren Mitgliedern gehörte auch ein gut betuchter Baseball-Fan namens William Wrigley. Als Wrigley einem Konsortium beitrat, das 1915 die Baseballmannschaft „Chicago Cubs" kaufte, übernahm er kurzerhand das Logo der Chicago Athletic Association – eine Entscheidung, die Verein und Club für die kommenden Jahrzehnte unwiderruflich verband. Das Hotel, ein historisches Juwel, ist nach wie vor sehr elegant, aber längst nicht mehr der Ultra-Elite vorbehalten. Es hat mit dem Cindy's eine der besten Rooftop-Bars der Stadt, edle Getränke im Game Room und ein eigenes Shake-Shack-Restaurant im Haus zu bieten – alles runderneuert vom Designbüro Roman and Williams, das dem Gebäude einen robust-urbanen Chic verpasst hat.

Ein weiteres Sanierungswunder residiert in einem prächtigen Art-déco-Gebäude, das vom Architektentrio Perkins, Chatten & Hammond einst als „Northwest Tower" errichtet wurde. THE ROBEY mit 69 „Turmzimmern" im Hauptgebäude und Lofts für mehrere Personen im Nachbarhaus von 1905 ist kühn und elegant, rau und kultiviert. Im Sommer lässt man von der Dachterrasse den Blick über das Altbauviertel Wicker Park, das szenige Bucktown und den Großstadtdschungel schweifen und im schicken Rooftop-Pool den Johnny Weissmüller in sich ausleben. Anschließend kann man sich im Café Robey die kreative amerikanische Kochkunst von Cuisinier Kevin McAllister zu Gemüte führen, eine Etage höher in The Lounge beim Espresso dem Treiben der Passanten zuschauen oder noch weiter oben in den tiefergelegten Sitzmöbeln des Up Room die Cocktailkarte durchprobieren und zuschauen, wie die glitzernde Skyline der Stadt allmählich zum Leben erstrahlt. Ein Unikum in Chicagos Hotelszene ist das FIELDHOUSE JONES, eine Mischung aus lässigem Indie-Luxus und Edelwohnheim. Das Angebot reicht von klassischen Hotelzimmern, die hier „Trailblazer" heißen, über Loft-Apartments bis zu den charakteristischen „Campus"-Zimmern mit großzügigen Etagenbetten. Damit hat im FieldHouse Jones schon die Bettenwahl Spaßpotenzial – wer darf oben schlafen?

Ein gediegeneres Refugium ist das VICEROY CHICAGO im feinen Stadtteil Gold Coast, nicht weit von den begehrtesten Villen der Stadt, dem Geschäftsviertel Magnificent Mile und dem Michigansee. Die genialen Hoteldesigner von TAL Studio haben ihm eine vornehme und kunstsinnige Atmosphäre angedeihen lassen. Das Viceroy gibt sich bis in die kleinsten Details verschwenderisch. Das gilt auch für das hoteleigene Restaurant Somerset, in dem Sterne-Cuisinier Lee Wolen den Kochlöffel schwingt, und die Rooftop-Lounge Devereaux in der 18. Etage, in der man nicht weiß, wovon man am meisten angetan sein soll – von den Craft-Cocktails, den überwältigenden Ausblicken auf die Stadt oder dem gepflegten Publikum.

Wer nach den neuesten Trends fragt, wird von den Einheimischen in die frühere Speicherstadt West Loop geschickt. In dem angesagten Viertel hat sich auch die University of Illinois angesiedelt. Wie jeder Uni-Standort, der auf sich hält, ist West Loop mit Szeneclubs und außergewöhnlichen Lokalen reich gesegnet. Mittendrin liegt das Bed & Breakfast THE PUBLISHING HOUSE, das die frühere Verlagsanstalt der Freien Methodisten mit Bravour zu neuem Leben erweckt hat. Das Angebot reicht vom gemütlichen Schlafzimmer bis zur weitläufigen Suite. Besonders gefällig ist die Kombination von unverputzten Backsteinwänden und warmen Eichenholztönen. Das Frühstück gilt als das beste der Stadt.

The Publishing House kombiniert B&B-Gastlichkeit mit dem Luxus-Lifestyle eines edlen Boutique-Hotels.

Chicken SHOP

Wenn die Chicagoer sich mit etwas auskennen, dann mit gutem Essen. Die Überfülle an kulinarischen Optionen lässt keine Hungergefühle aufkommen und reicht von schlichter Imbisskost bis zum fast schon überzüchteten Gastro-Erlebnis. Man kann also getrost mit leerem Magen nach Chicago anreisen – satt wird man hier mit Sicherheit.

Für einen guten Start in den Tag sorgt ein Frühstück im Café der SOUTHPORT GROCERY AND CAFE, in dem man auch bestens zu Mittag speist und gelegentlich ein geheimnisvolles Abendmahl – das sogenannte Secret Supper – zu sich nehmen kann. Das etwas versteckt gelegene Lokal wird von vielen kundigen Einheimischen frequentiert, denn hier bekommen sie zu jeder Tageszeit Bread Pudding Pancakes oder hausgeräucherte Rinderbrust mit Jus und Bio-Eiern (von Hühnern der Region, versteht sich). Ist ein ganzer Tag ohne Zwischenstopp im Hotel geplant? Für diesen Fall gibt es in der Southport Grocery individuell zusammengestellte Lunchboxen. Eine grandiose Frühstücks-Location ist auch das Bäckerei-Café LOST LARSON in Andersonville. Hier wird das Vollkornmehl mit einer traditionellen Steinmühle gemahlen und zu überirdisch guten Broten und Backwaren verarbeitet. Inhaber Bobby Schaffer war früher in etlichen Nobelrestaurants fürs Backen zuständig – unter anderem im legendären Blue Hill at Stone Barns in New York und dem Michelin-dekorierten Grace in Chicago.

Ein Jammer wäre es, sich die kulinarischen Kreationen von Chefkoch Grant Achatz entgehen zu lassen. Achatz gilt als Tausendsassa der gehobenen Chicagoer Kochkunst. Nach dem Riesenerfolg seiner Restaurants Alinea und Next gründete Achatz 2016 das ROISTER in West Loop und erkochte für dieses gleich im ersten Jahr einen Michelin-Stern. Die Gäste können im großen Gastraum à la carte speisen oder sich im familiären Rahmen bekochen lassen – etwa mit Maismehlbällchen, Hähnchenleberpastete, Pfirsichkonfitüre und Essiggemüse. Stilechtes Midwest-Essen serviert auch das Sterne-Restaurant ENTENTE. Es liegt etwas versteckt in der Lincoln Avenue und hat zur Straße hin einen Gastraum mit Tresen und dahinter einen etwas kargen, aber trotzdem gemütlichen Bereich, in dem Naturhölzer den Ton angeben – umso besser kommen die fantastischen Gerichte zur Geltung, die hier aufgetragen werden. Chefkoch Brian Fisher war offenbar in Bestform, als er die saisongerechte Speisekarte mit Wild, Seafood, Fleisch und Gemüse komponierte. Zum Auftakt gönne man sich eine perfekt gekühlte Sektflöte mit NV Domaine de la Louvetrie „Atmosphères", gefolgt von Berkshire-Schwein mit Sea Island Red Peas (einer roten Erbsensorte), Grünkohl, Venusmuscheln und Maisbrot oder einem vorzüglichen Reisgericht mit Sommertrüffeln, Enteneiern, Erbsenranken und Parmesanspänen.

Das gediegene Interieur des Lost Larson, dessen Brot und Backwerk zum Köstlichsten gehört, was Chicago zu bieten hat.

Die Chicagoer kennen sich aus mit gutem Essen. Man kann also getrost mit leerem Magen anreisen.

Eine prominente Adresse in Andersonville ist das PASSEROTTO in der North Clark Street, wo Chefköchin und Inhaberin Jennifer Kim Koreanisches mit italienischem Flair zubereitet wie zum Beispiel Cavatelli mit Nori-Butter, Bohnen, japanischen Süßkartoffeln und eingelegten Schalotten oder glasierte Rippchen mit Kimchi nach Familienrezept.

Wenn die New Yorker Restaurant-Urgesteine Peter Luger und Delmonico's ein außereheliches Kind hätten, würde es vielleicht aussehen wie das VINCENT: halbhohe dunkle Holzvertäfelung, weiße Tischtücher mit Packpapierauflage und an den Wänden Damasttapete. Damit sind die Ähnlichkeiten aber auch schon erschöpft. Im Vincent trifft man nicht auf Urgroßväter, die der Tradition des Drei-Martini-Lunch treu geblieben sind, sondern auf moderne Steakhouse-Kunst aus einer anderen Dimension. Das hohe Niveau merkt der Gast, sobald er das von Cuisinier Jake Shappel gepresste Markspätzle mit geschmorten Pilzen, Brandy und Sareptasenf probiert. An der Bar zaubert Brian Riester Craft-Cocktails wie den „Smoke & Mirrors", eine berauschende Neuinterpretation des Old Fashioned, oder den „Six Inch Voices" mit Gin, Grapefruit, Lillet Blanc, Thymian, Zitrone und Eiweiß.

Chicago führt kein Mauerblümchendasein. Nachts geht es hier auch im tiefsten Winter heiß her. Zu den intimeren Locations gehören das DEVEREAUX, die Rooftop-Bar des Hotels Viceroy, sowie das elegante ELIXIR LAKEVIEW mit raffinierten Cocktails in einer Lounge mit erotischer Ausstrahlung und der RM CHAMPAGNE SALON in West Loop, in dem zwischen Dessertthäppchen die Korken knallen.

Nachdem der legendäre Schwulenclub The Warehouse (der Legende nach der Geburtsort des House) inzwischen Geschichte ist, kann man in der DISCO an der West Hubbard Street die Nächte durchtanzen. Die selbsternannte Nightlife-Kultstätte fährt alles auf, was wir an den 1970ern so lieben – die Musik, die Kunstpelzsofas und LED-beleuchtete Tanzflächen. Hier flippen auch die Coolsten aus und werden die besten DJs von der Leine gelassen. Zu Halloween steigt die verführerisch-düstere Fetischparty „The Masquerade Macabre". Sehr gute Gründe, den Abend weder mit Netflix noch mit Chillen zu verbringen.

Im SIDETRACK kann man bei der Revue „All Things Gaga" enthemmt drauflostanzen, sich bei einer Will & Grace-Viewing-Party entspannt zurücklehnen oder bei einem der LGBTQ-Storytelling-Events, die immer am ersten Dienstag im Monat stattfinden, frei von der Leber weg seine Geschichte erzählen. Alternativ lacht man sich im kultigen Comedy-Club The SECOND CITY kaputt, wo die besten Comedians unserer Tage zum ersten Mal auf der Bühne standen.

Die Rooftop-Bar Deveraux bietet vom 18. Stock atemberaubende Ausblicke auf den Gold Coast District.

Bei Comedy-Fans extrem beliebt sind die Impro-Abende von Second City auf der „Chicago Mainstage".

Chicago Tribune
EVERY BODY IN

Reid Murdoch Building
Garage
300 North LaSalle
Garage
SLOW

Nicht nur die „prächtige" Magnificent Mile ist ein Belastungstest für die Platin-Karte – ganz Chicago wimmelt vor Geschäften mit magischer Anziehungskraft. Anime-Fans und Freunde der Popkultur pilgern zu ROTOFUGI in Lincoln Park, wo es die abgefahrensten Spielzeuge und Sammlerstücke und zudem die Rotofugi Gallery gibt, die jeden Monat neue Künstler präsentiert. Eine andere Kunst wird im ASRAI GARDEN gepflegt, das kein normales Blumengeschäft ist, sondern ein floristisches Zauberreich, in dem man auch Vintage-Präsente und Badeartikel findet. Einen intellektuell anregenden Nachmittag verspricht das VOLUMES BOOKCAFE an der North Milwaukee Avenue, in dem man als Begleitgetränk beim Regalstöbern einen Flat White oder einen „butterigen" Chardonnay – kurz „Buttery Chard" – bestellt. Elegante Basic-Garderobe mit modernem Touch gibt es bei STOCK MFG. CO. Hier wird kein Detail dem Zufall überlassen: Sogar die Zahl der Knopflöcher muss stimmen, damit die Hose den Kunden vorbildlich kleidet. Und da man auch im verführerischsten Outfit frisch rasiert und mit einem neuen Haarschnitt noch besser aussieht, empfiehlt sich ein Stopp beim BLIND BARBER, der sich am Abend in eine Speakeasy-Bar verwandelt. Aber schon bei Tage gibt es mehr als nur Frisuren und Rasuren, nämlich ein Riesenangebot an maßgeschneiderten Pflegeprodukten.

Der Herrenausstatter Stock Mfg. Co. an der West Fulton Street verkauft Mode „made in Chicago".

Perfekter Sitz, edle Stoffe und Top-Qualität sind Programm bei Stock Mfg. Co.

ENTDECKEN

Das MUSEUM OF CONTEMPORARY ART zeigt seine 2.500 Exponate portionsweise in wechselnden Themenausstellungen und ist eine Klasse für sich. Tanzfans sollten das AUDITORIUM THEATER aufsuchen, denn es ist nicht nur ein glanzvolles Baudenkmal, sondern die angestammte Spielstätte des Joffrey Ballet. Darüber hinaus dient es als Bühne für unzählige Veranstaltungen und Aufführungen.

Goldene Bögen und die Glitzerdecke sind die Markenzeichen des Auditorium Theaters mit seinen sechs Zuschauerebenen.

Tanzfans sollten das Auditorium Theater aufsuchen, das auch ein glanzvolles Baudenkmal ist.

Das CENTER ON HALSTED schließlich ist die größte Institution im Mittleren Westen, die sich für den Zusammenhalt, die Gesundheit und das Wohl der LGBTQ-Community starkmacht. Das Zentrum hat die kulturelle Landschaft Chicagos nachhaltig beeinflusst. Es liegt mitten in Boystown, Amerikas erstem richtigen Schwulenviertel, und empfängt mit einer geschützten und einladenden Atmosphäre mehr als eintausend Besucher pro Tag.

Die NORTHALSTED MARKET DAYS, Chicagos berühmteste Sommerparty und das größte Straßenfest im Mittleren Westen, gibt es seit 1980. Mittlerweile ist die Festmeile 800 Meter lang. An vier Tagen im August bringt das Musikfestival LOLLAPALOOZA im Grant Park mit Acts wie Bruno Mars und den Arctic Monkeys die Stadt zum Rocken. Chicagos spektakulärstes Musik-Event ist allerdings das CHICAGO BLUES FESTIVAL. Das größte kostenlose Blues-Festival der Welt läuft drei Tage lang auf vier Bühnen, auf denen schon Bonnie Raitt, der selige Ray Charles und B.B. King standen.

Musikfans chillen beim Festival Lollapalooza auf dem Rasen des Grant Park (oben und rechts).

RAUSFAHREN

Chicagos Vorstadt OAK PARK ist einer der bedeutendsten Architekturorte in Amerika. Nirgendwo gibt es auf so engem Raum so viele von Frank Lloyd Wright entworfene Gebäude. In den ersten 20 Jahren seiner Laufbahn – von 1889 bis 1909 – wohnte und arbeitete der Architekt auch in Oak Park. Eine gute Möglichkeit, sich mit der einzigartige Design-Ästhetik des Architekten auseinanderzusetzen, ist es, die Tour am Wohnhaus und Studio von Frank Lloyd Wright zu beginnen. Danach kann man die Häuser der Umgebung besichtigen, die von Wright und anderen Architekten des Prärie-Stils entworfen wurden.

Das Arthur B. Heurtley House in Oak Park ist ein frühes Beispiel von Frank Lloyd Wright's Prärie-Stil.

Das Hoch- und U-Bahnsystem der Stadt wird liebevoll als „L" bezeichnet, abgeleitet von „Chicago Elevated".

Daddy
16

DYNAMIK UND DIVERSITY AUF DER BÜHNE IN CHICAGO

Mikael Burke

„Was diese riesige Metropole ausmacht, sind die Vielfalt und die Verschiedenheit ihrer einzelnen Stadtteile und der Menschen, die hier leben.“ Der erfolgreiche Theaterchef Mikael Burke ist stolzer Chicagoer und zieht das Gegenüber in seinen Bann, wenn er über seine Heimatstadt spricht. „Diese Stadt und ihre Community sind dynamisch und spannend“, so Mikael weiter. „Wenige Gehminuten vom urbanen Großstadtdschungel kann man durch ruhige Wohnstraßen im Grünen schlendern. Man kann mit dem Zug in ganz andere Welten fahren, ohne das Stadtgebiet von Chicago zu verlassen.“

Mikael kam in Chicago zur Welt, wuchs aber in Nashville, Tennessee, auf. Nach dem Theaterstudium an der Butler University in Indianapolis zog er 2009 „mit ein paar befreundeten Kollegen“ in die Stadt am Michigansee und gründete ein kleines eigenes Theater. „Das war eine Bauchentscheidung. Nach ein paar Jahren hatten wir kräftig expandiert und taten uns mit einer anderen Theatertruppe zusammen. Ich gab meine Nebenjobs auf und lebe seither vom Inszenieren und von meiner Lehrtätigkeit.“

Nebenher machte er an der DePaul University in Chicago noch einen Master-Abschluss in Regie. Heute unterrichtet er am Northlight Theatre und an der Roosevelt University unter anderem Drehbuchanalyse und Theatergeschichte. „Chicago hat eine extrem spannende Theaterlandschaft mit Stücken und Inszenierungen, die absolut auf der Höhe der Zeit sind“, erklärt Mikael.

Chicagos Bühnenwelt ist sein künstlerisches Zuhause. „Wir sind wie eine große Familie. Mich fasziniert immer wieder, wie vital diese Community ist und wie konsequent sie verfehlte Produktionsmethoden, die auf Ausgrenzung hinauslaufen, hinterfragt und umkrempelt. Das alles trägt dazu bei, dass die Theaterlandschaft hier genauso vielfältig und facettenreich ist wie die Gesellschaft um uns herum, mit der wir uns auseinandersetzen.“

Am About Face Theatre, das dem Dialog über Gender und Sexualität in Chicago neue Impulse geben will, brachte Mikael neulich das Stück *This Bitter Earth* auf die Bühne. Es handelt von zwei schwulen Männern mit unterschiedlicher ethnischer Herkunft und ihrer Paarbeziehung. Seit einigen Jahren setzt die Chicagoer Theaterszene sich besonders intensiv mit Black Queerness auseinander.

„Früher standen entweder weiße Schwule oder schwarze

Mikael Burke

„Was diese Metropole ausmacht, ist ihre Vielfalt."

Heteros im Fokus", erzählt Mikael. „Inzwischen haben die queeren Schwarzen sich ihren Platz auf der Bühne erobert. Das ist ein radikaler Schritt nach vorn, durch den viel Neues und Spannendes entsteht. Noch mehr würde ich mir wünschen, dass in Geschichten über schwarze Schwule ihre Hautfarbe und ihr Schwulsein gar nicht mehr ausdrücklich thematisiert würden. Ich hätte gern Storys, in denen diese Identitäten präsent sind, aber nur eine untergeordnete Rolle spielen."

Der Wunsch nach Inklusivität ist überall in der Stadt zu spüren. „In Chicago werden immer mehr Leute sich ihrer eigenen Vorurteile und der Fixierung auf den weißen Mainstream bewusst und rütteln mit vereinten Kräften am Status quo", stellt Mikael fest. In der Queerszene in den altbekannten Gayborhoods wie Boystown und North Halsted macht diese Entwicklung sich besonders stark bemerkbar. „Im aufgeschlossenen Klima dieser Stadt", erklärt Mikael, „lebt es sich als queerer Mensch im Großen und Ganzen sehr gut. Dennoch ist wie in den meisten US-amerikanischen Städten die Akzeptanz für weiße, männliche queere Cisgender höher als für jede andere queere Person, etwa nicht-weiße. Für weiße Schwule gibt es auch viel mehr einschlägige Locations als für andere. Wir sind dabei, das zu ändern, aber in diesem Bereich gibt es definitiv noch Luft nach oben."

Das Leben in der Stadt am Michigansee, die sich ständig wandelt, wird Mikael nicht langweilig. „Eines liebe ich an Chicago besonders: Je länger man hier lebt, umso stärker wird einem bewusst, was diese Stadt so absolut unwiderstehlich macht. Ich habe jedenfalls nicht vor wegzugehen."

LOGIEREN

1 Lisboa Pessoa
2 The Late Birds Lisbon
3 The Lumiares
4 The Independente Suites & Terrace
5 Valverde Hotel

GENIEẞEN

6 Bairro do Avillez
7 Clube de Jornalistas
8 Hello, Kristof
9 Manteigaria
10 Prado
11 SEA ME
12 Tapisco
13 Time Out Market

MITFEIERN

14 A Severa
15 Adega Machado
16 Pensão Amor
17 Purex
18 Red Frog
19 Tasca Do Chico
20 Trumps

SHOPPEN

21 A Vida Portuguesa
22 Chapelaria Azevedo Rua
23 Conserveira de Lisboa
24 Embaixada
25 Rosa & Teixeira
26 SAL Concept Store

ENTDECKEN

27 Beach 19
28 LX Factory
29 Museu Calouste Gulbenkian
30 Underdogs Gallery

LISSABON

Zauber der Kontraste

Was Lissabon auszeichnet, sind die Harmonie der Gegensätze und die urbane Lebensfreude. Kopfsteinpflastergassen, die in erhabenen Plätzen münden, einladende Uferpromenaden am Tejo und die imposante Avenida da Liberdade. Auf Schritt und Tritt gibt es in der siebenhügeligen Stadt etwas zu entdecken – energiegeladene Street Art, den volkstümlichen Fado, ausgelassenes Nachtleben in Bairro Alto, eine aufstrebende Gastronomieszene. Obwohl der Katholizismus in Portugal fest im Sattel sitzt, wird die Gay-Community seit der Legalisierung der Homosexualität 1983 immer mehr akzeptiert. Immerhin gehört Portugal zu den wenigen Ländern der Welt, die das Diskriminierungsverbot in der Verfassung verankert haben. Das progressive Klima zeigt sich am Vormarsch der Regenbogenflagge: In den großen Städten finden jährlich Pride-Paraden statt, seit 2010 gibt es die Homo-Ehe und das Filmfestival Queer Lisboa gehört zu den größten seiner Art in Europa. Lissabon hat eine blühende LGBTQ-Szene mit Bars, Geschäften und Clubs in den Szenevierteln Bairro Alto, Príncipe Real und neuerdings auch im schicken Stadtteil Chiado.

Das VALVERDE HOTEL an der vornehmen Avenida da Liberdade bietet auf sechs Etagen eines repräsentativen Altbaus aus dem 19. Jahrhundert modern-bürgerliches Ambiente mit teils holzvertäfelten Wänden, gemusterten Teppichen und Vintage-Anklängen. Jedes der 25 Zimmer erweist auf seine Art dem maurischen Flair des Gebäudes seine Reverenz. Das Restaurant Sítio im Erdgeschoss serviert portugiesische Klassiker und Weine aus der Region, aber das Highlight ist der bepflanzte Innenhof, in dem der Fünf-Uhr-Tee und klassische Cocktails gereicht werden und im Sommer kleine Konzerte am Pool stattfinden.

Vom Dachrestaurant schweift der Blick bis zum Tejo und zur Maurenfestung Sao Jorge, während man portugiesische Speisen und Drinks genießt.

Das luxuriöse THE LUMIARES liegt oberhalb der Standseilbahn Ascensor da Glória in einem Palast aus dem 18. Jahrhundert mit kurzen Wegen zu den engen Gassen und Kachelfassaden von Bairro Alto und Chiado. In den Zimmern und Suiten sorgen handgefertigte Kissen und Wandteppiche und edle Toilettenartikel von Claus Porto für Wohlbehagen. Das Speisenangebot reicht von Backwaren und Snacks im Bistro und Café Mercado bis zur portugiesischen Küche für Anspruchsvolle, angerichtet von Cuisinier João Silva im Rooftop-Restaurant Lumi. Das schicke THE LATE BIRDS LISBON, ein reines Männerhotel mit Außenpool und Garten, bietet seinen Gästen neben einem angenehmen Aufenthalt eigene Privat-Events im Haus. Die gemütliche Herberge zwischen Bairro Alto und Príncipe Real hat zwölf schnörkellose, aber wohnliche Zimmer mit allerhand geschnitztem Holzmobiliar. Die öffentlichen Bereiche sind mit Sammlerstücken, die der Inhaber in der ganzen Welt zusammengetragen hat, sehr apart gestaltet.

Wunderschöne Ausblicke über die berühmten roten Dächer und farbenfrohen Häuser von Chiado ermöglicht das Viersternehotel LISBOA PESSOA, das dem Leben und Werk des portugiesischen Dichters Fernando Pessoa seine Ehre erweist. Die Räume sind minimalistisch eingerichtet. Umso besser kommen die stilvollen Akzente zur Geltung – Bettkopfteile in hellen Farbtönen, Tagesdecken mit Textur und moderne Messingbeschläge. Im Dachrestaurant Mensagem, benannt nach einem Gedichtband Pessoas, werden portugiesische Speisen und saisongerechte Drinks serviert. Von hier schweift der Blick bis zum Tejo und zur Maurenfestung São Jorge.

Der kleine Innenhof des Valverde Hotel ist bei Tag und bei Nacht eine Oase der Ruhe.

Noch grandioser ist die Aussicht von THE INDEPENDENTE SUITES & TERRACE. Der Altbau aus dem 19. Jahrhundert liegt direkt neben dem Aussichtspunkt Miradouro de São Pedro de Alcântara und ist die richtige Adresse für Abenteuerlustige, die Lissabon am liebsten mit den Augen des Einheimischen erkunden. Es gibt einen geschlechtergemischten Hostel-Bereich mit spartanischen Zimmern und Etagenbetten. Echtes Lissabonner Lebensgefühl kommt eher in den wohnlichen Suiten auf. Die Gäste erhalten eine App mit allen Events, die in der Stadt anstehen, und haben die Wahl zwischen zwei Hotelrestaurants: Im Decadente werden klassische Gerichte mit regionalen Bio-Zutaten und im Insólito ausgefallenere Fusion-Kreationen wie Austerneis serviert.

LUZZ me

Durch ihre Lage wird die portugiesische Hauptstadt von Mutter Natur reich mit Gemüse, Fisch, Meeresfrüchten und frischem Fleisch versorgt. Die Portugiesen treiben zwar seit dem Mittelalter intensiven Handel mit anderen Ländern, aber mit wenigen Abwandlungen halten sie an ihrer bewährten, optisch und geschmacklich unverwechselbaren Kochkunst fest.

Eine spannende Reise in die portugiesische Küche erlebt man in der Markthalle Mercado da Ribeira. 2014 baute der internationale Reiseführerverlag *Time Out* einen Großteil der Halle zu einem Foodcourt mit über 30 Restaurants um und taufte sie auf den Namen TIME OUT MARKET. Zusätzlich werden Kochvorführungen, Workshops und Livekonzerte veranstaltet. Hervorzuheben sind vor allem die Speisen der Spitzenköche Miguel Laffan, Miguel Castro e Silva und Henrique Sá Pessoa, die Kuchen von Nós é Mais Bolos und die große Auswahl an portugiesischen Weinen bei Garrafeira Nacional. Lissabons Küchenkönig José Avillez begnügte sich nicht mit seinen Restaurants im Hipster-Viertel Chiado, sondern hat sich verschiedene kulinarische Konzepte ausgedacht und unter einem Dach versammelt. Dieses Dach versorgt sein Mehrfachrestaurant BAIRRO DO AVILLEZ mit Tageslicht. Den weiten Raum mit umlaufender Empore, den Avillez mit Topfpflanzen und witzigen Fliesenbemalungen dekorieren ließ, teilen sich vier Zonen: Mercearia deckt das Käse- und Feinkostsegment ab, Taberna serviert Sandwiches und traditionelle Gerichte und Páteo beglückt die Seafood-Fans. Die Krönung ist das Beco mit gehobener portugiesischer und internationaler Küche und intimen Kabarettabenden für Gourmets.

Der CLUBE DO JORNALISTAS hat eine Villa aus dem 18. Jahrhundert bezogen und ist, wie der Name schon sagt, heute ein Journalistentreff. Der Altbau hat sich mit einer Reihe unverwechselbarer Essbereiche inklusive Snooker-Zimmer und historischer Küche seinen altehrwürdigen Charme bewahrt. Kulinarisch geht es eher traditionell zu, mit einem Schwerpunkt auf Fisch, Gemüse und herzhaftem Fleisch.

Der Time Out Market vereint in seiner riesigen Halle einige der besten Restaurants und Bars der Stadt.

Vom Bauernhof auf den Tisch: Das Prado kocht auf höchstem Niveau mit saisonalen und regionalen Zutaten.

Das PRADO, vom aufstrebenden Nachwuchs-Cuisinier António Galapito in einer ehemaligen Fischfabrik eröffnet, ist ein Neuling in Lissabons gehobener Restaurantszene. In dem Raum mit römischen Ruinenresten, auf die man beim Umbau stieß, werden ausgesuchte saisonale Zutaten gekonnt kombiniert. Dazu gibt es Bio-Weine. Das Restaurant SEA ME PEIXARIA MODERNA, eine Hommage an die Fischlokale vergangener Zeiten, will die Liebe der Lissabonner zu allem, was das Meer ihnen schenkt, mit einem Mix aus japanischer Kochkunst und portugiesischem Einfallsreichtum neu beleben. Wie auf dem Fischmarkt werden die frisch gefischten Wasserbewohner hinter Glas effektvoll ausgestellt. Petiscos gehören zu den Grundnahrungsmitteln und sind das Pendant zu spanischen Tapas – und das Steckenpferd des zwangslosen TAPISCO. Spitzenkoch Henrique Sá Pessoa bringt die portugiesische und spanische Küche mühelos unter einen Hut. Auf der Menükarte sind die Küchen beider Länder paritätisch vertreten. Echte Premiere: Das Tapisco ist das erste Restaurant in Lissabon, in dem man spanischen Wermut bekommt.

An den Holztischen des skandinavischen Cafés HELLO, KRISTOF schaltet der Gast einen Gang herunter. Hier gibt es Kunstzeitschriften als Lektüre, diverse Kaffeemischungen und Müsli aus Eigenproduktion, Avocado-Toast, Rührei und Kuchen. Süßmäuler sollten einen Zwischenstopp in der MANTEIGARIA einlegen, die in einem ehemaligen Buttergeschäft Pastéis de nata produziert. Diese Blätterteigtörtchen mit Pudding sind eine portugiesische Spezialität und werden hier auf Zuruf frisch zubereitet.

In einer ruhigen Seitenstraße der Avenida da Liberdade entführt die RED FROG BAR ihre Gäste in die Goldenen Zwanziger. Wer hier Einlass begehrt, muss – wie es sich für eine stilechte Speakeasy-Bar gehört – den Klingelknopf unter dem roten Frosch betätigen. Hat man diese Hürde genommen, sieht man im Dämmerlicht Bartender mit Fliege und Hosenträgern Cocktails wie „American Gangster" oder „Walking Dead" mixen, dezent untermalt von Swing, Jazz, Funk und Rock. Exzentrischer geht es im PUREX zu, einem ausgelassenen Ort für Paradiesvögel jeder Couleur und sexuellen Orientierung. Dieser verrückt ausstaffierte Hort der Lebensfreude im schwulenfreundlichen Bairro Alto beglückt seine Gäste mit Themenpartys und wechselnden DJs, die die neueste elektronische Tanzmusik auflegen, denn hier gibt es etwas, was Bars nur sehr selten bieten: eine Mini-Tanzfläche.

Das historische Ambiente und die Live-Darbietungen im Pensão Amor verströmen einen skurrilen Charme.

Zur Tradition Lissabons gehört der Fado, ein melancholischer Volksgesang.

PENSÃO AMOR, eine Kombination aus Lounge und Bar, hat sich in einer ehemaligen Absteige für Seeleute niedergelassen, die einst an den Cais do Sodré an Land gingen. Der Besucher hat die Wahl zwischen burlesken Live-Darbietungen oder der einen oder anderen Cocktailrunde. Das Ambiente ist ein Mischung aus Graffiti, Kronleuchtern und Retro-Mobiliar in Regenbogenfarben. Wenn man Pop und House mag, empfiehlt sich für das Tanzvergnügen Lissabons größter Schwulenclub TRUMPS, in dem einst das erste internationale Schwulenfestival in Portugal stattfand. Das Nachtlokal ist vor allem bei Jüngeren beliebt, aber Jugendlichkeit ist keine Einlassvoraussetzung.

Zu den bestgepflegten Traditionen Lissabons gehört der Fado, ein melancholischer Volksgesang mit maurischen Elementen. In den vergangenen Jahren ist der Fado, der im 19. Jahrhundert in den steilen Gassen des Alfama-Viertels entstand, auch im angesagten Stadtteil Bairro Alto zu hören. Eines der ältesten Fado-Häuser in Lissabon ist das 1937 gegründte ADEGA MACHADO. Dank seiner bemalten Fliesenfassade, auf der Musiker und Gitarren abgebildet sind, ist es nicht zu verfehlen. In den Räumen hängen überall historische Schwarz-Weiß-Fotos, die allerhand Geschichten erzählen. Das magische Kraftzentrum des Hauses ist jedoch der intime Hauptraum. Hier findet jeden Tag ein 45-minütiges Konzert statt, zu dem kleine landestypische Gerichte und Wein gereicht werden. Nicht weit entfernt befindet sich das A SEVERA, das einzige Fado-Restaurant in Bairro Alto, das seit den 1950er Jahren von derselben Familie betrieben wird. Beim Dinner erstrahlen die Tische im Kerzenlicht, dessen Widerschein auf den bemalten Azulejos-Fliesen flackert. Trotzdem richtet sich alle Aufmerksamkeit auf die Solosänger und die Musiker, die den Gesang mit ihren zwölfsaitigen Gitarren begleiten. Eine eher lockere und improvisierte Spielart der Fado-Kultur kann man im A TASCA DO CHICO erleben, das eine echte Institution ist und Nachwuchsmusikern eine Bühne bietet. Die Wände des ungestriegelten und vergnügten Lokals sind von oben bis unten mit gerahmten Fotos berühmter Fado-Größen gepflastert.

Im Pensão Amor mixt man im Matrosenoutfit – eine Hommage an die Vorgeschichte der Bar.

ENTRADA
.com
JOGOS

Die Qualität der Textilien, Lederwaren und kunsthandwerklichen Arbeiten zeigt, dass in Lissabon Tradition und Innovation ineinandergreifen. Modebewusste Männer, die perfekt Geschneidertes schätzen, lassen sich bei ROSA & TEIXEIRA ihre individuellen Wünsche erfüllen. Der Laden beherrscht die Klaviatur der Eleganz von Klassisch bis Leger – mit Anzügen für alle Anlässe, sportlichen Kollektionen und wirkungsvollen Accessoires. Nostalgische Erinnerungen an die Zeiten,

Das ultimative Portugal-Souvenir findet man in der winzigen, auf den ersten Blick etwas abgedreht wirkenden Conserveira de Lisboa: edle Fischkonserven in farbenfrohen Vintage-Dosen.

als es im Haushalt noch ganz anders zuging als heute, werden bei A VIDA PORTUGUESA wach: Hygieneartikel, duftende Seifen, Vintage-Werbeplakate und andere Retro-Kuriositäten, die vor Kitsch nicht zurückschrecken. Nostalgie kann auch im 1886 gegründeten Hut- und Mützengeschäft CHAPELARIA AZEVEDO RUA aufkommen. In den Vitrinen sind Kopfbedeckungen aller Art zu bewundern und für den gepflegten Herrn mit Hang zum Theatralischen sind auch handgeschnitzte Spazierstöcke zu haben.

Das EMBAIXADA logiert in dem ehemaligen arabischen Palast Ribeiro da Cunha im schicken Stadtteil Príncipe Real – eine einzigartige Kulisse für den Streifzug durch die portugiesische Warenwelt von Kleidung über Schuhe und Homeware bis zu Mobiliar und Gastronomiebedarf. Das Embaixada nutzt die Pracht des historischen Gebäudes so geschickt, dass die Verkaufsräume und die Originalfresken, Skulpturen, Marmorsäulen und Bodenfliesen ein harmonisches Ganzes bilden. Der SAL CONCEPT STORE ist ein inspirierender Ort für die Freunde des Home Designs, die hier in einem eleganten Ambiente exklusive Wohnaccessoires und Möbel für die eigenen vier Wände finden. In Kooperation mit dem renommierten Interieur-Spezialisten Branco sobre Branco bietet der Store alles, was man für ein stilvolles Zuhause braucht – schnörkelloses Mobiliar in markanten Farben, dekorative Objekte und Kunst, Raumdüfte und elegante Leuchten.

Im Stadtbezirk Alfama bieten Antiquitätenhändler zweimal in der Woche ihre Schätze auf dem Flohmarkt feil.

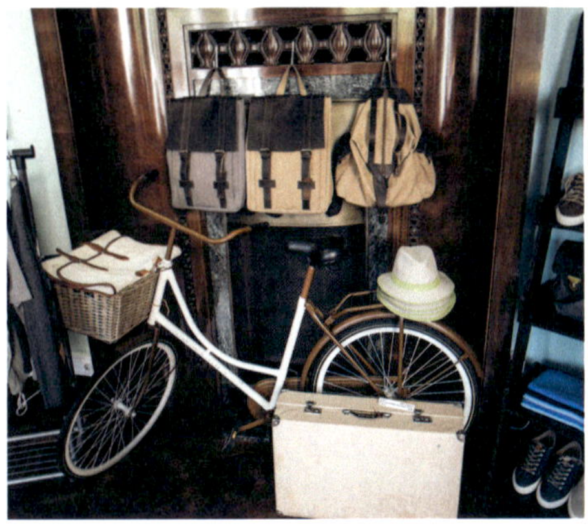

Fahrradtaschen, Panamahüte und andere gehobene Retro-Schätze gibt es bei Embaixada.

Das ultimative Portugal-Souvenir findet man in der winzigen, auf den ersten Blick etwas abgedreht wirkenden CONSERVEIRA DE LISBOA: edle Fischkonserven in farbenfrohen Vintage-Dosen. Der gut besuchte Laden bewahrt die Produkt- und Verpackungskultur dreier Lissabonner Traditionsmarken: Minor, Tricana und Prato do Mar. Man hat die Wahl zwischen Makrele, Thunfisch und anderen maritimen Leckerbissen, eingelegt, gesalzen, gewürzt und in Öl. Der Star ist allerdings die Sardine in unterschiedlichen Geschmacksvarianten.

Kunstliebhaber können in der Stadt am Tejo aus dem Vollen schöpfen. Die Galerien und Museen, von klassisch bis exzentrisch, sind Teil des farbenfrohen Gesamtkunstwerks Lissabon, in dem man auf Schritt und Tritt kunstvolle Fliesenmalereien, beeindruckende Denkmäler und originelle Street Art zu sehen bekommt.

> In den Besichtigungspausen laden die weitläufigen und gepflegten Grünanlagen des Museu Calouste Gulbenkian zum Verweilen ein.

Das beliebte MUSEU CALOUSTE GULBENKIAN liefert einen kunstgeschichtlichen Rundumschlag in zwei Abteilungen: Hier eine frühere Privatsammlung internationaler Werke vom Altertum bis zum frühen 20. Jahrhundert und dort über tausend moderne Gemälde, Skulpturen und Installationen portugiesischer Künstler. In den Besichtigungspausen laden die weitläufigen und gepflegten Grünanlagen zum Verweilen ein. Die UNDERDOGS GALLERY bietet dem künstlerischen Nachwuchs und neuen Trends ein Forum. Mit seinen Urban-Art-Projekten und Ausstellungen spielt das Kreativzentrum eine wichtige Rolle für die Vernetzung der Kunstszene.

Die LX FACTORY hat eine ehemalige Textilfabrik aus dem 19. Jahrhundert in einen Showroom für avantgardistische Architekten, Modedesigner und Medienschaffende verwandelt, die hier ihre Produkte präsentieren. Nach dem Kulturprogramm lädt der stadtnahe Schwulen- und Nacktbadestrand BEACH 19 mit goldgelbem Sand und angenehmem Klima zum Baden ein. Die Oase der Entspannung am südlichen Ende des Vorortes Costa da Caparica ist ein beliebter Treffpunkt der LGBTQ-Community.

Die Underdogs Gallery präsentiert Zeitgenössisches – hier zum Beispiel Arbeiten von Visual Artist Akacorleone.

MITMISCHEN

Die ARRAIAL LISBOA PRIDE wirbt seit 20 Jahren für Gleichberechtigung und Diversity. Sie ist Portugals größtes LGBTQ-Event und wird jedes Jahr mit Spannung erwartet. Tagsüber verwandelt sich der direkt am Wasser gelegene Platz Terreiro do Paço für zwölf Stunden in eine Festmeile mit einem bunt gemischten Programm: Aktivitäten für Kinder, Kunsthandwerk, Workshops und Streetfood. Sobald die Sonne untergeht, wird der einladende Platz zur Tanzfläche mit Pole-Dance-Shows, Konzerten und hochmotivierten DJs. Den Sommerauftakt bilden Jahr für Jahr die spektakulären FESTAS DE LISBOA. Einen Monat lang wird in der ganzen Stadt gefeiert – mit Livemusik im Freien, kunstvollem Straßenschmuck und einem Umzug zu Ehren des hl. Antonius, des Schutzpatrons von Lissabon. Während der Festas wimmelt es vor allem im Alfama-Viertel von Straßenmusikern, spontanen nächtlichen Fado-Darbietungen und unermüdlichen Barbesuchern, die die festliche Stimmung bis zum Morgengrauen auskosten.

Ein Highlight für Jazz-Fans ist das zehntägige Open-Air-Festival JAZZ EM AGOSTO. Die Konzerte, zu denen Musiker aus der ganzen Welt anreisen, finden seit 1984 auf der großen Freilichtbühne im Garten der Gulbenkian Foundation statt.

Die Arraial Lisboa Pride findet meist im Juni statt und steht ganz im Zeichen der Regenbogenflagge.

RAUSFAHREN

Eine halbe Stunde von Lissabons Zentrum entfernt, liegt CASCAIS. Lange ein verschlafenes Fischerdorf, bis der portugiesische König Luís I. es zu seinem Sommersitz erkor, ist es heute ein beliebter Ferienort für Sonnenanbeter, die dem Trubel der Großstadt entfliehen wollen. Es locken drei malerische Buchten mit goldgelbem Sandstrand. Der kleinste Strandabschnitt ist die windgeschützte Praia da Rainha. Mehr Platz und Wassersportmöglichkeiten bieten Praia da Conceição und Praia da Duquesa. Rauer und windiger geht es an der Praia do Guincho zu. Mit perfektem Wellengang für Surfer ist er ein lohnendes Ziel für eine Radtour.

Im Sommer herrscht in Cascais reges Treiben: Seafood im Freien, schicke Boutiquen und mittendrin der wunderschöne Hauptplatz. Von Cascais aus kann man durch eine wilde Felslandschaft zum westlichsten Punkt Europas, dem Cabo da Roca, wandern. Auch ein Besuch des Museu Condes de Castro Guimarães lohnt sich. Das im gotischen Stil erbaute Schloss im Parque Marechal Carmona beherbergt die private Kunst- und Antiquitätensammlung eines hohen Beamten. Besonders sehenswert ist eine Handschrift aus dem 16. Jahrhundert mit einer der ältesten erhaltenen Darstellungen Lissabons.

Die Praia do Guincho westlich von Lissabon ist für ihre gewaltigen Atlantikwellen bekannt.

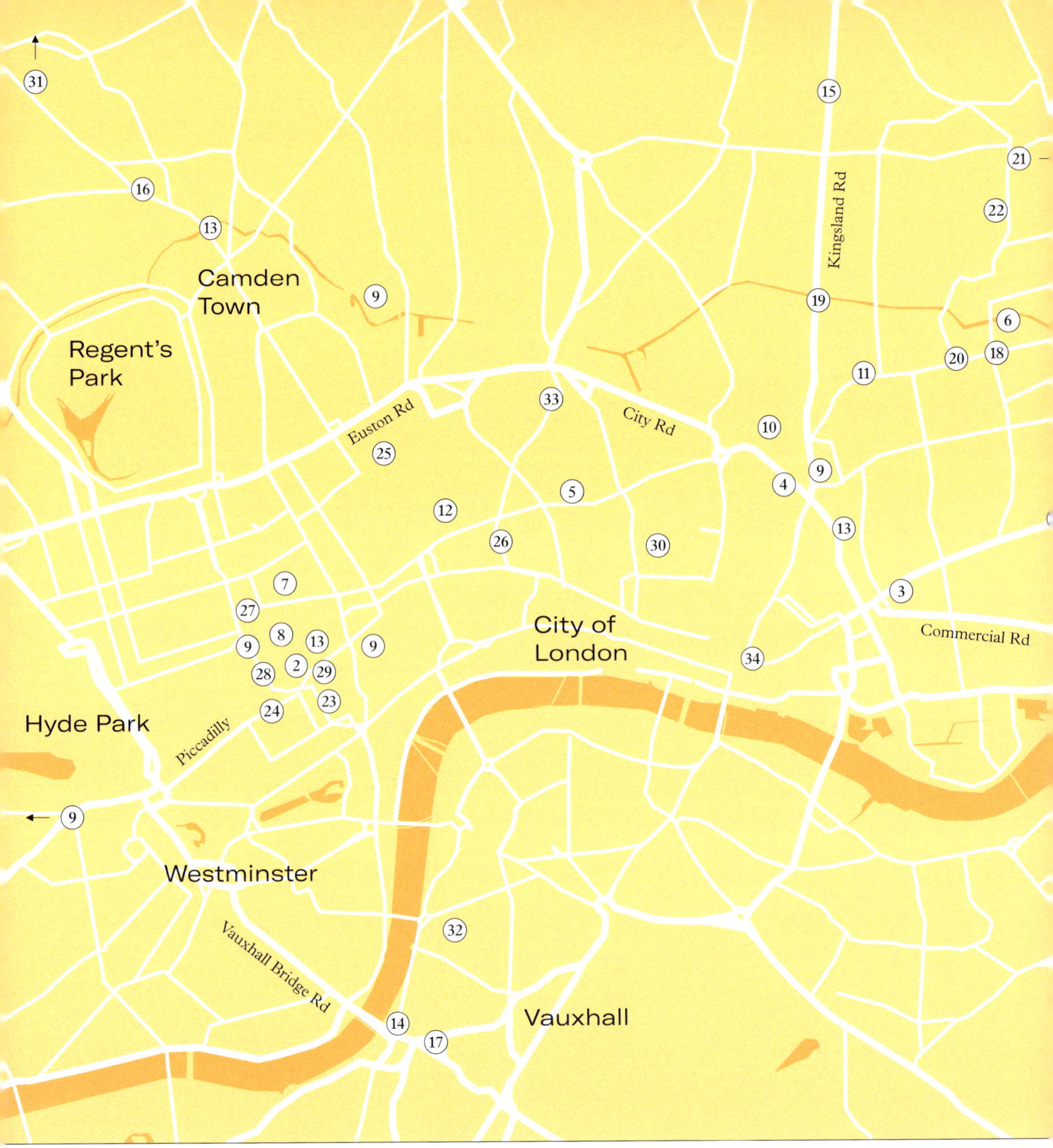

LOGIEREN

1 40 Winks
2 Ham Yard Hotel
3 Qbic
4 The Curtain
5 The Zetter Townhouse

GENIEẞEN

6 Bistrotheque
7 Berners Tavern
8 Bob Bob Ricard
9 Dishoom
10 MEATmission
11 Morito
12 Noble Rot
13 Poppie's

MITFEIERN

14 Bloc South
15 Dalston Superstore
16 Roundhouse
17 Royal Vauxhall Tavern
18 Savage
19 The Glory
20 The Queen Adelaide
21 The Tiger

SHOPPEN

22 Bonds
23 Dover Street Market
24 Fortnum & Mason
25 Gay's The Word
26 Konditor & Cook
27 Liberty
28 Murdock
29 We Built This City

ENTDECKEN

30 Barbican
31 Hampstead Heath
32 Newport Street Gallery
33 Sadler's Wells
34 Sky Garden

LONDON

Die durch und durch moderne Metropole

London gehört zu den Städten, die gerade dann aufblühen, wenn sie es nicht leicht haben. Die britische Hauptstadt trotzt der unbeständigen politischen Großwetterlage, die sie mit vielen anderen Metropolen dieser Welt teilt, und präsentiert sich in Höchstform. Die Stadt mit der größten Gay-Community in Europa stellt sich schnell auf neue Situationen ein, ist toleranter und bunter denn je und empfängt die Welt mit offenen Armen. Ihre Bevölkerung stammt aus 300 Nationen und spricht 270 Sprachen.

Londons LGBTQ-Kultur hat eine lange Geschichte. Stadtteile wie Soho, Earl's Court und Clapham oder Dalston und Hackney im East End bedienen unterschiedliche Facetten des Gay-Spektrums. Die hiesige Pride musste das übliche Straightwashing durchmachen, lockt aber nach wie vor Tausende in die Stadt. In London gibt es jedoch das ganze Jahr über ein Mammutangebot an LGBTQ-Events aller Art. Hier sind neben der Queen zahllose andere Königinnen zu Hause und hier erblickten Byron, Bowie und Beckham das Licht der Welt. Vom neugotischen Palace of Westminster bis zum machohaft-modernistischen The Shard gibt es in London jede Menge berühmte Baukunst zu sehen. Außerdem ist London eine Stadt der Kunst, der Finanzwelt und natürlich der Kultur und Musik.

Manche kleinere Metropole in Europa bietet nicht so viel wie ein einziger Londoner Vorort. Norden, Süden, Osten und Westen sind eigentlich vier verschiedene Städte, die miteinander rivalisieren. Entsprechend viel gibt es in der Hauptstadt des Vereinigten Königreichs zu entdecken – zum Beispiel einen weltumspannenden Gastronomie-Kosmos und eine umtriebige pansexuelle Künstlerszene.

In London fehlt es natürlich nicht an ausgefallenen Übernachtungsmöglichkeiten. Im THE CURTAIN kann man Kontakte zu den Hipstern von Shoreditch knüpfen, denn dort können die Anwohner die Vorzüge des exklusiven Members' Club nutzen. Darum ist The Curtain auch eher ein kultureller Treffpunkt mit Dachpool, Bars, Speisesaal und Tanzsaal als ein normales Hotel. Die Zimmer machen mit ihrer modernen Industrie-Optik in jedem Instagram-Feed eine gute Figur. Das nicht minder fotogene HAM YARD HOTEL der Hotelkette Firmdale liegt im Herzen von Soho und ist damit der ideale Startpunkt für Erkundungen des spannendsten Londoner Stadtteils und seines etwas angekratzten Charmes. Im Ham Yard Hotel gibt es neben individuell gestalteten Zimmern, Suiten und Apartments eine Dachterrasse, einen Kinosaal und sogar eine Bowlingbahn im 1950er-Jahre-Stil.

Als „das charmanteste Hotel in England" bezeichnet, hat das 40 Winks allerdings nur zwei Zimmer.

Das THE ZETTER TOWNHOUSE in Clerkenwell bietet den Luxus eines Spitzenhotels im familiären B&B-Format. Das preisgekrönte Stadtreihenhaus aus georgianischer Zeit ist exzentrisch und einladend. Die Zimmer wecken Erinnerungen an Besuche bei ältlichen Verwandten – aber im besten Sinne. Das QBIC vermittelt entspannte Designer-Coolness mit Herz und bezeichnet sich als Öko-Hotel: Mobiliar aus Recyclingstoffen, Strom aus erneuerbaren Energien, Fahrradverleih und Gratis-Drinks an der Bar für alle Gäste, die auf den Roomservice verzichten. Wegen der moderaten Preise ist das Hotel besonders bei Alleinreisenden beliebt. Ein Unikum, das die Fantasie anregt, ist das 40 WINKS. Die brasilianische Ausgabe von *Vogue* nannte es „das charmanteste Hotel in England". Es hat allerdings nur zwei Zimmer, die wunderbar tuntig gestaltet sind. Auf dem Porzellanthron kommt man sich vor wie Diana Ross – inklusive Blattgold an den Wänden.

Blattgoldtapete und ausgefallene Kunstobjekte verleihen dem Wohnzimmer des 40 Winks eine unverwechselbare Note.

BIGBUS LONDON

HOT
BEIGELS
ALL NIGHT
BEIGEL BAKE
BRICK LANE BAKERY
No. 159
OPEN 24 HOURS 7 DAYS
COFFEE
FIKA

Wer sich durch die Londoner Gastronomieszene arbeitet, fühlt sich so, wie wenn er sich auf Grindr bewegt: zu viel Auswahl. Und wie bei Grindr sind die älteren Semester häufig die Besten. Die BISTROTHEQUE in Hackney ist der lebende Beweis und die perfekte Brunch-Location. Zum traditionellen englischen Frühstück spielt Hauspianist Xavier Popsongs auf dem Klavier und lässt *Love Machine* und *Like a Virgin* wie unveröffentlichte Elgar-Werke klingen. Auch der Lunch ist übrigens gut. Wer gern unprätentiös speist, ist bei MORITO richtig. Die Restaurantfamilie mit drei Filialen in London sorgt für sommerliche Geschmackserlebnisse. Das schnörkellose Beton-Ambiente der besonders guten Filiale in Hackney schafft eine lässige, entspannte Atmosphäre, die gut zur mediterranen Kost passt.

Im West End ist die Auswahl an Weltklasse-Restaurants schwindelerregend. Im BOB BOB RICARD erliegen die dinierenden Gäste regelmäßig dem Charme des berüchtigten Champagner-Bestellknopfes („Press for champagne"). In der schummrigen Soho-Legende mit dem nur aus Sitznischen bestehenden Interieur wird vermutlich mehr Champagner ausgeschenkt als in jedem anderen Lokal Großbritanniens. Mit 20 schäumenden Sorten kann man die köstlichen, fleischreichen Speisen hinunterspülen. Von hier ist es nicht weit zu BERNERS TAVERN, einem Liebling der Prominenz, die nicht nur den überwältigenden Speisesaal, sondern den renommierten Küchenchef Jason Atherton schätzt. Der Ex-Schützling von Gordon Ramsay könnte seinem alten Lehrmeister inzwischen selbst das eine oder andere beibringen. Man probiere die britische Seafood-Auswahl oder den Schottischen Beef Burger, der einen amüsanten Kontrast zum spätbourgeoisen Ambiente mit zahllosen gerahmten Fotos und Gemälden bildet – von leichthändigen Skizzen bis zu den alten Meistern.

Großzügig gefüllte Bagels mit Salt Beef, Essiggurke und Senf gibt es bei Beigel Bake in der Brick Lane.

Das minimalistische Interieur der Bistrotheque im ersten Stock einer ehemaligen Kleiderfabrik.

Wie wäre es mit typisch Londoner Kochkunst? London ist die Curry-Welthauptstadt und hat mehr indische Restaurants als Mumbai und Delhi zusammen. Klarer Favorit ist das DISHOOM, das in London fünffach vertreten ist. Das barocke Interieur und die originelle Speisekarte entführen den Gast in die vergangenen Zeiten des British Empire. Das Frühstück „Bombay" ist ein köstliches Gegenprogramm zur englischen Standardkost und ein Knüller wie das Abendmenü für mehrere Personen. Die guten alten Fish'n'Chips bereitet POPPIE'S am besten zu. Seinen Anspruch, die Gastronomie der Kriegs- und Nachkriegszeit wieder aufleben zu lassen, löst das Restaurant souverän ein – mit der Dienstkleidung des Personals, einem bunt zusammengewürfelten Interieur, in Papier eingewickeltem Essen und kleinen Saucengläschen.

Zwischen den hippen Menswear- und Lifestyle-Läden der Lamb's Conduit Street befindet sich das Weinlokal und Restaurant NOBLE ROT, bei dem regionale Produkte auf den Tisch kommen. Die stilvolle Ausstattung – dunkle Holzvertäfelung, leuchtend weiße Servietten – scheint aus einer anderen Zeit zu stammen. Gekocht wird streng britisch, mit herzhaften Haute-Cuisine-Gerichten und dazu passendem Wein. Die besten Burger bekommt man im MEATMISSION, wo man in einem von Gilbert & George inspirierten Ambiente ins perfekt gegrillte Fleisch beißt und die cholesterinreichen Hippie Fries samt gebratenen Zwiebelringen in die köstliche Sauce taucht.

Im trashig angehauchten Queen Adelaide treffen sich Kunststudenten, Romantiker und die Modeszene.

In Londons Osten wetteifern Hackney und Dalston um den Titel des hipsten Homo-Hotspots. Das Nachtleben beider Viertel offenbart die Entfaltungsmöglichkeiten der Queer-Szene. Die Partyszene ist pansexuell, intensiv und vielfältig. DALSTON SUPERSTORE, eine Bar mit Club an der Kingsland Road, veranstaltet unter anderem das Naked Boys Reading Brunch und verruchte Samstags-Discos. THE GLORY, gegründet von der Londoner Legende Jonny Woo, ist die neueste Drag- und Performance-Location und stellt an den Wochenenden ein reiches Showprogramm auf die Bühne. Das Geschehen verteilt sich auf zwei Ebenen – eine davon ist eine traditionelle Kneipe, in der man bei einem Ale mit den Einheimischen auf Tuchfühlung gehen kann.

Die polysexuelle Drag-Truppe „Sink the Pink" lädt wöchentlich zur ausschweifenden SAVAGE-Disco ins Metropolis – einst berüchtigtster Nachtclub in Bethnal Green. Das Raum- und Stripper-Pole-Labyrinth ist der perfekte Ort für ausgelassene Partys. Vorher treffen die Partygäste und die Londoner Männermodemacher sich ein paar Häuser weiter bei QUEEN ADELAIDE, einer Mini-Location mit altmodischem Charme. Auch hier befand sich früher ein Strip-Club – London beherrscht eben mehr als jede andere Stadt die Kunst, Orte neu zu erfinden.

Angeblich hat man es in London nirgendwo weiter als sieben Meter zum nächsten Pub. Man sollte sorgfältig auswählen und meide Ketten wie Wetherspoon. Bei Einheimischen kommt das neue THE TIGER in Homerton gut an: gay angehauchter Spirit, gutes Essen und volle Partys am Wochenende. Wer es traditioneller mag, geht in die bewährte ROYAL VAUXHALL TAVERN. Sie ignoriert alle Trends und setzt auf klassisch-derbe Drag-Performances. In der RVT finden auch beliebte Clubnächte statt – zum Beispiel „Duckie", die inklusivste Pop-Party Londons. Auch sonst spielt sich in den Gemäuern von Vauxhall so einiges ab. Publikumsliebling BLOC SOUTH (die jüngere Schwester des East Bloc) ist jeden Freitag Schauplatz der Men-only-Muskelparty „Brüt". Wem alle genannten Optionen zu anstrengend sind, dem sei das ROUNDHOUSE in Camden empfohlen. In dem denkmalgeschützten Gebäude, das zu Londons grandiosesten Orten für Livemusik zählt, sind regelmäßig Weltstars zu Gast.

MONOCLE
FRESCOBOL CARIOCA

In London wurde das Kaufhaus erfunden und das beste heißt LIBERTY. Die nachgemachte Tudor-Fassade ist nur ein Vorgeschmack auf die Pracht, die den Kunden im Innern erwartet – die Krawattenabteilung, das Eichenholz-Atrium oder die Riesenauswahl an neuester Herrenbekleidung von britischen Größen wie Oliver Spencer und Paul Smith oder Designern aus Paris und Skandinavien. Sehr beliebt ist der DOVER STREET MARKET, den man auch gesehen haben sollte, wenn man sich keinen teuren Kaftan von Comme des Garçons zulegen will. Der Concept Store fällt mit ambitioniertem Visual Merchandising und labyrinthischen Räumen auf. Gegründet und gestaltet wurde er von der japanischen Modedesignerin Rei Kawakubo, die ein kreatives Farb- und Materialfeuerwerk veranstaltet hat. In der Nähe des Piccadilly Circus befindet sich das Kaufhaus FORTNUM & MASON mit der dekadentesten Food-Abteilung der Stadt – nein, der Welt. Hier bevorratet sich Ihre Königliche Majestät und ordert Prinz Charles seinen Tee – britischer geht es nicht. Lebensmittel vom Feinsten mit über 300-jähriger Geschichte.

Im Osten der Stadt gibt es eine Riesenauswahl an originellen inhabergeführten Geschäften. Im BONDS, gegründet von Niko Dafkos und Paul Firmin, verströmt die Fragrance-Linie Earl of East London den Duft der weiten Welt – unter anderem in Form wohlriechender Kerzen, die sich perfekt als Mitbringsel eignen und ein Fest für die Sinne

Niko Dafkos füllt in seinem Geschäft Bonds in Hackney die Regale mit neuen Kerzen von Earl of East London auf.

Die Barbershops von Murdock London findet man in mehreren Stadtteilen.

Bei Murdock kann man das echte Barbershop-Feeling erleben.

sind. Ausgefallenes gibt es auch im Souvenir-Shop WE BUILT THIS CITY. Kalauernde Kühlschrankmagnete sucht man hier vergebens – dafür gibt es Hundespielzeuge, die bekannten Politgrößen des Inselreichs nachempfunden sind, außergewöhnliche Siebdrucke und allerlei Dinge für London-Fans.

Der Gang zu GAY'S THE WORD, dem einzigen LGBTQ-Buchladen im Königreich, lohnt auf jeden Fall. Der Buchshop ist ein geschichtsträchtiger Ort: Hier traf sich die legendäre Vereinigung „Lesbians and Gays Support the Miners", die 2014 in dem Film *Pride* porträtiert wurde. Wegen der ständig drohenden Mietsteigerungen erlebte der Laden schon mehr Comebacks als Cher. Dank erfolgreicher Kampagnenarbeit scheint die Zukunft aber inzwischen vorerst gesichert.

Für das perfekte Äußere sorgt MURDOCK LONDON. Wer sich in die Hände des gut aussehenden Teams begibt, fühlt sich nachher pudelwohl. Im traditionellen Barbershop werden tolle Frisuren, diverse Treatments und ein echt britisches Erlebnis geboten. Man sollte den Besuch nutzen, um sich aus dem reichen Sortiment an Bartölen und Hautpflegeartikeln zu bedienen. Londons beste Adresse für süße Leckereien ist das von einem schwulen Deutschen betriebene KONDITOR & COOK. Hier gibt es zuckersüße Anzüglichkeiten wie der Fudge Packer Brownie und Pfefferkuchenmänner mit Erektion. Konditor & Cook ist wie ein *Carry On*-Film in Kuchenform.

Es lohnt immer, eine Stadt von oben zu sehen. In London ist dafür der SKY GARDEN gut geeignet. Die hangargroße Aussichtshalle krönt das von Rafael Viñoly entworfene Gebäude 20 Fenchurch Street. Die Londoner nennen das Hochhaus übrigens „Walkie Talkie“oder The Pint (Bierglas). Die Dachhalle bietet einen atemberaubenden Blick über die ganze Stadt. Ebenerdige Aussichten auf die Stadt bietet HAMPSTEAD HEATH. Die innerstädtische Heide war ein Lieblingsort von Pop-Legende George Michael, der einst „Let’s go outside“ sang. Im nördlichen Teil des Parks steht das vornehme Kenwood House mit wunderschönen Interieurs und einer imposanten Kunstsammlung. Im östlichen Teil der Hampstead Heath verbirgt sich ein Teich, der als Männerschwimmbad dient – man kann also den männlichen Körper erst in Gemäldeform und dann in der Wirklichkeit bewundern.

Das Barbican bietet auch Führungen zur brutalistischen Baukunst der Umgebung an.

Das Sadler’s Wells im Stadtteil Clerkenwell lockt hochkarätige Tanzgruppen aus aller Welt an.

London ist überreich gesegnet mit inspirierender Kunst. Neben den großen Kulturtempeln gibt es viele andere Kunstorte zu entdecken. Die NEWPORT STREET GALLERY ließ Damien Hirst sich als Domizil für seine große Kunstsammlung und sein noch größeres Ego errichten. Sie gehört zu den edelsten Galerien in London. Eines der jüngsten Highlights war eine Jeff-Koons-Retrospektive. Es ist zu hoffen, dass Hirst eines Tages seine Picassos, Emins, und Bacons ausstellt. Das Kunstzentrum BARBICAN ein brutalistischer Koloss, lohnt schon wegen der Architektur einen Besuch. Vor allem aber ist es ein Hotspot für Kunst und Kultur aller Art. Seine Galerie gilt als einer der besten Ausstellungsorte der Stadt. Das Spektrum reicht vom Bauhaus bis zu Viktor & Rolf und das Theaterprogramm von Shakespeare bis modernem Drama und Tanz. Das absolute Muss für Tanzfans ist allerdings das weltweit führende Tanzzentrum SADLER’S WELLS, dessen moderne und klassische Aufführungen zuverlässig begeistern.

Der London River Walk führt an vielen geschichtsträchtigen Orten der Stadt vorbei.

MITMISCHEN

London ist die Kunsthauptstadt der Welt und die seit 1769 jährlich stattfindende ROYAL ACADEMY SUMMER EXHIBITION ein besonderer Glanzpunkt. Die Mammutschau präsentiert über eintausend handverlesene Werke. Amateurarbeiten hängen neben weltberühmten Namen. Das größte Londoner LGBTQ-Festival MIGHTY HOOPLA sticht als farbenprächtiges und lustbetontes Popspektakel aus der Vielzahl britischer Musikfestivals heraus und feiert im wunderschönen Brockwell Park nach Herzenslust die menschliche Sexualität.

Die Sommerausstellungen der Royal Academy sind in den Monaten Juni, Juli und August zu sehen.

Die innerstädtische Hampstead Heath war ein Lieblingsort von Pop-Legende George Michael, der einst „Let's go outside" sang. Im östlichen Teil verbirgt sich ein Teich, der als Männerschwimmbad dient.

Das bunte und schräge Festival Mighty Hoopla lockt inzwischen alljährlich 20.000 Fans an.

Theaterliebhabern sei das frühsommerliche REGENT'S PARK OPEN AIR ans Herz gelegt. Seit 1932 werden auf der einzigartigen Freilichtbühne Theaterstücke und anderes aufgeführt. Wichtig: Schirm nicht vergessen. Ein weiteres Unikum ist das SECRET CINEMA, das an abseitigen Londoner Locations Kult-Klassiker und aktuelle Filme zum Rundum-Erlebnis werden lässt: *Einer flog übers Kuckucksnest* wurde in einem ehemaligen Krankenhaus und *Moulin Rouge!* im Beisein vollbusiger Huren und muskelbepackter Trapezkünstler gezeigt.

RAUSFAHREN

Brighton, auch London-by-the-Sea genannt, hat wie die Hauptstadt seinen eigenen Charme.

Nur eine Autostunde vom Hauptstadttrubel branden die Wellen an die majestätische britische Küste. In BRIGHTON gibt es jedoch nicht nur Briten in Badehose zu sehen, sondern einen großherzigen Menschenschlag zu entdecken. Die Brighton Pride ist der Höhepunkt der Brightoner LGBTQ-Kultur und lockt große Namen an, aber die Stadt ist ganzjährig gut gelaunt und beherbergt unzählige Kneipen, Restaurants, Geschäfte und Galerien für jeden. Der liberale Geist macht die Stadt seit Langem zu einem Anziehungspunkt für die LGBTQ-Szene.

LONDON, ILLUSTRER ORT FÜR ILLUSTRATOREN

Josh McKenna

Für seine minimalistischen Bildschöpfungen wählt der in Cornwall geborene Illustrator Josh McKenna gern kräftige Pastelltöne und homoerotische Motive. Seine Profession führte ihn fast zwangsläufig von der Küstenstadt, in der er aufwuchs, in die britische Hauptstadt: „Es zog mich früh von zu Hause weg. Ich wollte meiner Kreativität und Sexualität freien Lauf lassen."

An seine erste Zeit in London kann er sich noch gut erinnern: „Ich genoss das Partyleben in der New-Rave-Hochburg Shoreditch mit lauter Leuten, die kreativ, experimentierfreudig und lebenshungrig waren, wie ich." Nach wenigen Jahren kehrte er London vorerst wieder den Rücken. „Ich wollte mich ohne Ablenkung in die Arbeit stürzen und meine Kreativität professionalisieren", erzählt er. „Darum ging ich zum Studieren zurück nach Cornwall. Nach dem Abschluss zog ich wieder nach London, um beruflich Fuß zu fassen, denn dort gab es die Ausstellungen, Galerien, Zeitschriftenverlage und die Kreativszene, die man als junger Künstler braucht."

„Ich gönnte mir keine Ruhepause. Ich knüpfte Kontakte und ging den Leuten mit meinen neuesten Arbeiten auf die Nerven. Das hat gut funktioniert." Im East End, wo Josh sich zu Hause fühlt, ergab das Networking sich ganz nebenbei. „Zwischen den etwas heruntergekommenen Ecken von Dalston und den grünen London Fields, wo ich wohne, gibt es viele Kreative, die spannende Sachen machen", erklärt er.

Mit einigen Künstlerkollegen teilt er sich sein Atelier in Dalston. „Wir tauschen uns jeden Tag über unsere Arbeit aus und geben uns gegenseitig Feedback. Das ist extrem hilfreich. Außerdem unternehmen wir viel mit den anderen Leuten, die im selben Gebäude arbeiten, gehen in den Pub, besuchen Vernissagen und Ausstellungen. Da trifft man Art-Direktoren, Verlagsmitarbeiter, Auftraggeber und andere Illustratoren und bekommt mit, was sie so vorhaben. Dabei zeigt sich immer wieder, wie klein die Welt ist." Die Londoner Illustratorenszene erlebt Josh als sehr familiär. „Man ist stolz auf seine Kolleginnen und Kollegen" – ein wohltuender Kontrast zum „Konkurrenzdenken an der Hochschule."

Trotzdem ist London nicht das reine Künstlerparadies. Die Stadt hat auch ihre Schattenseiten. „Geld ist in London ständig ein Thema", klagt Josh. „Das Leben hier ist teuer, zumal für Freiberufler in einem Bereich, in dem viele arbeiten wollen. Ich musste immer nebenher jobben. Lange Zeit arbeitete ich die Wochenenden durch. Erst seit wenigen Jahren kann ich von der Illustration leben. Die Anfangszeit

Josh McKenna

„London ist ein Moloch, aber in der Gay-Community geht es sehr persönlich zu.“

war eine Ochsentour. Aber die Mühe hat sich gelohnt.“

Joshs wohl markantestes Werk ist ein verspielt-queerer Instagram-Sticker mit einem breitschultrigen Tänzer in roten High Heels, der 2017 zur Inspirationsquelle für ein vier Meter breites Wandbild für die London Pride wurde. „Dieser Tänzer hat mir allerlei wichtige Folgeaufträge beschert“, freut sich Josh. „So trete ich zum Beispiel auch für den Sydney Mardi Gras in Aktion.“

Londoner Typen wie der Tänzer, der direkt dem Nachtleben in Dalston entsprungen sein könnte, inspirieren Josh jeden Tag aufs Neue. „In der Mittagspause laufen uns die abgedrehtesten Leute über den Weg“, berichtet er. „Ausladende Afro-Frisuren, knallbunte T-Shirts, Big Butts und stylische Frauen, hippe Kids – alles fließt in meine Arbeit ein.“

Anregungen und Rückendeckung bekommt Josh auch von Londons „verschworener“ LGBTQ-Community. „Als Schwuler fühle ich mich als Teil einer solidarischen, selbstbewussten und offenen Gemeinschaft, in der einer für den anderen da ist. London ist ein Moloch, aber in der Gay-Community geht es sehr persönlich zu.“

Dennoch zieht es Josh nach zehn Jahren in die Welt hinaus. „Ich glaube, es ist Zeit, einen neuen Ort auszuprobieren“, meint er. Wenn ich durch die eisige Kälte zur Arbeit radle, denke ich oft: „Meine Arbeit kann ich eigentlich überall machen.“ Doch wohin es ihn auch verschlägt – mit London bleibt Josh auf jeden Fall verbunden. „London entwickelt sich ständig weiter – genau wie ich. Das schweißt uns zusammen.“

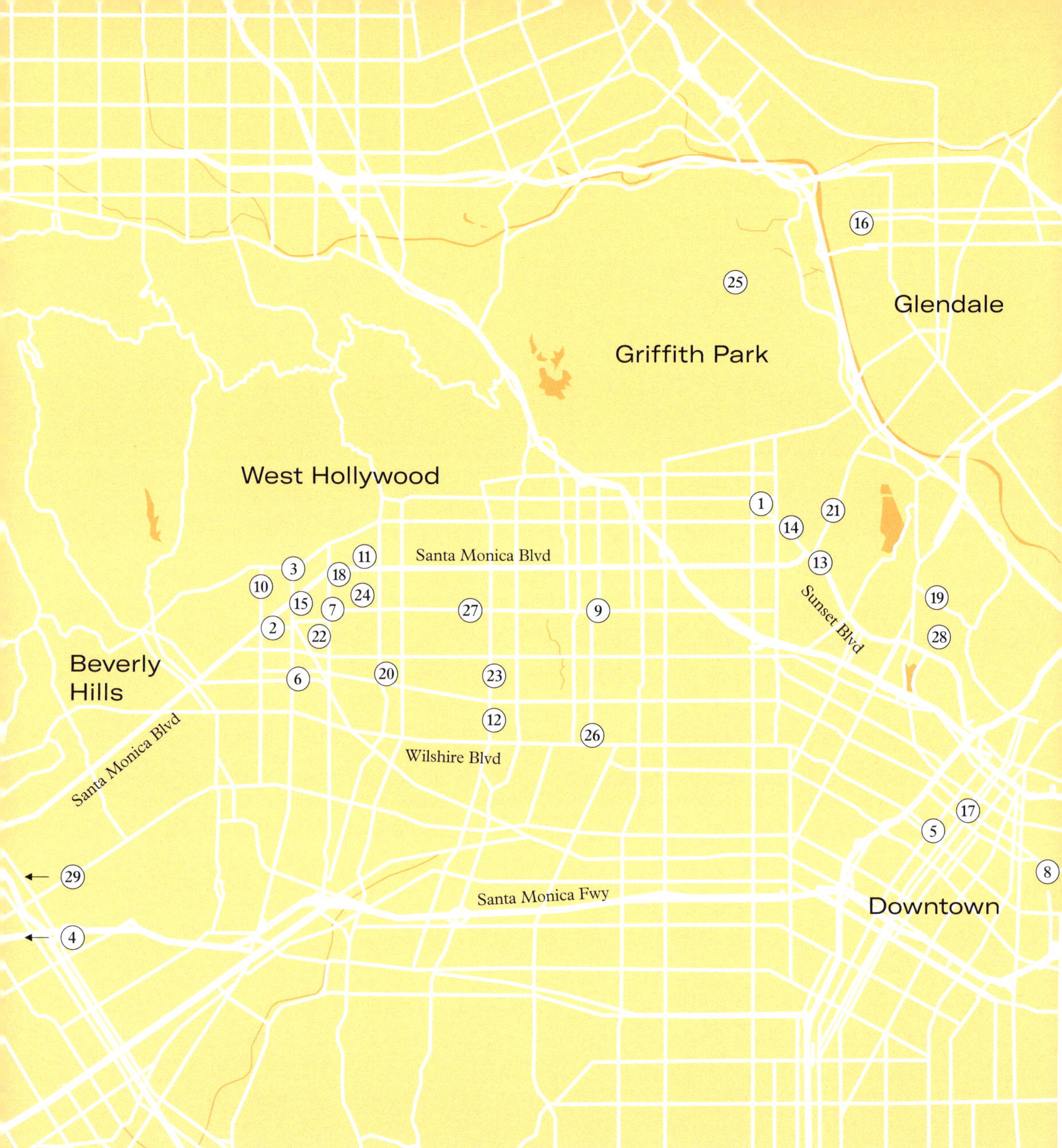

LOGIEREN

1. Hotel Covell
2. Kimpton La Peer Hotel
3. Petit Ermitage
4. The Ambrose
5. The NoMad Hotel

GENIEẞEN

6. A. O. C.
7. Alfred Melrose Place
8. Bavel
9. Café Gratitude
10. Craig's
11. Norah
12. République
13. Sawyer

MITFEIERN

14. AKBAR
15. E. P. & L. P.
16. Moonlight Rollerway
17. Precinct
18. The Chapel at The Abbey

SHOPPEN

19. Cactus Store
20. Carlton Drew
21. County Ltd.
22. The Elder Statesman
23. Garrett Leight California Optical
24. Melrose Place Farmers Market

ENTDECKEN

25. Griffith Park
26. Marciano Art Foundation
27. Phoenix Effect
28. Tom of Finland Foundation
29. Will Rogers State Beach

LOS ANGELES

Wo der Schein nicht trügt

Los Angeles ist die Stadt vieler unerfüllter Träume. Immer wieder wird sie an New York gemessen, obwohl die beiden Städte nicht vergleichbar sind. Es gibt Vorbehalte gegen L. A., die auf allerlei Klischees beruhen. Manche davon entsprechen der Realität, andere sind aus der Luft gegriffen: L. A., das Reich der leichtlebigen Promis und überfüllten Autobahnen, die Stadt der Oberflächlichen und der Kulturbanausen. Wer es nicht bei diesen Klischees belassen will, sollte sich der Stadt mit einem anderen Blick nähern. Er sollte es so machen wie die Menschen, die hier leben, und sich sagen: L. A. mag ein Wahngebilde sein, aber es heißt auch nicht ohne Grund „La La Land".

Mit einem schwulen Bevölkerungsanteil von 40 Prozent ist West Hollywood die größte Gay-Stadt in den USA. Auch in anderen Stadtteilen wie Silver Lake und Downtown leben viele Schwule. Gendervielfalt und ethnische Vielfalt überlagern sich in L. A.: Wo hat man schon die Möglichkeit, direkt im Anschluss an das Picknick des Armenischen Schwulen- und Lesbenvereins in eine vorzügliche Latino Gay Bar wie den Club Cobra zu gehen? Das Hauptthema in L. A. sind natürlich Film und Fernsehen. In Hollywoods Traumfabriken wurden Klassiker wie *Vom Winde verweht* gedreht und LGBTQ-Geschichten wie *Brokeback Mountain* verfilmt. Herrlich warmes Klima, schöne Menschen, gutes Essen – lauter plausible Gründe, dem Ruf der unverwüstlichen Welthauptstadt des Kinos zu folgen, in hautenge Shorts zu schlüpfen und die eigene Oberflächlichkeit auszuleben.

In einer kleinen Wohnstraße nördlich des Santa Monica Boulevard in West Hollywood liegt das unkonventionelle Refugium PETIT ERMITAGE. Vor der unscheinbaren, weinüberwachsenen Fassade wacht ein Alligator mit Laterne über die Eingangstür. Wer sie durchschreitet, betritt ein Zauberreich. Die Oase, die das Inhaber- und Brüderduo Adrian und Severyn Ashkenazy geschaffen und mit Miró- und Dalí-Werken aus der familieneigenen Sammlung bestückt hat, ist urgemütlich. Vom handgeknüpften Teppich bis zu den Vintage-Dachziegeln haben die Brüder alles von ihren Reisen mitgebracht.

Wer von hier auf die andere Seite des Santa Monica Boulevard wechselt und in Richtung Beverly Hills spaziert, gelangt zum KIMPTON LA PEER HOTEL, das viel fürs Auge und das Wohlbefinden bietet: Pool-Bar, stilvolle Zimmer und tadellosen Service. Wenn man sich mit dem Kombucha

Diese Suite im Hotel Covell verbindet französischen Chic mit New-York-Ästhetik und einem Schuss Seventies.

von der Frühstücksbar an den Pool setzt, fühlt man sich wie ein Einheimischer. Wer ein urbanes Hochhausumfeld bevorzugt, sollte in Downtown Los Angeles (im Volksmund DTLA) im THE NOMAD HOTEL einchecken. Ähnlich wie sein Namensvetter in New York huldigt dieses Hotel der erstaunlich reichen Historie der Stadt. Das soll kein Scherz sein, ihr lieben Europäer. Immerhin ist das NoMad im altehrwürdigen Giannini Place untergebracht, einem ehemaligen Bankgebäude aus den Golden Twenties. Dieses Hotel ist italienisch raffiniert und

Die Dachterrasse des Hotel Covell dient als Bar und Sonnendeck.

Küche und Wintergarten einer Zwei-Zimmer-Master-Suite im Hotel Covell.

kalifornisch geschmeidig, angereichert mit Art-déco-Elementen – ein wohltuendes Interieur mit kraftvollen Farben.

Am Rand der alternativ geprägten Gayborhood Silver Lake befindet sich am Hollywood Boulevard das unscheinbare HOTEL COVELL. Jede Suite ist in einem anderen Stil gestaltet – als Pariser Atelierwohnung, als New Yorker Apartment der 1950er Jahre – und mit bodengleicher Dusche, Küchenzeile und Fischgrätparkett ausgestattet. In der hoteleigenen Bar Covell wartet eine vorzügliche Auswahl an Weinen.

Manch einer hat beim Gedanken an Los Angeles nur den einen Wunsch: in einem roten Mustang Cabrio mit offenem Verdeck den Pacific Coast Highway entlangzubrausen – was übrigens nicht zu empfehlen ist, weil schon im ersten Stau der Kopfhautsonnenbrand droht. Die Cabriofahrer jedenfalls quartieren sich am besten in Santa Monica ein. Inmitten einer idyllischen Wohngegend stößt man dort auf THE AMBROSE. Es ist nur wenige Gehminuten von dem Santa Monica Pier und vom Silicon Beach entfernt, wo man zuschauen kann, wie die Technikfreaks aus den umliegenden Start-ups in ihrer Mittagspause auf den Wellen reiten. Das Interieur entfaltet mit seinen natürlichen Farben und Materialien den für US-amerikanische Holzrahmenhäuser typischen Charme und passt zur locker-flockigen Lebensart Kaliforniens.

EXIT

Die Food-Szene von Los Angeles ist ein Geheimtipp. Das Angebot ist vielfältig: koreanisches Barbecue, persisches Kubideh, israelisches Falafel, mexikanisches Gebäck. Ethno-Food ist für die Bewohner von Los Angeles so selbstverständlich, dass sie es gar nicht mehr als „ethno" wahrnehmen. Das NORAH in West Hollywood knüpft an die kulinarische Traditionsvielfalt von L.A. an und verwischt mit seinen Kreationen die Grenze zwischen Vertraut und Exotisch. Anschließend lädt auf der anderen Straßenseite HAMBURGER MARY'S zum Drag-Bingo ein.

Fast jeder Mann erinnert sich an Jake Hanson aus der Fernsehserie *Melrose Place*. Dass es tatsächlich einen Melrose Place gibt, wissen wohl nur die wenigsten. Es ist aber kein Apartmenthaus mit Pool, sondern eine kleine und elegante Straße mit edlen Geschäften. Zahlreiche Möchtegern-Jakes, die mindestens so unwiderstehlich aussehen wie ihr Vorbild, trifft man im L.A.-typischen Café ALFRED an. Kaffee und Backwerk sind gut, aber noch besser ist das People Watching: Telefonierende Frauen mit bauchfreiem Oberteil und Kim-Kardashian-Frisur stolzieren vorbei, bildschöne Männer sprechen mit ihren Freunden über das Musikvideo, das sie gerade produziert haben, und der Drehbuchautor kämpft mit seinem Laptop und der Schreibblockade.

Zum Brunch begebe man sich ostwärts ins Hipster-Viertel Silver Lake und lasse sich im SAWYER mit kalifornischer Kochkunst verwöhnen. Sawyer ist in erster Linie ein Seafood-Restaurant und für seine Hummerbrötchen und Fisch-Tacos bekannt, aber es gibt auch Traditionelleres wie Blaubeerpfannkuchen aus Maismehl, Eggs Benedict und pochierte Eier mit Grünkohl und Quinoa. Am besten lässt man sich im vorderen Teil des Gastraums platzieren, um die Passanten auf dem Sunset Boulevard zu beobachten.

Unverputzte Ziegelwände bilden die Kulisse im lichtdurchfluteten Speisesaal des Restaurants Bavel.

Bavel serviert orientalische Traditionsküche wie zum Beispiel langsam gegarte Tajines.

Wer in West Hollywood übernachtet, sollte auf dem Weg ins Zentrum im Larchmont Village vorbeischauen, das die Angelenos – so nennt man die Bewohner von L.A. – innig lieben. Hier liegt das beste Lokal für Liebhaber der veganen Küche: das CAFÉ GRATITUDE. Man ordert sein Essen, indem man sich selbst lobt: Die Gerichte auf der Speisekarte haben einfallsreiche Namen wie „Gracious" oder „Fabulous", und wer sie haben will, sagt „I am Gracious" oder „I am Fabulous". Eh man sich's versieht, hört man sich „I am irresistable" johlen.

In DTLA mit seiner ständig wachsenden gastronomischen Auswahl versucht jedes Restaurant mit neuen Gerichten oder einer originellen Ästhetik auf sich aufmerksam zu machen. Ein Beispiel ist das BAVEL. Das ehemalige Lagergebäude bekommt von allen Seiten Tageslicht und setzt sich damit vom überladenen und exotischen Design anderer Orient-Lokalitäten ab. Das All-Day-Restaurant RÉPUBLIQUE ist ein Juwel, das am Abend richtig zum Leben erwacht. Es wird munter geplaudert und die Beleuchtung ist so schön, dass man gar nicht mehr ins Hotel zurück will. Das provenzalisch angehauchte Gebäude mit Hollywood-Flair, geweißten Backsteinwänden und Bodenfliesen, die ein dreidimensionales Würfelmuster vortäuschen, wurde 1928 für Charlie Chaplin gebaut.

Auch West Hollywood hat eine Menge erstklassiger Restaurants zu bieten. Zu den etablierteren Lokalen gehört das spanisch angehauchte A.O.C. mit einem Innenhof, in dem Kletterfeigen und Kerzenlicht die Atmosphäre verzaubern. Vor oder nach dem Tapas-Gericht schlürft man hier seine pikante, aber erfrischende Green Goddess – einen Cocktail mit Wodka, Gurke, Jalapeño, Absinth und grünem Tee.

Besucher beschweren sich oft, dass sie in Los Angeles nie Prominente zu Gesicht bekommen. Gute Chancen dafür bietet das CRAIG'S in West Hollywood. Bei dem Namen denkt man zwar eher an die Tacos-Bude eines surfenden 18-jährigen Jüngelchens, aber Craig's ist ein vornehmes Steakhouse, das auch für Normalsterbliche eine Option ist, und von diversen A-, B- und C-Promis frequentiert wird.

Die Skyline von Los Angeles ist vielleicht nicht so grandios wie die von New York, aber dafür muss man auf den Dachterrassen von Los Angeles nicht um warme Decken betteln. Als erste Station für eine Nachttour empfiehlt sich die Rooftop-Bar E. P. & L. P. mit unverbaubarem Blick auf die illuminierten Villen in den Hollywood Hills. Hier kann man in aller Ruhe den Angelenos dabei zuschauen, wie sie sich an sich selbst ergötzen, und sich mit einem edlen Mescal-Passionsfrucht-Chili-Limetten-Cocktail auf das Dinner einstimmen.

Die schwulste Stadt der USA muss natürlich die beliebteste schwule Club- und Bar-Location im Land haben. Dieser Ehrentitel gebührt dem ABBEY in West Hollywood, zumal es zusätzlich sogar noch ein Restaurant zu bieten hat. Unter den Scharen von Männern sieht man auch beträchtlich viele Frauen. Junggesellinnenabschiedspartys wurden allerdings vor einiger Zeit untersagt. Das Abbey ist so stark gewachsen, dass es das Nachbargebäude gekauft und THE CHAPEL als zweite Bar- und Club-Location aufgemacht hat – mit noch „professionelleren" Go-go-Tänzern, die den Zuschauer so in ihren Bann ziehen, dass er vom Gespräch mit seinem Begleiter nichts mitbekommt. Das AKBAR betrachten viele als den schmuddeligen älteren Bruder des Abbey. Auf jeden Fall ist es die Antwort der Eastside auf West Hollywood. Nicht so leicht zu entdecken ist der bescheidenere Clubbereich. Dort können Disko-Fans, die zufällig am ersten Samstag des Monats vorbeischneien, bei der Full Frontal Disco Night die vergnügungssüchtigen Seventies aufleben lassen.

Wem eine glanzvollere Location vorschwebt und die eher gezierte Schönheit von West Hollywood nicht liegt, der sollte den größten Gay-Club in Downtown Los Angeles aufsuchen: das PRECINCT DTLA. Hier geht es unanständiger zu; es wird getanzt, geschwitzt und getrunken. Schwule jeder Statur, Größe und Altersgruppe erfreuen sich an den besten Drag-Shows der Stadt, tanzen zu bunt gemischter, ausgeflippter 80er-Jahre-Musik und – man glaube es oder nicht – schließen Freundschaft.

Die Welt kennt L. A. als Hollywood-Glamourwelt, in der ein jeder vor allem auf sein Image bedacht ist, aber in Wahrheit hat die Stadt ein heiter-unbeschwertes Lebensgefühl entwickelt, das in anderen US-amerikanischen Städten nicht denkbar wäre. Wer eine weniger intensive Abendbeschäftigung und etwas Gemeinschaftsgefühl sucht, fahre ein Stück ostwärts nach Glendale und mische sich in der Rollschuhbahn MOONLIGHT ROLLERWAY unter die Gäste der Rainbow Skate Night. Der LGBTQ-Roller-Skate-Abend findet jeden Mittwoch statt und ist eine vergnügliche Alternative zur Bar-Kultur.

Die Rooftop-Bar L. P. glänzt mit einer Auswahl an außergewöhnlichen Cocktails und Bar-Snacks.

Die Sonne ist noch nicht untergegangen – schon beginnt das Gerangel der E. P. & L. P.-Fans um die besten Plätze.

Die markante Leuchtreklame des Akbar am Sunset Boulevard.

LIMIT 30

Caring
for
Your Coast
#VENICEPRIDE

Wer in L.A. in ein feines Restaurant gehen will, braucht weder Button-down-Hemd noch Rollkragenpullover. Wozu auch? COUNTY LTD. in Silver Lake arbeitet mit hochwertigen Stoffen aus aller Welt und ist die ideale Herrenboutique für den eher lässigen Hipster-Look. Die Angelenos kommen auch wegen der ausgefallenen Einrichtungsobjekte hierher. Mit seiner Tagline „T-Shirts and Chairs" macht County Ltd. deutlich, dass hier der männliche Ästhet im Mittelpunkt steht und nicht ein bestimmtes Produkt. Da es in L.A. die meiste Zeit des Jahres über warm ist, wissen viele Besucher gar nicht, wie kalt es hier am Abend werden kann. Deshalb sollte man sich bei THE ELDER STATESMAN einen guten Kaschmirpullover besorgen.

West 3rd Street ist eine der wenigen fußgängerfreundlichen Gegenden in L.A. Es gibt Restaurants, Bars, Bekleidungs- und Designläden, die man nur in Los Angeles findet. Wer sich adrett einkleiden oder eine hübsche Badehose kaufen will, gehe zu CARLTON DREW, wo Herr Drew höchstpersönlich schwule Herrenmode designt. Die La Brea Avenue in Mid-Wilshire ist eine weitere Einkaufsgegend, die als Fußgängerparadies immer mehr Anklang findet und mehr als Bekleidung und Accessoires zu bieten hat. Die handgefertigten Sonnenbrillen von GARRETT LEIGHT CALIFORNIA OPTICAL sind vom lässig-spleenigen Lebensgefühl L.A.'s inspiriert. Sie zieren die Augen, die ja bekanntlich die Fenster zur Seele sind, oder machen eine faltige Augenpartie unsichtbar.

Garrett Leight California Optical ist für seine stylischen, reduzierten und vor allem funktionalen Brillendesigns bekannt.

West 3rd Street ist eine der wenigen fußgängerfreundlichen Gegenden in L.A. Es gibt Restaurants, Bars und Läden, die man nur in Los Angeles findet.

Der Cactus Store bezieht seine Pflanzen zumeist aus der „echten" Wüste und nicht aus dem Gewächshaus.

Fälschlicherweise wird L.A. immer wieder als „Wüstenstadt" bezeichnet. Das macht aber nichts – im CACTUS STORE kann man auch mitten in Los Angeles Wüstenästhetik erleben. Der Shop im Stadtteil Echo Park hat sich auf seltene und bizarre Kakteenarten spezialisiert. Apropos Pflanzen: Als größter Agrarproduzent der USA hat Kalifornien besonders gute landwirtschaftliche Erzeugnisse zu bieten. Nirgendwo ist das Obst und Gemüse aus der Umgebung so frisch wie auf dem MELROSE PLACE FARMERS MARKET. Der Bauernmarkt ist zwar relativ klein, aber am Sonntagmorgen der ideale Ort, um sich in einer französischen Bäckerei ein Croissant zu besorgen, die Leute zu beobachten oder Honig aus der Region zu kaufen.

Ganzjährig warmem Wetter kann wirklich niemand widerstehen. Die Strände sind zwar im Sommer besonders begehrt, aber das Strandleben ist in L.A. keine Frage der Jahreszeit. Das gilt vor allem für die Männer, die zum inoffiziellen Schwulenstrand WILL ROGERS STATE BEACH pilgern, der scherzhaft „Ginger Rogers Beach“ genannt wird. Der Strandgast bekommt alles geboten, was er sich von einem Tag an der Sonne in L.A. verspricht: durchtrainierte Männer beim Beachvolleyball und reifere Typen beim entspannten Sonnenbad. Es sei daran erinnert, dass Kalifornien von einem Gouverneur regiert wurde, der in Österreich geboren wurde und der im Gold’s Gym in Venice trainierte. Generell sind die Angelenos begeisterte Fitnessstudiogänger. Sie lieben Crossfit, Yoga, Spinning und Pilates. Für viele ist der Gang ins Gym mittlerweile sogar die naheliegendste Art, unter Leute zu kommen. THE PHOENIX EFFECT an der Melrose Avenue ist einer der Fitnesstempel, die nicht zu einer Kette gehören und in denen viele Schwule trainieren oder an Workout-Kursen teilnehmen. Einen festen Platz in der Workout-Szene nimmt auch das Wandern ein. Das kann man überall in L.A., aber den größten Spaß macht es im hügeligen GRIFFITH PARK mit seiner atemberaubenden Aussicht, dem Griffith-Observatorium, dem Zoo und dem berühmten Hollywood-Schriftzug.

Wer sich nicht allzu viel bewegen möchte, kann sich auf die massiv unterschätzte Kunstszene von L.A. stürzen. Die Ausstellungshalle der MARCIANO ART FOUNDATION im ehemaligen Freimauertempel des Schottischen Ritus wurde 2017 von den Brüdern Paul und Maurice Marciano ins Leben gerufen, den Gründern der Jeans-Marke Guess. Sie sammeln Werke etablierter und junger Künstler, die die Vitalität und Innovationskraft der Kunstszene von Los Angeles zeigen. In einem kleinen Altbau in Echo Park ist in einer Ausstellung homoerotische Kunst eines Finnen namens Tom of Finland zu sehen. Sein Wohnhaus ist heute Sitz der gemeinnützigen TOM OF FINLAND FOUNDATION. Die Stiftung organisiert Ausstellungen und Veranstaltungen für Liebhaber erotischer Kunst wie Zeichenworkshops und die Wednesday Tea Salons. Leder ist natürlich immer gern gesehen.

Das Strandleben ist in L.A. keine Frage der Jahreszeit. Das gilt vor allem für die Männer, die zum inoffiziellen Schwulenstrand pilgern.

Vom Griffith Observatory am Südhang des Mount Hollywood bietet sich ein spektakulärer Blick auf die Stadt.

Wer Südkaliforniens Küstenlandschaft richtig genießen will, besteige den Pacific Surfliner.

In vielen Städten der Welt gibt es mittlerweile Filmfestivals, in der Schaupieler, Regisseure und Autoren ihre Geschichten aus der LGBTQ-Szene präsentieren. Das einflussreichste Festival dieser Art ist natürlich in Los Angeles zu Hause. Es heißt OUTFEST, findet alljährlich im Juli statt und wird wie kein zweites von lokalen und internationalen Communitys breit unterstützt. Das Festival ist auch eine Möglichkeit, das Fimerlebnis mit Sightseeing zu verbinden, da die Filme in verschiedenen Locations gezeigt werden, die auch viele enthusiastische Einheimische anziehen.

In West Hollywood gibt es einmal im Jahr eine Nacht, in der es passieren kann, dass man 50 behaarte Muskelmänner mit langen rotbraunen Zöpfen, in berüschten Rockabilly-Kleidern und roten Paillettenschuhen zu sehen bekommt. Der WEST HOLLYWOOD HALLOWEEN CARNAVAL ist mit seinen kreativen und teils frivolen Kostümeneine Riesengaudi. Bei diesem Kult-Event geht die Männerwelt aufs Ganze und ist sich, was die Kostüme angeht, für nichts zu schade.

Seit 2014 wird an vielen Orten in Los Angeles im Frühsommer bei der QUEER BIENNIAL die queere Kultur in allen Facetten gefeiert – Kabarett, Tanz, Literatur, Kunst, Musik und vieles mehr. Jeder Biennale-Durchgang, für den die Szene von L.A. sich natürlich mächtig ins Zeug legt, steht unter einem anderen Motto und zieht mehr Zuschauer an als beim vorigen Mal.

Neben der Fernseh- und Filmindustrie sorgt in Los Angeles noch eine weitere Institution für Kontinuität: die HOLLYWOOD BOWL, die größte und mit über hundert Jahren älteste Freilichtbühne in Los Angeles. Nirgendwo kann man internationale Musikgrößen von Barbra Streisand bis Stevie Wonder so intensiv im Freien erleben wie hier, und nirgendwo spielen Kylie Minogue und Robyn vor einem solchen Meer von schwulen Fans.

In West Hollywood gibt es einmal im Jahr eine Nacht, in der es passieren kann, dass man 50 behaarte Muskelmänner mit langen rotbraunen Zöpfen, in berüschten Rockabilly-Kleidern und roten Paillettenschuhen zu sehen bekommt.

Cleonette Harris fotografiert das queere Amerika – das Resultat konnte man bei einer der Queer Biennials bewundern.

Auch dieser Quilt des Bostoner Künstlers George Summers wurde im Rahmen der Queer Biennial ausgestellt.

Für jemanden, der in L. A. lebt, ist eine zweistündige Autofahrt nicht der Rede wert. Man schafft es nach Laguna Beach oder, wenn man im Stau steckenbleibt, nur von West Hollywood nach Beverly Hills. Wenn die Angelenos die Stadt hinter sich lassen, fahren sie meist gen Osten, denn dort gibt es mehr Männer, mehr Fifties-Architektur, mehr Pool-Partys und noch höhere Temperaturen. Seit dem frühen 20. Jahrhundert ist PALM SPRINGS als „Spielplatz der Stars" bekannt; heute ist die Oase in der Wüste eine Spielwiese für Schwule. Einquartieren sollte man sich im Parker Palm Springs. Die Zimmer sind in leuchtendem Orange, Blau und Gold gehalten und damit die perfekte Ergänzung zum Grün der Bäume und Pflanzen ringsum. Wenn man mit der Petanque-Partie fertig ist, genießt man am Pool seinen wohlverdienten Pastis.

Palm Springs ist ein Mekka für Fans der Mid-Century-Architektur, die hier auch Desert Modernism genannt wird.

Seit dem 20. Jahrhundert ist Palm Springs als „Spielplatz der Stars" bekannt; heute ist die Oase eine Spielwiese für Schwule.

Palmen gehören fest zur Skyline von LA. Ein Trend vom Ende der 1930-er Jahre, als viele der Bäume gepflanzt wurden.

LINE
COMMISSAR
POT CAF
POKE
POT LOBB
THE S
BREAKF
US METRO BANK
WE ARE NOW OPEN
ON WILSHIRE & KIN
Koreatown
Wilshire

LOS ANGELES, PARADIES DER HOCH- UND SUBKULTUR

Michael Lannan

„Ich bleibe für immer in Los Angeles", sagt Michael Lannan. „Mein Instinkt sagt mir, dass ich hier hingehöre." Der Drehbuchautor und Produzent schwärmt von der queeren Hochburg L. A., von der allgegenwärtigen Schwulenszene im Stadtviertel Silver Lake, in dem er lebt, oder auch in Echo Park. „Im Mexikanischen ist *ambiente* ein Slang-Ausdruck für so etwas wie eine schwule Energie, die nur für Schwule zu spüren ist. In Silver Lake und Echo Park kann man dieses *ambiente* besonders intensiv erleben."

Für Michael sind diese beiden Stadtteile „das queere Herz von L. A.". Hier gibt es auch ein bekanntes, eher unscheinbares Denkmal: Die Mattachine Steps erinnern an die „Mattachine Society", einen von LGBTQ-Vorkämpfer Harry Hay in den 1950er Jahren gegründeten Aktivistenzirkel. Viele Schwulenbars in L. A. haben eine lange Geschichte. „Im Black Cat fand bereits vor Stonewall eine Polizeirazzia statt, die manche als Initialzündung für den Emanzipationskampf der Homosexuellen betrachten." An der University of Southern California gibt es außerdem die One National Gay & Lesbian Archives. „Das ist das größte Queer-Archiv der Welt", betont Michael, „und eine ergiebige Inspirationsquelle."

Früher konnte Michael der „Stadt der Engel" nicht viel abgewinnen. „Als ich im Süden Kaliforniens aufwuchs, mochte ich L. A. nicht besonders", erinnert er sich. „Ich hatte mehr Lust auf abwechslungsreiches Wetter und richtige Wolkenkratzer. Doch dann las ich während der College-Zeit im Mittleren Westen, wo ich auch mein Coming-out hatte, *City of Quartz* von Mike Davis. Plötzlich erschien L. A. mir in einem neuen Licht, als geheimnisvoller Ort, aufgeladen mit sexueller Energie. Ein Ort der unbegrenzten Möglichkeiten mit einem romantischen Charme, der auch mit Leere und Verfall zu tun hatte."

In den folgenden zehn Jahren zog es Michael immer wieder nach L. A. – „zum Teil wegen der Entertainment-Industrie, die eine eigentümliche Welt für sich bildet. Nirgendwo gibt es so viele Autoren, Schauspieler, Regisseure und Produzenten, mit denen man sich austauschen und Dinge auf die Beine stellen kann. Die ganze Stadt ist ein Paradies der Hoch- und Subkultur, mit Licht- und Schattenseiten."

Als HBO sich von seiner Idee zu einer TV-Serie über das Leben und Lieben dreier schwuler Männer in San Francisco überzeugen ließ, zog Michael nach L. A. Die Serie *Looking*, zu der er etliche Drehbücher beisteuerte, sollte ursprünglich in L. A. spielen – in Silver Lake. „HBO war von der Idee nicht angetan", erzählt er. „Es hätte bedeutet, dass

Michael Lannan

„L.A. erscheint mir als geheimnisvoller Ort; aufgeladen mit sexueller Energie."

die Entertainment-Branche in der Serie vorkommen muss, und das wollten weder HBO noch ich."

Das Show-Business ist in Los Angeles überall präsent – auch in den Treffs der LGBTQ-Szene. „Wegen der steigenden Mieten mussten in den vergangenen Jahren leider viele klassische Schwulenbars dicht machen, darunter so einmalige Locations wie die Piano-Bar The Other Side und das Spotlight, eine alte Hollywood-Kaschemme. Die Atmosphäre, der Spirit und die Ästhetik, die diese Bars prägten, sind unwiederbringlich dahin. In einer Bar auf Leute zu treffen, die mit Rock Hudson oder Anthony Perkins im Bett waren, hatte einen gewissen Zauber."

„Aber man sollte auch nach vorne schauen", fügt er hinzu. „Viele junge Leute – besonders auch *people of color* – bringen neuen Schwung in die Szene. Locations wie das Offbeat in Highland Park und das Bootleg Theatre in Hi-Fi und Events wie Dirty Looks stehen für ganz neue Formen der Kreativität und des Miteinanders."

Michaels Liebe zu L.A. wird sogar deutlich, wenn er auf die sprichwörtlichen Verkehrsprobleme zu sprechen kommt. „Ich habe kein Auto. Ich finde Fahrradfahren spannender", meint er. „Man bekommt als Radfahrer mehr vom Leben mit als Autofahrer: das wunderbare Abendlicht, die tolle Architektur, interessante Leute." Sogar die Botanik ist hier besonders: „Die Pflanzen wachsen hier wie verrückt. Eine New Yorker Freundin von mir ist immer wieder perplex, dass die Bougainvilleen ihre Blütenpracht sogar direkt neben der Autobahn entfalten, obwohl niemand sie pflegt."

WARNING

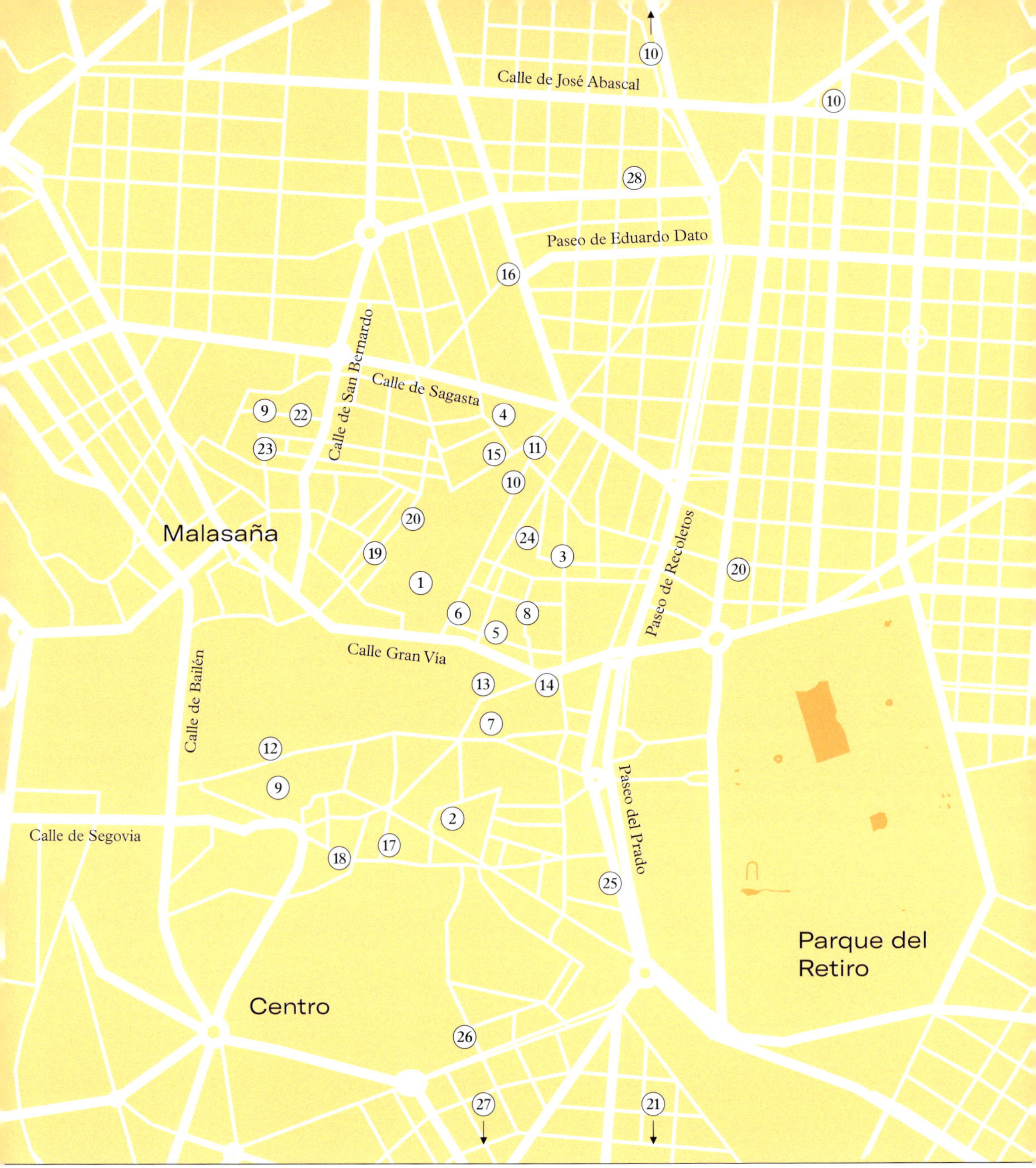

LOGIEREN

1. 7 Islas Hotel
2. Axel Hotel
3. Only You
4. Urso Hotel & Spa
5. Vincci The Mint

GENIEẞEN

6. Angelita
7. CEBO
8. Celso y Manolo
9. Federal Café
10. Honest Greens
11. La Duquesita
12. Mercado de San Miguel

MITFEIERN

13. CHA CHÀ The Club
14. Hemingway
15. Macera TallerBar
16. Marta, Cariño!
17. Medias Puri
18. Sala Equis

SHOPPEN

19. El Moderno
20. García Madrid
21. Mercado de Motores
22. Oliver & Co.
23. Orquídea Drácula
24. Xoan Viqueira

ENTDECKEN

25. CaixaForum
26. La Casa Encendida
27. Matadero Madr
28. Museo Sorolla

MADRID

Metropole des heiteren Chaos

In Madrid, wo Geist und Schönheit zu Hause sind, werden die kleinen Freuden des Lebens großgeschrieben. Hinter ihrer neoklassizistischen Fassade erschließt sich ein Kosmos von Galerien, Parks und Museen, garniert mit kulinarischen Genüssen und einer gepflegten Cocktailkultur, die bis tief in die Nacht ihren Zauber entfaltet. Die spanische Hauptstadt spricht alle Sinne an.

In Spanien verträgt sich, was sich eigentlich nicht verträgt: ein zutiefst konservativer, katholischer Geist und echte Akzeptanz für alternative Lebensentwürfe. Nach den Jahrzehnten der Franco-Diktator beschloss die Bevölkerung, das Leben maximal auszukosten. Solange die eigene Lebenseinstellung den Mitmenschen nicht einengt, ist so ziemlich alles erlaubt. Das stolze Madrid gehört zu den wenigen Städten der Erde, in denen Toleranz Trumpf ist. An diesem gastlichen Ort können gleichgeschlechtliche Paare Hand in Hand über die Straße gehen und sich küssen, ohne schief angesehen zu werden.

Madrid begnügt sich aber nicht mit Toleranz, sondern fördert aktiv jede Spielart der Diversität. Die madrilenische Gay-Community, die besonders in der unkonventionellen Gayborhood Chueca Präsenz zeigt, kämpft an vorderster Front für LGBTQ-Rechte und wurde in jüngster Zeit auch in den Trendbezirken Malasaña, La Latina und Lavapiés heimisch.

Wer mitten im tag- und nachtaktiven Chueca wohnen möchte, findet im ONLY YOU eine etwas dekadente, kolonial angehauchte Mischung aus Klassik und Exzentrik. Die Zimmer sind kühn gestaltet, aber wirklich atemberaubend ist die dachhohe Lobby im ehemaligen Innenhof des palastartigen Gebäudes aus dem 19. Jahrhundert. Hippes Retro-Mobiliar, überdimensionierte Schmuckteller und Regale voller Kunstbücher laden den Salonlöwen zum Verweilen ein. Mit Gaumenfreuden aus der Region – Weine, Wurstwaren und Käse – und einer angeschlossenen Buchhandlung lockt das benachbarte Lokal El Padrino. In zentrumsnaher Lage zwischen dem lebhaften Chueca und dem bürgerlichen Chamberí thront das elegante URSO HOTEL & SPA in einem majestätischen Eckgebäude. Die großzügigen Innenräume strahlen gediegene Wärme aus – das in Eiche gehaltene Restaurant Media Ración by Cuenllas, in dem große Plakate die Typografie der 1930er Jahre aufleben lassen, genauso wie der im Stil des 18. Jahrhunderts tapezierte Wintergarten mit seinem üppigen vertikalen Garten, auf den von oben das Tageslicht fällt.

Regale voller Kunstbücher laden den Salonlöwen zum Verweilen ein.

Das Foyer des avantgardistischen Axel Hotel in Madrids Szeneviertel Barrio de las Letras.

In der Gold Deluxe Suite des Axel Hotel ist das Badezimmer in das Wohnzimmer integriert.

Das VINCCI THE MINT liegt direkt an Madrids Hauptverkehrsader Gran Vía, aber dafür in fußläufiger Entfernung zum quirlig-urbanen Chueca, und ist eine gute Adresse für alle, die auf eine häusliche, elegant-entspannte Atmosphäre Wert legen. Dem Lounge-Bar-Lobby-Ensemble hat der angesagte chilenische Innenarchitekt Jaime Beriestain mit dunklem Holz, Leder und verschiedensten Grüntönen Leben eingehaucht. Bei gutem Wetter lohnt ein Ausflug auf die Dachterrasse, wo an einem pastellgrünen Imbisswagen Drinks und Häppchen serviert werden.

Gleich nebenan im hippen Bezirk Malasaña haben im 7 ISLAS HOTEL kreative Designer Kunst mit Industrieästhetik verbunden. Die minimalistische Lobby, in der die schwarzen Stahlschließfächer auffallen, ist zugleich Galerieraum. Die Zimmer sind sparsam möbliert, damit die kleinen Finessen besser zur Geltung kommen: das Leder-Stahl-Geflecht der Bettkopfteile, die gemusterten Teppiche und die bronzierten Wandhaken, die wie Babyhände und -füße geformt sind. In der hoteleigenen 7 Craft Bar verzaubert „Wunderkind-Mixologe“ Narciso Bermejo seine selbst destillierten Spirituosen mit marktfrischen Früchten, Gemüse und Gewürzen zu unverwechselbaren Cocktails.

Etwas abseits vom Zentrum liegt das extravagante AXEL HOTEL MADRID, das Erwachsenen vorbehalten ist und in einem herrschaftlichen Bürgerhaus residiert. Das heterofreundliche Hotel hat eine Vorreiterfunktion für die LGBTQ-Community und zieht ästhetisch alle Register – mit Korridoren in Pink und regenbogenfarbenen Dekostoffen und Möbeln. Im Sommer wird die Dachterrasse zur belebten Cocktailbar. Wer lieber überdacht speist und trinkt, ist im verrückten Bar-Restaurant Las Chicas, Los Chicos y Los Maniquís gut aufgehoben.

Madrid ist seit jeher ein kulinarischer Schmelztiegel, der regionale spanische Gerichte geschickt mit internationaler Küche verbindet, und somit ein lohnendes Reiseziel für Feinschmecker. Gewöhnungsbedürftig sind die späten Essenszeiten: Zu Mittag speist man ab 14 Uhr und zu Abend um 22 Uhr.

Zum Einstieg empfiehlt sich das Schlemmerparadies MERCADO DE SAN MIGUEL. Die legendäre, 2018 frisch sanierte Markthalle ist ein verspielter, schmiedeeiserner Traum von einem Gebäude und breitet an mehr als 30 Ständen die ganze Pracht spanischer Lebensmittelkultur aus. Jeden Tag gibt es hier die besten Käsesorten aus Asturien, die edelsten Meeresfrüchte Galiziens, Getreide von der Mittelmeerküste und ausgefallene Weine aus allen Winkeln des Landes. Im ANGELITA verarbeiten die Gebrüder Mario und David Villalón regionale Köstlichkeiten aus Spaniens weniger bekannten Provinzen zu kulinarischen Meisterstücken. Das zweigeschossige Bistro bietet gehobene Kochkunst und eine edle Weinkarte, während in der Speakeasy-Bar im Untergeschoss verwegene Cocktails gemixt werden. Im Tavernen-Ambiente des CELSO Y MANOLO kommt herzhafte Bio-Hausmannskost auf den Tisch. Der Rohstoff für die Reisgerichte stammt von einer Reisbauernfamilie, die ihrem Handwerk seit sechs Generationen treu bleibt. Als Proteinquelle für die Bio-Gerichte dienen Hähnchen, Eier oder

Neben frischem Obst und Gemüse gibt es im Mercado de San Miguel jede Menge Tapas.

Der Mercado de San Miguel, eine wunderschöne Glas- und Eisenkonstruktion, ist nicht weit von der Plaza Mayor entfernt.

Madrid ist seit jeher ein kulinarischer Schmelztiegel, der regionale spanische Gerichte mit internationaler Küche verbindet.

Rindfleisch. Am anderen Ende des kulinarischen Spektrums werden im mediterran ausgerichteten CEBO, das 2018 seinen ersten Michelin-Stern erhielt, Altbekanntes und Innovatives kunstvoll verknüpft. Küchenchef Aurelio Morales rückt gängige Ingredienzen wie Fisch und Gemüse in den Mittelpunkt und besinnt sich auf seine madrilenischen Wurzeln, um Fleischgerichte ganz neu zu interpretieren.

Die Sparsamen und Gesundheitsbewussten sind im HONEST GREENS doppelt gut bedient: Bio-Fleisch und Vegetarisches, mit Haute-Cuisine-Methoden veredelt, werden im eleganten Designer-Ambiente serviert, das mit jedem Nobellokal mithalten kann. Die Köche haben für ihre gehaltvolle Bio-Kost ein einfaches Drei-Komponenten-System entwickelt: Protein plus Salatbett plus Beilage. Brunchfreunde entdecken hinter der Backsteinfassade des FEDERAL CAFÉ ein Café-Restaurant mit Industrie-Ästhetik und raffinierten Eiervarianten, Bagels und Frühstückskomponenten, ergänzt durch Smoothies und gewitzte Kaffee-Kreationen. Zucker-Junkies bekommen ihren Stoff bei LA DUQUESITA. Bäckermeister Oriol Balaguer gab der Traditionsbäckerei ihren alten Glanz zurück und beließ die Originalausstattung aus dem frühen 20. Jahrhundert. In den Vitrinen locken duftende Croissants, aromatisiert mit Zutaten aus fernen Ländern, sowie handgefertigte Süßigkeiten, Brote, Pasteten und als Glanzstück ein vierlagiger Schokoladenkuchen mit unterschiedlichen Texturen.

In der bewährten MACERA TALLER BAR in Malasaña werden traditionelle Drinks mit maßgeschneiderten Eigenkreationen variiert. Narcisco Bermejo versetzt Basis-Spirituosen mit zerkleinerten Früchten und bewirkt damit wahre Wunder der Mixologie. Die einheitlichen Flaschen mit konsequent gleichen Etiketten stehen in Reih und Glied auf schlichten Bar-Regalen – ein eindrucksvolles Bild, das aus dem Traum eines Alchimisten entstammen könnte. Wer die Taktzahl erhöhen will, zieht weiter ins MARTA, CARIÑO!, eine Schwulen-Bar mit Club-Feeling im altehrwürdigen Gebäude der Teatros Luchana. Die bei Braven und Ungezogenen gleichermaßen beliebte Location bietet alles, was man zum Feiern braucht: Drinks, außergewöhnliches Entertainment und schönes Partyvolk. In dem schicken rubinroten Raum gibt es Zonen zum Tanzen, zum Dinieren und für den gepflegten Aperitifkonsum.

Das MEDIAS PURI im Herzen der Stadt versprüht ein anderes Flair. Von außen wirkt es wie ein Retro-Dessous-Shop. Hinter der Fassade verbirgt sich eine Club-Höhle, in der man sich insgeheim zu Abendgesellschaften trifft. Man findet hier drei nach Musikstilen getrennte Tanzflächen, durch den Raum vagabundierende Darsteller und einen kräftigen Schuss Skurrilität – improvisierte Dichterlesungen auf dem Klo inklusive. Den Reiz des Verborgenen kann man auch in der feinen Speakeasy-Bar HEMINGWAY auskosten, deren Namensgeber hier Stammgast war. Der Eingang zu der gemütlichen Cocktailbar liegt versteckt im Technikgeschoss des Restaurants Casa Suecia.

> Den Nachtschwärmer erwartet eine sexy Szenerie mit rotem Samt.

Der CHA CHÁ THE CLUB hat das aufgegebene Teatro Bogart zu neuem Leben erweckt – als alternativer Hotspot mit Beats von Hip-Hop über House bis Electro. Den Nachtschwärmer, der vor dem Türsteher Gnade findet, erwartet eine sexy Szenerie, die mit ihren gedrechselten Holzgeländern und rotem Samt an ein Varieté erinnert. Eine ähnliche Reanimation gelang dem SALA EQUIS in einem ehemaligen Sexkino, das nun als dreiteiliger Veranstaltungsort dient, bestehend aus einer bequemen, bühnenartigen Cocktailzone mit Sofas und Gartenstühlen, einer gemütlichen Bar mit Samtwänden und als Glanzstück einem Kino mit 55 Plätzen samt Getränketischchen, in dem alte Filme gezeigt werden.

Im Innenhof des Sala Equis wird der Gartenstuhl zum Kinosessel.

Das Medias Puri bietet exquisite Bühnenshows, drei Tanzflächen und Platz für eintausend Nachtschwärmer.

Spanien hat eine lange Tradition in der Herstellung von hochwertigen Kunsthandwerksprodukten und Textilien – beste Voraussetzungen für aufregende Shoppingmöglichkeiten. Einmal im Monat wird der geschichtsträchtige Bahnhof Delicias, der heute das Eisenbahnmuseum beherbergt, für ein Wochenende zum Mercado de Motores. Auf dem Flohmarkt gibt es Retro-Schätze, Antiquitäten, Schmuck und Kunst zu entdecken. In den Stöberpausen kann man sich mit leckeren Snacks und einem Bier stärken und Musikern bei ihren temporeichen Darbietungen zuhören.

Concept Stores sind beliebt und praktisch – und sie sind mehr als nur eine Leistungsschau gleich gesinnter Designer. Im Idealfall sind sie Inspirationsquellen für einen gepflegten Lebensstil – wie El Moderno, an dem kein Weg vorbeiführt, wenn es um Haushaltsartikel, Schmuck, Schreibwaren und Kunsthandwerkliches geht, von dem man gar nicht wusste, dass man es sich schon immer gewünscht hat. Der Grafikdesigner Xoan Viqueira, ein echter Romantiker, zog mit besten Absichten aus seiner Heimatstadt Valencia nach Madrid: Er wollte mit dem Mann seines Herzens leben. Hier machte er einen Laden auf, benannte ihn nach sich selbst und verkauft dort T-Shirts, Sweatshirts, Unterwäsche, Espadrilles, Geschirr und gerahmte Poster mit romantischen Cartoon-Pärchen für eine Kundschaft mit verschiedensten sexuellen Orientierungen.

Für den modernen Mann mit einer Schwäche fürs Dezente kreiert García Madrid Anzüge, Jacketts und Alltagskleidung mit dem gewissen Etwas. Die makellos geschneiderten Kleidungsstücke leben vom Unerwarteten: einem unkonventionellen Motiv oder Muster, einem ausgefallenen Schnitt oder einem Farbschock. Charaktervolle Wohlgerüche bietet Oliver & Co Perfumes an. Hier werden gewagte Unisex-Düfte in Eigenregie kreiert. Die Parfums enthalten nur Gewürze aus biologischem Anbau, Blüten- und Holzextrakte, aromatische Öle und künstliche Moleküle und werden in minimalistischen einfarbigen Flakons abgefüllt. Ein besonderes Highlight sind die originellen Blumenarrangements des „Pflanzendoktors" Felipe Carvallo, der in seinem Florallabor Orquídea Drácula praktiziert. Seine kreativen Kompositionen können umgesteckt, eingetopft und (mit unschädlichen Farben) angemalt werden, um den eigenen vier Wänden neue Frische zu verpassen. Vom Vergilben bedrohte Pflanzen nimmt der Florist auch stationär in Pflege.

Einmal im Monat strömen alle, die ein Herz für Vintage-Kleidung haben, zum Flohmarkt Mercado de Motores.

Kleidung, Accessoires und Home-Artikel: Designer Xoan Viqueira hat eine einzigartige grafische Handschrift.

Ein Architekturwunder der besonderen Art ist das CAIXA FORUM der Architekten Herzog & de Meuron unweit der drei Kunsttempel Prado, Reina Sofia und Thyssen-Bornemisza. Das Caixa Forum sieht so aus, als schwebe es über einem stillgelegten Kraftwerk in der Luft. Der Blickfang an dem Backsteinbau mit gusseisernen Ornamenten ist der vertikale Garten. Das Gebäude dient als multimediales Kulturzentrum, in dem neben Ausstellungen auch Musikfestivals und pädagogische Workshops stattfinden. Ganz in der Nähe befindet sich LA CASA ENCENDIDA – Madrids einschlägige Adresse für alles Avantgardistische. Hier präsentieren sich junge Künstler aller Disziplinen – Film, Tanz, Musik, Malerei … Einer der nicht mehr ganz so geheimen Geheimtipps für coole Madridbesucher ist die farbenfrohe Dachterrasse mit Bar.

Der ehemalige Schlachthof MATADERO MADRID wurde zu einem urbanen Mikrokosmos umgewandelt, in dem alle künstlerischen Ausdrucksformen ihren Platz haben. Die meisten kreativen Medien sind durch veränderbare Themenräume für Literatur, Architektur, Film, Musik, darstellende Künste und Design vertreten. Ein bedächtiges Alternativprogramm bietet das SOROLLA-MUSEUM, das sich dem Leben und Schaffen des produktiven spanischen Malers Joaquín Sorolla widmet und dem Besucher intime Einblicke in die prachtvolle Residenz des Künstlers gewährt. Mehr noch als die über tausend Gemälde vermitteln die Keramiken, Schmuckstücke, Skulpturen und antiken Möbel aus Sorollas Privatbesitz einen Eindruck von der privilegierten Wohnwelt der Vornehmen.

Die Ausstellung *Ride, Ride, Ride* von Teresa Solar wurde vom Matadero Madrid gezeigt.

Im Nave 16, dem 43.000 m² großen Hauptausstellungsraum des Matadero Madrid, werden große Ausstellungen und Konzerte präsentiert.

Was als erste organisierte Demonstration für LGBTQ-Rechte in Madrid begann, ist heute die MADRID PRIDE: Europas größtes Fest zu Ehren der gleichgeschlechtlichen Liebe und ihrer Akzeptanz. Jedes Jahr lockt das einwöchige Event mit festlichen Aktivitäten, Konzerten und Wettkämpfen zwei Millionen Menschen nach Chueca.
Die Agenda variiert von Jahr zu Jahr, aber das

Was als erste organisierte Demonstration für LGBTQ-Rechte in Madrid begann, ist heute die Madrid Pride: Europas größtes Fest zu Ehren der gleichgeschlechtlichen Liebe und ihrer Akzeptanz. Jedes Jahr lockt das einwöchige Event mit festlichen Aktivitäten, Konzerten und Wettkämpfen zwei Millionen Menschen nach Chueca.

Stöckelschuh-Rennen, die Wahl zum „Mr. Gay Pride España" und das hedonistische Chaos der gewaltigen Pride Parade sind feste Programmpunkte. Ein weiteres Sommer-Highlight ist die Open-Air-Konzertreihe NOCHES DEL BOTÁNICO. Vor der Kulisse des idyllischen Real Jardín Botánico Alfonso XIII spielen einheimische und internationale Musiker alles von Electro über Jazz, Pop und Rock bis zu Latin.

Im Herbst findet das beliebteste LGBTQ-Filmfestival der spanischsprachigen Welt statt – das LESGAICINEMAD. Wer bislang nur Almodóvar kennt, kann hier seine Kenntnis des spanischen Kinos mit meist untertitelten Independent-Filmen zu Queer-Themen erweitern. Einen Besuch wert ist auch die dreitägige Kunstmesse ARCOMADRID, eine Kontaktbörse für Künstler und Sammler aus aller Welt, bei der die großen Player der Szene mit etablierten und jungen Kreativen aus über 20 Ländern zusammenkommen. Das vielseitige Programm, das sich jedes Jahr einem anderen Schwerpunktthema widmet, umfasst Gespräche, exklusive Exponate und fachkundig ausgewählte Werke.

Dichtes Gedränge auf der Plaza de Cibeles bei der Madrider Gay Pride.

Im Februar/März präsentiert die ARCOmadrid die neuesten Entwicklungen der Gegenwartskunst.

Die zweistündige Fahrt von Madrid nach Norden lohnt sich: Vorbei an Weingütern und mittelalterlichen Dörfern führt der Weg am Flusslauf des Duero entlang in die erlesene Weinregion RIBERA DEL DUERO, in der einige der kraftvollsten Rotweine der Welt gekeltert werden. Das Erfolgsgeheimnis dieses Anbaugebiets sind der fruchtbare Boden und die Höhenlage. Sie sorgen dafür, dass die einheimischen Tempranillo-Trauben langsam zur Vollendung heranreifen. Weinliebhaber steuern mit Vorliebe Spitzenweingüter wie Vega Sicilia und Dominio de Pingus an, aber auch eine Weinprobe auf einem der Nachbargüter bietet ein rundes Erlebnis und sprengt nicht das Budget. Eine sehenswerte Zwischenstation ist die Abadía Retuerta, ein romanisches Kloster, das von einer modernen Kellerei zu einem kleinen, aber feinen und preisgekrönten Hotel umgestaltet wurde. Auch das alte Städtchen Peñafiel ist einen Abstecher wert – wegen des Weinmuseums und der 600-jährigen Burg, die auf einer Festung aus dem 10. Jahrhundert thront.

Wem kein Weg zu weit ist, kann seine Weinkaufstour bis nach Rioja ausdehnen – es liegt 300 km nordöstlich von Madrid.

In der Weinregion Ribera del Duero werden einige der kraftvollsten Rotweine der Welt gekeltert.

Oben: Blick über die Ziegeldächer der Madrider Innenstadt.
Gegenüber: Straßenmusiker spielen beliebte Klassiker für die vorbeieilenden Passanten.

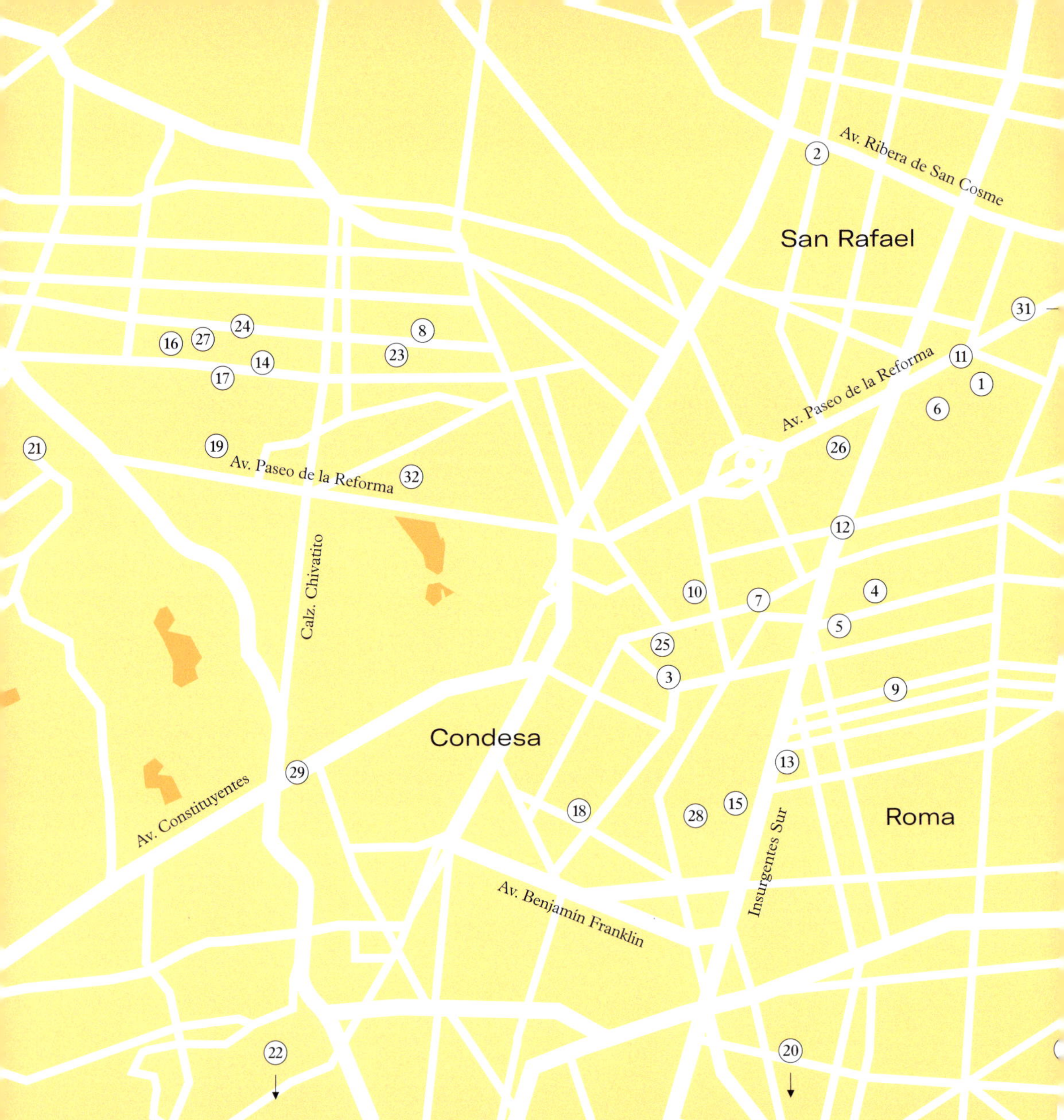

LOGIEREN

1. Casa Prim
2. El Patio 77
3. Hotel Villa Condesa
4. La Valise
5. Nima Local House

GENIEßEN

6. Amaya
7. Contramar
8. Eno
9. Forte
10. Lorea
11. Milán 44
12. Rosetta
13. Por Siempre Vegana
14. Pujol

MITFEIERN

15. Baltra Bar
16. Guilt
17. Jules Basement
18. La Botica
19. Saint
20. Teatro Bar El Vicio

SHOPPEN

21. Bi Yuu
22. El Bazaar Sábado
23. Onora
24. Stendhal Store
25. The Pack
26. Voces en Tinta
27. Xinú

ENTDECKEN

28. ArtSpace
29. Casa Luis Barragán
30. Museo Dolores Olmedo
31. Museo Memoria y Tolerancia
32. Museo Nacional de Antropología

MEXIKO-STADT

Megapolis zwischen Tradition und Moderne

Wenn man bedenkt, dass es die Stadt schon im Aztekenreich gab, ist es nicht verwunderlich, dass Mexiko-Stadt sich im Lauf der Jahrhunderte mehrmals neu erfinden musste. Vor nicht allzu langer Zeit galt die Metropole als gefährliches Pflaster, das man besser mied. Geschichten von Kriminalität und Gewalt prägten ihr Image. Heute erlebt Mexiko-Stadt eine kulturelle Renaissance. Man kann getrost wieder auf den Spuren einer ereignisreichen Geschichte durch neu belebte Viertel schlendern.

Die Gay-Szene von Mexiko-Stadt steht anderen Metropolen in nichts nach. Diskriminierung ist gesetzlich verboten, die Homo-Ehe seit 2010 legal und die jährliche Pride Parade wird wochenlang ausgelassen zelebriert. Zona Rosa, das berühmteste Schwulenviertel der Hauptstadt, bietet von Glitzer- und Glamourpartys bis zu einfachen Kneipen und Cocktailbars alles, was das Herz begehrt. Ebenso *gay-friendly,* aber etwas ruhiger geht es in den benachbarten Stadtteilen Roma und Condesa zu.

Und dann ist da noch die berühmte Casa Azul, das Haus der Künstlerin Frida Kahlo, die für viele in der LGBTQ-Community zur Ikone wurde, weil sie im Leben und in ihrer Kunst sehr offen mit der weiblichen Sexualität umging. Zur Stadtkultur zählen auch die Lucha-libre-Kämpfe, die mexikanische Variante des Wrestlings, bei der die *exóticos* in schrillen Drag-Outfits in den Ring steigen. Die Duelle verraten viel über die mexikanische Populärkultur und sind ausgesprochen unterhaltsam.

Wer sich die Stadt erwandert, stößt allenthalben auf die geschätzten Wandbemalungen, die lebhaft und farbenfroh das politische und gesellschaftliche Geschehen illustrieren. Mexiko-Stadt hat dem anspruchsvollen schwulen Reisenden enorm viel zu bieten. Deshalb kann es passieren, dass er den ursprünglich geplanten tropischen Strandurlaub sausen lässt und sich stattdessen lieber noch ein paar Tage für seinen Flirt mit der Hauptstadt Zeit nimmt.

Wenn die Unterkunft so geschichtsträchtig sein soll wie die mexikanische Hauptstadt selbst, empfiehlt sich das Boutiquehotel CASA PRIM, das seine fünf Sterne verdient. Erfreulicherweise beginnt das schwule Nachtleben direkt vor der Haustür. Das Gebäude in der lebendigen Zona Rosa diente im frühen 20. Jahrhundert als Wohnung und als Hochschulinstitut. Wenn man entspannt in der Lobby sitzt, kann man sich mit etwas Fantasie gut vorstellen, wie hier früher die Kutschen geparkt wurden. Wer lieber an einem mit Bäumen gesäumten Boulevard im benachbarten Szeneviertel Condesa nächtigen will, ist mit der Kultherberge HOTEL VILLA CONDESA auf der sicheren Seite. Die restaurierte Jugendstilvilla mit 15 Zimmern ist antik eingerichtet und bietet modernen Komfort. Mit den kostenlosen Fahrrädern kann man die schicke Umgebung besonders bequem erkunden. Inmitten von modernen Kunstgalerien, Trendläden und inhabergeführten Restaurants liegt das innovative und makellos gestylte LA VALISE HOTEL im Stadtteil Roma. In der prachtvollsten der drei Suiten, die passenderweise La Terraza heißt, kann man das Kingsize-Bett auf die Privatterrasse rollen und einen romantischen Abend unter dem Sternenzelt verbringen. Ebenfalls im Herzen von Roma liegt das familiäre NIMA LOCAL HOUSE HOTEL. Das Verwöhnprogramm des Hauses beginnt mit einem erfrischenden Begrüßungscocktail und setzt sich in allerhand kleinen Aufmerksamkeiten und Details in den vier Gästezimmern fort. Der Gast bekommt den persönlichen Service und die Annehmlichkeiten geboten, die man sonst nur von einem Fünfsternehotel erwarten würde. Ein besonders zauberhafter Rückzugsort ist die Dachterrasse, auf der man sich zum Beispiel nach einem Tagesausflug zum nahen Schloss Chapultepec bei einem Glas Wein entspannt zurücklehnen kann.

Die Zimmer im El Patio 77 sind schlicht eingerichtet mit Möbeln aus alten Zeiten.

Wer das El Patio 77 betritt, wird in einer großzügigen Lobby mit grünen Polstermöbeln empfangen.

EL PATIO 77, das erste Öko-B&B in Mexiko-Stadt, ist ebenfalls in einem Altbau untergebracht. Die Zimmer sind nach mexikanischen Bundesstaaten benannt und mit umfunktioniertem Upcycling-Mobiliar ausgestattet. Es lohnt sich, die stetig wechselnde Kunstsammlung an den Wänden in Ruhe in Augenschein zu nehmen. Ein besonderes Highlight ist das traditionelle Frühstück im Innenhof.

Im bepflanzten Hof des Nima Local House Hotel kann man draußen frühstücken.

PALACIO DE BELLAS ARTES

Ein Geheimtipp ist das im prestigeträchtigen Polanco gelegene PUJOL mit Sicherheit nicht mehr, nachdem es an die Spitze der kulinarischen Weltranglisten geklettert ist. Umso erfreulicher ist, dass es seinem Ruf mehr als gerecht wird. Promi-Koch und Inhaber Enrique Olvera verarbeitet regionale Zutaten zu einer modernen Interpretation der mexikanischen Küche und begeistert damit Gourmets und Kritiker. Sein Markenzeichen sind lichtdurchflutete Räumlichkeiten, ein vornehmer Minimalismus und ein modernes Design im Stil der Jahrhundertmitte. An den Oktopus mit Habanero-Sauce wird man sich ebenso gern und lange erinnern wie an die edlen Snacks. Etwas ganz Besonderes ist eine Zweierkombination, die zum achtgängigen Verkostungsmenü gehört: eine tausend Tage lang gereifte Mole Madre und etwas Mole Nuevo – sozusagen zwei Generationen der berühmten mexikanischen Salsa auf einem Teller. Die ebenfalls von Olvera betriebene Restaurantfamilie ENO serviert in einer lässigeren Café-Atmosphäre ähnlich hochklassige Speisen wie das Pujol. In allen drei Eno-Filialen herrscht eine Stimmung wie in einem Nachbarschaftstreff – mit dem Effekt, dass man leicht mit Einheimischen und ihren Haustieren in Kontakt kommt.

Bevor man den Stadtteil Roma erkundet, kann man sich im FORTE mit mexikanischem Kaffee und frisch gebackenem Brot stärken. Wie leidenschaftlich Inhaber Rafa Rivera sein Metier betreibt, spürt man bei jedem Cappuccino und Croissant. Eine himmlische Gebäck- und Sandwichauswahl gibt es auch in der europäisch geprägten PANADERÍA ROSETTA. Der Guave-Ricotta-Plunder ist ein Muss. Beim Rundgang durch Roma sollte man nach dem unauffälligen, aber aufstrebenden Restaurant LOREA Ausschau halten, in dem mexikanische Klassiker auf raffinierte Weise abgewandelt werden. Es gibt nur ein Menü. Küchenchef Oswaldo Oliva passt es allerdings gern an die Ernährungsgewohnheiten des Gastes an. Mit dem Besuch sollte man nicht zu lange warten, solange das Lorea noch ein Geheimtipp ist.

Wer noch nie etwas von der Baja-Med-Küche gehört hat, verpasst etwas. Das AMAYA führt die Baja Med zu neuen Höhenflügen, indem sie klassische mexikanische Zutaten mit mediterranen und asiatischen Elementen kombiniert. Kein Wunder, dass Inhaber und Chefkoch Jair Téllez in preisgekrönten Restaurants ein und aus geht. Die meisten Gerichte im Amaya sind zum Teilen gedacht. Das gilt auch für die Publikumslieblinge: Kaninchen, Tatar und Gnocchi. Téllez, im Nebenberuf Winzer mit Leib und Seele, hat die reichhaltige Bio-Weinkarte fachkundig zusammengestellt und ausgewählte Rebensäfte von seinem Weingut ins Sortiment genommen. Und dann ist da noch CONTRAMAR, nicht wirklich abseits der ausgetretenen Pfade, aber unbestreitbar köstlich. Weiße Tischdecken, ein stilisiertes Riesenwandgemälde mit Meeresmotiv, schicke *Chilangos* (so heißen die männlichen Einwohner von Mexiko-Stadt), Mezcal und die frischesten Meeresfrüchte der Stadt. Hier genießen Einheimische und Touristen ausgedehnte Mittagessen mit Seafood-Spezialitäten.

Ein Streifzug durch die Gastronomieszene von Mexiko-Stadt wäre unvollständig ohne einen Abstecher zu einer traditionellen Taquería. Diese Mischform zwischen Restaurant und Imbiss ist aus der Streetfood-Kultur nicht wegzudenken und steht für leckere, authentische und preiswerte Tacos und Burritos. Es gibt viele Taquerías in der Stadt, aber sowohl Veganer als auch Fleischesser werden am POR SIEMPRE VEGANA in Roma Gefallen finden. Hier gibt es zum Beispiel vegane Adaptationen von Klassikern wie *al pastor* und *loganiza*.

Ein hipper Neuzugang im aufstrebenden Stadtteil Juárez ist das MILÁN 44, ein Markt für das urbane Publikum mit Yoga-Studio, Friseursalon, Supermarkt und verschiedenen Restaurants – alles in einem Gebäude. Die einladende Architektur mit Glasfassade, Sichtbetonträgern und einem naturverbundenen Design lockt viele Passanten aufs Dach, wo sie in der *cervecería* speisen oder es sich auf ein Microbrew bequem machen können.

Eno ist auch bei Einheimischen sehr beliebt und immer gut besucht.

Im Eno wird die traditionelle mexikanische Kochkunst in die Moderne übersetzt.

Eine elegante und stilvolle Adresse im nobelsten Viertel von Mexiko-Stadt ist der schwule Nachtclub GUILT. Für den zugegebenermaßen saftigen Eintritt bekommt der Gast zwei unwiderstehliche Dancefloors und ein attraktives Publikum geboten, das bis zum frühen Morgen alles aus sich herausholt. Bitte beachten: Das Guilt ist nur samstags geöffnet. Das SAINT, ebenfalls in Polanco, ist die richtige Adresse für alle, die sich gern in Schale werfen. Der glamouröse Gay-Nightclub residiert in einem eindrucksvollen Bau mit unverputztem Mauerwerk, bunten Glasfenstern und Kronleuchtern und bietet eine ganze Reihe von Themenpartys – darunter auch Drag Shows, bei denen bekannte Queens wie Lorena Herrera auftreten. Einmal pro Woche steigt die berühmt-berüchtigte Freitagsparty.

In einem Kellerversteck unter einem unscheinbaren Taco-Shop in Polanco verbirgt sich das speakeasy-inspirierte JULES BASEMENT. Es ist der perfekte Ort für erhabene Cocktails und vertraute Gespräche. Wenn man die Kühlraumtür durchschritten hat, die als Eingang dient, steht man in einem umwerfenden Raum, der ganz in schwarzweiß gehalten ist. Die Cocktailkarte ist lang. Zudem sind die Barkeeper aufgeschlossen für Sonderwünsche. Wenn der Hunger zuschlägt, werden Tacos aus dem Erdgeschoss heruntergefördert. Der Club ist klein und begehrt – Reservierung dringend empfohlen. Die angesagte BALTRA BAR in Condesa ließ sich von Charles Darwins Faszination für die Galápagos-Inseln anstecken und wird im Volksmund folgerichtig „La Isla" genannt. In dem rustikalen Ambiente mit Vintage-Karten und ausgestopften Tieren kann man den erfahrenen Bartendern bei der Arbeit zuschauen.

In der nach Jahreszeiten gegliederten Cocktailkarte finden sich lauter kreative Abwandlungen bekannter Klassiker. Mezcal-Bars gibt es in Mexiko-Stadt reichlich, aber LA BOTICA, eine der ältesten *mezcalerías* und seit vielen Jahren Treffpunkt der schwulen Community, bietet den beliebten rauchigen Agavenschnaps in mehr als 50 verschiedenen Varianten an.

In Mexiko-Stadt wimmelt es von sozial engagierten Unternehmern, freischaffenden Künstlern und jungen Visionären. Oft trifft man diese Szene im TEATRO BAR EL VICIO an, das 1954 als künstlerisches Forum gegründet wurde. Heute wird hier intelligentes Kabarett geboten.

Im Queer Room finden elektronische Partys mit lokalen und internationalen DJs statt.

COLIMA

Wenn die Zeit in Mexiko City nur für einen *mercado* reicht, sollte man sich für den EL BAZAAR SÁBADO (Samstagsmarkt) entscheiden. Dieser Flohmarkt unter freiem Himmel ist eine der besten Adressen für mexikanisches Kunsthandwerk – von filigranen Holzarbeiten über farbenprächtige Textilien zu Schmuck à la Frida Kahlo. Der Markt liegt im Stadtteil San Ángel, in dem pittoreske Häuser aus der Kolonialzeit, reich begrünte Straßen mit Kopfsteinpflaster und gemütliche Straßencafés das Bild bestimmen. In San Ángel sollte man auf jeden Fall im Basarhaus aus dem 18. Jahrhundert die Quesadillas und Mezcal-Margaritas probieren. Das fantasieanregende Homeware-Geschäft ONORA im vornehmen Polanco schöpft aus dem reichen Fundus der mexikanischen Kultur und bietet Kunsthandwerk mit modernem Touch – zum Beispiel von indigenen Traditionen inspirierte Kissen, lackiertes Holzbesteck und handgeflochtene Kupferkörbe.

Originelle Herrenmode bekommt man bei den Menswear-Spezialisten von THE PACK, die ihre Bekleidung konsequent aus ökologisch nachhaltigen Stoffen herstellen – ein verantwortungsvoller und stylischer Gegenentwurf zur Fast Fashion. Die innovative Konzeptboutique STENDHAL STORE hat sich auf urbane mexikanische Marken spezialisiert und bietet elegante, minimalistische und androgyne Mode für jeden Anlass.

Bevor man in die Nacht ausschwärmt, kann man sich im XINÚ rasch noch einen neuen Ausgehduft besorgen. Als Inspirationsquelle für seine sinnlichen Kompositionen nutzt das Parfumlabel die reiche Pflanzenwelt Nord- und Südamerikas. Verwendet werden nur hochwertigste natürliche Ingredienzen. Übrigens lohnt allein schon der prächtige Showroom den Besuch. Der LGBTQ-Buchladen VOCES EN TINTA in Zona Rosa ist gleichzeitig ein Café und veranstaltet außerdem Workshops und Buchpräsentationen.

Mit den handgeknüpften mexikanischen Teppichen von BIYUU macht man nicht nur Eindruck, sondern unterstützt auch einheimische Traditionshandwerker, die kooperativ und nachhaltig wirtschaften. Die innovativen und stilsicheren Öko-Teppiche sind von der Formensprache der modernen mexikanischen Architektur inspiriert und werden auch nach individuellen Wünschen angefertigt.

Die Inhaber des Stendhal Store legen Wert darauf, dass ihre Kleidung von allen Geschlechtern getragen werden kann.

Im Xinú werden nicht nur Parfums präsentiert, sondern auch die pflanzlichen Zutaten, aus denen sie gewonnen werden.

Es gibt gute Gründe, warum das MUSEO NACIONAL DE ANTROPOLOGÍA das meistbesuchte Museum in Mexiko-Stadt ist. Malerisch gelegen im Waldgebiet Bosque de Chapultepec, besitzt es die weltgrößte Sammlung archäologischer Funde aus der präkolumbischen Zeit. Der Besucher bekommt spannende Einblicke in die Geschichte Mexikos und die Lebenswelten der heutigen indigenen Bevölkerung. Das MUSEO MEMORIA Y TOLERANCIA setzt sich mit den Auswirkungen von Gleichgültigkeit, Diskriminierung und Gewalt auseinander. Der Ausstellungsteil, der sich mit Erinnerung beschäftigt, dokumentiert den Holocaust und andere Genozide, während der Bereich „Toleranz" Diskriminierung, Menschenrechte und Diversity zum Thema hat. In dem Museum finden regelmäßig Ausstellungen zu LGBTQ-Themen statt – etwa zu unterschiedlichen Vorstellungen von Identität und Sexualität.

Für Kunstbegeisterte sehr zu empfehlen ist das MUSEO DOLORES OLMEDO. Olmedo war mit Diego Rivera und Frida Kahlo befreundet und sammelte deren Werke. Ihr großzügiges Anwesen ist heute ein Museum und beherbergt die weltweit größte Sammlung von Arbeiten des Künstlerpaares. Beim Spaziergang durch die Gärten laufen dem Besucher möglicherweise Pfauen oder der eine oder andere Xoloitzcuintle – auch Mexikanischer Nackthund genannt – über den Weg. Die Wechselausstellungen der avantgardistischen Galerie ARTSPACE zeigen Werke queerer Künstler aus ganz Lateinamerika, die sich mit Sinnlichkeit, Schönheit und queerer Identität auseinandersetzen.

Die „emotionale Architektur" des Luis Barragán gab der Baukunst weit über Mexiko hinaus wertvolle Impulse. Barragáns Ziel war es, durch die Verschmelzung von Tradition und Moderne Räume zu schaffen, die zum Nachdenken anregen. Mit seinem eigenen Haus, der CASA LUIS BARRAGÁN, gelang ihm ein faszinierendes Meisterwerk, das nach seinem Tod unverändert blieb. Wohnhaus und Atelier kann man nach Voranmeldung besichtigen.

Der Besucher bekommt spannende Einblicke in die Geschichte Mexikos und die Lebenswelten der heutigen indigenen Bevölkerung.

Der Fokus bei ArtSpace liegt auf Arbeiten queerer Künstler, die sich mit Identität, Geschlecht und Sexualität auseinandersetzen. Besichtigungen sind nur mit Anmeldung möglich.

TORTAS
HAMBURGUESAS
PIÑA COLADA
42
PINA
PLATANO
FRESA
MANGO
MELON
GRANOLA
CHOCOMILK
AVENA
COCO
GERMEN DE TRIGO
GUANABANA 48
GUANABANA Y FRESA
MAMEY
CHOCOMILK Y PLATANO
FRESA Y AVENA
COCO
GRANOLA
PLATANO
ESQUIMOS DE FRESA
ROMPOPE
CHOCOLATE
EN ESTE NEGOCIO NO DISCRIMINAMOS A NINGUNA PERSONA POR: RELIGION, SEXO, COLOR, RAZA, POSICION SOCIAL, O POR DISCAPACIDAD "BIENVENIDOS"

Seit über 40 Jahren feiert Mexico City immer im Juni seine PRIDE, die inzwischen die größte in Lateinamerika ist. Die ausgelassenen Feierlichkeiten dauern eine Woche und sind auch eine Demonstration für mehr Akzeptanz gegenüber der mexikanischen LGBTQ-Community. Die Paraden und Feste in Zona Rosa gipfeln in einer Partynacht mit über einer Million Menschen auf dem Zócalo, dem Hauptplatz der Stadt.

Die ausgelassenen Feierlichkeiten dauern eine Woche und sind auch eine Demonstration für mehr Akzeptanz gegenüber der mexikanischen LGBTQ-Community.

Einmal im Jahr bietet der SALÓN ACME besonders talentierten, teils noch unbekannten Jungkünstlern aus ganz Mexiko ein Forum, um neue Talente zu entdecken und den Aufschwung der mexikanischen Kunstszene zu fördern. Wer das etwas andere Club-Erlebnis sucht, behalte den Facebook-Veranstaltungskalender des QUEER ROOM im Auge. Bei den Partys in diesem Club, die bis in die frühen Morgenstunden immer weitergehen, sind häufig internationale DJs zu Gast.

Der Salón ACME logiert in drei ehemals glanzvollen Altbauten im Stadtbezirk Juárez.

Einmal im Jahr verkaufen Nachwuchskünstler im Salón ACME ihre Werke für knapp über 1.000 Euro.

RAUSFAHREN

Wer Mexiko-Stadt für einen Tag hinter sich lassen will, sollte die Stadt der Götter ansteuern: TEOTIHUACÁN. Der beeindruckende Pyramidenkomplex gehörte einst zur größten Stadt Mittelamerikas und vermittelt einen faszinierenden Einblick in die Lebenswelt der Azteken, die die Stadt etwa seit dem 13. Jahrhundert bewohnten. Ein Aufstieg auf die Sonnenpyramide – die drittgrößte Pyramide der Welt – wird mit umwerfenden Ausblicken auf die Anlage und die Umgebung belohnt. Wer die faszinierende altertümliche Stadt gebaut hat, weiß niemand. Historiker vermuten, dass sie um 100 v. Chr. gegründet wurde und zu Spitzenzeiten 200.000 Einwohner hatte. Ihr kultureller Einfluss war in der gesamten Region spürbar. Wer das Museum und die Pyramiden in aller Ruhe erkunden will, sollte sich mindestens drei Stunden Zeit nehmen.

Teotihuacán, die „Stadt der Götter", liegt nur rund 45 Kilometer nordöstlich von Mexiko-Stadt.

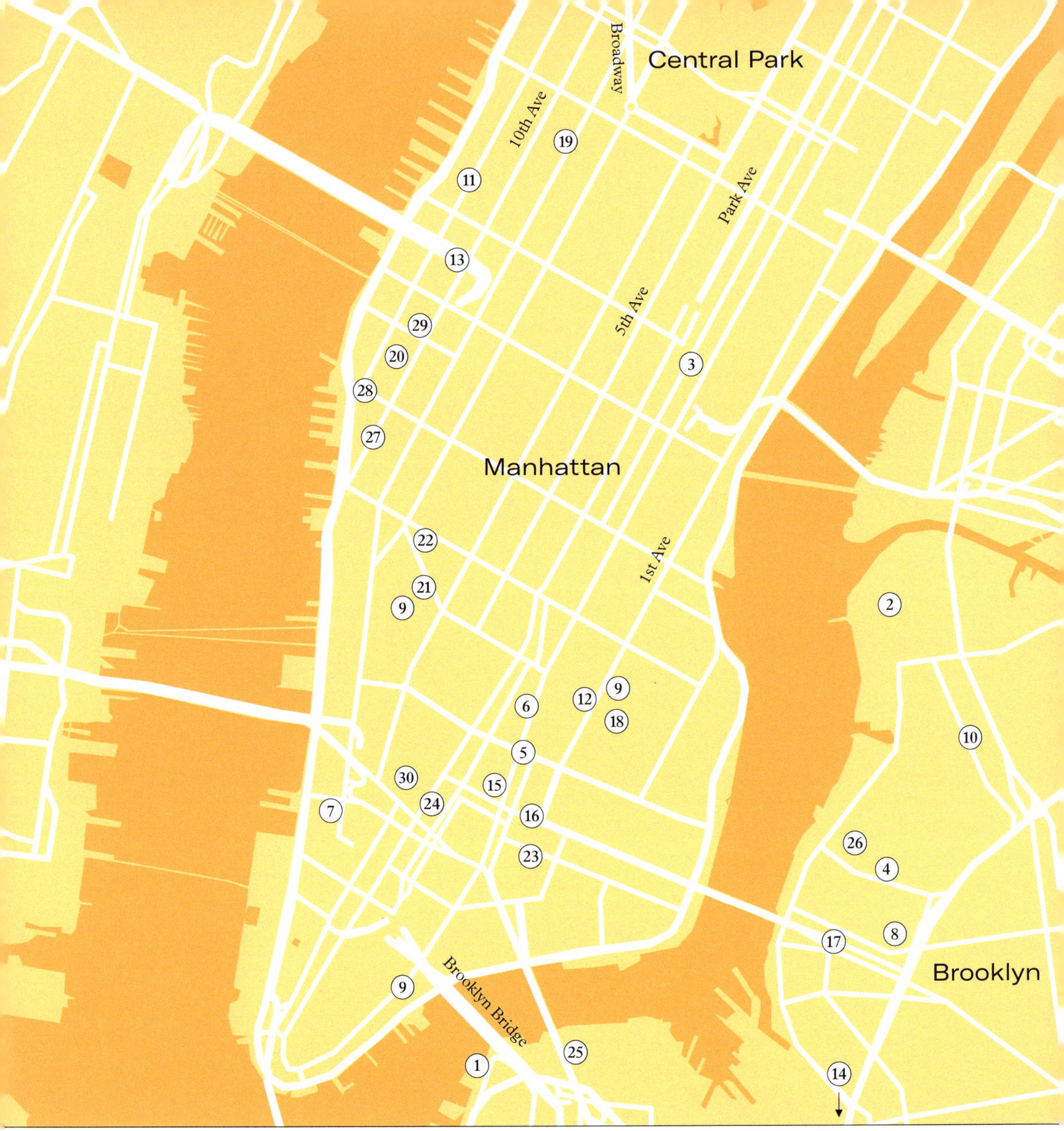

LOGIEREN

1. 1 Hotel Brooklyn Bridge
2. Franklin Guesthouse
3. Pod 39
4. Pod Brooklyn
5. PUBLIC Hotel
6. The Bowery Hotel

GENIEẞEN

7. American Cut Steakhouse
8. Avant Garden
9. Big Gay Ice Cream
10. Frankel's Delicatessen
11. Gotham West Market
12. Hunan Slurp
13. Legacy Records
14. MeMe's Diner
15. Pietro NoLita

MITFEIERN

16. Attaboy
17. Baby's All Right
18. Club Cumming
19. Industry Bar
20. Sleep No More
21. Stonewall Inn

SHOPPEN

22. Bureau of General Services – Queer Division
23. Coming Soon
24. DE VERA
25. Front General Store
26. MAST
27. STORY

ENTDECKE

28. Dia Art Foundation
29. The High L
30. Leslie-Lohn Museum

NEW YORK CITY

Schmelztiegel von Kult und Gegenwart

New York ist die Stadt, die nie schläft, die Stadt, von der die meisten träumen, sie einmal im Leben zu besuchen, und ein sehr kompakter Lebensraum für Millionen. Dafür kann die Stadt praktisch allein von ihrem Bekanntheitsgrad leben. Selbst wenn der New-York-Reisende sein Vorwissen über diese Stadt ausschließlich aus *Sex and the City* und dem einen oder anderen Blockbuster bezieht, reicht das allemal für einen unvergesslichen Aufenthalt.

New York ist auch die Geburtsstätte der weltweiten LGBTQ-Bewegung – im legendären Stonewall Inn kam es 1969 zum Aufstand gegen Polizeigewalt. Das Lokal, das zum Nationalen Kulturdenkmal erhoben wurde, ist immer noch in Betrieb und ein guter Startpunkt für eine Zeitreise im Gedenken an die damaligen Ereignisse und an Wegbereiter wie Edie Windsor, Marsha P. Johnson, James Baldwin, Alice Austen und Langston Hughes, die die Queer-Szene dieser Stadt mitprägten. Ein Spaziergang zu den Standorten ehemals legendärer Nachtclubs wie Studio 54, Palladium und The Roxy ist ebenso zu empfehlen wie ein Bummel durch Chelsea und das West Village – damals zwei der wichtigsten Zentren der New Yorker LGBTQ-Kultur – und eine Entdeckungstour durch die neue, quicklebendige Szene von Hell's Kitchen und Williamsburg.

Aber New York ist mehr als stadtgeschichtliche Rundgänge auf eigene Faust, der Times Square und die überdimensionierten Restaurants der Promi-Köche, die ein Massenpublikum bekochen, dem es nicht um außergewöhnliches Essen geht, sondern ums Dagewesensein. In dieser kompakten Stadt mit ihren Wolkenkratzern und den endlosen Straßenfluchten gibt es unglaublich viel zu sehen und zu unternehmen. Wer seinen Aufenthalt clever plant, hakt nicht nur das touristische Pflichtprogramm ab, sondern kann eine ganz neue Dimension des Reisens erleben.

Das Boutiquehotel FRANKLIN GUESTHOUSE serviert seinen Gästen eine gesunde Portion echtes Brooklyn. In Greenpoint gelegen ist es von Manhattan und dem beliebten Williamsburg aus leicht mit dem Zug zu erreichen. Das unprätentiöse Klima des Viertels und die moderne Eleganz des Guesthouse sorgen für einen ganz besonderen Aufenthalt. Wer näher an Manhattan nächtigen möchte, kann im 1 HOTEL BROOKLYN BRIDGE am Wasser wohnen und hat die Brooklyn Bridge, den East River und die Skyline von Manhattan im Blick. Für das Hoteldesign verwendete ein New Yorker Künstler Naturstoffe und Materialien, die er in Brooklyn fand. Die etwas andere Unterkunft in Manhattan ist THE BOWERY HOTEL in der Nähe des Hipster-Treffs Bowery, wo früher weit und breit niemand ein Boutiquehotel vermutet hätte. Die Zimmer sind ein Abbild der klassischen New Yorker Wohnkultur, während für die Lobby-Bar und die öffentlichen Bereiche eher die Ästhetik des Art déco Pate stand.

Luxus zu bezahlbaren Preisen bietet das PUBLIC HOTEL der Hotelierlegende Ian Schrager, der auch die New Yorker Kult-Clubs Studio 54 und Palladium gründete. Zum hoteleigenen Restaurant pilgern die Gäste von weit her, weil hier der weltberühmte Küchenchef Jean-Georges Vongerichten das Regiment führt. Die Rooftop-Bar bietet die besten Ausblicke auf New Yorks Downtown. Außerdem gibt es einen versteckten Garten sowie eine topmoderne Multimedia-Bühne, die neue Maßstäbe setzt. Eine preisgünstige Option mit erstaunlich guter Ausstattung sind die POD HOTELS. Wer auf den üblichen Zimmerstandard verzichten kann und dafür lieber ein paar Dollar spart, wird an der maximalen Raumausnutzung bei minimaler Verschwendung Gefallen finden. Das POD 39 liegt in Murray Hill in Midtown Manhattan, nur wenige Schritte vom Grand Central Terminal und fünf U-Bahn-Linien entfernt. Das POD BK in Williamsburg bietet von seinen vier Dachterrassen einen unglaublichen Blick auf die Skyline von Manhattan.

Wer auf üblichen Zimmerstandard verzichten kann und dafür lieber ein paar Dollar spart, wird an den Pod Hotels und der maximalen Raumausnutzung bei minimaler Verschwendung Gefallen finden.

Dieser Blick auf Midtown Manhattan bietet sich den Gästen der Rooftop-Bar des Pod 39.

FLASHDANCERS
GENTLEMEN'S CLUB
SHARED
LANE

Als erste Station empfiehlt sich das LEGACY RECORDS in Hudson Yards wegen des gelungenen Ambientes und der ungezwungenen Stimmung. Hohe Decken, lederbezogene Tische und hochpreisige Menüs erfordern normalerweise eine gehobene Garderobe, aber hier wird auf einen Dresscode verzichtet. Am besten einen Tisch reservieren und Entenpasta und hausgemachtes Eis bestellen. In Tribeca huldigt das AMERICAN CUT STEAKHOUSE jenem traditionellen New Yorker Gastronomieerlebnis, das es im Namen trägt. Für die Gestaltung der Speisekarte und des Restaurants bekam das Steakhaus gleich mehrere Preise. Ein echtes Unikum in Hell's Kitchen ist der GOTHAM WEST MARKET. Die markthallenähnliche Location beherbergt originelle Restaurantstände und ist genau das Richtige für unentschlossene Gourmets. Sie ist den ganzen Tag geöffnet und beherbergt auch NYC Velo, wo man Fahrräder leihen und reparieren lassen kann.

Ein SoHo-Besuch ohne PIETRO NOLITA zählt nicht. Der Italiener liegt etwas versteckt in einer ruhigen Straße mit alten Backsteinhäusern und besticht durch sein modernes Interieur, in dem Pink die alles bestimmende Farbe ist. Ein solches rosa Paradies würde man eher an der Uferpromenade von Santa Margherita auf der italienischen Halbinsel Portofino erwarten, wo einer der Inhaber aufgewachsen ist. Gute chinesische Nudelrestaurants gibt es vor allem im East Village reichlich, aber das HUNAN SLURP ist etwas ganz Besonderes. Der schmale, holzverkleidete Raum, der an einen U-Bahn-Tunnel erinnert, wurde von einem Setdekorateur des Cirque du Soleil neu gestaltet – mit bunten Kugeln und außergewöhnlichen Leuchtkörpern, die von der Decke baumeln. Teilen wird hier großgeschrieben. Am besten kommt man also mit Begleitung oder als kleine Gruppe; aber man kann auch am Gemeinschaftstisch Kontakte knüpfen. BIG GAY ICE CREAM ist auch im East Village vertreten und unterhält zwei weitere Standorte im West Village und in South Street Seaport. Was 2009 als Eiswagen für den Sommer begann, erfreut sich inzwischen großer Beliebtheit, sodass die Inhaber sesshaft wurden. Ihr moderner Gegenentwurf zur Old-School-Eisdiele lebt von hochwertigen Zutaten, traditionellen und unerwarteten Geschmacksrichtungen und dem Reiz der süßen Sünde.

Im Restaurant Hunan Slurp kann man chinesische Küche aus der Provinz Hunan genießen.

Das schnörkellos-schicke Restaurant Legacy Records hat zwei große Speisesäle, ein Café und eine Bar.

Brooklyn darf man bei der Suche nach dem perfekten Gastro-Erlebnis nicht links liegen lassen. An erster Stelle sei der Feinkostladen FRANKEL'S DELICATESSEN genannt. Der jüdische Deli liegt an der Grenze zwischen Greenpoint und Williamsburg. Wenn man in New York nur einen Deli aufsuchen dürfte, müsste es dieser sein. Das Angebot reicht von Lachs und Latkes bis zu Rinderbrust und Pastrami. Nicht vergessen sollte man eines der New Yorker Grundnahrungsmittel: die Bagels. Das queerfreundliche MEME'S DINER in Prospect Heights steht zu seiner Überzeugung, dass Käsebällchen und Martini gut zusammenpassen. Warum? Einfach so. Die originelle Speisekarte bringt Erzeugnisse vom Bauernmarkt mit typischer Bodega-Küche unter einen Hut. Das Resultat sind Gaumenfreuden auf hohem Niveau. Die ganze Woche über können Vegetarier sich im East Village am Franchise-Restaurant AVANT GARDEN erfreuen. Das ist auch für alle, die weder vegan noch vegetarisch essen, eine wertvolle Erfahrung, denn sie werden vielleicht feststellen, dass Gemüse nicht nur als Beilage, sondern auch als Hauptattraktion auf dem Teller taugt.

In einer Stadt mit unendlich vielen Nightlife-Optionen fällt die Entscheidung schwer. Abseits der ausgetretenen Pfade gibt es oft originelle Locations wie zum Beispiel die Cocktailbar ATTABOY in der Lower East Side zu entdecken. Sie hat kein Schild und sieht von außen eher wie eine Schneiderei aus, doch wer in der 134 Eldridge die Türklingel betätigt, ist an der richtigen Adresse. Eine Cocktailkarte gibt es ebenfalls nicht. Man sollte also

Der Besuch des Stonewall Inn ist ein Muss – zu Ehren der queeren Vorkämpfer.

zumindest ungefähr wissen, was man will, und die Meister hinter dem Tresen den Rest erledigen lassen. Die Speakeasy-Bar ist schnell voll, aber auf den Doorman ist Verlass: Er ruft an oder schickt eine SMS, sobald Plätze frei werden. In der INDUSTRY BAR bekommt man drei Schwulenbar-Varianten auf einmal geboten: lässige T-Shirt-Lounge, Tanktop-Megaclub und Cruising-Spot. Da die abgeteilten Bereiche alle auf derselben Etage liegen, kann man bequem alles austesten. Das STONEWALL INN ist natürlich ein Muss – und sei es nur für einen kurzen Höflichkeitsbesuch zu Ehren der queeren Vorkämpfer, die unerschrocken den Weg für die heutige LGBTQ-Community freigekämpft haben. Tagsüber trifft man im Stonewall Inn auf Touristen und abends auf eine ausgelassene Szene.

CLUB CUMMING ist das Werk von Schauspieler Alan Cumming und Promoter Daniel Nardicio und eine neuartige Kombination von Kabarett-, Comedy- und Party-Location. Hier schauen häufig Promis vorbei, zumal der Club selbst schon ein Promi ist. Er knüpft an alte Traditionen an und steht dennoch mit beiden Beinen in der Gegenwart. Spannend und schräg geht es im fiktiven McKittrick Hotel zu, das in Wahrheit ein altes Lagerhaus ist. Hier wird bei dem Theaterspektakel SLEEP NO MORE das Publikum auf geniale Weise ins Spiel einbezogen. Die Rooftop-Bar Gallow Green und die jazzige Speakeasy-Bar Manderley im McKittrick sind aber ganz real. Das McKittrick ist außerdem bekannt für aufwendige Kostümpartys und legendäre Events wie die absolut sehenswerte McKittrick Masquerade. Wer die Bar-Szene in Williamsburg sondieren will, kommt am BABY'S ALL RIGHT nicht vorbei. Diese Location verkörpert mit ihren experimentellen Liveshows, Lasereffekten und ihrer Anything-Goes-Mentalität genau das, was Williamsburg ausmacht – und zwar im besten Sinne.

Das Stonewall Inn hat sich seit seiner Bekanntheit Ende der 1960-er Jahre kaum verändert.

Eine Gedenktafel erinnert an die Rolle des Stonewall Inn in der Geschichte der queeren Befreiungsbewegung.

Eine Szene aus der Theaterproduktion *Sleep No More*, die Shakespeares *Macbeth* als Film noir inszeniert.

Der minimalistische Showroom im MAST ist ausreichend mit Schokolade bestückt.

Als erste Station jeder Shoppingtour empfiehlt sich das Retail-Experiment STORY mit seinem bunt gemischten Warenangebot. Laden und Sortiment werden regelmäßig von Grund auf neu gestaltet, sodass man gern immer wieder vorbeischaut. Gründerin Rachel Shechtman arbeitet oft mit Gastkuratoren und Architekten wie der Modeikone Iris Apfel und dem Instagram-Illustrator Donald Robertson zusammen und kreiert für das Einkaufserlebnis umwerfende Themenräume, die den Kunden überraschen und begeistern. Ganz in der Nähe betreibt das Lesbian, Gay, Bisexual & Transgender Community Center das komplett ehrenamtliche BUREAU OF GENERAL SERVICES – QUEER DIVISION als Kulturzentrum, Buchladen und Event-Location. Ungewöhnlich wie der Name ist das ganze Projekt, bei dem es darum geht, die LGBTQ-Community zu unterstützen.

Die Galerie DE VERA, gegründet 1991 in San Francisco, ist seit 2003 in New York präsent und stellt venezianisches Glas, japanische Lackkunst, Elfenbeinschnitzereien, Sakralkunst des 18. Jahrhunderts und historischen Schmuck aus. Wo Lower East Side und Chinatown sich berühren, präsentiert das COMING SOON von Helena Barquet und Fabiana Faria Designmöbel und Geschenkartikel. Von Williamsburg aus verkauft MAST seine Schokoriegel an Boutiquen, Geschäfte und Restaurants auf der ganzen Welt. In der Manufaktur kann man mitverfolgen, wie aus Kakaobohnen Schokolade wird, und sich anschließend im Flagship-Store eindecken. Brooklyns Geheimtipp ist das Einkaufsparadies FRONT GENERAL STORE. Für den Besuch sollte man genug Zeit einplanen, damit man beim Stöbern nicht die lang gesuchten und nirgendwo sonst aufzutreibenden Glücksfunde übersieht.

ENTDECKEN

Die THE HIGH LINE, eine ehemalige Hochbahntrasse, ist heute eine extrem beliebte Parkanlage. Der 2,3 Kilometer lange Grünstreifen verläuft vom Meatpacking District entlang der Far East Side zu den Hudson Yards, wo gerade ein neues Stadtviertel entsteht. Auf der High Line bekommt man neue Einblicke in die Stadtlandschaft und kann wunderbar Leute beobachten. Das LESLIE-LOHMAN MUSEUM zeigt alle Facetten der LGBTQ-Kultur und ist absolut zu empfehlen. Es ist das weltweit einzige Kunstmuseum, das sich den Erfahrungswelten von LGBTQ-Menschen widmet. Mit seiner 30.000 Objekte umfassenden Sammlung, die queeres Kunstschaffen aus drei Jahrhunderten würdigt, ist es ein kultureller Bezugspunkt für die Community.

Auch das NYC LGBT HISTORIC SITES PROJECT gehört in jedes New-York-Besuchsprogramm. Es dokumentiert erstmals in allen fünf Stadtteilen die Orte, die geschichtlich oder kulturell einen Bezug zur LGBTQ-Community haben. Die Tour verändert sich stetig und wird laufend um Orte erweitert, die zwischen der Stadtgründung im 17. Jahrhundert bis zum Jahr 2000 eine Rolle spielten. Die DIA ART FOUNDATION realisiert Kunstwerke im öffentlichen Raum wie zum Beispiel die Bodeninstallation *Times Square* (1977) von Max Neuhaus, die auf dem Broadway – am nördlichen Ende der dreieckigen Fußgängerinsel zwischen 44. und 45. Straße – die Passanten mit harmonischen Klängen beschallt. Wann man dieses Kunstwerk der besonderen Art aufsucht, ist egal – es ist rund um die Uhr in Betrieb. DIA:CHELSEA ist ein Forum für Wechselausstellungen, Performances, Vorträge und Lesungen, während das Museum DIA:BEACON in einer ehemaligen Fabrik am Hudson River in Beacon (zwei Autostunden von New York City) die Kunstsammlung präsentiert, die Dia seit den 1960ern zusammengetragen hat.

Das Leslie-Lohman Museum.

Ein New-York-Erlebnis der besonderen Art sind die Livekonzerte von Billy Joel im MADISON SQUARE GARDEN. Seit 2014 tritt der Kultsänger einmal im Monat in der berühmten Arena auf. Mittlerweile hat er 50 Konzerte vor ausverkauftem Haus gespielt. Häufig zaubert der „Piano Man" für einen oder zwei Songs einen prominenten Musikerkollegen als Überraschungsgast auf die Bühne. Wie Billy Joels Konzerte ist auch die NEW YORK CITY PRIDE eine Institution. Kaum irgendwo wird der Pride Month so ausgelassen gefeiert wie hier. Während der Pride Week begehen die einzelnen Stadtteile den Jahrestag der Stonewall-Krawalle von 1969 und feiern die Erfolge der Homosexuellenrechtsbewegung, die sich nach diesem denkwürdigen Ereignis formierte. Dazu gibt es eine Filmnacht für Familien, eine Kundgebung am Hudson River und eine Rooftop-Rave-Party, bevor alle zusammenströmen und durch Chelsea und das West Village ziehen.

Kaum irgendwo wird der Pride Month so ausgelassen gefeiert wie hier. Während der Pride Week begehen die einzelnen Stadtteile den Jahrestag der Stonewall-Krawalle von 1969 und feiern die Erfolge der Homosexuellenrechtsbewegung, die sich nach diesem denkwürdigen Ereignis formierte.

Wenn es zeitlich passt, sollte man sich Tickets für eines der beliebtesten Events der New Yorker Ballroom-Kultur besorgen: den LATEX BALL. Bei diesem Ball, der seit 28 Jahren existiert und in LGBTQ-Kreisen mittlerweile weltweit ein Begriff ist, werden innerhalb von sechs Stunden Preise im Wert von 10.000 Dollar vergeben. Einer der Veranstalter ist der gemeinnützige Verein „Gay Men's Health Crisis". An den Latex Ball haben sich viele ähnliche Veranstaltungen angedockt, die zusammen ein dicht gedrängtes Wochenendprogramm ergeben. Weniger Latex bekommen die 35.000 Besucher der NY ART BOOK FAIR zu sehen, die zu den wichtigsten Kunstbuchmessen der Welt gehört. Das Publikum zahlt keinen Eintritt und bekommt Künstlergespräche, Performances, Workshops und Ausstellungen geboten.

Auf dem Laufsteg beim Latex Ball wird die LGBTQ-Community gefeiert und voller Einsatz gezeigt.

Die Christopher Street – hier fand eine der ersten größeren Demonstrationen gegen Polizeischikanen statt.

In der Pride Week jagt ein Event das andere – Konferenzen, Filmnächte und jede Menge Partys.

In den USA beginnt der Sommer offiziell mit dem Memorial Day und endet mit dem Labor Day. In den Monaten zwischen diesen beiden Feiertagen muss man damit rechnen, dass alle leicht erreichbaren Ausflugsziele überrannt werden, und sollte entsprechend vorausplanen. Dem anspruchsvollen Reisenden seien THE HAMPTONS und ihre idyllischen Strände empfohlen. Hier kann man in der unberührten und selten überlaufenen Küstenlandschaft, in malerischen Naturschutzgebieten und in einzigartigen Städten – von rustikal bis nobel – in aller Ruhe ausspannen. Die Hamptons sind nicht nur als Domizil der Reichen und Berühmten, sondern auch für ihr mondänes Nachtleben und die preisgekrönten Weingüter bekannt.

Ein unprätentiöseres Ausflugsziel ist die unverbaute und autofreie Insel FIRE ISLAND. Man wandert über Holzstege und zieht seine Einkäufe auf roten Handwagen hinter sich her. Die beiden Hauptorte heißen Pines und Cherry Grove. Pines erinnert an den New Yorker Stadtteil Chelsea. Cherry Grove ist bunter und bodenständiger. Die Inselbesucher pendeln meist zwischen den beiden Orten hin und her – je nachdem, wo gerade die spannendere Veranstaltung stattfindet.

Wer nach Fire Island übersetzt, steuert den Sandstrand des Robert Moses State Park oder den Leuchtturm an.

Die entspannte Atmosphäre von Brooklyns Williamsburg-Viertel, auf der anderen Seite des East River.

NOW LEASING

LOGIEREN

1. Bourg Tibourg
2. Hôtel Grand Amour
3. Hôtel Monte Cristo
4. Le Meurice
5. Le Roch Hôtel & Spa

GENIEẞEN

6. Septime
7. Café Pouchkine
8. CARBÓN
9. Chez Georges
10. La Tour d'Argent
11. Le Temps des Cerises
12. Pharamond
13. Café de la Nouvelle Mairie

MITFEIERN

14. Au Passage
15. Le Dokhan's
16. Les Souffleurs
17. Le Syndicat
18. Maxim's

SHOPPEN

19. Anatomica
20. Astier de Villatte
21. Buly 1803
22. Deyrolle
23. Etat Libre d'Orange
24. L'Éclaireur
25. La Compagnie des Hommes

ENTDECKEN

26. Astronomy Tower of the Sorbonne
27. Coulée verte René-Dumont
28. Fondation Louis Vuitto
29. Grande Mosquée de Pa
30. Musée de la Chasse et de la Nature
31. Muséum national d'Histoire naturelle

PARIS

Mehr als eine geballte Ladung Klischees

Liegt es an der rosaroten Brille der Besucher oder am unermüdlichen Selbstmarketing der Stadt, dass Paris seit Jahrhunderten Kultstatus genießt? Seine Fassadenfluchten und Monumente sind weltweit bekannt. Die Stadt besitzt eine filmreife romantische Ausstrahlung und eine beinahe heilsame Inspirationskraft. Dem Charme von Paris zu erliegen, ist nicht schwer. Die Stadt ist allerdings dermaßen reich gesegnet, dass die Qual der Wahl größer ist als anderswo.

Es heißt, Paris sei eine nordeuropäische Stadt in südländischer Verkleidung. Auf jeden Fall ist sie ein Magnet für In- und Ausländer jeder Couleur, die Exotisches, neue Ideen und Talente mitbringen. Schriftsteller und Künstler, Royals und Flüchtlinge ließen Paris zum kreativen Kraftzentrum auch für homosexuelle Galionsfiguren wie Colette, Cocteau und Genet werden. Paris hat einen offen schwulen Politiker zum Bürgermeister gewählt und wiedergewählt. Mit all diesen Qualitäten und einem bedächtigen Selbsterhaltungstrieb ausgestattet, führt die weltläufige Hauptstadt ihren „Tanz der sieben Schleier“ auf – wie die Salomé von Oscar Wilde, der auf dem berühmten Friedhof Père Lachaise bestattet ist.

Das Straßenbild und das öffentliche Treiben in Paris können je nach Arrondissement sehr unterschiedlich sein. Das schicke HOTEL DUPOND-SMITH ist eine Oase der Ruhe und bietet einen einzigartigen Aufenthalt. Die Zimmer sind mit eleganten Designelementen ausgestattet – von namhaften Größen wie Philippe Starck und Hermés – mit einer Palette von neutralen Tönen, getäfelten Holzwänden und gelegentlich einem kräftigen Farbton. Aber der wahre Reiz dieser Boutique-Schönheit, die in einer Villa des 17. Jahrhunderts im lebendigen Marais liegt, sind die wunderbaren, maßgeschneiderten Erinnerungen, die von einem aufmerksamen Personal angeboten werden. Hinter den verlockenden Geschäften der Rue Faubourg Saint-Honoré befindet sich das LE ROCH HÔTEL & SPA, wo man die Exklusivität der Juweliere an der Place Vendôme beinahe einatmen kann. Solchem Glamour setzt das Hotel einen schnörkellosen Stil entgegen. Die wohltuend schlichte

Kräftiges Dunkelblau, Grün, Grau und Braun fügen sich im Le Roch Hotel sanft zusammen.

Wer im Le Roch Hotel speist, sitzt wohlig und bequem im Dämmerlicht.

Farbgebung der lichtdurchfluteten Zimmer und das geräumige Badezimmer mit Badewanne sind in Pariser Hotels eine echte Seltenheit. Die Wellnessliebhaber fühlen sich im hoteleigenen Hamam und im Pool besonders wohl.

Etwas weiter draußen liegt das HÔTEL GRAND AMOUR. Es ist das zweite Hotel von Graffitikünstler André Saraiva. Die Zimmer sind individuell gestaltet und mit Design-Arbeiten aus Saraivas Privatsammlung bestückt. Im Hotelbistro trifft sich die Mode- und Medienszene, die das bunte und aufstrebende 10. Arrondissement für sich entdeckt hat und dem Ort eine gesunde Dosis alternativen Chic verpasst. Individualität und häusliche Atmosphäre sind auch im HÔTEL MONTE CRISTO Programm. Als Inspirationsquelle dienten die Abenteuer des gleichnamigen Grafen. Die Zimmer sind für Pariser Verhältnisse Durchschnitt, aber mit individuellen Tapisserien, viel Samt und dunklem Holz gemütlich wie eine Schiffskabine aus alter Zeit.

Das Marais war seit den 1980ern bereits ein Nebenschauplatz der Pariser Schwulenszene, aber in den vergangenen zehn Jahren erlebte es einen rasanten Aufschwung. Doch noch gibt es ein paar Refugien, in denen man sich bequem zurücklehnen und das bunte Treiben beobachten kann. Ein Paradebeispiel ist das BOURG TIBOURG. Mit seinen verschwenderischen historischen Interieurs hinter einer unscheinbaren Fassade bietet dieses Boutiquehotel eine neue Luxusvariante des Inkognito-Reisens.

Die Zimmer im Bourg Tibourg wurden akribisch und opulent mit historischen Möbeln und Stoffen bestückt.

AFE DE
170

Am Rand des Haut Marais befindet sich zwischen Galerien und Concept Stores das Restaurant CARBÓN. Inmitten von unbehandeltem Holzmobiliar speist man auf dem Holzfeuer zubereitete Speisen. Die argentinisch inspirierte Küche ist gezielt auf den Mealsharing-Trend abgestimmt, während in der Kellerbar Kleinigkeiten zum Speakeasy-Cocktail gereicht werden.

Die Literatenszene im Quartier Latin trifft sich im CAFÉ DE LA NOUVELLE MAIRIE. Das nahezu touristenfreie Bistro mit unprätentiöser Speisekarte erinnert daran, dass dies für einige Leute einfach nur ein ganz normaler Tag in der Stadt ist. Dass Paris auf verschiedenen Zeitebenen lebt, wird besonders in älteren Vierteln sichtbar, die sich wie Einsprengsel aus einer anderen Epoche im Stadtbild erhalten haben. Im Village Saint-Paul stößt man auf das LE TEMPS DES CERISES. Das klassisch-moderne Bistro ist so pariserisch wie das Lied, nach dem es benannt ist und in dem Yves Montand die Pariser Kommune besingt.

Als Hauptstadt einer Gourmetnation kann Paris natürlich aus dem Vollen schöpfen. Die so wichtige kulinarische Tradition hat auch den internationalen Qualitätsmaßstab hervorgebracht: den Michelin-Stern.

Das prächtige Interieur des Restaurants Pharamond mit bemalten Spiegeln, Fliesenboden und gediegener Ausstrahlung.

Als Hauptstadt einer Gourmetnation kann Paris natürlich aus dem Vollen schöpfen. Das PHARAMOND in Les Halles, dem früheren Lebensmittelmarkt, bringt seit 1832 Feinschmeckertraditionen aus der Normandie nach Paris. Das Interieur ist eine plüschige Mischung aus Original- und 1900er-Pastiche, während die Auswahl an privaten Salonräumen ein Muss für private Gruppen ist. Auch im CHEZ GEORGES, nahe Place des Victoires, wird die Bistro-Tradition hochgehalten. Menü und Ausstattung scheinen wie aus einer anderen Zeit. Die anhaltende Faszination beruht darauf, dass hier die echt französische Qualität des Essens nie durch Veränderungen oder Improvisation gefährdet wird.

Die für Frankreich so wichtige kulinarische Tradition hat auch den internationalen Qualitätsmaßstab hervorgebracht: den Michelin-Stern. Was diese Auszeichnung bedeutet, lässt sich exemplarisch im LA TOUR D'ARGENT am Quai de la Tournelle begreifen. Dieses Restaurant mit Notre-Dame-Blick erlebte die Einführung der Gabel mit und bleibt mit der richtigen Balance von Qualität und eigenem Stil seiner über 400-jährigen Geschichte treu. Die gleiche Balance interpretiert das ebenfalls „besternte" SEPTIME auf erfrischende und moderne Weise neu. Das Ambiente ist schlicht gehalten, dafür werden die Gourmets und Kritiker mit kühnen Geschmackskombinationen umworben. Kein Wunder, dass es nicht leicht ist, dort einen Tisch für den Abend zu reservieren, doch der Mittagstisch oder ein Besuch im trendigen, auf Seafood spezialisierten Schwesterrestaurant Clamato sind keineswegs nur Trostpflaster.

Unweit des Palais Garnier, wo Ballettlegende Nurejew zum ersten Mal die Freizügigkeit der Pariser Schwulenszene kostete, findet sich ein weiterer Import aus Russland: das CAFÉ POUCHKINE mit Blick auf die Kirche La Madeleine. Mit seinem Interieur im Stil der Zeit verleiht das Pouchkine dem französischen Salon du thé eine zaristische Note à la Katharina die Große. Unbedingt probieren sollte man die modernen Backwaren – zum Beispiel die Matrojschka-Puppe mit Schichten aus Karamell, Ganache und Tonkabohnen.

Le Syndicat ist bekannt für Kreationen aus französischen Spirituosen mit einheimischen Zutaten, die Klassikern den besonderen Kick geben.

Das Leben ist nicht immer ein Kabarett. In unlustigen Momenten sollte man die Tages-, Nacht- und Weinbar AU PASSAGE aufsuchen. Hier verweile man bei einem exquisiten Glas Wein und einem Snack, bis sich in entspannter und spontaner Gesellschaft die Stimmung aufhellt. Das LES SOUFFLEURS in der Rue de la Verrerie ist ein nächtlicher Zufluchtsort für einheimische Künstler, Models, Designer, DJs und Poeten. Unter der kleinen Kneipe gibt es ein beengtes Dancefloor-Gewölbe, in dem die Gäste sich sehr aufgeschlossen begegnen. Wer dazu nicht aufgelegt ist, sollte ein andermal kommen – wenngleich die Chancen, in eine Diskussion über spekulativen Kapitalismus verwickelt oder zu einer neuen Bekanntschaft nach Hause eingeladen zu werden, ungefähr gleich groß sind.

Wer weniger Jetzt und mehr Einst erleben möchte, hat es in Paris ziemlich leicht. Im Fünfsternehotel LE DOKHAN'S verbirgt sich eine kleine, seriöse Champagner-Bar. Hier wird die traute Zweisamkeit bei Kerzenschein nur durch einen Sommelier unterbrochen, der mit 200 Weinsorten auf Du und Du steht. Berühmter als alles andere ist das MAXIM'S, seit der Belle Époque gesellschaftlicher Treffpunkt und heute als Teil des Pierre-Cardin-Imperiums Restaurant, Museum, Geschäft und Brasserie in einem. Einmal im Monat steigt hier die beliebte LGBTQ-Party BIZARRE LOVE TRIANGLE, bei der eine dekadente Crowd bei Electro-Beats außer Atem gerät. Vor lauter Historie ist in Paris das Progressive mitunter gar nicht so leicht aufzuspüren, aber jenseits der Porte Saint-Denis wird gerade eine Cocktailbar im coolen Industrial-Garage-Style zur heimlichen Berühmtheit. LE SYNDICAT ist auf seltene französische Spirituosen spezialisiert, die mit unvermuteten einheimischen Zutaten kombiniert werden, und zieht ganz untraditionell ein Publikum im Street-Chic-Look an.

Man könnte meinen, Baron Haussmann habe die Pariser Boulevards nur angelegt, um die Passanten mit unwiderstehlichen Schaufensterfluchten einzufangen. Doch auch abseits der großen Avenuen gibt es jede Menge alternative Möglichkeiten zum Geldausgeben. Eine davon ist L'ÉCLAIREUR, der in den Seitenstraßen des rechten Seineufers mit drei Concept Stores vertreten ist. Alle drei haben ihren eigenen Stil und Schwerpunkt sowie ihre eigenen Modemacherkollektionen und liefern den Beweis, dass in Paris Mode, Kunst und innovatives Design zusammengehören. Originelle Homeware, Accessoires und Geschenkartikel findet man im winzigen, bis an die Decke gefüllten ASTIER DE VILLATTE. Eine gute Investition sind die handgefertigten Porzellanartikel, die an die Tradition der Pariser Keramikwerkstätten des 18. Jahrhunderts anknüpfen, sowie weiteres Kunsthandwerk.

Einen ähnlich nostalgischen Hang zum Revival beweist auch BULY 1803 in der Nähe der École des Beaux-Arts. In einem eleganten Apothekeninterieur aus dem 19. Jahrhundert verkauft die wiederbelebte Parfümmarke aus alter Zeit ein Sortiment von Kosmetik, Pflegeprodukten und Parfums. Ein anderes sinnliches Feuerwerk wird bei ÉTAT LIBRE D'ORANGE in der Rue des Archives im Marais gezündet. Die Marke hat schon Düfte für Kultfiguren wie Rossy de Palma, Tilda Swinton und Tom of Finland, aber auch provokante Kompositionen wie die ekstatischen „Sécrétions Magnifiques“ kreiert, die den herrlichsten aller Körperflüssigkeiten gewidmet sind.

ANATOMICA fertigt Schuhwerk in einer neuen Komfort-Dimension. Mit seinem Motto „Die Kleidung muss sich an die Körpergestalt anpassen und nicht umgekehrt“ hat das französisch-japanische Fachgeschäft sich einen exzellenten Ruf erworben. Neben der hauseigenen Maßschuhlinie bekommt man hier auch Qualitätsmarken, die anderswo schwer aufzutreiben sind.

In Paris gibt es so viel Mode, dass es für zwei Leben reicht. In der Secondhand-Boutique LA COMPAGNIE DES HOMMES warten edle Designerkleidung und so manche Special Edition auf einen neuen Besitzer. Große Sorgfalt verwenden die Pariser auf ihre Schaufensterauslagen. Ein Geschäft, vor dem man unweigerlich stehenbleibt, ist DEYROLLE in der Rue du Bac. Das 1831 von einer Naturforscherfamilie gegründete Geschäft für ausgestopfte und präparierte Tiere ist zugleich ein Kuriositätenkabinett und ein liebevoll gestaltetes Naturkundemuseum.

Nostalgie in der Parfümerie Buly 1803 – alte Apothekerschränke und schöner Fliesenboden.

Das Interieur der Bar im L'Éclaireur mit surrealer Kunst, die auch im Laden erworben werden kann.

L'Éclaireur öffnete sein Geschäft vor 30 Jahren und war damals der erste Concept-Store in Paris.

Die Aussicht vom Eiffelturm und von Sacré-Coeur ist natürlich zum Verlieben. Ein beeindruckendes Panorama bietet aber auch der weniger bekannte ASTRONOMIETURM DER SORBONNE im Herzen des Quartier Latin. Besonders spektakulär ist der nächtliche Blick auf die „Stadt der Lichter" – ohne lange Warteschlangen und drängelnde Touristen.

In Paris gibt es an jeder Ecke etwas Unerwartetes zu entdecken – zum Beispiel im NATURHISTORISCHEN MUSEUM. Hier gibt es die letzten Exemplare bedrohter und ausgestorbenen Tierarten und – im angrenzenden Jardin des Plantes – Frankreichs älteste Libanon-Zeder und den schönen Alpengarten zu bewundern. Gleich nebenan lädt die prächtige, 1920 im Mujédar-Stil erbaute GROSSE PARISER MOSCHEE mit gefliesten Arkaden und orientalischer Teestube zu einem exotischen Abstecher ein. Ein abenteuerliches Erlebnis ist auch das JAGD- UND NATURMUSEUM

In Paris kann man sich in vielen Parks vom Stadttrubel erholen. Eine Grünanlage der besonderen Art ist die Coulée verte René-Dumont.

in der Rue des Archives. Es wirkt weniger wie ein Museum als vielmehr wie das Domizil einer Geheimgesellschaft. Gezeigt werden eine ungewöhnliche Kunst- und Antiquitätensammlung und die Privatkollektion der Naturschützer, die das Museum gründet haben. Das Gebäude ist ein *Hôtel particulier* (eine Art Stadtpalais) aus dem 17. Jahrhundert, entworfen vom Architekten François Mansart, dem Namensgeber der Mansarde.

In Paris kann man sich in vielen Parks vom Stadttrubel erholen. Eine Grünanlage der besonderen Art ist die COULÉE VERTE RENÉ-DUMONT, ein erhöhter Parkwanderweg auf einer alten Eisenbahntrasse durch das 12. Arrondissement und ein friedvoller 4,5 Kilometer langer Grünzug über den Dächern und abseits des Straßenverkehrs. In einem anderen Park, der zum Bois de Boulogne gehört, ragt die moderne Silhouette der FONDATION LOUIS VUITTON zwischen den Bäumen empor. In dem von Frank Gehry mit großer Geste entworfenen Gebäude, das vom Luxusartikelkonzern LVMH gesponsert wurde, befinden sich elf große Galerien für zeitgenössische Kunst, verbunden durch verglaste Gartenterrassen auf einander überlagernden Ebenen.

Das Hôtel de Mongelas – eins der Gebäude, in denen das Jagd- und Naturmuseum seine Sammlungen zeigt.

Das Jagd- und Naturmuseum beleuchtet die komplexe Beziehung zwischen Mensch und Tier.

Blick zum Haupteingang der Fondation Louis Vuitton, die Frank Gehry als verglastes Schiff gestaltet hat.

Die CITÉ DE LA MUSIQUE im Parc de la Villette bietet ein volles und vielseitiges Musikprogramm. Das schiefwinklige, silberfarbene Konzerthaus, das Jean Nouvel für die Pariser Philharmonie entwarf, ist ein Erlebnis für sich. Neben regelmäßigen Konzerten von Weltklassemusikern finden hier auch Musicals und Ausstellungen statt.

Die Fassade der Pariser Philharmonie ist mit vogelförmigen Gussaluminium-Platten verkleidet.

Die französische Sprache schenkte der Welt das Wort „Soirée".

Wie es sich für eine Kulturmetropole gehört, ist der Pariser Veranstaltungskalender prall gefüllt. Eine tragende Rolle spielen die Ausstellungen im Grand Palais, das im Jahr 1900 zur Weltausstellung eingeweiht wurde. Unter seiner gläsernen Kuppel findet zum Beispiel die international renommierte Messe PARIS PHOTO für Profis und Amateure statt. Zur Kunstmesse Foire Internationale d'Art Contemporain, kurz FIAC, versammeln sich die namhaftesten Galerien für Gegenwartskunst unter dem gewaltigen Glasdach des Grand Palais. Mit einem zusätzlich zur Ausstellung stattfindenden Programm aus Vorträgen, Vorführungen und Performances, ist es kein Wunder, dass die FIAC zu einem wichtigen Teil der Pariser Kunstszene geworden ist.

Die französische Sprache schenkte der Welt das Wort „Soirée" für Abende, an denen man sich mit Gleichgesinnten trifft, um sich der Musik und Konversation zu widmen. Der Ausdruck trifft auch auf den MERCREDIX zu, die Mittwochabend-Version der Gay-Party VENDREDIX. Nach der Arbeit trifft man sich ab 19 Uhr zur Happy Hour im Comptoir du Marché in der Rue du Château d'Eau, um vielleicht den Mann der Träume zu treffen.

Die atemberaubende Grande Salle Pierre Boulez der Pariser Philharmonie.

RAUSFAHREN

Wenn es neben Paris eine zweite französische Berühmtheit gibt, dann den Champagner. Er fließt zwar auch in der Hauptstadt reichlich, aber nichts spricht gegen einen Ausflug nach REIMS in die Champagne. Bei einem kurzen Tagesausflug, der durch malerische Landschaften führt, kann man sich dort bei Champagnerkellereien und Epicerien eindecken und anschließend die Kathedrale von Reims besuchen, in der einst die französischen Könige gekrönt wurden. Im Sommer wird ihre Fassade nach Sonnenuntergang mit einer Lightshow angestrahlt.

An den Weinhängen rund um Reims gedeihen die Trauben für die besten Champagner der Welt.

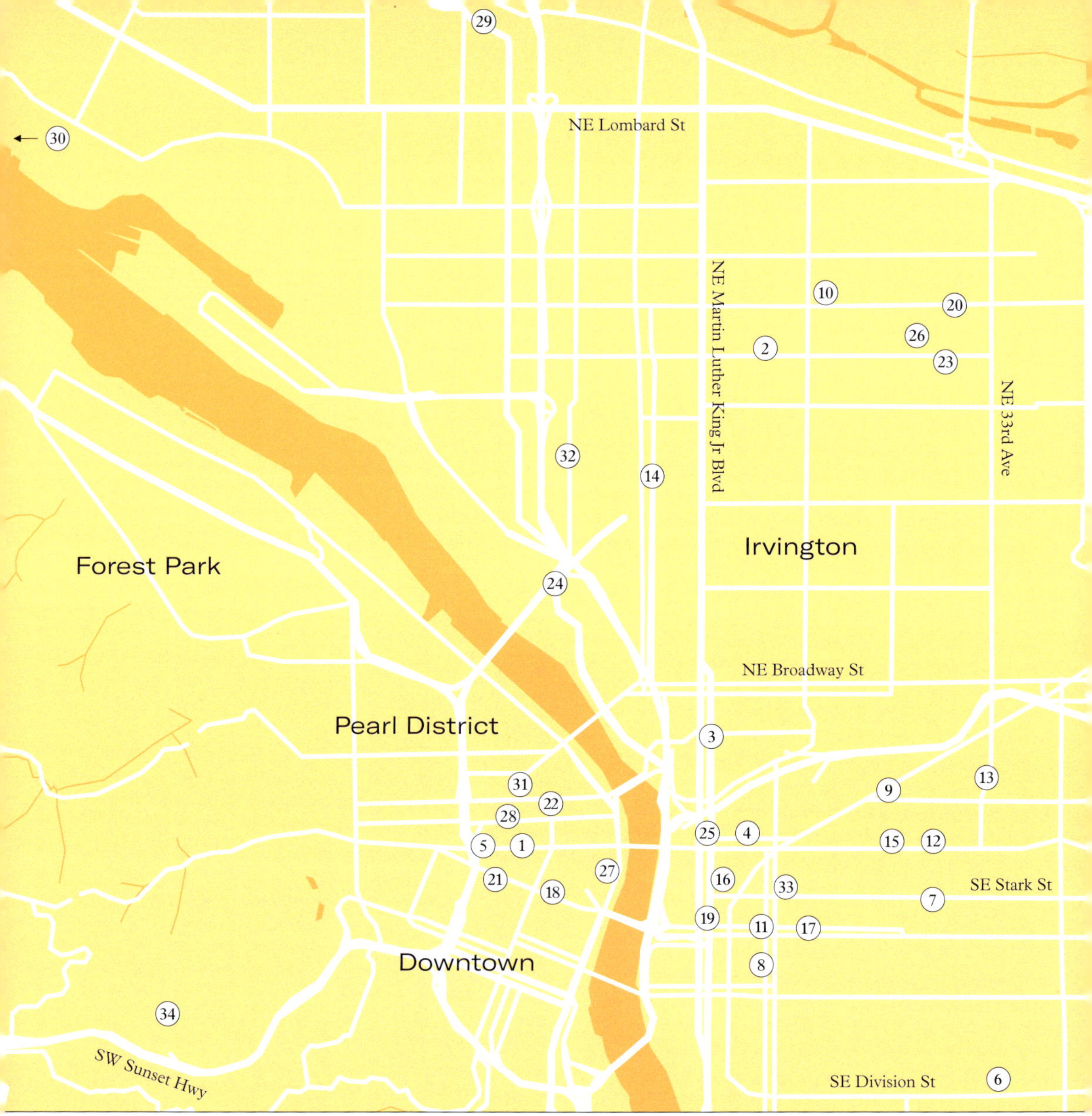

LOGIEREN

1 Ace Hotel
2 Caravan The Tiny House Hotel
3 Hotel Eastlund
4 Jupiter NEXT
5 Sentinel

GENIEẞEN

6 Ava Gene's
7 Canteen
8 Coava
9 Han Oak
10 Hat Yai
11 Kachka
12 Langbaan
13 Nomad.PDX
14 Tasty n Sons
15 Tusk

MITFEIERN

16 Coopers Hall
17 Crush
18 Departure
19 Dig A Pony
20 Expatriate
21 Multnomah Whiskey Library
22 Stag PDX

SHOPPEN

23 Ampersand Gallery & Fine Books
24 Beam & Anchor
25 Machus
26 Monograph Bookwerks
27 Serra Dispensary Downtown
28 Union Way

ENTDECKEN

29 Disjecta
30 Forest Park
31 lumber room
32 Mississippi Studios
33 Revolution Hall
34 Washington Park

PORTLAND

Wegbereiter für eine grünere Zukunft

In jüngster Zeit hat Portland im US-Bundesstaat Oregon mit seinem Modell für ein gesundes Stadtleben im 21. Jahrhundert die Kultur-Tastemaker von Brooklyn bis Tokio auf sich aufmerksam gemacht. Die Metropole im Pazifischen Nordwesten, einst eine bescheidene Holzfällerstadt, lockt seit Jahren viele junge Kreative in die Region, die hier ein neues Leben anfangen wollen. Endlose Wildnis, gemäßigtes Klima, fruchtbare Täler, die westküstentypische Can-do-Mentalität sind ideale Rahmenbedingungen für eine der spannendsten Food-to-table-Esskulturen der Welt und eine entspannte und progressive Community, die sich für soziale Gerechtigkeit und Ökologie starkmacht.

In Portlands Zentrum westlich des Willamette River gibt es sehr gute Hotels, eine hohe Bebauungsdichte und viele Attraktionen, aber auf der East Side schlägt das kulinarische, outdoor-affine und kreative Herz der Stadt. Wer herausfinden will, warum Portlands unaufgeregte Utopien und Ambitionen so viel Anklang finden, sollte sich mit einem Biketown-Leihfahrrad, dem städtischen Fahrradverleihsystem in Kooperation mit Nike, auf Entdeckungstour begeben.

Die US-Hotelkette ACE exportiert ihre Designphilosophie mit großem Erfolg in immer mehr Städte von Palm Springs bis London. Die Zimmer im schicken Altbau im West End sind mit individuellen Wandmalereien (Rehkitze, Graffiti, Gebirgslandschaften, Trolle, Katzen) dekoriert. Zur Ausstattung gehören eigenes oder Gemeinschaftsbad, LPs und Plattenspieler, Badewannen mit Klauenfüßen und Vintage-Möbel aus regionaler Produktion.

Das schicke SENTINEL gehört zur angesagten Provenance-Kette und bietet einladendes und klassisches Ambiente mit Wandbildern der Rock'n'Roll-Ära und Bienenstöcken auf dem Dach. Gern wird Eiskrem der nahen Manufaktur Salt & Straw aufs Zimmer geliefert. Das Gebäude kam übrigens auch in Gus Van Sants schwulem Epos *My Own Private Idaho* vor – damals hieß es noch Governor Hotel. Wer sich mehr Leben und eine zwanglose East-Side-Atmosphäre wünscht, sollte im JUPITER NEXT einchecken. Der Ableger des The Jupiter auf der anderen Straßenseite zeigt ästhetisch klare Kante mit Betonböden in kühlen Farben und einem modernen Design, das die neue technologieaffine Seite des boomenden Stadtteils East Burnside widerspiegelt. Bei Partygelüsten ist das erwähnte Stammhaus gegenüber zu empfehlen. The Jupiter, ein modernisiertes Motel im Stil der 1960er, beherbergt die Doug Fir Lounge, eine Konzert-Location mit Bar und Restaurant, die mit ihrer Holzbohlen-Ästhetik genau den traumähnlichen Bildern vom Pazifischen Nordwesten entspricht, die man aus TWIN PEAKS kennt.

Für das Boutiquehotel EASTLUND in der East Side wurde ein 1960er-Jahre-Bau komplett umgestaltet und rundum mit raumhohen Fenstern versehen. Die Lage hat ihr Gutes: Das Hotel ist von den meisten Attraktionen und sehenswerten Stadtvierteln in etwa gleich weit entfernt. Mit seinem Rooftop-Restaurant, der Altabira City Tavern, hat es einen der besten Aussichtspunkte weit und breit vorzuweisen. Auch die Bierauswahl ist erstklassig. Originell und Portland-typisch ist das CARAVAN – THE TINY HOUSE HOTEL: Sechs wohnwagenartige, unterschiedlich gestaltete Blockhäuschen mit Heimatkunst, handgestrickten Decken und Adirondack-Gartenstühlen stehen um einen kleinen Platz mit Feuerstelle und einem umgebauten Schulbus, in dem Sandwiches serviert werden. Mitten im Alberta Arts District bietet es kurze Wege zu den besten Food-Locations in dieser Gegend – zum Beispiel zum veganen Tin Shed Garden Cafe oder zur Alberta Co-op Grocery mit reichem Bio-Angebot.

Das Foyer des Jupiter Next verbindet die Rezeption mit einem großzügigen Gemeinschaftsraum zum Entspannen.

Aus den Zimmern des Jupiter Next kann der Blick in die Ferne schweifen – meist über Portlands Central Eastside.

Auf der East Side schlägt das kulinarische, outdoor-affine und kreative Herz.

Die East Side setzt sich aus Dutzenden Mikro-Stadtvierteln zusammen und kann somit gastronomisch aus dem Vollen schöpfen. Der Ocean-Komplex ist eine Art kulinarisches Gründerzentrum mit einigen der spannendsten Pop-up-Restaurants in Portland. Im HAN OAK servieren Peter Cho und Johnny Leach an den Wochenenden koreanische BBQ-Dinner als Wahlmenü und ein Sonntagsbrunch mit geschmortem Schweinebauch auf Waffel oder Teigtaschen mit Schweinefleisch-Schnittlauch-Füllung. Das NOMAD.PDX zog früher als mobiler Supper Club durch die Gegend und ist inzwischen sesshaft geworden. Heute gehört es zu den führenden Lokalen, was modernes Kochen à la Oregon angeht. Die Zutaten werden aus dem Umland bezogen oder dort gepflückt und gesammelt. Abseits des großen Gastraums liegt etwas versteckt die intime Ash Bar, die schon wegen der originellen Cocktails einen Besuch wert ist. Obendrein gibt es hier begnadete Bar-Häppchen wie Sashimi mit schwarzem Trüffel und Dashi Chawanmushi (japanisches gedämpftes Ei-Gericht), serviert mit Wildpilzen.

Zum Food-Imperium von Koch und Gastwirt John Gorham gehören unter anderem die fantastischen Lokale Toro Bravo und Mediterranean Exploration Company. Sein Restaurant TASTY N SONS bietet „New American Diner"-Küche mit regionalem Touch und ein internationales Brunch-Menü mit Schweinefleischeintopf nach burmesischer Art, nordafrikanischer Merguez und Schoko-Donuts aus Kartoffelteig. Das HAT YAI in Northeast Portland ist der neueste Eintrag auf Akkapong „Earl" Ninsoms immer länger werdender Liste exzellenter Thai-Restaurants, auf der auch das phänomenale und seit Langem beliebte LANGBAAN steht. Ein Highlight auf der überschaubaren Speisekarte ist das herzhafte Malay-Curry mit gebratenem Hähnchen und Fladenbrot. Ein besonderes Erlebnis ist ein Dinner im effektvoll beleuchteten AVA GENE'S – mit köstlichen italienischen Gerichten wie Schafskäse und Kirschtomatenbrot, Sagna Riccia (Bandnudeln mit gekräuselten Rändern) mit Lammfleischragout und marktfrischem Gemüse.

Im südlichen Teil der Restaurantgegend rund um die 28. Straße und die East Burnside Street bekommt man in der schnörkellosen CANTEEN einfallsreiche vegane Kost mit frischen Säften, Smoothies, Bowls und Salaten mit Bio-Zutaten aus der Region. Die herzhafte Portland Bowl mit Quinoa, schwarzen Bohnen und in Ahornsirup glasiertem Tempeh ist eine gute Stärkung vor jeder East-Side-Erkundungstour. Ganz in der Nähe serviert das helle und modern eingerichtete TUSK orientalische Küche, etwa asiatischen Birnensalat mit Matsutake-Pilzen und Wildreis oder Regenbogenforelle und Rogen mit Delicata-Kürbis. Die weißrussisch-amerikanische Köchin Bonnie Morales traf mit ihrem Restaurant KACHKA einen Nerv der East-Side-Foodszene – mit ukrainischen Wareniki (Teigtaschen) mit Sauerkirschfüllung, Kaninchen im Tontopf mit Steinpilzen und Kartoffelpuffer sowie einer himmlischen Spirituosenauswahl inklusive hauseigenen Meerrettichwodkas.

Die Locavore-Philosophie der Lebensmittelszene von Portland gilt auch für das Getränkeangebot. Das freut die ortsansässigen Erzeuger, die Kaffee, Bier, Wein, Spirituosen, Saft, Tee, Kombucha und sogar Trinkessig produzieren. Vor allem in Inner Southeast gibt es etliche hervorragende Kaffeeröster wie das COAVA COFFEE ROASTERS, das seine Brühbar in einer großen und kahlen Betonhalle mit Industrial-Chic eingerichtet hat.

Chefkoch Ryan Fox zaubert Delikatessen in der Küche des Nomad PDX.

Wer gerne brunchtt, wird im Tasty n Sons nicht enttäuscht.

Kunst und Textilien aus Weißrussland zieren die Wände im Kachka.

Viele Vergnügungen, die Portland bietet, drehen sich ums Essen. Da hat es sein Gutes, wenn man tagsüber viel zu Fuß und draußen unterwegs ist, denn so entsteht genug Appetit auch für kulinarische Entdeckungen zu nächtlicher Stunde. Die weitreichenden Alkoholvorschriften des Bundesstaates Oregon (für eine Ausschanklizenz müssen Speisen verkauft werden) haben den positiven Nebeneffekt, dass die meisten Bars ein komplettes Speisenangebot anbieten und man ausgerechnet in Ausgehlokalen oftmals das beste Essen bekommt. Portland, die Hauptstadt des Craft Beer, hat mehr Mikrobrauereien als jede andere Stadt in den USA und ist obendrein das Tor zu einer der angesehensten Weinregionen des Landes. Spitzenweine aus Oregon und dem Bundesstaat Washington – vom Pinot Noir aus dem Willamette Valley bis zum Sangiovese aus Walla Walla – kann man in der COOPERS HALL testen. Das großräumige Weinlokal mit festlich-urbanem Ambiente und exzellenten Bieren vom Fass logiert in einem umgebauten Lagerhaus im Nightlife-Viertel Central Eastside.

Mit holzvertäfelten Wänden, Kerzenleuchtern und Leselampen, vornehmen Ledersesseln und einem Ambiente wie in einem britischen Gentlemen's Club wirkt die MULTNOMAH WHISKEY LIBRARY eher wie ein Restaurant. Kundige Barkeeper wieseln beflissen umher und geben den Gästen Hilfestellung, damit sie sich mit den fast 2.000 Spirituosen, vom angenehm torfigen Clear Creek Single Barrel Whiskey bis zu fachmännischen Mixgetränken, zurechtfinden. Chefkoch Ben Grossmann veredelt den Getränkegenuss mit köstlicher Farm-to-table-Küche.

In der exklusiven Multnomah Whiskey Library kann man allein aus über 900 Whiskey-Sorten auswählen.

Im Alberta Arts District geht es entspannt zu. Das gilt auch im gemütlichen, asiatisch inspirierten EXPATRIATE, das den Gast mit Bar-Snack-Klassikern und Cocktails samt stimmungsgerechten DJ-Grooves erfreut. Chefköchin und Mitinhaberin Naomi Pomeroy, die auf der anderen Straßenseite ihr berühmtes fleischzentriertes Restaurant Beast betreibt, stellt mit burmesischem Teeblattsalat, laotischen Thunfischbauch-Tacos und gebratenen Wan-Tan-Nachos eine experimentierfreudige Fusion-Speisekarte zusammen.

Die angesagte Location zum Sehen und Gesehenwerden in Downtown ist das spektakuläre DEPARTURE von LGBTQ-Koch Gregory Gourdet, ein pan-asiatisches Rooftop-Restaurant mit Cocktaillounge. Die futuristische Lounge in der obersten Etage des coolen Nines Hotel ist eine Hommage an das, was man sich in früheren Jahrzehnten unter Luxus vorstellte.

Portlands Queer-Szene gehört zu den progressivsten des Landes – und ihr Kronjuwel ist das unprätentiöse und tabulose CRUSH. Eine Woche im Veranstaltungskalender der Bar im Stadtteil Buckman könnte so aussehen: körperbetontes Kuscheltreffen, gender-queere Nackt-Tanzparty, Latinx-Clubnacht, Freundschaftsduelle mit dem Lichtschwert, ausgetragen auf dem Bürgersteig vor der Tür. Das Crush, das für alle Facetten der LGBTQ-Community offen ist, schafft ein echtes Zusammengehörigkeitsgefühl. DIG A PONY, eine der abwechslungsreichsten Locations der Stadt, serviert im skihüttenähnlichen Ambiente einer restaurierten Apotheke aus den 1920ern kreative Cocktails und leichte Mahlzeiten. Sein Eventkalender ist eine Wundertüte: heute Queer-Party, morgen Promi-Buchstabierwettbewerb, übermorgen Livemusik oder DJ-Nacht für jeden erdenklichen Musikstil.

Portland ist offen für alles, was mit Sex zu tun hat. Kein Wunder, dass es hier mehr Stripclubs pro Einwohner gibt als in jeder anderen Stadt der USA. Der Erfolg des Schwulenclubs STAG PDX deutet darauf hin, dass dem Erotiktanz – wenn man es richtig anpackt – in der LGBTQ-Community eine glorreiche Zukunft bevorsteht. Das Gästespektrum reicht von Geschäftsleuten über Club-Kids bis zu Beschäftigten anderer Szene-Locations und Studenten, die ab und zu mit den Akteuren in Interaktion treten.

Ein guter Startpunkt für Shoppingtouren im West End von Downtown Portland ist die Gegend rund um die Harvey Milk Street, die 2018 nach dem Politiker und Vorkämpfer für Gay-Rechte benannt wurde. In der Passage UNION WAY zwischen Ace Hotel und der legendären Buchhandlung Powell reihen sich diverse Läden aneinander – von Bekleidung über Lederwaren bis zum Ramen-Imbiss. MACHUS, der Spezialist für einfallsreiche Herrenbekleidung von aufstrebenden Modemachern, ist in der Lower East Burnside zu finden, die in jüngster Zeit mit kantigen turmartigen Apartmenthäusern und stylischen Läden aufgewertet wurde.

Jeden Donnerstag wird ein Kunstspaziergang durch den 20 Häuserblöcke umfassenden Alberta Arts District angeboten, der zu den kulturell lebendigsten Gegenden Portlands gehört. Unter anderem gibt es dort zwei erstklassige Buchhandlungen: Bei AMPERSAND GALLERY & FINE BOOKS gibt es in einem minimalistischen Ambiente Kunst- und Fotografie-Raritäten im Original und eine fachkundig zusammengestellte Kunstbuchauswahl. Zwei Blocks weiter westlich verkauft die gemütliche Schmökerhöhle MONOGRAPH BOOKWERKS neue und gebrauchte, teils recht seltene Neu- und Secondhand-Bücher aus den Bereichen Kunst, Architektur, Mode, Grafikdesign, Fotografie und Alternativkultur.

In jüngster Zeit hat Portland seinen unverwechselbaren Lifestyle mit Erfolg zum Exportschlager entwickelt. Der Wohnkultur-Spezialist BEAM & ANCHOR gehört zusammen mit der Zeitschrift *Kinfolk* zu den wichtigsten Exporteuren der kunsthandwerklich geprägten Portland-Ästhetik und kreiert und verkauft Objekte, die um die Themen Handwerk, Americana, raue Wildnis, globales Bewusstsein und modernes urbanes Leben kreisen.

2015 legalisierte Oregon als einer der ersten US-Bundesstaaten den Verkauf von Marihuana für den Freizeitgebrauch. Im Nu machten überall in Portland so viele Cannabis-Läden auf, dass es inzwischen leichter ist, einen solchen Laden zu finden als eine Tankstelle oder einen Schnapsladen. Der Flagship-Store SERRA DISPENSARY DOWNTOWN ist ein leuchtendes Beispiel für das neue Erscheinungsbild der modernen Cannabiskultur. In Zusammenarbeit mit den besten Cuisiniers von Portland wie Joshua McFadden vom Ava Gene's und dem Team von Woodblock Chocolate werden sogar Cannabis-Delikatessen als Special Editions aufgelegt.

Hinter der schmucken Fassade des Serra in Downtown werden ganz besondere Waren sehr modern präsentiert.

Das Serra verkauft Cannabis in allerlei Formen – als Blüten (im Bild), zum Essen und als vorgedrehte Joints.

Eine wichtige Inspirationsquelle der Portlander ist seit jeher ihre vertraute Beziehung zu der üppigen und spektakulären Natur, die ihre Stadt umgibt. Einen Steinwurf westlich von Downtown erstreckt sich ein geschütztes Waldgebiet über 20 Quadratkilometer, bestehend aus dem FOREST PARK und dem angrenzenden WASHINGTON PARK, mit 110 Kilometer Wanderwegen, dem wunderschönen Japanischen Garten, dem International Rose Test Garden und allerlei weiteren Attraktionen.

Ein Gefühl dafür, wie die Stadt künstlerisch tickt, bekommt man im DISJECTA CONTEMPORARY ART CENTER, das dem künstlerischen Nachwuchs aus Oregon und den ganzen USA ein Forum bietet – mit besonderem Fokus auf Künstlerinnen. Digitale Medien, ästhetische Präsentation von Gender und virtuelle Realitäten sind die Themen, die die aktuelle Agenda bestimmen. Kunstbegeisterte kommen auch in den vielen Galerien im schicken Pearl District auf ihre Kosten – zum Beispiel im LUMBER ROOM, das in einem hinreißenden Loft inmitten eines ehemaligen Lagerhauskomplexes wechselnde Ausstellungen zeigt.

Die Livemusik-Szene ist reich mit kleinen, charismatischen Konzert-Locations gesegnet, in denen auch große Namen auftreten. In den einladenden MISSISSIPPI STUDIOS, die in einer renovierten Kirche mit Wildwestcharme, überdachtem Patio und Feuerstelle zu Hause sind, kann man die weltbesten Indie-Musiker auf der Bühne erleben. Hier lohnt ein Blick in den Veranstaltungskalender: Vielleicht steht gerade die allmonatliche Queer-Dance-Party an, die als beste in Portland gilt. In der REVOLUTION HALL, einem umgebauten High-School-Gebäude, gibt es neben einer mittelgroßen, topmodernen Konzertbühne zwei Bars und eine großzügige Dachterrasse. Auf der Bühne finden nicht nur Live-Acts statt, sondern auch andere Events wie das Filmfestival HUMP!, bei dem der berühmte Sexkolumnist Dan Savage ausgewählte Fünf-Minuten-Amateurpornos präsentiert.

Eine wichtige Inspirationsquelle der Portlander ist seit jeher ihre vertraute Beziehung zu der üppigen und spektakulären Natur.

Unter anderem beheimatet Portland's Washington Park einen Zoo, ein Arboretum und einen japanischen Garten (im Bild).

5 SOUTH TO
Naito Pkwy.
Salem
Portland Oregon
OLD TOWN
OLD TOWN

PORTLAND
TODAY
RODRIGO Y GABRIELA
WEDS APR 4
8PM
Reddaway

Ein künstlerisch besonders produktiver neuer Trend in Portlands LGBTQ-Community ist das Wiederaufleben der queeren BALLROOM-KULTUR. 2014 begann die international bekannte Tänzerin Kumari Suraj, als zwanglose Alternative zu den Mainstream-Bällen, kleine Kiki-Bälle zu veranstalten, die sie zusammen mit Voguing-Lehrer Daniel Girón, seinen Schülern und Freunden sowie dem PORTLAND BALLROOM (PDXB) organisierte. Diese Bälle legten den Grundstein für den Aufschwung der örtlichen Ballroom-Community. Die Renaissance dieser hundert Jahre alten queeren Tradition liefert einmal mehr den Beweis, dass in Portland die ganze Gender-Bandbreite einbezogen wird – auch wenn es darum geht, die Belange der LGBTQ-Community finanziell zu unterstützen. Übrigens: Wer mit der Ballroom-Kultur nicht vertraut ist, sollte sich im Internet zuerst ein wenig über ihre Geschichte und die Benimmregeln informieren.

Ein besonders öffentlichkeitswirksames Gay-Event in Portland ist die jährliche RED DRESS PDX-Party, bei der alle Teilnehmer – unabhängig vom Geschlecht – rote Kleider tragen und Geld für LGBTQ-Jugendliche und Menschen mit HIV/AIDS sammeln. Im Frühsommer steigt im Washington Park seit etlichen Jahren die LGBTQ-Show PEACOCK IN THE PARK mit Drag-Künstlern, Tänzern und Livemusik. Dort tritt auch die „dienstälteste aktive Dragqueen der Welt", Darcelle XV (Jahrgang 1930), auf.

QDOC ist das einzige reine LGBTQ-Dokumentarfilm-Festival in den USA und präsentiert Anfang Mai die neuesten Gewinnerfilme der Festivals in Sundance, Berlin und anderswo. Dabei diskutieren Filmemacher und die Akteure, die in ihren Filmen auftreten, lebhaft über alles, was der Community auf den Nägeln brennt – von Bürgerrechten über das Altern bis zu Identitätsfragen.

Die Red Dress Party findet seit 2001 jedes Jahr statt. Damals nahmen 75 Leute teil, heute sind es über 2.000.

RAUSFAHREN

Wer in Portland frische Waldluft atmen will, braucht nicht weit zu gehen. Um den Aktionsradius zu erweitern, bringt man aber am besten Wanderschuhe mit. Von Portland ist es schließlich nicht weit zu Oregons zerklüfteter Pazifikküste, zur spektakulären Columbia River Gorge und zum 3.425 Meter hohen Mount Hood.

Crown Point ist ein Aussichtspunkt für spektakuläre Blicke auf den Columbia River Gorge.

Die 90-minütige Fahrt zu einem Tagesausflug an die Küste sollte jeder Portlandbesucher investieren. Der Short Sand Beach im OSWALD WEST STATE PARK liegt zwischen zwei Felszungen, die sich gut zum Wandern eignen. An den Klippen beim Cape Falcon bekommt man mit etwas Glück Wale, Delfine oder Seelöwen zu sehen. Der steile Aufstieg auf den 512 Meter hohen Neahkahnie Mountain wird mit einem einzigartigen Blick über die Küstenlandschaft belohnt.

In den Sommermonaten pilgert das schwule Portland zum Gay-Strand im ROOSTER ROCK STATE PARK. Der Strand am Columbia River ist dank aufsehenerregender Landschaft und der entspannten Atmosphäre der ideale Ort, um nette und gut aussehende Einheimische kennenzulernen und anschließend auf einem der großartigen Wanderwege zu den Wasserfällen rund um die Columbia River Gorge vorzustoßen.

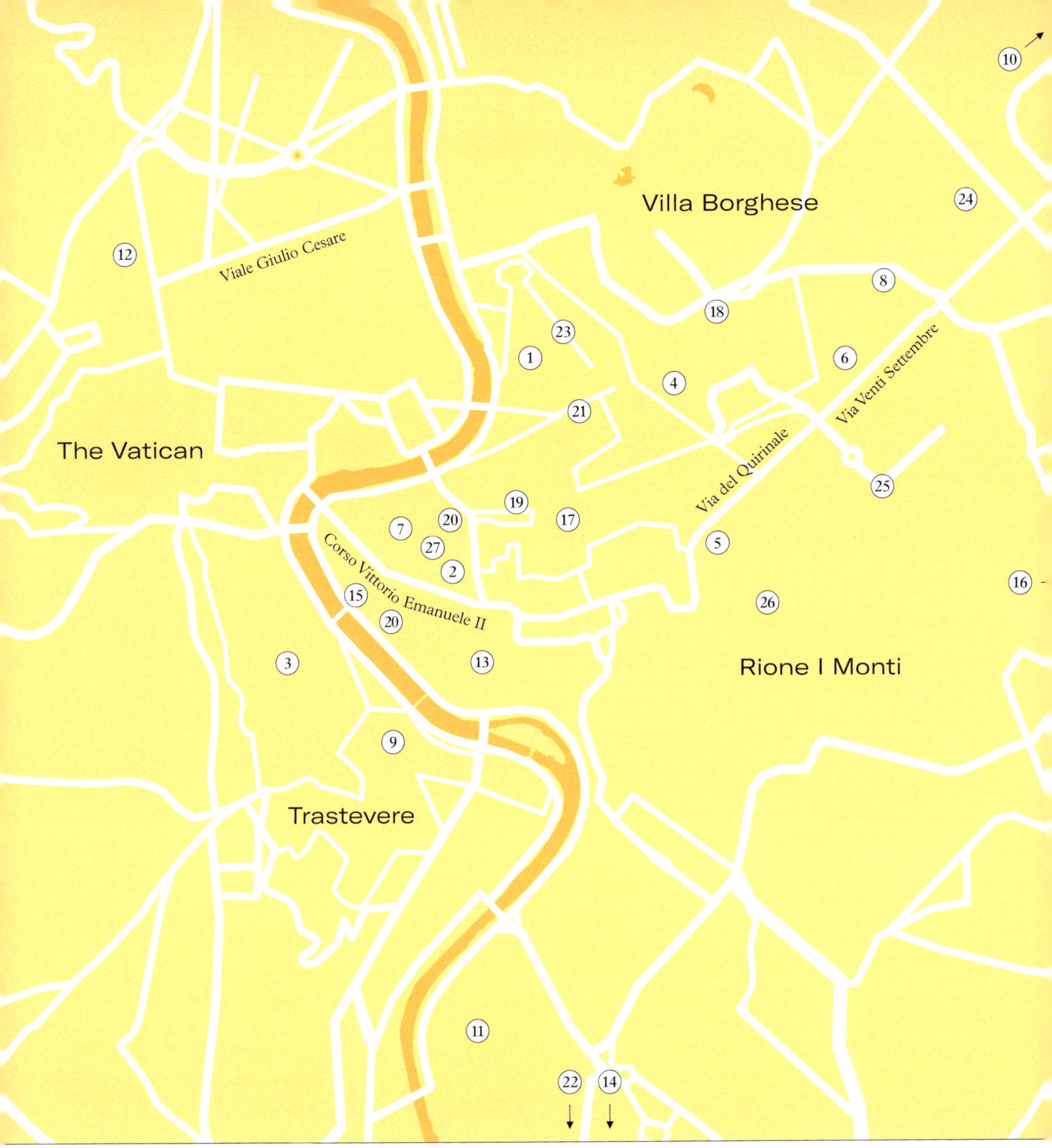

LOGIEREN

1. Elizabeth Unique Hotel
2. G-Rough
3. Horti 14
4. The Shire
5. Villa Spalletti Trivelli

GENIEẞEN

6. Come il Latte
7. Coromandel
8. Faro
9. Glass Hostaria
10. Lanificio Cucina
11. Mercato Testaccio
12. Panificio Bonci
13. Roscioli

MITFEIERN

14. Goa Club
15. Jerry Thomas Speakeasy
16. Muccassassina
17. Salotto42

SHOPPEN

18. Bocache & Salvucci
19. Cartoleria Pantheon
20. Chez Dede
21. Tartufi & Friends
22. Mercato Vintage Ecosolidale

ENTDECKEN

23. All Saints' Anglican Chu
24. MACRO
25. Palazzo Mass alle Terme
26. Sacripante
27. Sant'Agnese in Agone

ROM

Inbegriff von Geschichte, Kunst, Kultur und Genuss

Der Dichter Albius Tibullus hatte den richtigen Riecher, als er im ersten Jahrhundert vor unserer Zeit Rom als Ewige Stadt bezeichnete. Auch nach 3.000 Jahren ist der Zauber ungebrochen. Millionen Besucher tauchen beim Anblick der antiken Ruinen ins Zeitalter der Gladiatoren ab oder bummeln mit einem Eis in der Hand über kunstvolle Piazzas und geben sich der Dolce Vita hin. Am Abend, gesättigt von Kunst und Kultur, kann man sich in einer Pizzeria unter freiem Himmel oder bei einem Aperitivo unter die eleganten römischen Männer mischen.

Homo- und Heterosexualität waren für die alten Römer kein Begriff. Sie gingen davon aus, dass Männer sich zu allen Geschlechtern hingezogen fühlen können. Was zählte, waren das Patriarchat und die Männlichkeit: Sex unter Männern war zulässig, solange der ältere Partner nicht die passive Rolle übernahm. Mit homoerotischer Poesie und Kunst wurde für das gleichgeschlechtliche Lieben und Begehren geworben. Dichter wie Juvenal, Plutarch und Petronius sangen Loblieder auf die liebevollen Bande zwischen Männern. Die Unterdrückung der Homosexualität setzte erst im 4. Jahrhundert mit Erstarken der katholischen Kirche ein. Doch auch zur Renaissancezeit wirkten hier berühmte homosexuelle Künstler und hinterließen Spuren nicht nur an den Wänden der Sixtinischen Kapelle, sondern in der ganzen Welt. Wer die Vatikanischen Museen mit einer schwulen Perspektive durchstreift, sieht die berühmten Kunstwerke Michelangelos, da Vincis und Caravaggios mit anderen Augen – als hingebungsvolle Darstellungen männlicher Nacktheit und als Indiz dafür, wie liberal das Italien der Renaissance über Homosexualität dachte.

Auf dem Quirinal, einem der sieben Hügel Roms, logiert in einer luxuriösen, etwas versteckten Villa nur wenige Schritte vom berühmten Trevi-Brunnen das Hotel VILLA SPALLETTI TRIVELLI. Das gepflegte antike Mobiliar, die marmorschweren Badezimmer und edlen Stoffe sorgen für historisches Flair. Ein gut ausgestattetes Fitnessstudio, üppige Gärten und das türkische Bad laden nach einem anstrengenden Tag zum Entspannen ein. An der Aperitivo-Bar darf man sich auf Vertrauensbasis an Weinen vom Weingut der Inhaberfamilie bedienen.

Die Made-in-Italy-Optik des Hotels G-ROUGH trägt die Handschrift innovativer Künstler und Designer wie Gio Ponti und Silvio Cavatorta. In den zehn Zimmern, stilvoll eingerichtet mit Vintage-Originalmöbeln, fühlen sich nicht nur designbewusste Hipster wohl, sondern jeder, der lieber in einem Café eincheckt als in einer Lobby. Eine Lobby gibt es nämlich im G-Rough nicht. Dank der günstigen Lage in der Nähe der Piazza Navona hat man es nicht weit zum Szeneviertel Trastevere. Im HORTI 14 hat der Gast die Bierkneipen, efeubewachsenen Trattorien und beliebten kopfsteingepflasterten Gassen von Trastevere direkt vor der Tür. Auf der Dachterrasse ist man dem städtischen Trubel entrückt und kann bei einem Prosecco das üppige Grün der Umgebung genießen.

Eine Suite im Hotel G-Rough mit Rohputzwänden, gemütlichen Polstermöbeln und wunderschön gefliestem Boden.

Man sollte sich die Zeit nehmen, in der Lounge am offenen Kamin zu sitzen.

Die Via Veneto ist eine der berühmtesten Straßen Roms – mit altehrwürdigen Cafés, Rooftop-Bars und einem der größten öffentlichen Parks der Stadt, der Villa Borghese. Hier bietet das Boutiquehotel THE SHIRE unvergleichliche Ausblicke auf die Aurelianische Mauer. Die beste Aussicht gewährt die Corner Suite. An der berühmten Via del Corso verbirgt sich in einem renovierten Palazzo aus dem 17. Jahrhundert das elegante Designerhotel ELIZABETH UNIQUE HOTEL. Die Kunstwerke im ganzen Haus werden von der Galleria Russo ausgewählt und sind fast alle verkäuflich. Der Gast sollte sich die Zeit nehmen, in der Lounge bei einem Glas Wein am offenen Kamin zu sitzen oder durch das Hotel zu schlendern und sich an den historischen Tapeten und architektonischen Details zu erfreuen. Üppig frühstückt man in der hoteleigenen Bar Bacharach & Bistrot oder auf der idyllischen Terrasse mit Blick in den Garten, in dem es nach Jasmin duftet.

Stiche aus der Zeit der Kavaliersreisen zieren die Wände der in Nachtblau und Gold gehaltenen Suiten im Elizabeth Unique Hotel.

Das alte Rom ging mit Homosexualität deutlich anders um als andere Kulturen.

Wer unverfälschte italienische Backwaren und Pizza von bester Qualität genießen möchte, sollte die Bäckerei PANIFICIO BONCI besuchen. Das römische Traditionsbackwerk und die kreativen Pizzakompositionen werden nur aus frischesten Zutaten wie Bio-Gemüse und steingemahlenen alten Weizensorten hergestellt. Inhaber Gabriele Bonci verkauft nach eigener Aussage rund 1.500 verschiedene Pizzavarianten pro Jahr und dürfte sich den Beinamen „König der Pizza" somit verdient haben. Die Bäckerei ist klein und beliebt – bisweilen steht die Kundschaft bis nach draußen Schlange. Das unkonventionelle ROSCIOLI wird bereits in der vierten Generation von einer der bekanntesten Bäckerfamilien Roms geführt und ist eine Kombination aus Deli und Weinstube mit einer Riesenauswahl an Feinkostklassikern und traditionellen Pasta- und Hauptgerichten. Mit 300 Käse- und 2.000 Weinsorten und einem breiten Angebot an Wurstwaren und Antipasti ist es der ideale Ort, um sich kulinarisch für ein entspanntes Picknick im Park zu rüsten.

Die Einrichtung der GLASS HOSTARIA im hübschen Trastevere ist ein ultramoderner Stilmix. Kulinarisch verschmelzen hier echt Italienisches und innovative Geschmacksnoten aus aller Welt. Unter der Regie von Roms einziger Sterneköchin Cristina Bowerman werden Klassiker neu interpretiert: etwa Kartoffelgnocchi mit Seeigel oder Rinderfilet mit Schokolade und Pilzen. Besonders reizvoll sind Roms Märkte und Markthallen. Eine der ältesten ist die MERCATO TESTACCIO. Beim Umzug in den modernen Neubau 2012 zogen die alten Stände mit um, die teils seit Generationen von ein und derselben Familie betrieben werden. In dem Foodie-Paradies kann man frische Lebensmittel einkaufen oder an einem der vielen Stände zu Mittag essen. Auf jeden Fall aufsuchen sollte man „Romeo" und „Cups", die Stände der bereits erwähnten Cristina Bowerman, unter deren Ägide Suppen, Salate und Sandwiches kreiert werden. Nach dem Markthallenbesuch bietet sich eine Erkundung des Arbeiterviertels Testaccio an, in dem nach Meinung vieler das „echte" Rom zu Hause ist.

Frangipane mit Kirschen und Wasabi – eine der raffinierten Kreationen der Glass Hostaria.

Das moderne Interieur der Glass Hostaria mit in den Boden eingelassenen Kunstwerken.

Das LANIFICIO CUCINA bezeichnet sich als Produktionsstätte und Kreativlabor. Die Kombination aus Bar, Restaurant und Workspace in einer restaurierten Mühle am Flüsschen Aniene ist auch für ihre alternativen Partys bekannt. Über Putz verlaufende Rohre, Upcycling-Mobiliar und raumhohe Glasfenster sind dafür die passende Kulisse. Das Programm reicht von DJ-Auftritten über Ausstellungen bis zu Vintage-Art-Shows.

Die meisten Italiener stürzen ihren Espresso auf die Schnelle am Tresen herunter, aber inzwischen entstehen immer mehr Orte für den gemächlichen Kaffeegenießer. Das FARO ist einer davon. Spannend sind die sortenreinen „Probiermenüs", bei denen Kaffeeliebhaber und Neulinge mehr über die Geschmacksnoten in jeder Tasse erfahren. Den besten Brunch in Rom gibt es im COROMANDEL unweit der Piazza Navona. Das elegante Lokal ist bekannt für gute French Toasts, Eggs Benedict und andere Klassiker. Frühstücksmuffel können im Coromandel vorzüglich zu Abend essen. Die silbernen Besteckhalter, das prächtige Porzellan und das dunkle Holz tragen zu einer luxuriösen Atmosphäre bei.

Die Italiener lieben ihren traditionellen Abendspaziergang, die *passeggiata*, und versüßen ihn gern mit einem Eis. Um die Touristenfallen, die das *gelato* mit Luft, künstlichen Aromen und Süßstoffen zu ungeheurer Größe aufblähen, sollte man einen Bogen machen. Eine gute *gelateria* arbeitet nur mit natürlichen Zutaten, damit die Aromen zur Geltung kommen. Vorbildlich ist die Gelateria COME IL LATTE: Hier werden saisongerechte Eissorten mit ganz frischer Milch zubereitet und in hausgemachten Waffeln portioniert. Unbedingt probieren: Karamell mit rosa Himalaya-Salz oder – ganz klassisch – Pistazie. Einige Sorten werden auch als laktosefreie Variante angeboten.

Die Schwulenszene ist über ganz Rom verteilt. Ein guter Ausgangspunkt für das nächtliche Bar-Hopping ist die kleine „Gay Street" in Sichtweite des Kolosseums. Cruising-Bars und Tanz-Events sind extrem beliebt, aber eingelassen wird man nur mit der Anddos-Karte, die man in den meisten Locations am Eingang erwerben und für die Dauer des Aufenthalts nutzen kann.

Eine Bar mit besonderem Flair ist das SALOTTO42 mit Blick auf den berühmten Hadrianstempel. Dass der Inhaber der kleinen Cocktaillounge früher Model war, überrascht nicht – wie bei einer Modenschau wurde hier auf jedes Detail geachtet. Man probiere die interessanten Abwandlungen des altbekannten Aperol Spritz, während man die Leute auf der Piazza di Pietra beobachtet, oder gönne sich das Sonntagsbrunch. Wer das Passwort für die kleine, originelle Craft-Cocktailbar JERRY THOMAS SPEAKEASY weiß, kann sich bei gemütlicher Beleuchtung von bärtigen Kellnern edle Getränke kredenzen lassen. Die Bar, benannt nach der Barkeeper-Legende Jerry Thomas, ist spezialisiert auf italienische Spirituosen, die in Vergessenheit gerieten, und auf Klassiker aus der Zeit vor der Prohibition.

Die Römer verstehen sich gut darauf, Partys noch lange nach Sonnenuntergang im Gang zu halten. Soll man bei einer der schwulen Tanzpartys im Schatten des Kolosseums die Nacht zum Tage machen oder sich zum Kuscheln in eine gemütliche Enoteca zurückziehen? Der Möglichkeiten gibt es viele. Wer während des Aufenthalts nur einmal ausgeht, sollte sich an einem Freitagabend die legendäre MUCCASSASSINA gönnen. Die Party wurde Anfang der 1990er Jahre aus der Taufe gehoben, um den „Circolo di cultura omosessuale Mario Mieli" im Kampf gegen Aids und Homophobie zu unterstützen. Heute locken die berühmten Tanzpartys Menschen jeder sexuellen Orientierung in den dreistöckigen Qube-Club.

Das römische Club-Urgestein GOA ist ein Paradies für elektronische Musik, mit weltberühmten DJs und einem industriell inspirierten Design, das ein trendbewusstes Publikum anzieht. Da die Veranstaltungen im Goa nur alle zwei bis vier Wochen stattfinden, sollte man vor der Abreise einen Blick ins Programm werfen. Auch wann die nächste AMIGDALA stattfindet, lohnt sich in Erfahrung zu bringen. Electro und anspruchsvolle Lichteffekte sind das Markenzeichen dieser queeren Indie-Dance-Party, die in wechselnden, aber stets unverwechselbaren Locations stattfindet. Mit kurzen Filmeinspielungen, Kunst- und Fotoausstellungen und vielen anderen kulturellen Events ist Amigdala weit mehr als eine Dance-Party.

Die technoide Optik des Goa Club lässt es schon vermuten: Dies ist Roms älteste und beliebteste Techno-Location.

AMOR
FIDES
PACIS FILIA
RELLIGIO
EST

Schuhkauf auf höchstem Niveau: Bei BOCACHE & SALVUCCI wird jeder Schuh nach den Form-, Farb- und Stilwünschen des Kunden maßgefertigt. Die Inhaber Gian Luca Bocache und Roberto Salvucci betreiben ihr Handwerk mit großer Hingabe und machen in ihrem eleganten Stylingroom den Schuhkauf zum persönlichen Erlebnis. Es dauert zwischen 20 Stunden und zwei Monaten, bis eines der kleinen Meisterwerke fertig ist. Schick einkaufen kann man auch im Flagship-Store von CHEZ DÉDÉ im Palazzo Antonelli Capponi. In dem vornehmen Concept Store fühlt man sich wie zu Hause und nicht wie in einem Geschäft. Umso leichter fällt es, sich in dem luxuriösen Kunst-, Mode- und Möbelangebot zu verlieren. Das fachkundig zusammengestellte Sortiment verrät das Gespür der Inhaber für gelungenes Design und ihren weltgewandten Sinn für Ästhetik.

> Wer auf dem Mercate Vintage Ecosolidale einkauft, tut obendrein ein gutes Werk, denn der gesamte Erlös geht an wohltätige Projekte.

Für Gourmets sind Roms Feinkostläden ein Eldorado. Besonders an der TARTUFI & FRIENDS werden sie Gefallen finden. Hier gibt es alles, was man mit italienischen Trüffeln veredeln kann – Honig, Pasta, Likör, Pastete und vieles mehr. Obendrein ist es leicht zu finden: Es befindet sich direkt am Fuß der Spanischen Treppe. Wer die begehrte Delikatesse erst einmal probieren möchte, ist übrigens mit dem Trüffel-Degustationsmenü gut beraten.

Je stärker die Digitalisierung um sich greift, umso mehr bekommen schöne Schreibutensilien etwas Romantisches. Das gilt besonders für handgefertigte, in Leder gebundene Notizbücher, Stifte aus Muranoglas und edles Schreibpapier im florentinischen Stil. In der 1910 gegründeten CARTOLERIA PANTHEON bekommt man alles, was man für den Schreibtisch oder für seine kreative Seele braucht – ausnahmslos made in Italy. Der MERCATO VINTAGE ECOSOLIDALE liegt in der Nähe der Via Ostiense und damit abseits der Touristenströme. Hier gibt es an jedem Wochenende Retro-Raritäten und Secondhand-Schätze zu entdecken. Wer auf diesem Markt einkauft, tut ein gutes Werk, denn der gesamte Erlös geht an wohltätige Projekte.

Bei Bocache & Salvucci wird jeder Schuh von A bis Z in der eigenen Werkstatt handgefertigt.

Das gediegene Ambiente von Bocache & Salvucci strahlt einen Sinn für das kulturelle Erbe und zeitlose Eleganz aus.

Manche der trüffelhaltigen Köstlichkeiten von Tartufi & Friends gibt es zum Glück auch zum Mitnehmen.

Rom hat genügend Baudenkmäler, Museen und Ruinen für ein dicht gedrängtes Besichtigungsprogramm. Etwas Zeit sollte man sich allerdings aufsparen für verborgene Attraktionen, die dem Gast das Leben und die Kultur der Römer näherbringen. Ein Beispiel ist der zu wenig beachtete PALAZZO MASSIMO ALLE TERME. Das Museum zeigt überwältigende antike Skulpturen und Fresken unter anderem aus der Villa der Livia, einer der Gattinnen des Kaisers Augustus, und eine Sammlung römischer Kunst des Altertums, die von der späten Republik bis zum 5. Jahrhundert reicht. Wer die Kirchen Roms ohne Touristenströme erleben will, sollte eines der klassischen Abendkonzerte besuchen. Oft sind diese Konzerte sogar gratis, was angesichts der hervorragenden Akustik kaum zu glauben ist. Besonders zu empfehlen sind die ALL SAINTS ANGLICAN CHURCH und SANT'AGNESE IN AGONE.

Das unscheinbare ehemalige Brauereigebäude, in dem das MUSEO D'ARTE CONTEMPORANEA ROMA (MACRO) untergebracht ist, lässt von den faszinierenden Installationen im Innern nichts erahnen. Mit Workshops und Veranstaltungen zu kulturellen Themen wird versucht, das Museum zu einem Ort des lebendigen Austauschs zu entwickeln. Der Eintritt ist grundsätzlich frei. SACRIPANTE grenzt sich vom traditionellen Galeriewesen ab und will Kunstliebhaber ansprechen, die sich für Geschichte, Design und Kultur interessieren und nicht nur für Brimborium. Der selbstironische Name „Sacripante" heißt so viel wie Prahlhans und bezeichnet genau das Gegenteil dessen, was diese „Negation einer Galerie" sein will: ein unprätentiöser Ort der Kunst, der übrigens zugleich eine Cocktailbar ist und somit auch feuchtfröhliche Kunstgenüsse ermöglicht.

Die Stadtrundgänge von UNTOLD HISTORY TOURS vermitteln dem Besucher eine neue Sicht auf Rom und seine Institutionen sowie auf die Geschichte der schwulen und lesbischen Kultur. Die besonders beliebte VATICAN MUSEUMS IN A GAY LIGHT TOUR lässt die berühmten Bilderwelten im Vatikan in neuem Licht erscheinen und würdigt die schwulen Künstler, die den heiligen Stätten für immer ihren Stempel aufgedrückt haben.

Die sagenhafte Cocktailbar des Sacripante. Wie in vielen Räumen der Galerie zeigt sich hinter den Vintage-Möbeln der nackte Beton.

HEAT

Italiens größte PRIDE findet immer im Juni statt. Polit-Aktivismus und ausgelassene Kurzweil sind die Zutaten für eine jedes Jahr aufs Neue unvergessliche Party, bei der die Kernbotschaft nicht aus dem Blick gerät. Von Oktober bis Mai dauert die Saison von GORGEOUS I AM, besser bekannt als G I AM. Die schwule Tanzparty erfreut sich seit der Premiere 1995 anhaltender Beliebtheit und findet während der Saison wie eh und je am Samstagabend statt. In den Sommermonaten lädt das GAY VILLAGE, ein Pop-up-Event unter freiem Himmel, jeweils von Donnerstag bis Sonntag zu Konzerten, Dancefloor-Partys und Theaterabenden.

Der Umzug der Gay Pride bewegt sich traditionell von der Piazza della Repubblica zur Piazza Venezia.

Der Pride-Parade führt an etlichen Sehenswürdigkeiten Roms vorbei – auch am Kolosseum.

Der Widerstand des Vatikans ist zwecklos: Jedes Jahr strömen Zehntausende zur Roma Pride.

RAUSFAHREN

Lieblingsziel vieler Römer für sommerliche Tagesausflüge ist der idyllische Küstenort SPERLONGA. Den Strand muss man zwar mit vielen anderen Menschen teilen, die am azurblauen Meer unter dem Sonnenschirm liegen, aber man wird mit feinem Sand und kristallklarem Wasser entschädigt. Nach dem Sonnenbad sollte man in die Altstadt hinübergehen und die Pastellfarben, die Torbögen und ausladenden Bougainvilleen auf sich wirken lassen. In dem verschlafenen Ort gibt es viele Straßencafés und malerische Plätze, auf denen man bei einem erfrischenden Gin Tonic die Menschen beobachten kann. Auf jeden Fall lohnt der Abstieg zur nahegelegenen TIBERIUS-GROTTE, einer beeindruckenden Höhle mit einer Geschichte, die bis ins Jahr 184 v. Chr. zurückreicht.

Der Torre Truglia in Sperlonga wurde zum Wahrzeichen des hübschen Küstenstädtchens.

LOGIEREN

1. Hotel Drisco
2. Inn at the Presidio
3. Proper Hotel
4. The Laurel Inn
5. The Ritz-Carlton

GENIEßEN

6. Californios
7. Foreign Cinema
8. Liholiho Yacht Club
9. Monsieur Benjamin
10. Nopa
11. Sightglass Coffee
12. Tartine Manufactory
13. The Big 4
14. Zuni Café

MITFEIERN

15. ABV
16. Bar Agricole
17. Lookout
18. The Stud
19. Trick Dog
20. Twin Peaks Tavern

SHOPPEN

21. Heath Ceramics
22. Loved To Death
23. MAAS & Stacks
24. Park Life
25. Unionmade
26. Welcome Stranger

ENTDECKEN

27. GLBT Historica Society Museum
28. Minnesota Stree Project
29. Precita Eyes Muralists
30. YBCA

SAN FRANCISCO

Betörender Charmeur an der Bucht

Morgennebel, die sich zum strahlenden Sonnentag lichten, die geheimnisumwitterte Insel Alcatraz und Straßenzüge mit mehrfarbig gestrichenen Holzhäusern, die hier „Painted Ladies" heißen – San Francisco, das schillernde Juwel, ist ein Traumreiseziel im Norden Kaliforniens.

Vom Goldrausch bis zur Hippiebewegung hat die Stadt sich prächtig entwickelt. Seit Jahrzehnten empfängt sie die LGBTQ-Community mit offenen Armen: 1908 wurde das Dash eröffnet, eine der ersten Schwulenbars der USA, wo man von crossdressenden Kellnern bedient wurde und sich für einen Dollar einen Liebesakt in der Privatkabine erkaufen konnte. Anfang der 1960er Jahre strömten Aktivisten jeder Couleur nach San Francisco und formierten sich zur Schwulenrechtsbewegung. 1964 wurde die Stadt von der Zeitschrift *Life* zur „Schwulenhauptstadt der USA" ernannt und 1977 Harvey Milk als erster offen schwuler Mann in der Geschichte Kaliforniens in ein politisches Amt gewählt.

Die traditionelle Aufgeschlossenheit für alle Lebensentwürfe setzt sich in der vielfältigen Hotel-, Restaurant- und Clubszene fort. Dabei beschränkt sich die Akzeptanz nicht auf das LGBTQ-Mekka Castro, wo Homos und Heteros gemeinsam die offene und unvoreingenommene Atmosphäre genießen, sondern bestimmt auch in vielen anderen Stadtvierteln das Klima. San Francisco ist ein betörender Charmeur, der mit Leichtigkeit die Herzen erobert und in den man sich immer wieder neu verliebt.

San Francisco schlüpft in den Nadelstreifen wie andere in ihre geliebte Kaschmir-Strickjacke. Ein typisches Beispiel für diesen lässigen Umgang mit Eleganz ist das HOTEL DRISCO, ein Meisterwerk im edwardianischen Stil, das über dem Nobelviertel Pacific Heights thront. Das stilvolle Haus bietet luxuriösen Komfort mit Chauffeurservices, abendlichen Weinempfängen und sogar einem „Kopfkissen-Menü" für den besonders süßen Schlaf. Es ist wie geschaffen für Männer, die sich gern auf gediegene Weise verwöhnen lassen. Eine weitere vornehme Adresse ist das PROPER HOTEL in Mid-Market. Das Design des bügeleisenförmigen Prachtbaus ist eine gelungene Symbiose von Modernismus, Kubismus und dem Stil der Wiener Secession. Obendrein bietet das Proper in seiner romantischen Rooftop-Lounge Charmaine's einzigartige Ausblicke auf die Stadt und serviert im schicken Ambiente seines Edelrestaurants Villon fabelhafte Cocktails.

„Gilda's Private Dining Room" heißt dieses familiär wirkende Dinner-Ambiente im Proper Hotel.

In den Zimmern des Proper Hotel hat Designerin Kelly Wearstler Stoffe, Farben und Muster stilsicher kombiniert.

F. Scott Fitzgerald ließ seinen berühmten Roman zwar in West Egg spielen, aber wer den „Großen Gatsby" in sich selbst entdecken möchte, wird am ehesten im RITZ-CARLTON fündig. Das Hotel von 1909 empfängt den Gast mit weitläufigen Marmorlobbys, umwerfenden Ausblicken auf die Bucht und den vielen kleinen Genüssen, auf die Ritz-Carlton sich so gut versteht. In der JCB Tasting Lounge kommen Weinkenner auf ihre Kosten: Promi-Winzer Jean-Charles Boisset hat dafür einen familiären Raum geschaffen – einen Traum in Samt für Liebhaber edler Weine und für Fashionistas. Wer also seinen Smoking nicht ohnehin schon in den Koffer gepackt hat, sollte das rasch nachholen.

Das INN AT THE PRESIDIO logiert unweit des Golden Gate Park in einem Gebäude im neogeorgianischen Stil, das früher Pershing Hall hieß und schneidigen, unverheirateten Offizieren der US Army als zweite Heimat diente. Heute braucht man nicht beim Militär anheuern, um in einem der wunderschön eingerichteten Zimmer oder in einer der Suiten mit Kamin zu nächtigen. Speisen bieten in dem Hotel der Presidio Social Club, The Commissary oder das Arguello.

Apropos zweite Heimat: Im THE LAUREL INN im noblen Pacific Heights kann man sich eine Art Zweitwohnung mieten und das Lebensgefühl von San Francisco als Quasi-Einheimischer nachempfinden – nachmittäglicher Plätzchenteller, Hausdame, Tageszeitung am Morgen und frischer Kaffeeduft inklusive. 18 Zimmer haben sogar eine kleine Küche. Zudem sind im Laurel Inn Hunde gern gesehen: Der beste Freund kann also nach San Francisco mitkommen.

San Franciscos Gastronomie hat mehr zu bieten als Matcha und Cronuts und macht sich alles zu eigen, was Kalifornien hervorbringt – vollmundige Weine, Geschmackssensationen und gute traditionelle Küche.

Zu einem guten Start in den Tag verhilft die TARTINE MANUFACTORY mit ihrer Vielfalt an frischen Backwaren zum Mitnehmen. Zum Mittag- und Abendessen werden ständig wechselnde Weine und Craft-Cocktails kredenzt. Wie qualitätsbewusst das Tartine ist, sieht man daran, dass die Bäcker erst einmal das Wetter, das Mehl und die Sauerteiggrundmasse begutachten, bevor sie den Teig für das tägliche Brot kneten. Wer danach noch unterkoffeiniert ist, ziehe weiter ins SIGHTGLASS COFFEE. Die Edel-Rösterei hat vier Filialen und gastiert zweimal in der Woche auf dem Bauernmarkt am Ferry Building. Sie wählt die weltbesten Bohnen, röstet sie sorgfältig und brüht sie mit Liebe auf.

Zum Mittagessen empfiehlt sich das ZUNI CAFÉ an der Market Street. Hier wird mit französischer und italienischer Kochkunst ein Geschmacksfeuerwerk gezündet – zum Beispiel über Mesquite gegrillter Felsenbarsch mit Safranbuttersauce und unwiderstehliche Rindfleischscheiben von der Stemple Creek Ranch mit gegrilltem Piracicaba-Brokkoli.

In lockerer Atmosphäre zu Abend speisen kann man im LIHOLIHO YACHT CLUB. Er ist benannt nach den Pop-up-Partys, mit denen Chefkoch Ravi Kapur einst das Geld für seine Teilnahme an den Hobie-Katamaran-Rennen in Hawaii zusammenbrachte. Das Angebot des Kultrestaurants in der Sutter Street ist so bunt wie seine Kundschaft – nach hawaiianischen, indischen und chinesischen Tafelfreuden fühlt der Gast sich wie von Gott gesättigt. Experimentierfreudige können sich Schweinskopf oder das auf dem Menü dezent verschwiegene Gericht mit Frühstücksfleisch schmecken lassen. Für zaghaftere Gemüter gibt es Maine-Hummer und asiatische Küche. Die Gäste dürfen sogar ihre eigenen Getränke mitbringen. Dafür wird zwar ein Korkgeld erhoben, aber die Bring-Your-Own-Bottle-Fraktion ist herzlich willkommen. Ebenfalls fabelhaft speist man im CALIFORNIOS, das nach den ersten mexikanischen Einwanderern benannt ist. 2013 als Pop-up-Restaurant eröffnet, gingen seither die Gästezahlen steil nach oben. Es ist das erste Lokal in Nordamerika, das sich mit einem mexikanischen Degustationsmenü gleich zwei Michelin-Sterne verdiente. Chefkoch Val M. Cantu verzaubert mit gewagten Kreationen und saisonalen Zutaten aus regionaler Erzeugung. Ein dritter Tipp fürs Dinner in zwangloser Atmosphäre ist das FOREIGN CINEMA im Stadtviertel Mission. In seinem großen und hohen Speisesaal haben hundert Personen Platz. Die Hauptattraktion ist allerdings der Innenhof, in dem nach Sonnenuntergang für zwei Dutzend Gäste zum Abendessen der Film des Tages an die Wand geworfen wird. Im Foreign Cinema speist man auf hohem Niveau – zum Beispiel Five-Spice-Entenbrust mit knuspriger Haut. Die Highlights sind allerdings die Austernbar und die Kaviarauswahl.

Die ausgelassene Stimmung im NOPA lebt unter anderem von den einfachen, saisongerecht und mit Leidenschaft zubereiteten Gerichten. Das wöchentlich wechselnde Angebot richtet sich danach, was in der Region gerade erntereif ist. Die Speisekarte liest sich wie ein Gourmet-Liebesroman, in dem Early Girl Tomatoes auf Big Boys treffen und der warme Ziegenkäse nur so dahinschmilzt.

Zwanglosigkeit ist etwas Feines, aber sich fürs Dinner herauszuputzen, hat auch seinen Reiz. Wer in Krawatte-und-Jackett-Laune ist, wird vom THE BIG 4 entzückt sein. Das holzvertäfelte Interieur mit Lederbänken und historischen Fotos beschwört das goldene Zeitalter der Stadt. Benannt nach Collis P. Huntington, Charles Crocker, Leland Stanford und Mark Hopkins, den vier Eisenbahnmagnaten, die San Francisco gemeinsam zum industriellen Schwergewicht machten, ist das Restaurant ein fester Bestandteil des noblen Nob Hill. Auf den Tisch kommt originelle Steakhauskost mit einem Schuss kalifornischer Leichtigkeit. Savoir-vivre wie in einem Pariser Bistro bietet MONSIEUR BENJAMIN. Das Restaurant für Frankophile befindet sich in Hayes Valley unweit von Opernhaus, Ballett und Symphony Hall und serviert eine Auswahl an kleinen Gerichten und Hors-d'oeuvres wie Hummerbiskuit mit Pernod-Sahne. Die *Plats de résistance* wie geschmortes Kaninchen werden in einer geselligen Atmosphäre serviert, in der man gerne das eine oder andere Glas Côte de Brouilly leert.

Frische Salate zum Mitnehmen in der Tartine Manufactory.

Im Foreign Cinema wird Speise- und Filmgenuss verbunden.

Der Rainbow-Fußgängerüberweg zeigt direkt, wo man gelandet ist: in San Franciso's schwulem Stadtviertel Castro.

Die wohl berühmteste Schwulenbar in San Francisco neben dem West Coast ist das LOOKOUT in Castro. Vom namensgebenden Balkon schweift der Blick über die Market Street. Ein fabelhafter Ort zum Sehen und Gesehenwerden mit einem prall gefüllten Event-Kalender – beste DJs, Drag-Brunch, Karaoke-Party und vieles mehr. Eine andere Option ist das lärmend-lebenslustige TRICK DOG im Stadtviertel Mission. Es ist in einem originellen Fabrikgebäude mit hohen Decken untergebracht. Die regelmäßig wechselnde Speisekarte widmet sich immer einem bestimmten Thema und umfasst Craft-Cocktails und gehobene Bar-Snacks. In dieser Lokalität ist jeder gern gesehen: Hier gibt es Männer mit Bärten jeder Form und Größe ebenso wie Frauen mit allen erdenklichen Tattoos zu bewundern.

Wer schon immer ein Faible für Aschenputtel hatte, wird bereits beim Hereinkommen dem Charme der BAR AGRICOLE an der 11th Street in SoMa erliegen. Da die Bar um Mitternacht (werktags schon um 23 Uhr) schließt, sollte man rechtzeitig da sein, bevor jemand sein gläsernes Pantöffelchen verliert. Die Bar Agricole ist ökologisch auf der Höhe der Zeit, mixt ihre traditionellen Cocktails mit Spirituosen aus „Farmhouse Distilling" und serviert Weine und Speisen von biodynamischen Landwirten aus der Region.

Maskulin-urbanen Chic verströmt die Bar ABV im Stadtviertel Mission, die neben einer langen Cocktailkarte ausgewählte Biere, Weine und Cider-Varianten und damit gute Voraussetzungen bietet, um bei einem gepflegten Getränk mit aparten Unbekannten ins Gespräch zu kommen.

Wenn ein Lokal THE STUD heißt, weiß man, was einen erwartet. In San Francisco steht dieser Name für Killer-Cocktails am längsten Tresen in SoMa, Drag-Shows, Karaoke-Nächte und Community-Events. Die Bar ist nicht nur ein Schwulentreff. Sie ist eine Kultur für sich. Auf jeden Fall sollte der Gast Bargeld dabei haben – die Stud Bar verschmäht Plastik.
Die legendäre TWIN PEAKS TAVERN an der Ecke Market Street/Castro Street bietet neben einem herzlichen Empfang Cocktails, Bier vom Fass und eine reiche Auswahl offener Weine und ist auf jeden Fall einen Stopp wert.

PORT OF
SAN FRANCISCO

STOP

SHOPPEN

Das Menswear-Emporium MAAS & STACKS im Stadtteil Duboce Triangle führt alles, was in der Herrenmode Rang und Namen hat – von Craig Green bis Visvim, von Nonnative bis Stone Island. Es ist also der ideale Ort für einen neuen oder aufpolierten Look. Eine weitere Top-Adresse für Levi's-Fans wie für Monitaly-Anhänger ist UNIONMADE, ein Herrenausstatter für alle, die modisch nach vorne denken. San-Franciscso-Souvenirs zum Anziehen gibt es bei WELCOME STRANGER: echte Männermode von rauer Schönheit und mit raffinierten Details, zu 100 Prozent in Kalifornien kreiert und hergestellt.

Schönes Keramikgeschirr, Architekturfliesen in unverwechselbaren Glasuren und kultverdächtige Accessoires gibt es bei HEATH CERAMICS im Mission District. In dieser Schatzkammer finden passionierte Shopper vor allem Handgefertigtes. Herrlich schräg ist San Franciscos wohl originellster Kuriositätenladen LOVED TO DEATH, der Handspiegel mit Tintenfischtentakeln oder antike Teller mit Frankensteinkonterfei feilbietet. Und wer fände nicht Gefallen an einem guten Museumsshop? PARK LIFE produziert in Kooperation mit Künstlerinnen und Künstlern wie David Shrigley, Ray Geary und Evah Fan kleine Kunstwerke in limitierter Stückzahl – Bücher, Magazine und Grafik, T-Shirts und Design-Objekte.

Heath Ceramics bietet mit dem Heath Newsstand auch Design-, Mode-, Kultur- und Musikzeitschriften an.

Zweimal im Monat kann man sich in den Werkstätten von Heath Ceramics die Produktion zeigen lassen.

ENTDECKEN

In San Francisco – genauer gesagt: in Castro – ist das GLBT HISTORICAL SOCIETY MUSEUM zu Hause, das in Sachen LGBTQ-Alltagsgeschichte auch international eine führende Rolle spielt. Nach dem Besuch ist man geneigt, die Regenbogenfahne noch etwas höher zu hissen. Für weltläufige Fans von Armistead Maupin erweckt TOURS OF THE TALES dessen beliebte Stadtgeschichten mit Touren im PDF-Format zum Leben, die man sich aufs Smartphone lädt oder ausdruckt. So kann die Fantasie sich auf ganz neue Art und Weise entfalten.

Kunstliebhaber aufgepasst: PRECITA EYES MURALISTS zeigt bei speziellen Murals-Touren, wie durch Kunst etwas bewegt und die Gesellschaft zum Positiven verändert wird. Das MINNESOTA STREET PROJECT im geschichtsträchtigen Viertel Dogpatch unterstützt Galerien, Künstler und gemeinnützige Kunstprojekte, indem sie ihnen bezahlbare Räume zur Verfügung stellt. Die drei ehemaligen Lagergebäude, die der Kunstszene der Stadt ein Forum bieten, sollen auf lange Sicht zu einem Kunstort mit internationaler Strahlkraft ausgebaut werden. Alle Galerien, die an dem Projekt teilnehmen, sind öffentlich und kostenlos zugänglich. Im spartenübergreifenden YERBA BUENA CENTER FOR THE ARTS (YBCA) sind lokale, nationale und internationale Künstler sowie die bunte Kreativszene von San Francisco zu entdecken.

Das Minnesota Street Project beherbergt derzeit 13 Independent-Kunstgalerien.

Im September legt die BDSM- und Lederszene das Stachelhalsband um und strömt zum einschlägigen Straßenfest FOLSOM STREET FAIR. Unter die Party-Crowd mischen kann man sich auch bei der CASTRO STREET FAIR. Harvey Milk rief das LGBTQ-Festival, das meist am ersten Sonntag im Oktober stattfindet, in den 1970ern ins Leben, um schwule Gewerbetreibende und Kreative zusammenzubringen. Auch heute noch bieten

Im September strömt die BDSM- und Lederszene zum einschlägigen Straßenfest Folsom Street Fair.

verschiedene Erzeuger aus der LGBTQ-Szene hier ihre Waren an. Dazu gibt es Musik auf mehreren Bühnen. Wenn das Partyfieber wieder abklingt, sollte man die Kunstmesse STARTUP nicht verpassen, auf der Sammler und Interessierte nach den spannendsten Newcomern Ausschau halten.

Die Outfits bei der Folsom Street Fair geizen nicht mit Latex und Leder, Bodypaint und Piercings.

RAUSFAHREN

Idyllische Weinberge, Bauernmärkte, der Napa Valley Wine Train und gutes Essen findet der Tagesausflügler in NAPA, einem klassischen Urlaubsort im berühmtesten Weinanbaugebiet Nordkaliforniens. In der Silver Oak Winery, die 1972 auf einem Anwesen zwischen dem Silverado Trail und der Stadt Oakville gegründet wurde, stehen in einem eleganten Kalksteingebäude Weine zum Verkauf, die fast ein halbes Jahrhundert auf dem Buckel haben. Touren und Verkostungen gibt es nur nach Voranmeldung, aber Spontanbesucher sind jederzeit

Idyllische Weinberge, Bauernmärkte, der Napa Valley Wine Train und gutes Essen findet der Tagesausflügler in Napa.

willkommen. Ein paar Meilen weiter kann man sich in ST. HELENA an der Zinfandel Lane (schon die Adresse ist den Ausflug wert) bei Raymond einen Tag lang als Winzer betätigen. Am Ende bekommt man eine Flasche des selbstkreierten Cuvées mit nach Hause – inklusive persönlichen Etiketts. Cheers!

Weinprobe im Napa Valley: Einen besonders guten Ruf genießt der Cabernet Sauvignon, der hier gekeltert wird.

Im Napa Valley gibt es mehr als 400 Weingüter, die zu Verkostungen einladen.

25
Queens of the Castro

FOX

FLUCHTPUNKT SAN FRANCISCO

Josh Cheon

Schon beim ersten Besuch spürte Josh Cheon, DJ und Mitgründer von Dark Entries Records, eine magische Verbundenheit mit San Francisco. Sein Coming-out hatte der damals 25-Jährige aus New Jersey noch vor sich. „Eine Freundin, der ich mich anvertraute, sagte: ‚Du musst nach San Francisco.' Ich mietete mich für eine Woche in einem Hostel ein und war sofort begeistert." Er lernte die richtigen Leute kennen, ging zu den richtigen Partys und hörte die richtige Musik. „Und natürlich lernte ich einen Mann kennen. Es passte einfach alles. Einen Monat später zog ich her. Ohne Job, Wohnung und Freundeskreis, aber voller Lust auf Veränderung."

Die LGBTQ-Hochburg wirkte für Josh und viele seiner Freunde wie ein Magnet. „San Francisco ist ein rettendes Ufer", sagt Josh, „ein Zufluchtsort für alle, die aus ihrer kleinen Stadt und einer verklemmten Familie ausbrechen müssen". Wer anderswo an den Rand gedrängt wird, „kann hier unter vielen Gleichgesinnten leben, die alle aus denselben Gründen hier sind. Wir ticken anders als der Rest der USA und der Welt."

Nach dem Biologiestudium arbeitete Josh elf Jahre in der Forschung und legte in der Freizeit als DJ auf, bevor er 2018 die Musik zu seinem Hauptberuf machte. „Im Labor war meine Sexualität nie Thema." Wenn seine Kollegen ihn fragten: „Was machst du am Wochenende?", antwortete er: „Ich lege in einem Club auf". Dass in dem Club 700 Schwule tanzten, verriet er nicht. San Franciscos schwule Partyszene floriert wie eh und je. „Es gibt wahnsinnig viele Clubs – House, Techno, Disco – und eine riesige Circuit-Szene für EDM, Tech House."

Auch nach zwölf Jahren lässt die Begeisterung des inzwischen 37-Jährigen für San Francisco nicht nach. „Ich lebe gerne hier. Das Wetter ist toll, ich mag das Tempo dieser Stadt. Ich mache alle Wege mit dem Fahrrad. Dank der Mietpreisbremse habe ich eine bezahlbare Wohnung. Das ist ein Segen. Ansonsten könnte ich mir nicht leisten, hier zu wohnen." Josh lebt im Stadtteil Tenderloin: „immer schon das schäbige Viertel von San Francisco, und eigentlich das ursprüngliche schwule Viertel, in dem alle Bars waren, und die Stricher. Die Ursprünge der Pride liegen hier, nicht in Castro. Compton's Cafeteria war der erste Ort in den USA, an dem Transmenschen in den USA den Aufstand probten – noch vor Stonewall."

Tenderloin hat auch seine Schattenseiten. „Die Polizei behandelt dieses Viertel als

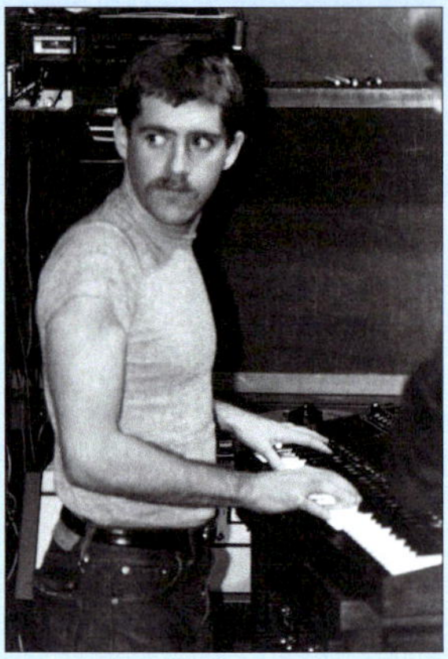

„Emanzipation, Freiheit, Abstürze – und immer wieder aufstehen.“

sogenannte Containment Zone, geht also nicht gegen Obdachlosigkeit, Zeltcamps und Drogenkonsum auf offener Straße vor. Das schreckt viele Außenstehende ab. Es ist krass, dass in einem so heruntergekommenen Viertel dermaßen hohe Mieten verlangt werden. Trotzdem wohne ich gerne hier. Tenderloin ist immerhin die am wenigsten gentrifizierte Gegend in San Francisco.“

Eine San-Francisco-typische Identifikationsfigur für Josh ist der Disco-Musiker und Komponist Patrick Cowley. Seine Gay-Porno-Soundtracks aus den 1980ern haben Josh und seine Kollegen bei ihren Labels Dark Entries Records und Honey Soundsystem Records herausgebracht. Den Erlös spendete Josh an die Gay Men's Sexual Health Alliance und die AIDS Housing Alliance. Überhaupt ist Josh ein begeisterter LGBTQ-Aktivist. Erst kürzlich stellte er eine Spendenaktion für eine Hotline für suizidgefährdete Transmenschen auf die Beine. Zu Patrick Cowley verspürt Josh aber auch eine Affinität jenseits der Musik – vielleicht, weil Cowleys Geschichte seiner eigenen ähnelt: 1971 stieg der 21-jährige Patrick frisch geoutet in Buffalo in den Bus und fuhr mit einem Koffer nach San Francisco.

Wie wäre es, wenn Josh mit einer Zeitmaschine in das für seine schwule Saunakultur und die Glory-Hole-Bars bekannte San Francisco reisen könnte, in das Patrick damals kam? Eine solche Zeitreise hat Josh schon angetreten: „Ich will Patricks Sextagebücher veröffentlichen. Er hat sein Sexleben Tag für Tag minutiös und in allen Details festgehalten. Die Tagebücher sind eine Offenbarung und lassen dieses spannende Kapitel in der Geschichte des schwulen San Francisco aufleben.“ Mit den Schlagwörtern, mit denen Josh das Leben des Musikers zusammenfasst, könnte man auch ihn selbst und San Francisco insgesamt charakterisieren: „Emanzipation, Freiheit, Übermut, Risikofreude, Abstürze, Herzschmerz – und immer wieder aufstehen.“

Maricón

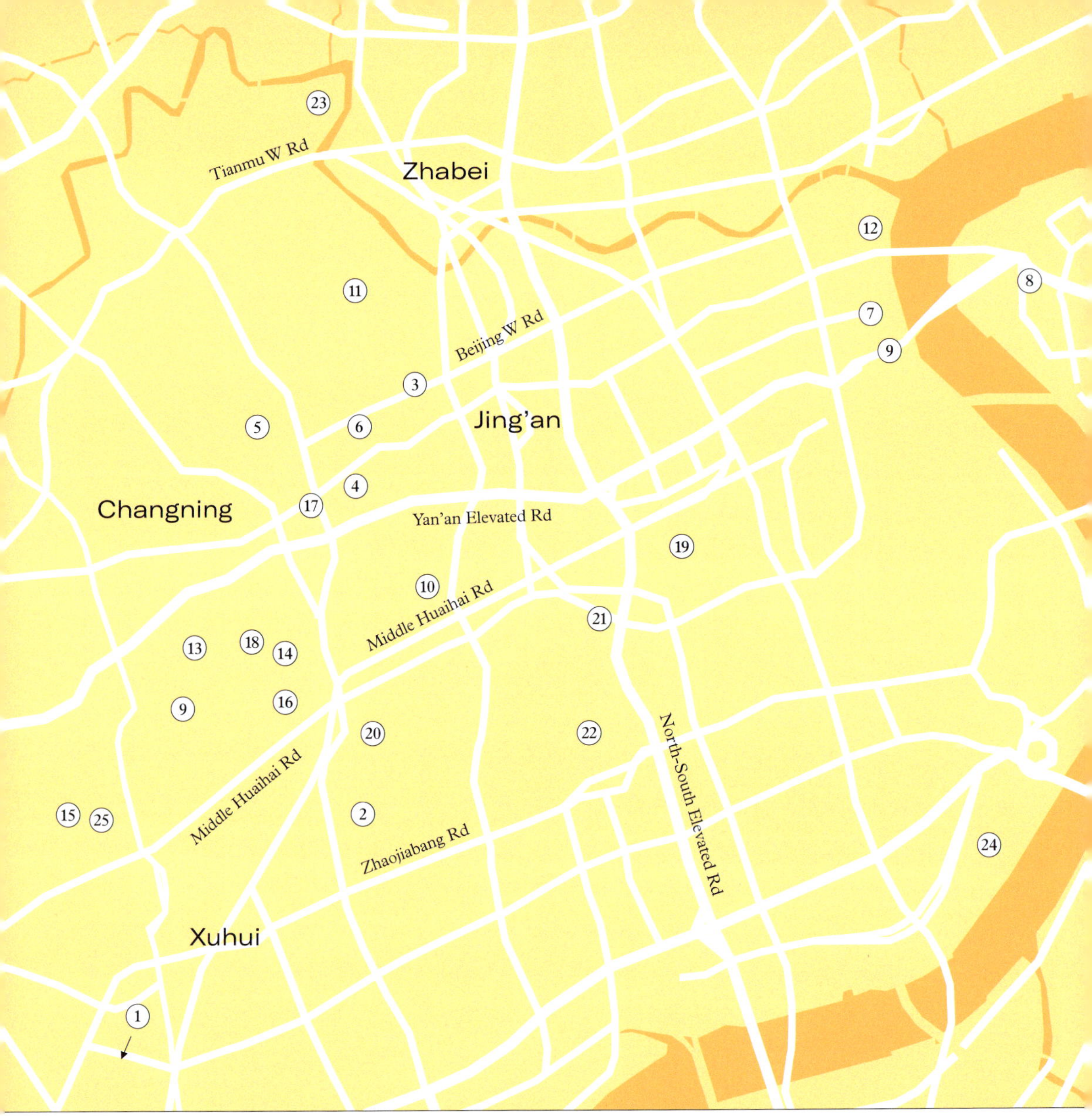

LOGIEREN

1 Amanyangyun
2 Capella Hotel
3 The Drama Hotel
4 The PuLi Hotel and Spa
5 URBN

GENIEẞEN

6 Din Tai Fung
7 Grand Brasserie at Waldorf Astoria Shanghai on the Bund
8 Jin Xuan in The Ritz-Carlton, Pudong
9 Lost Heaven
10 Moka Bros
11 The Commune Social
12 Ultraviolet by Paul Pairet
13 Zee Tea

MITFEIERN

14 Happiness 42
15 Lucca 390
16 Lychee

SHOPPEN

17 Brut Cake
18 Culture Matters
19 Little B
20 Project Aegis Co.
21 Sinan Books
22 Xingmu Handicraft

ENTDECKEN

23 M50
24 Power Station of Art
25 Propaganda Poster Art Centre

SHANGHAI

Super-Luxus à la Fernost

Die New Yorker Schriftstellerin und Journalistin Patricia Marx brachte es auf den Punkt: „Mag sein, dass New York niemals schläft, aber Shanghai setzt sich noch nicht einmal hin.“ Die Metropole ist eine berauschende Mischung aus uralter Kultur und Futurismus. Sie ist geordnet und chaotisch zugleich und hat sich ihren Spitzenplatz im Fernweh-Ranking redlich verdient.

Das Verhältnis zwischen Shanghai und der LGBTQ-Community ist vielschichtig. Als auf der Seidenstraße vermehrt Fremde durch China reisten, entwickelte sich Shanghai zu einer florierenden, weltoffenen Hafenstadt. Die frühesten Beispiele schwuler Pornografie und erste Hinweise auf männliche Prostitution sowie die ältesten Schriften, in denen von gleichgeschlechtlichen Beziehungen die Rede ist, sind aus der Tang-Dynastie (618 bis 907) überliefert. Homosexualität war damals weithin akzeptiert, durfte aber nicht dazu führen, dass die Männer keine Frau ehelichten, um Nachwuchs mit ihr zu zeugen. Erst Kaiser Qianlong ließ in Shanghai gleichgeschlechtliche Beziehungen außerhalb von Bordellen verbieten, obwohl er selbst in ein männliches Mitglied seiner Ehrengarde vernarrt war. Es wäre interessant zu wissen, was in den Bordellen erlaubt war, aber wir wollen nicht abschweifen ...

Heute kämpft eine neue Generation von LGBTQ-Aktivisten gegen die rigide Sexualmoral in China an. Es gibt zwar Toleranz gegenüber Homosexuellen, aber von Gleichberechtigung kann keine Rede sein.
Als Tourist nach Shanghai zu reisen, ist trotzdem ethisch absolut vertretbar und sogar sinnvoll – jeder Besucher dieser Stadt leistet wertvolle Unterstützung für die Gay-Community, die sich für ihre Rechte starkmacht, und hilft einheimischen LGBTQ-Unternehmen.

Das China verrückt nach Luxus ist, zeigt sich deutlich am Glanz der Shanghaier Edelhotellerie. Ein Paradebeispiel ist das PULI HOTEL AND SPA. Ein Ort der Erholung mitten in der Stadt – mit Butler-Service, Sterne-Restaurant, edlen Fitnessanlagen und beheiztem Infinity-Pool. Am unwiderstehlichsten sind allerdings die luxuriösen Zimmer und Suiten. In der riesigen Jing'An Suite, den Deluxe-King-Zimmern und allen Zwischenkategorien genießt man erstklassigen Service in einem minimalistischen Ambiente. Für den club-ähnlichen Service mit Frühstück, Aperitif auf dem Zimmer, Wasch- und Bügelservice, High Tea und gehobenem Badezimmerstandard bedankt der Gast sich gern mit einem „Xièxie!". Das nicht minder edle CAPELLA HOTEL hat sich ästhetisch von Chinas alten Zeiten inspirieren lassen. Die Gäste wohnen in für Shanghai typischen Shikumen-Häusern mit französischem Touch. Das Dinner im hoteleigenen Sterne-Restaurant Le Comptoir de Pierre Gagnaire ist eine wunderbare Entdeckungsreise in die kreative Welt der namensgebenden französischen Küchenlegende. Auf jeden Fall sollte man einen Tag im Auriga Spa einplanen. Das verdankt seinen Namen dem Sternbild, zu dem Capella gehört. Hier kann man sich mit traditionellen Behandlungen und organischen Ingredienzen aus der Natur verwöhnen lassen.

Zentral, da nur 20 Minuten Fußweg von Shanghais Stadtmitte entfernt, liegt das THE DRAMA. In dem kleinen Boutiquehotel können die Gäste sich dank Elektrogeräten im Zimmer selbst versorgen. Auf Luxus braucht trotzdem niemand zu verzichten. Die Zimmer sind serienmäßig mit einem eigenem Balkon ausgestattet. Eine zukunftsweisende Alternative ist das für sein Design ausgezeichnete Boutiquehotel URBN, das großen Wert auf Nachhaltigkeit legt. Beim Bau dieses ersten CO_2-neutralen Hotels in China wurden Recyclingmaterialien verwendet und auch sonst wird Ökologie hier großgeschrieben. Obendrein ist das umgebaute Fabrikgebäude in Jing'An nur einen Spaziergang entfernt von Shanghais „Französischem Viertel", der lebendigsten Gayborhood der Stadt.

Verführerisches Styling und gedimmte Beleuchtung sind Programm im Drama Hotel im Viertel The Bund.

Im PuLi Hotel können die Gäste am mosaikgefliesten Pool entspannen, schwimmen oder in den Park hinausschauen.

Das AMANYANGYUN ist ein besonderes Schmuckstück unter den asiatischen Luxusherbergen der Hotelkette Aman. Es besteht aus historischen Wohngebäuden der Ming- und Qing-Zeit, die in der Provinz Jiangxi vor dem Verfall gerettet, zerlegt und über viele Hunderte Kilometer Stein für Stein hierher transportiert wurden. Der Gast hat die Wahl zwischen sogenannten Ming Courtyard Suites und Einzelhäusern mit eigenem Innenhof – allesamt handgefertigt aus Holz, Stein und Bambus. Das Herzstück der Anlage ist das Nan Shu Fang. Diese moderne Nachbildung eines Gelehrtenhauses aus dem 17. Jahrhundert ist nach dem königlichen Lesepavillon in der Verbotenen Stadt benannt und wird für künstlerische und wissenschaftliche Aktivitäten genutzt. Bei der Ankunft ist jeder Gast eingeladen, dem Kaiserbaum am Hoteleingang mit einer kleinen Wassergabe seine Ehre zu erweisen – eine aufmerksame, traditionsbewusste Geste, die auch in die Zukunft weist und aller Voraussicht nach der Auftakt zu einem unvergesslichen Reiseerlebnis ist.

祥记 菜馆

Traditionell chinesisch in den Tag starten kann man bei ZEE TEA. In einem wie für Instagram geschaffenen Ambiente werden hier kalt angesetzter Oolong-Tee, diverse heiße Tees und süße Stückchen serviert, die wie Edelsteine dargeboten werden. Unkompliziert und erschwinglich zu Mittag essen kann man im MOKA BROS, das beweist, wie gesund und lecker Fastfood mit frischen Zutaten sein kann. Dank des coolen Interieurs – einer Mischung aus Anime und Pop-Art – kommt auch das Auge auf seine Kosten. Wer nach allen Regeln der Kunst schlemmen will, erhält in der GRAND BRASSERIE im Waldorf Astoria Shanghai on the Bund das beste Brunch in der Stadt.

Wer nach Shanghai fährt, sollte mindestens einmal wie ein Einheimischer speisen. Dafür ist das DIN TAI FUNG an der Nanjing West Road mit seiner spektakulären taiwanesischen Kochkunst die ideale Adresse. Das wohl beste Teigtaschen-Restaurant Asiens begann als kleine Imbissstube. Heute werden aus der offenen Küche am laufenden Band Spezialitäten wie Nudeln mit geschmortem Rindfleisch, Xiaolongbao (mit Schweinefleisch gefüllte Teigtaschen), Schweinerippchen, in rotem Öl gebratene Garnelen, Teigtaschen mit Schwammgurke und Shrimps oder mit Trüffel herausgereicht. Da es im Din Tai Fung eher entspannt zugeht, darf der hungrige Gast in legerer Kleidung erscheinen. Ein anspruchsvollerer Dresscode gilt im LOST HEAVEN. Es hat sich auf die rustikale Küche der Provinz Yunnan spezialisiert und ist die perfekte Kulisse für ein Date: exotische Speisen, farbenprächtiges Kerzenschein-Ambiente und Lamm-Samosas wie in Myanmar, Schweinefleisch oder Hähnchen mit Chili wie beim Volk der Dai oder Rindfleisch wie in Lijiang.

Ein weiteres Highlight der Shanghaier Gastronomie ist THE COMMUNE SOCIAL. Wer das Little Social in London kennt und liebt, wird sich in dieser familiären Tapas-, Dessert- und Cocktailbar an der Jiangning Road im Bezirk Jing'An rasch zu Hause fühlen. Der neueste Coup von Meisterkoch Jason Atherton nimmt generell keine Reservierungen an – ideale Voraussetzungen für den spontanen Reisenden. Hier wird jede Mahlzeit zu einer kleinen Wanderung: Einen ersten Drink nimmt man im Hof oder auf der Terrasse, die Tapas aber am Tresen der offenen Küche zu sich. Dann geht es weiter zur Dessert-Bar. Die letzte Station ist schließlich die Cocktail-Theke. The Commune Social ist ein weiteres gelungenes Experiment von Atherton, der die Social-Restaurants erfunden hat und vielen als innovativster Cuisinier seit Jahrzehnten gilt. Hervorragend speist man auch im vornehmen JIN XUAN im Ritz-Carlton Pudong. Nicht nur die Lage des Restaurants in der 53. Etage mit 360-Grad-Blick auf den Pearl Tower ist Spitze, sondern auch die Qualität der regional geprägten Kochkunst. Elegant, gediegen und kreativ – das Jin Xuan bewegt sich im buchstäblichen und übertragenen Sinn auf höchstem Niveau.

Nicht fehlen darf in der Empfehlungsliste das viel gerühmte ULTRAVIOLET von Cuisinier Paul Pairet. In Frankreich geboren und ausgebildet, ließ Pairet sich nach Stationen in Hongkong, Sydney und Jakarta in Shanghai nieder, um seinen weltweit bestaunten „französisch-unfranzösischen" Stil zur Perfektion zu entwickeln. Der Gourmet-Tempel wurde zweimal hintereinander mit drei Michelin-Sternen geehrt und erinnert an Paco Ronceros „Sublimotion" auf Ibiza. Das 20-gängige Degustationsmenü ist eine raffinierte Reise durch die Welt des Geschmackssinns. Dieses unvergessliche Dinner-Erlebnis sollte man frühzeitig buchen – das Ultraviolet wartet auf keinen Mann.

Moka Bros beweist, dass Fast Food auch vegan und gesundheitsbewusst sein kann.

The Commune Social ist Cocktail-Bar, Tapas-Restaurant und Dessert-Bar.

Fischblasensuppe – eine Spezialität des Edelrestaurants Jin Xuan.

In Shanghai hat jedes Stadtviertel seinen eigenen Charme, aber für Schwule am spannendsten ist das „Französische Viertel" French Concession. In den engen, begrünten Straßen des LGBTQ-Hotspots gibt es Boutiquen, Weinlokale, Cafés, Teehäuser und so viele Restaurants wie Dim-Sum-Varianten. Für Chinas Gay-Community ist French Concession das, was für die USA San Francisco ist.

Shanghais aufregende Schwulenbar Lucca organisiert verschiedenste LGBTQ-Events und verteilt sich auf zwei Etagen ... Am Donnerstag arbeiten die Barkeeper oben ohne und die Freitage und Samstage sind den ausgelassensten Themenpartys in China vorbehalten.

Das Epizentrum des sogenannten Gay Triangle in French Concession ist das LUCCA 390 in der Panyu Road. Shanghais wohl aufregendste Schwulenbar verteilt sich auf zwei Etagen: unten Bar und Dancefloor und oben DJ-Pult und intimere Bereiche. Von Sonntag bis Dienstag steigen verschiedenste LGBTQ-Events; mittwochs gibt es zu jedem Burger einen gratis dazu. Am Donnerstag arbeiten die Barkeeper oben ohne und die Freitage und Samstage sind den ausgelassensten Themenpartys in China vorbehalten.

Eine Schwulenbar der besonderen Art ist auch das schicke HAPPINESS 42, dessen vergnügte Atmosphäre seinem Namen alle Ehre macht. Am ringförmigen Tresen – sehr praktisch für dezente oder weniger dezente Blickkontakte von Weitem – mischen sich, in erotisches Rotlicht getaucht, Einheimische und Touristen. Besonders zu empfehlen sind der Open-Mike-Abend am Donnerstag und die Dance Partys am Freitag und Samstag. Die dritte dringend empfohlene Bar in Shanghai heißt LYCHEE. Als Inspirationsquelle diente hier Yang Guifei, eine betörende Konkubine des Tang-Kaisers Xuanzong mit einer Schwäche u.a. für Wein und Lychees. Die dreigeschossige Bar an der Fuxing West Road ist eine erstklassige LGBTQ-Bar zum Sehen und Gesehenwerden, bekannt für spektakuläre Cocktails und das edle Ambiente.

Der Speiseraum der Lychee Lounge ist wie eine Seidenstickerei in zarte Farben getaucht.

Im Erdgeschoss der Lychee Lounge ist die gut ausgestattete Bar-Insel das Zentrum des Geschehens.

SHOPPEN

Ein Städtetrip verlangt den Füßen allerhand ab. Das spricht dafür, sich erst einmal bei CULTURE MATTERS ein Paar Feiyue-Sneaker zu besorgen. Alle Tai-Chi-Sportler, die 2008 bei der Eröffnung der Olympischen Spiele in Peking auftraten, trugen Schuhe des 100-jährigen Traditionsherstellers, der seinen Ursprung in Shanghai hat. Als nächstes empfiehlt sich der Herrenmode-Spezialist PROJECT AEGIS CO. in French Concession mit einer hochwertigen und stylischen Auswahl an Bekleidung, Schuhwerk und Accessoires.

Ohne die eine oder andere Kostprobe Shanghaier Handwerkskunst im Gepäck nach Hause zu kommen, wäre verfehlt. Schon deswegen lohnt ein Besuch in Tianzifang. An den Wochenenden tummeln sich Tausende in den Cafés, Bistros und zahllosen Geschäften, in denen alle erdenklichen Souvenirs angeboten werden.

Im winzigen Laden XINGMU HANDICRAFT gibt es in Leder gebundene Notizblöcke in allen Formen und Größen. Bibliophile werden in der wunderschönen Buchhandlung SINAN BOOKS auf drei Etagen ihre Freude haben. Sehenswert ist vor allem die Raritätenausstellung in der dritten Etage.

Das höchst elegante LITTLE B im Stadtviertel Xintiandi wirkt wie eine futuristische Galerie. Einst der Megastar unter Shanghais Pop-up-Stores, residiert es jetzt dauerhaft in einem historischen Shikumen-Haus und lockt mit coolen Lifestyle-Accessoires und ausgefallenen Mitbringseln. Ein würdiger Abschluss jeder Shoppingtour sind die mit Witz und Herz kreierten Home-Artikel von BRUT CAKE.

Sinan Books wirkt wie eine riesengroße Privatbibliothek, in der jede Abteilung anders gestaltet ist.

ENTDECKEN

Ein Shanghai-Besuch ist die perfekte Gelegenheit, die Vorzüge des TAI CHI für sich zu entdecken. Was einst der Selbstverteidigung diente, ist heute eine graziöse Kunst der „Meditation in der Bewegung". Dem Tai Chi – oder Schattenboxen – wird nachgesagt, es sorge für einen ruhigen Schlaf, stärke das Immunsystem, kräftige den Körper, baue Stress und Gelenkschmerzen ab und verbessere das Gesamtbefinden. Tai-Chi wird jeden Morgen in vielen, wenn nicht allen Parks in Shanghai praktiziert. Erfahrene können direkt mitmachen: Für Neulinge gibt es überall in der Stadt Workshops und Kurse.

In Shanghai sieht man vielerorts Menschen unter freiem Himmel ihre Tai-Chi-Übungen machen.

Eher geistige Anregungen bekommt man im PROPAGANDA POSTER ART CENTER in French Concession. Im Untergeschoss eines Wohnhauses in der Huashan Road wird kommunistische Plakatkunst aus der Mao-Ära ausgestellt – ein eindrucksvoller Rückblick auf das China des 20. Jahrhunderts. Im ehemaligen Kraftwerk Nanshi präsentiert die POWER STATION OF ART zeitgenössische Kunst. Zuletzt wurde hier die viel beachtete Ausstellung und Gesprächsreihe „The Life and Opinions of David Shrigley" gezeigt. Ebenfalls ein Muss für Kunstfreunde ist der Kunstbezirk M50 an der Moganshan Road Nr. 50. M50 ist Shanghais Antwort auf New Yorks Künstlerviertel SoHo und Arbeitsstätte für über einhundert Künstler, die hier in öffentlich zugänglichen Ateliers tätig sind. Schwule Shanghai-Besucher werden am CINEMQ Gefallen finden, das sich selbst als „unkultiviert-queeres Untergrundkollektiv" bezeichnet und sich verschiedenen Medienformaten von Kurzfilm über Visuals bis Musik widmet. Einmal im Monat werden „obszöne und grandiose" Filmkunstwerke aus aller Welt gefeiert.

Das 2016 gegründete SNAP! nennt sich selbst „Lifestyle-Kollektiv" und stellt ein vielfältiges Veranstaltungsprogramm für die LGBTQ-Szene auf die Beine, das von Themenpartys über Community-Märkte bis zu Fitness- und Networkingangeboten reicht. LGBTQ-Höhepunkt des Jahres ist die SHANGHAI PRIDE, die 2009 zum ersten Mal stattfand. Inzwischen dauert das Pride-Programm von März bis Juni und umfasst zahlreiche Workshops, Veranstaltungen und Festivals. Das ANGEL beschert der Shanghaier LGBTQ-Szene die größten Dance-Partys in ganz China – den aktuellen Partyplan gibt es auf Facebook.

Wer in China diese und andere Veranstaltungen finden und soziale Medien nutzen will, sollte sich vor der Anreise auf jeden Fall ein Virtual Private Network (VPN) herunterladen. Wegen der Internetzensur in China kann man ohne VPN auf soziale Medien und Online-Suchmaschinen nur schwer oder gar nicht zugreifen. Wer in der Öffentlichkeit seine Zuneigung zeigt, wird schief angesehen. Das hindert aber niemanden daran, mit seiner Lieblings-App enge Kontakte zu Einheimischen anzubahnen.

Musik, Film und Kunst spielen eine wesentliche Rolle bei der Shanghai Pride, dem größten Pride-Event in China.

RAUSFAHREN

Ein lohnendes Ziel für einen Tagesausflug ist HANGZHOU, die Hauptstadt der Provinz Zhejiang. Die Gegend um Hangzhou, das am südwestlichen Ende des Kaiserkanals liegt, und der Westsee waren schon im 9. Jahrhundert sehr beliebt. Sie locken mit Inseln, die nur per Boot zu erreichen sind, beeindruckenden Tempeln, Pavillons, geschwungenen Brücken und zahllosen Gärten. Besonders sehenswert sind die Sonnenaufgangsterrasse, das Drachenbrunnentee-Dorf Longjing und die Insel Xiaoying.

Auf dem Westsee bei Hangzhou verkehren Touristenboote im Pagodenstil.

Der von Tempeln und Pagoden gesäumte Westsee war eine Inspirationsquelle für Landschaftsgärtner.

囍
福

老城隍庙

豫园民间手工艺现场展演
THE SHOW OF SPECIAL SKILL BY YUYUAN FOLK CRAFTSME
坊间印象
FOLK HANDICRAFTS
艺术剪影
龙凤书法
皮影艺术

QUEERE FILM- UND VIDEOKULTUR IN SHANGHAI

CINEMQ

„Wie New York, nur bezahlbar. Und mit einer spannenden Queer-Szene." So beschreiben Matthew Barren und Will Dai ihren derzeitigen Lebensmittelpunkt Shanghai, Chinas größte Metropole. „Jugendlichkeit und Kreativität werden hier großgeschrieben", berichtet das Freundespaar. „Die Community empfängt jeden mit offenen Armen. Man findet schnell Leute mit derselben Wellenlänge."

Matthew und Will arbeiten bei CINEMQ mit, einem Untergrund-Kollektiv, das sich der queeren Film- und Videokultur in China und Ostasien widmet. Ihre Mitstreiter kommen aus verschiedenen Kreativbranchen: „Queers, Club-Kids, Filmemacher, Programmierer, Designer, DJs, Drag-Fans und Disko-Freaks". Vor allem in zentral gelegenen Vierteln Xuhui, Changning und Jing'an zeigt Shanghai, was es zu bieten hat. „In dieser Stadt gibt es jede Menge Luxus-Shoppingmalls, aber auch viele originelle Einzelgeschäfte", schwärmen die beiden Freunde. „Die Gastronomie ist erstklassig und extrem vielseitig."

„Die Mitglieder des Kollektivs trafen sich auf den Dancefloors der Clubs und in schummrigen, lederumhüllten Ecken", erzählen die beiden. „Wir stehen auf Pseudo-Dekadenz und Trash-Ästhetik im Geist der New Yorker Ballroom-Kultur, auf radikale Queer-Kultur, Avantgarde-Kino und Techno-Spinnereien. Unser Credo lautet: Liebe und Konfrontation."

Gleichgeschlechtlicher Sex ist in China seit 1997 nicht mehr gesetzlich verboten, aber die LGBTQ-Community hat es nach wie vor nicht leicht. Viele sind entsprechend überrascht, dass es in Shanghai eine so lebendige queere Szene gibt. „Politisch ist Shanghai eine Welt für sich", erklären Matthew und Will. „Queere Locations, Organisationen und Aktivisten sind den Behörden hier weniger ein Dorn im Auge als etwa in Guangzhou oder Peking."

Was sich in den letzten zehn Jahren in der LGBTQ-Community getan hat, wird am alljährlichen Filmfestival im Rahmen der ShanghaiPRIDE deutlich. „Es ist für ganz China zu einem Symbol geworden und zeigt, dass man seine geschlechtliche und sexuelle Identität offen und selbstbewusst leben kann." Aber ständig neue Vorschriften und vor allem die Internetzensur bremsen die Entfaltung der queeren

„Eine spannende Queer-Szene… Die Community empfängt jeden mit offenen Armen."

Community. „Im Namen eines ‚harmonischeren Stadtbilds' wurden im Rahmen der ‚Stadtsanierung' etliche queerfreundliche Locations und Treffpunkte dichtgemacht. Die Zeiten sind schwierig, aber bisher hat die Community sich immer wieder erholt."

Junge LGBTQ-Menschen gehen lieber in Underground-Bars und -Clubs, die für Diversity offen sind, als in ausgewiesene LGBTQ-Treffs. „In Shanghai ist Queerness fest in der Jugendkultur verwurzelt", stellen Matthew und Will fest. „Die Grenzen zwischen den Subkulturen sind fließend. Gender und Sexualität werden munter erforscht und modisch, musikalisch und künstlerisch immer wieder dekonstruiert." Und ebenso wie anderswo gibt es in Shanghai auch abseits der Nightlife-Szene „ein blühendes Sexleben mit Saunen, Cruising-Parks und Sexarbeitern. Die vielleicht verwegenste Location ist die Lai Lai Dancehall. Hier tanzen verheiratete Männer mittleren Alters miteinander, die sich für einen Abend von ihren Gattinnen davongestohlen haben."

Die Metropolregion Shanghai mit ihren fast 38 Millionen Einwohnern wächst pausenlos, entwickelt sich weiter und wird immer spannender. „Diese Stadt steht niemals still", sagen Matthew und Will, „und entfaltet eine Dynamik, der sich niemand entziehen kann. Die koloniale Vergangenheit wirkt heute noch nach und sorgt für manche Kontroverse, aber die Stadt wird immer weltoffener und internationaler. Mit seiner Skyline, die wie ein Architekturexperiment aus einem Tarkowski-Film wirkt, wird Shanghai eines nicht allzu fernen Tages unter dem ansteigenden Meeresspiegel verschwinden, aber vielleicht ist es das, was diese Stadt antreibt: das stetige Bemühen, sich gegen den eigenen Fatalismus zu behaupten."

LOGIEREN

1. At Six
2. Downtown Camper by Scandic
3. Ett Hem
4. Hotel Skeppsholmen
5. Lydmar Hotel

GENIEßEN

6. Johan & Nyström
7. Oaxen Krog & Slip
8. Taverna Brillo
9. Teatern
10. Tyge & Sessil
11. Urban Deli
12. Woodstockholm

MITFEIERN

13. Fasching
14. Folii
15. Guldbaren (Nobis Hotel)
16. Patricia
17. Side Track

SHOPPEN

18. Brandstationen
19. Grandpa
20. L:a Bruket
21. Snickarbacken 7
22. Sandqvist
23. Svenskt Tenn

ENTDECKEN

24. ABBA The Museum
25. Färgfabriken
26. Fotografiska
27. Spritmuseum

STOCKHOLM

Modisch-minimalistischer Frohsinn

Stockholm steht bei allem zeitlosen Charme fest im Hier und Jetzt und präsentiert sich hochmodern und durchgestylt. Seine attraktive Lage auf verschiedenen Inseln, die mit Brücken verbunden sind, ist ein wunderbares Geschenk der Natur. Während in der Altstadt Gamla Stan und am Königlichen Schloss Märchenstimmung aufkommt, weisen das coole Szeneviertel Södermalm, die ultramoderne Museumslandschaft und die innovative Designkultur klar in die Zukunft. In Kombination mit einer gastlichen Café-Kultur und einer dynamischen Food-Szene ergibt das Ganze einen wunderbaren Mix, der jedem etwas bietet.

In Sachen LGBTQ-Rechte gilt Schweden seit Langem als eines der fortschrittlichsten Länder Europas. Die gleichgeschlechtliche Liebe wurde 1944 entkriminalisiert. 1972 ermöglichte Schweden als erstes Land der Welt nach einer operativen Geschlechtsumwandlung auch die juristische Geschlechtsänderung. In jüngster Zeit wurden die Rechte homosexueller Familien massiv verbessert. Die Homo-Ehe wurde legalisiert und schwule Paare dürfen inzwischen Kinder adoptieren.

Stockholm hat kein richtiges Schwulenviertel, aber die LGBTQ-Community wird aktiv unterstützt und ist in der ganzen Stadt präsent – mit Veranstaltungen, Clubs, Aktivitäten, Bars und Geschäften, die stolz die Regenbogenflagge wehen lassen.

Wo einst König Karl XII. seine Soldaten einquartierte, befindet sich heute Schwedens erstes Öko-Hotel SKEPPSHOLMEN. Es heißt genauso wie die ruhige und baumreiche Insel, auf der es steht, und bietet einen sensationellen Blick übers Wasser auf einige der Sehenswürdigkeiten der Stadt. Hinter der historischen Fassade verbirgt sich ein modernes Innenleben. Verschiedene Holzarten, Wände und Mobiliar in neutralen Farben und eine Schwarzweiß-Fotokollektion bestimmen das Bild. Im denkmalgeschützten Hotel, das nur wenige Minuten vom Moderna Museet entfernt ist und Alt und Neu munter kombiniert, hat man in jedem Zimmer die Wahl zwischen Garten- und Uferblick. Das ETT HEM liegt nördlich des Zentrums im schicken Östermalm. Im eleganten Altbau residierte früher ein Regierungsbeamter. Das Interieur in erdigen Farbtönen schafft eine Wohlfühlatmosphäre auf zwei Etagen – unten mit Salon, Bibliothek und Wintergarten und oben mit Gartenbereich und diversen Gästezimmern, die mit erlesenen Antiquitäten eingerichtet sind.

Zentraler liegt das LYDMAR HOTEL mit einem beneidenswert schönen Blick zum Königlichen Schloss. Es ist die richtige Adresse für Stilbewusste mit Hang zum Luxus. Die Innenräume – Satin-Sofas, Antik-Leder und helle Brauntöne – entfalten den dekadenten Charme der Bourgeoisie, der durch skandinavische Zurückhaltung abgemildert wird. Die Zimmer sind im Verhältnis dazu relativ klein, aber einladend und komfortabel. Die Küche des hoteleigenen Nobelrestaurants ist französisch inspiriert und im Sommer kann man seinen Cocktail auf dem Patio genießen. Der wahre Hotspot ist die gartenartige Terrasse im ersten Stock, die auch für Livekonzerte und DJ-Auftritte genutzt wird.

Die geschmackvollen Zimmer und Suiten im Hotel Ett Hem sind in nordischen Erdtönen gehalten.

Die Gemeinschaftsräume im Ett Hem sind geräumig und gemütlich mit luxuriösen Möbeln eingerichtet.

Das DOWNTOWN CAMPER BY SCANDIC am inzwischen aufpolierten Brunkebergstorg nimmt das jüngere Publikum ins Visier und bietet alles, was Millennials schätzen – Hängematte, Workspaces, Moodboard-Ästhetik, Spielmöglichkeiten und Schaukelstühle. Die vielen verspielten Extras vertragen sich gut mit der erstaunlich großzügigen Grundatmosphäre. Die Zimmer reichen vom fensterlosen Unterschlupf bis zur Suite. In allen Räumen kommt gemütliche Camper-Stimmung auf. Zu den Annehmlichkeiten gehören der Wellnessbereich auf der Dachterrasse mit einer Sauna in Vogelnestform und einer Cocktaillounge. Man kann auch allerlei mieten – vom Kajak über Fahrräder bis zur wetterfesten Kleidung. Unweit entfernt wurde ein ehemaliges Bankgebäude in das ultramoderne Lifestyle-Hotel AT SIX umgewandelt. Die Zimmer sind unspektakulär, aber luxuriös ausgestattet mit Marmortischplatten, Parkett und Körperpflegemitteln der Bio-Marke Gerd aus Lappland. Der zentrale Hingucker ist die Lobby in dunklem Granit und Stahl mit einer großen Männerkopfskulptur am Treppenaufgang, die die Blicke auf sich zieht. Das Angebot an Speis und Trank reicht von der vietnamesisch beeinflussten Küche über Cocktail-Bowls bis zu den Weinen, die in der Kellerbar kredenzt werden. Für Stockholm eine Premiere ist die Akustik des Loungebereichs, die eigens für internationale DJ- und Musik-Events optimiert wurde.

Seine attraktive Lage auf verschiedenen Inseln, die mit Brücken verbunden sind, ist ein wunderbares Geschenk der Natur.

Jahrhundertelang war die schwedische Küche auf das angewiesen, was die Heimat hergab – vor allem Fisch, Wild, Kartoffeln und Milchprodukte. Dank kulinarischer Einflüsse aus anderen Ländern – vor allem aus den Cuisine-Imperien Asien und Frankreich – wird heute manche Kochtradition trendbewusst umgekrempelt.

Im TEATERN ist gastronomische Vielfalt oberstes Gebot. Sie reicht in diesem originellen Food Court mit 250 Sitzplätzen von urbanen Snacks bis zur gehobenen Küche. Besonders verlockend ist der K-Märkt, wo der Konditor Daniel Roos Backwaren für „Königinnen" zaubert, wenn er nicht gerade das Festbankett für eine Nobelpreisverleihung versüßt. Leichtere Kost gibt es in Schwedens erstem rein veganen Bio-Fastfood-Lokal, das sich The Plant – Food That Works nennt. Die ambitionierten Inhaber von WOODSTOCKHOLM sind auch als Möbelbauer erfolgreich und lassen ihren kunstvollen Umgang mit dem Werkstoff Holz auch in ihrem Bistro spielen. Mit selbstgebauten Holzhockern, aber auch mit den Origami-artigen Lampen haben sie einen heiteren Speiseraum geschaffen. Damit keine Langeweile aufkommt, verpassen sie ihren Themenmenüs abgedrehte Namen wie „Scorsese's Mother's Pasta" und „Liz Taylor's Veggie Diet". Für das OAXEN KROG & SLIP auf der Insel Djurgården bedeutet Nachhaltigkeit nicht nur Kochen mit regionalen Produkten, sondern auch langlebiges Öko-Mobiliar, Geothermie-Heizung und konsequentes Abfallrecycling. Hier wird das Essen und Trinken zu einem ganzheitlichen Erlebnis, bei dem jedes kleinste Detail sorgfältig bedacht wird.

Für Gäste, die beim Speisen auf eine ansprechende Kulisse Wert legen, sind alle drei Filialen des URBAN DELI geeignet. Sie bedienen mehrere Gastronomiesparten und sind Lounge, Markthalle, Feinkoststand und Restaurant in einem. Ästhetisch verknüpfen sie skurrile Schnörkel-Deko mit klassisch skandinavischem Design. Zur Filiale am Sveavägen in der Nähe des Hauptbahnhofs gehören sogar ein hippes Kellerhotel und ein Park auf dem Dach. Die TAVERNA BRILLO bietet wirklich für jeden Geschmack das Richtige. Wahlweise kann man sich im graffiti-verzierten Café ganz ungezwungen geben oder im Restaurant zwischen Messing und Fabrikkacheln vornehm dinieren oder den Appetit an der Feinkost- oder Backtheke stillen. Und wer es sich so gemütlich macht, dass er die Zeit vergisst und zu spät zum Rendezvous aufbricht, kann sich im hauseigenen Blumenladen gleich einen Entschuldigungsstrauß zusammenstellen lassen.

Schwedische Kochtraditionen werden heute trendbewusst umgekrempelt.

Guten Kaffee bekommt man bei JOHAN & NYSTRÖM. Die Gründer sind kreative Kaffee-Junkies und verkaufen und verarbeiten in ihren drei Filialen Craft-Kaffee-Mischungen, die ohne Umwege vom Erzeuger in den Laden gelangen. Die Bohnen – wahlweise ganz, grob oder espressofein gemahlen – stammen aus den weltbesten Arabica-Anbaugebieten in Kolumbien, Kenia, Guatemala und Äthiopien. Weinliebhaber, die mehr über naturbelassene Weine wissen wollen, bekommen bei TYGE & SESSIL eine Kostprobe weniger bekannter Rebsorten – mit oder ohne Beilagen. Das gemütliche Lokal mit dem nachlässigen Chic hat rund 300 Naturweine im Sortiment und hat sich vorgenommen, neue Weinentdeckungen angenehm und für jedermann leicht zugänglich zu machen.

Oaxen Slip ist die geräumige Bistro-Variante des Gastro-Betriebs Oaxen.

Beim Degustationsmenü werden im Oaxen Krog zehn Gänge serviert.

Die Kunst der Weinverkostung und die Weinkultur sind für die schwedische Hauptstadt mehr oder weniger Neuland. Die vornehme Weinbar FOLII will beides auf Dauer in Stockholm etablieren. Gegründet wurde sie von einem cleveren Sommelier-Duo, das hier sorgfältig ausgesuchte internationale Weine und dazu passende Häppchen kredenzt. Wer vor dem Clubbesuch noch eine Kleinigkeit essen oder trinken oder einfach entspannen will, ist in der Gay-Bar SIDE TRACK gut aufgehoben. In Stockholms wohl ältestem Schwulenlokal kommt unter der Woche schlichte schwedische Kost auf den Tisch, während am Freitagabend die DJs und die schon etwas betagten Barkeeper zur Höchstform auflaufen.

Jazz-Fans begeben sich mit Vorliebe ins Konzertlokal FASCHING, das seit den 1970ern eine Institution ist. Auf der Bühne stehen Musiker aus dem In- und Ausland, die dem Publikum kräftig einheizen. In der bluesigen Location, die sich auf zwei Etagen verteilt, wird während der Konzerte auch Essen serviert. Für Rhythmus-Junkies legen am Wochenende DJs ein vielseitiges Programm von Disco über Latin bis Funk und Soul auf, bis der Morgen graut. Die Schönen und Eitlen lassen sich gern im GULDBAREN blicken, einer mondänen Cocktailbar im Fünfsternehotel Nobis. Goldene Spiegel und die dramatische Beleuchtung verbreiten ebenso viel Glanz wie die edel gewandeten Gäste und setzen die kreativen Drinks in Szene, die teils recht exzentrisch schmecken und fesche Namen wie „Young & Flirty" oder „Scandal Beauty" tragen.

Auf dem Dampfschiff PATRICIA, das seit über 20 Jahren am Söder Mälarstrand vor Anker liegt, kann man den Genussmenschen in sich von der Leine lassen. In den fünf Innen- und zwei Außenbars läuft Pop, Disko und Rock. Die besten Festivitäten für Jungs finden sonntags statt.

Französisch ausgesprochen, steht der Name der Weinbar Folii für Wahnsinn – das Wortspiel ist beabsichtigt.

Die Stockholmer Designkultur – ob Mode, Möbel oder Kunst – ist unbeirrbar minimalistisch und puristisch und hat sich immer ihre zeitlose Stilsicherheit bewahrt. Oft machen eine verblüffende Schnittidee des Modemachers oder ein unvermuteter Farbakzent die Symbiose zwischen Klassik und Handwerk perfekt.

Der nordische Lifestyle-Store GRANDPA verkörpert schwedische Ästhetik in Reinkultur, denn er ist stylisch und spartanisch. An vier Standorten bietet er Unisex-Freizeitkleidung, Accessoires und vieles mehr – in der angegliederten Interiors-Abteilung zum Beispiel Bücher Wohndekor, Spiele, Textilien, Plakate, Leuchten und Küchenutensilien. Wer länger in der Grandpa-Welt verweilen will, begebe sich in den Flagship-Store auf Kungsholmen, denn dort legen DJs die neuesten Hits auf. Es gibt allerdings auch Shopper, die alles bequem an einem Ort erstöbern wollen. Diesen Wunsch erfüllt SNICKARBACKEN 7. Die Mischung aus Concept-Store, Galerie und Café ist allemal einen Besuch wert. Vom kleinen Eingang gelangt man in ein spärlich beleuchtetes Café und später in den Boutique-Bereich, wo Schräges, aber auch Bücher, Zeitschriften, Küchenkram und LPs zum Verkauf stehen. Antiquitätenliebhaber sollten im BRANDSTATIONEN, einer ehemaligen Feuerwache, ihr Glück versuchen. Im Unterschied zu anderen Secondhand-Läden wird hier nur sorgfältig ausgewählte Qualitätsware angeboten. Das kann eine alte Ledercouch, poliertes Tafelsilber, außergewöhnlicher Schmuck oder mit etwas Glück ein tadellos erhaltener Markenkoffer sein.

Das Trio um Gründer und Namensgeber der Marke SANDQVIST entwirft Taschen und Accessoires für Leute, die ein Herz für Funktionales ohne Schnickschnack haben. Ihre strapazierfähigen und stylischen Kreationen bestehen aus lokalen und recyclingfähigen Materialien. Nachhaltigkeit ist auch für die Bio-Hautpflegeartikel von L:A BRUKET Programm, die in der rauen Küstenlandschaft Westschwedens hergestellt werden. Die Produkte in schlichten Braunglasflaschen lassen sich nach einer leicht verständlichen Anleitung zu Hautpflegeprogrammen kombinieren. Das ganze Sortiment ist auch online erhältlich, aber in Stockholm befindet sich der Flagship-Store der Öko-Marke. Wer einen Raum mit einer persönlichen Note aufpeppen will, bekommt bei SVENSKT TENN farbenfrohe Tapeten sowie Möbel und allerlei Accessoires. Der 1924 gegründete Inneneinrichter hat eine Vorliebe für groß gemusterte Textilien mit Blumen- und Naturmotiven.

Grandpa hat sich auf skandinavische Kleidung, Wohnaccessoires und Vintage-Möbel spezialisiert.

Im Brandstationen gibt es nur handverlesene, sehr gut aufgearbeitete Vintage-Qualität.

Das Fotomuseum FOTOGRAFISKA hat sich mit seinem Pensum von vier großen und über 20 kleineren Ausstellungen zeitgenössischer Fotografie pro Jahr weltweites Renommee erworben. Sein Domizil ist ein Jugendstil-Backsteingebäude im Hipster-Viertel Södermalm. Neben den riesigen Ausstellungsflächen gibt es Tagungsräume, einen Museumsshop, Galerien und ein Café. Schwedens musikalischer Exportartikel Nr. 1 wird im ABBA THE MUSEUM in Form einer gigantischen Show mit echten Kostümen, Preisen, Fotos und Kuriositäten gewürdigt. Eingefleischte Fans der vierköpfigen Musiklegende probieren im interaktiven Teil des Museums virtuelle Outfits an. Wer mag, kann seine eigene Version der ABBA-Superhits aufnehmen und als Souvenir mitnehmen oder herunterladen.

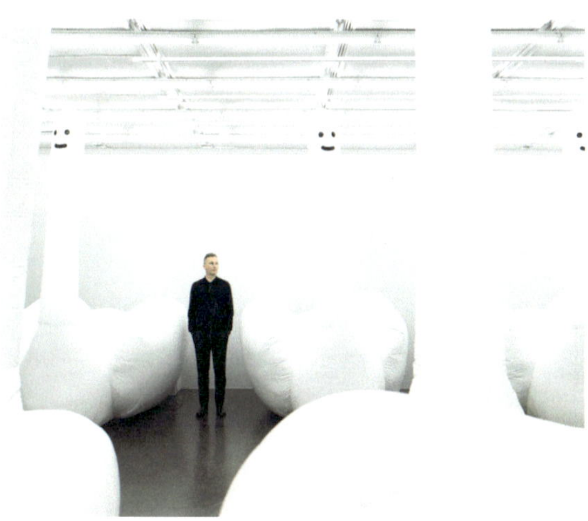

Aufblasbar und schwanenförmig: David Shrigleys Ausstellung *Giant Inflatable Swan-things* im Spritmuseum.

Für den kulturellen Durchblick sorgt ein Besuch des Kunstorts FÄRGFABRIKEN, einer spannenden Plattform für neue Ideen in den Bereichen Architektur, Kunst, Sozialwissenschaften und Stadtentwicklung. Zu den innovativen Ausstellungen werden oftmals Seminare angeboten, um über den Tag hinaus Diskussionen anzustoßen. Auch im SPRITMUSEUM geht es um Kultur – um die ganz spezielle Kultur und Geschichte des Alkohols in Schweden. Das Museum ist in einem alten Marinebau auf der Insel Djurgården untergebracht und bietet neben einer interaktiven Dauerausstellung und wechselnden Schauen eine Absolut-Wodka-Kunstsammlung, die vor Kitsch nicht zurückschreckt. Zum Abschluss lädt das moderne Restaurant zur Wodkakostprobe oder einem regionalen Mittagessen.

Die Kostüme, in denen ABBA 1974 den Eurovision Song Contest gewann, sind im ABBA The Museum zu sehen.

Die Fassade des Kulturzentrums Färgfabriken, das sich in einem Werksgebäude von 1889 einquartiert hat.

In dem 1995 gegründeten Kulturzentrum stehen Kunst, Architektur und Stadtplanung im Mittelpunkt.

Bei der STOCKHOLM DESIGN WEEK dreht sich alles um skandinavische Gestaltungskunst. Seit 2002 hat sie sich mittlerweile zu einem der wichtigsten Events im Designkalender entwickelt. Jährlich im Februar wird sie zum Treffpunkt für Designer, Architekten und Käufer mit Vorliebe für Design. Stockholm wird damit zur Kontaktbörse, bei der man sich über die aktuellen Trends informieren kann.

Heiß begehrt und sehr beliebt ist Stockholms Outdoor-Partymeile TRÄDGÅRDEN mit ihrem großen Dancefloor im Freien, jeder Menge Bars, Burger-Buden und Rasenspielen. Von Mai bis September legen unter der Skanstull-Brücke, die zum Szeneviertel Södermalm führt, Gast-DJs eine bunte Mischung von EDM, House und Electronic auf.

In den Sommermonaten stellt der MÄLARPAVILJONGEN, ein Restaurant mit Bar und malerischem Ausblick am Norr Mälarstrand, ein exklusives Entertainment-Programm auf die Beine. Neben Drag-Shows, Jazzkonzerten und Themenpartys arbeitet der Mälarpaviljongen seit 2013 mit dem Regnbågsfonden zusammen, einer gemeinnützigen Organisation, die sich mit großem Engagement für LGBTQ-Rechte starkmacht.

Die Stockholm-Furniture & Light Fair ist seit 2002 der Initiator der Design Week.

RAUSFAHREN

Von Stockholm verkehren regelmäßig Boote nach Stora Fjäderholmen, die zur Inselgruppe Fjäderholmarna gehört.

Zwanzig Fährminuten vom Stadtzentrum gibt es auf der INSELGRUPPE FJÄDERHOLMARNA eine wunderschöne Naturlandschaft zu entdecken. Ein Tagesausflug reicht bequem, um die größte Insel Stora Fjäderholmen auf den Uferwegen zu erkunden oder auf Waldwegen das Inselinnere zu erwandern. In der Freilichtbühne Fjäderholmsscenen finden im Sommer Konzerte statt. Außerdem gibt es auf der überschaubaren Insel in etlichen Museen und Galerien Kunsthandwerk aller Art zu sehen – von Keramik über Glas und Schmuck bis Malerei.

Sehenswert ist auch das Schiffsmuseum Allmogebåtar mit seinen restaurierten schwedischen Fischerbooten. Fisch und Meeresfrüchte speisen kann man in den beiden Uferrestaurants Fjäderholmarnas Krog und Rökeriet. Zum Abschied gibt es in der Fjäderholmarnas Bryggeri ein frisches Bier vom Fass oder als hochprozentige Rarität einen Schluck vom schwedischen Single Malt Whisky Mackmyra.

LOGIEREN

1. Brown TLV Urban Hotel
2. CUCU Hotel
3. Market House Hotel
4. The Jaffa
5. The Norman

GENIEẞEN

6. Abu Hassan
7. Bana
8. Dallal
9. Herzl 16
10. Kitchen Market
11. Miznon
12. Nahat
13. OCD
14. Port Said

MITFEIERN

15. Bellboy
16. Cuckoo's Nest
17. Kuli Alma
18. Lima Lima Bar
19. Shpagat
20. The Block

SHOPPEN

21. Asufa
22. David Sassoon
23. Nachlat Binyamin Market
24. Papier
25. SAGA

ENTDECKEN

26. Bascula
27. Design Museum Holon
28. Gordon Gallery
29. Hilton Beach
30. Municipal LGBT Community Cent

TEL AVIV

Offen für alle Kulturen

In Tel Aviv prallen die Kulturen aufeinander: Juden, Araber, Christen und Atheisten, Künstler und Wissenschaftler, Einheimische und Ausländer, Jung und Alt, Schwule und Heteros – sie alle teilen sich diese ziemlich weltliche Stadt im Heiligen Land, das ansonsten streng religiös ist. In Tel Aviv geht diese vielfältige Bevölkerung tolerant miteinander um. Das macht die Stadt zu einem Ort, den es in dieser Form kein zweites Mal gibt. Als schwule Hauptstadt des Nahen Ostens ist Tel Aviv für viele ein sicherer Hafen und rangiert ganz weit oben auf der Reisewunschliste der LGBTQ-Community. Die Stadt am Mittelmeer, die niemals schläft und fast das ganze Jahr über schönes Wetter hat, erfreut sich einer großen Gay-Szene, die das Nachtleben der Stadt genießt und sich jedes Jahr auf die berühmte Tel Aviv Pride im Juni freut.

Israel hat nicht viele Gay-Bars vorzuweisen. In Städten wie Tel Aviv sind die Grenzen zwischen der schwulen Community und der sonstigen Szene auch eher fließend. Deshalb braucht man sich in Tel Aviv nicht auf die Suche nach *dem* Schwulenviertel machen – sehr wahrscheinlich steht man nämlich schon mittendrin. Die Stadt braucht offenbar einfach keine ausgewiesene Gayborhood. Immerhin aber hat sie einen inoffiziellen Schwulenstrand, der an den markanten Sonnenschirmen mit Regenbogenmuster zu erkennen ist. Und trotz der anhaltenden Konfrontationen an den Grenzen Israels boomt der Tourismus in Tel Aviv.

Das von Schwulen betriebene BROWN TLV URBAN HOTEL ist eine stilvolle Herberge mit kurzen Wegen zu allerhand schwulen Nachtclubs. In Kooperation mit anderen Firmen bietet das Boutiquehotel seinen Gästen Extras auch außerhalb des Hotels. Zum Frühstücken geht man zum Beispiel in ausgewählte Cafés in der Umgebung. Außerdem können die Hotelgäste ein Fitnessstudio in fußläufiger Entfernung gratis nutzen. Es gibt auch einen Spa-Bereich und eine Dachterrasse mit Panoramablick auf

Das schräge CUCU Hotel ist neu auf dem Markt und bringt frischen Wind in die Übernachtungslandschaft.

Das Hotel The Jaffa hat zwei Gebäudeteile – einen modernen Trakt und einen Altbautrakt (im Bild).

Wo heute im The Jaffa die Lounge zum Verweilen einlädt, befand sich früher eine Kapelle.

Tel Aviv. Das schräge CUCU HOTEL ist neu auf dem Markt und bringt frischen Wind in die Übernachtungslandschaft. Das urbane Hotel bietet Spitzenqualität und alles, was man für einen Tel-Aviv-Aufenthalt braucht. Auch für eine angenehme Portion Reizüberflutung ist gesorgt – vor allem durch die Kunstwerke, die auf Schritt und Tritt um die Aufmerksamkeit des Gastes werben. In der Nähe des historischen Uhrturms und des Flohmarkts von Jaffa befindet sich das MARKET HOUSE HOTEL, das sich von der Atmosphäre dieser antiken Hafenstadt inspirieren lässt. Durch den Glasfußboden in der Lobby kann man die ausgegrabenen Überreste einer byzantinischen Kapelle bestaunen und von den unkonventionell eingerichteten Zimmern das Treiben auf dem benachbarten Markt beobachten.

Eine Spur vornehmer geht es im THE NORMAN zu, das ebenfalls einen schwulen Inhaber hat und dem Glamour der Golden Twenties huldigt. Hinter einem Spiegeltresen schütteln Barkeeper in Fliege die Cocktails für die Gäste. Verschwenderische Penthouse-Suiten und ein vortrefflicher Concierge-Service sind hier eine Selbstverständlichkeit. Ein Highlight ist der Infinity-Pool auf der Dachterrasse mit Blick auf die benachbarten Wolkenkratzer und einer eleganten Sushi-Bar. Das kulinarische Glanzstück des Hauses ist das Restaurant Alena, in dem die Außenterrasse und der Innenraum nahtlos ineinander übergehen und wo leichte mediterrane Küche serviert wird. Tel Avis neuestes Luxushotel THE JAFFA, das vom renommierten Architekten John Pawson in Zusammenarbeit mit Ramy Gill entworfen wurde, ist ein Paradebeispiel für eine gelungene Synthese von Alt und Neu. Pawson und Gill haben einen Gebäudekomplex aus dem 19. Jahrhundert, der früher das Französische Krankenhaus von Jaffa beherbergte, in eine edle Herberge verwandelt und dabei die historische Bausubstanz bewahrt. Das exklusive The Jaffa bietet maximalen Luxus und liegt nicht nur im angesagtesten Stadtteil von Tel Aviv, sondern zudem nur wenige Minuten vom Strand entfernt.

Die Gäste des The Jaffa können sich in dem ruhig gelegenen Swimmingpool abkühlen.

In Tel Aviv prallen die Kulturen aufeinander – sie alle teilen sich diese ziemlich westliche Stadt im Heiligen Land.

ARGANICARE
NATURAL HAIRCARE
סדרת שיער
מקצועית
מועשרת בשמן ארגן וחמאת שיאה
מיץ
5

Tel Avivs Food-Szene nimmt viele Einflüsse aus Nordafrika, dem Nahen Osten und dem Mittelmeerraum auf und ist schon deswegen recht gemüsereich. Wohl deshalb hat Israel auch die weltweit höchste Veganerquote. Wie überall sind auch in Tel Aviv die besten Lokale vielfach die, in denen man dicht gedrängt beieinander sitzt und die Gerichte wie bei einer Familienmahlzeit um den Tisch herumreicht.

Täglich zaubert Konditor Aner Zalel im DALLAL feinblättrige Croissants, butterige kleine Nusshörnchen namens Rugelach, leckere Zitronentörtchen und vieles mehr – und sorgt damit für einen perfekten Start in den Tag. Man genießt sein Backwerk an einem Tresen auf dem Bürgersteig, auf der kleinen Terrasse oder auf der lauschigen, von einer Bougainvillea überwachsenen Holzschaukel auf der anderen Straßenseite. Mit Cafés ist Tel Aviv flächendeckend versorgt, aber nur eine Handvoll Betreiber sind vom Fach. Das NAHAT ist mit seiner Mikrorösterei ein Mekka für Kaffee-Fans. In diesem gemütlichen Laden kann man sich perfekt unterhalten, am Laptop arbeiten oder einfach nur seine Bohnen als Mischung oder sortenrein für den heimischen Eigenbedarf mitnehmen. Der ideale Ort zum Brunchen ist der KITCHEN MARKET. Das Gourmet-Restaurant befindet sich im Bauernmarkt Shuk HaNamal am Hafen, einem der schönsten Teile der Stadt. Auf der einen Seite schweift der Blick zum Meer und auf der anderen Seite zum bunten Treiben auf dem Markt. Die meisten Zutaten, die der renommierte Küchenchef Yossi Shitrit zu einer Speisekarte für alle Sinne zusammengestellt hat, werden jeden Morgen frisch angeliefert.

Im immer sehr gut besuchten HERZL 16 bekommt man vor allem kleine Gerichte zu vernünftigen Preisen – Salate, Suppen, Burger und Meeresfrüchte. Die Atmosphäre ist ungezwungen. Im Innenhof gibt es eine familiäre Bar mit einer kleinen Bühne. Wenn hier eine Band auftritt, kann man genüsslich speisen, der Musik lauschen und sein Craft-Beer trinken. Veganer und alle, die sich einfach ein bisschen Abwechslung auf dem Teller wünschen, sind im BANA gut aufgehoben, einem der vielen veganen Restaurants in der Stadt. Rein pflanzliche Gerichte finden sich allerdings auf fast jeder Speisekarte in Tel Aviv. Das Bana sticht vor allem wegen seiner unkomplizierten Gerichte und des coolen Ambientes heraus. Empfehlenswert ist auch ABU HASSAN in der Ha-Dolfin Street in Jaffa. Es ist eines der ältesten und bekanntesten Hummus-Restaurants in Israel und belegt in diversen Hummus-Rankings den ersten Platz.

In Tel Aviv gibt es Streetfood im Überfluss, aber dass es wie im MIZNON von einem Promi-Koch zubereitet wird, ist die Ausnahme. Eyal Shani betreibt drei Filialen in Israel und weitere in Paris und Wien und hat mit seinen fleischgefüllten Pita-Broten einen echten Hit gelandet. Es gibt auch vegane und mit Fisch gefüllte Alternativen sowie als Dessert-Variante eine Bananen-Pita. In seinem Restaurant PORT SAID serviert Shani zum Beispiel Auberginen mit Tahini und Limabohnen oder Roastbeef-Carpaccio. Das Restaurant hat innen nicht viel Platz und breitet sich deshalb mit Aufstelltischen auf dem Bürgersteig und im Hof hinter der Großen Synagoge aus. Auf vornehme Art nahöstlich speisen kann man im OCD. Instagram- und Koch-Star Raz Rahav ist es, mit seiner Detailversessenheit gelungen, aus dem OCD eines der besten Restaurants der Stadt zu machen. Ein Erlebnis der besonderen Art ist das neungängige Degustationsmenü. Jeder Gang wird mit Akribie angerichtet und mit Saucen und Zutaten farbenfroh veredelt.

Die Gerichte, die im Kitchen Market zubereitet werden, sind ein Genuss.

Ins Miznon kommen die Gäste wegen der angenehm ungezwungenen Atmosphäre.

Frische orientalische Küche, meisterlich zubereitet, wird im Port Said serviert.

An Ausgeh-Locations aller Art besteht in Tel Aviv kein Mangel. Zum Einstieg bietet sich das CUCKOO'S NEST an, eine Mischung aus Bar und Kunstgalerie, die sich in einem Antiquitätenladen eingenistet hat. Während die Kunst wöchentlich wechselt, bleiben die Cocktails konstant großartig. Neben Ausstellungen finden hier auch Lesungen, Filmabende und Livekonzerte statt. Das SHPAGAT – das Wort heißt im Hebräischen dasselbe wie im

Die heißesten Partys finden schon am Donnerstag statt.

Deutschen – ist eine tragende Säule der schwulen Nightlife-Szene in Tel Aviv und bietet seinen Gästen rund um die große, bühnenartig erhöhte Tanzfläche eine angenehm intime Atmosphäre. Ein weiteres Symbol des Tel Aviver Nachtlebens ist die LIMA LIMA BAR, deren Partys zu den besten der Stadt gehören. Besonders beliebt ist der allwöchentliche Gay-Hip-Hop-Montag, den man auf jeden Fall testen sollte.

Da in Israel das Wochenende schon am Donnerstag beginnt, finden die heißesten Partys auch an diesem Tag statt. So müssen die Clubs nicht mit denen im Ausland um die internationalen Top-DJs konkurrieren. Das KULI ALMA im Süden Tel Avivs ist einer der angesagtesten Orte der Stadt. Sein Markenzeichen sind die Mojito-Slushies. Die zweistöckige Location ist ein verwirrendes Raumlabyrinth mit unterirdischem Innenhof und Treppenhaus, einer unförmigen Mini-Tanzfläche sowie einem ziemlich versteckten Laden, in dem Vintage-Kleidung verkauft wird. Wer sich in diesem Wirrwarr zurechtfindet, tut etwas für seine Street Credibility in Tel Aviv. Mitten im afrikanischen Viertel befindet sich THE BLOCK im neuen zentralen Busbahnhof. In zwei der drei großen Räumen sind Handys tabu, damit man sich den Partys, die meist um Mitternacht losgehen, unbekümmert hingeben kann. Für Cocktails empfiehlt sich die Bar BELLBOY, die einen Teil ihrer Getränke in ausgefallenen Trinkgefäßen serviert. Beim Dekor der in einem Boutiquehotel gelegenen Bar wurde alles daran gesetzt, das Gefühl zu vermitteln, sich an einem ganz anderen Ort als Tel Aviv zu befinden.

Skurriles Inventar, schummriges Licht – ästhetisch lässt die Bellboy Bar die Prohibitionszeit aufleben.

Im Cuckoo's Nest, das auch eine eigene Rooftop-Bar hat, kann man Kunst- mit Cocktailgenuss verbinden.

Egal was man in der Bellboy Bar bestellt, man bekommt immer etwas unverwechselbar Kreatives kredenzt.

Eine Top-Adresse für Herrenmode ist DAVID SASSOON in der Nähe des Altstadtviertels Neve Tzedek. Innen weckt das Geschäft Assoziationen an das Europa des frühen 20. Jahrhunderts. Das Sortiment reicht von Sportswear bis zu einer klassischen Couture-Linie für formelle Anlässe, die sich an der Maxime „Glamourös und tragbar“ orientiert. Bei ASUFA gibt es eine breite Auswahl an Objekten von jungen israelischen Designern. Ästhetisch bewegt der Laden sich ebenso wie das Sortiment zwischen Industriedesign und Innenarchitektur und vermittelt einen Eindruck von der sprühenden Kreativität der einheimischen Nachwuchsgestalter. Im Design-Store SAGA neben dem Flohmarkt in Jaffa kann man einen Blick in die Zukunft des israelischen Möbel- und Homeware-Designs werfen. Der Name der stilvollen Schreibwarenhandlung PAPIER im Herzen von Tel Aviv ist selbsterklärend. Sharon Brunsher und Shiran Rockaway haben sie mit großer Liebe gestaltet und dabei ihre Erfahrungen aus dem Modedesign einfließen ließen. Bei der Vielzahl von Papierkreationen und Lifestyle-Produkten entdeckt man garantiert ein Mitbringsel für die Lieben zu Hause oder einfach für sich selbst.

Jeden Dienstag und Freitag findet gleich neben dem Carmel-Markt der KUNSTHANDWERKSMARKT IN NACHLAT BINYAMIN statt, einem der ältesten Stadtteile Tel Avivs. An den Ständen der mehr als 200 Künstler und Kunsthandwerker bewundert man Kreativität in allen Ausprägungen. Jeder Anbieter hat seinen festen Standplatz. Wenn man also bereut, dass man sich am Dienstag nicht zum Kauf entschließen konnte, ist der Fehler am Freitag möglicherweise wieder gutzumachen. Jedes Kunstwerk ist authentisch und originell – vom Glasgeschirr bis zum individuell angefertigten Türschild.

Gleich neben dem Carmel-Markt findet der Kunsthandwerksmarkt in Nachlet Binyamin statt, einem der ältesten Stadtteile Tel Avivs; hier bewundert man Kreativität in allen Ausprägungen.

Wer gern nach Vintage-Kleidung oder originellem Hausrat stöbert, wird an Tel Avivs Flohmärkten Gefallen finden.

Nomen est omen: die Schreibwarenboutique Papier.

Sehr inspirierend ist ein Besuch im MUNICIPAL LGBT COMMUNITY CENTER. Es ist dem Grundsatz verpflichtet, dass jeder Mensch unabhängig von Alter, Rasse oder Geschlecht das Recht hat, frei über sein Leben zu bestimmen. Das 2008 gegründete Zentrum organisiert die wichtigsten Aktivitäten der LGBTQ-Community in Israel – übrigens ein Land, das bei der Verwirklichung von Gay-Rechten eine Vorreiterrolle spielt. Hilton Beach ist der inoffizielle Schwulenstrand von TEL AVIV und

An diesem freizügigsten aller Strände wird viel Haut gezeigt. Hier lernt man vielleicht den einen oder anderen schwulen Einheimischen kennen.

befindet sich im Norden der Stadt auf der Höhe des gleichnamigen Hotels. An diesem freizügigsten aller Strände wird viel Haut gezeigt. Außerdem lernt man hier vielleicht den einen oder anderen schwulen Einheimischen kennen, der einem die Stadt aus der Insiderperspektive näherbringt.

Renommierte Sammlung israelischer Kunst auf vier Etagen: die Gordon Gallery in der Ben Yehuda Street.

Die Gordon Gallery eröffnete 2016 ihren dritten Standort in Tel Aviv, sie zeigt vor allem zeitgenössische Kunst aus Israel.

Da Tel Aviv mit Museen und Galerien reich gesegnet ist, kommen auch Freunde der Kunst auf ihre Kosten. BASCULA ist das erste unabhängige Kulturzentrum, das sich dem modernen Zirkus widmet. Neben Livekonzerten einheimischer und internationaler Bands gibt es in dem umgebauten Lagergebäude Akrobatik und moderne Zirkusaufführungen, Kabarett, Theater, Bildende Kunst und Varieté zu sehen. Außerdem werden Kurse und Workshops angeboten, die sich mit moderner Zirkuskunst beschäftigen.

Das zentral gelegene DESIGN MUSEUM HOLON gehört zu den meistbesuchten Museen in Israel und ist dringend zu empfehlen. Es zeigt zeitgenössische Kunst und Design – nicht nur im Gebäude. Das Haus selbst ist ein spiralförmiges Riesenkunstwerk des berühmten Architekten Ron Arad. Wer in Israels Kunstszene wichtig und angesagt ist, erfährt man in der 1966 gegründeten GORDON GALLERY, die seither für die Entfaltung der israelischen Kunstszene eine tragende Rolle spielt. Sie verteilt sich auf zwei Standorte im gleichen Block in der Innenstadt, aber nur einer ist nach Vereinbarung geöffnet.

TRADE TOWER

PriDE
2013
in
REHOV BEN-

MITMISCHEN

Die TEL AVIV PRIDE gehört zu den beliebtesten Events in diesem Teil der Welt und lockt Unmengen von Besuchern in die Stadt. Man sollte also Hotelzimmer, Pauschalangebote und Flugtickets beizeiten buchen. Die Tel Aviv Gay Pride Parade findet in der Regel im Juni statt. Der Umzug mit farbenprächtigen Wagen und lauter Musik gipfelt in einer immer wieder unvergesslichen Strandparty an der Tel Aviver Promenade. Für alle, die sich alternativ oder ergänzend zur Pride kleinere Formate wünschen, ist der führende Circuit-Party-Veranstalter FOREVER TEL AVIV da, der regelmäßig Events für die Gay-Szene organisiert. Forever Tel Aviv hat einigen Anteil daran, dass die Stadt sich zu einem beliebten Reiseziel für Schwule entwickelt hat. Die großen Partys finden normalerweise monatlich in einem der beiden größten Clubs statt – im Haoman 17 oder in The Block.

Eine ganz anderes Veranstaltungsformat ist die TEL AVIV ILLUSTRATION WEEK. Jedes Jahr nehmen Tausende an den meist kostenfreien Workshops und Präsentationen zum Thema Illustration teil, die an verschiedenen Orten in der Stadt stattfinden – zum Teil sogar bei den Illustratoren zu Hause. Zwei Wochen lang wird ein vielfältiges Programm mit Ausstellungen, Tagungen und Pop-up-Shops geboten.

Die Gay Pride Parade beginnt in Tel Avivs Straßen und steigert sich zu einer gigantischen Strandparty.

Die Tel Aviv Illustration Week ist ein hochkarätiges Forum für aufstrebende und etablierte Illustratorinnen und Illustratoren.

RAUSFAHREN

Tel Aviv ist ein grandioses Reiseziel, aber das Gleiche kann man von ganz Israel sagen. Wer also die Gelegenheit hat, sich etwas im Land umzuschauen, sollte sie nutzen. Es gibt unendlich viele spannende Orte, die man gesehen haben sollte – allen voran JERUSALEM. Seine wunderschöne Altstadt besichtigt man von Tel Aviv aus bequem im Rahmen einer Gruppen- oder Individualtour, oder erkundet sie auf eigene Faust. Zu den wichtigsten Geschichtszeugnissen und Sehenswürdigkeiten in Jerusalem gehören das Grab des Königs David, der Abendmahlssaal, die Grabeskirche, die Via Dolorosa, der arabische Markt und die kürzlich restaurierte Römerstraße Cardo Maximus. Wichtige Stationen jedes Altstadtrundgangs sind ein Bummel durch das armenische und das jüdische Viertel, ein Gang zur jahrtausendealten Klagemauer, die für Juden ein heiliger Ort ist, und ein Besuch im christlichen Viertel. Sehr zu empfehlen ist das Israel Museum, die größte kulturelle Einrichtung des Landes und eines der führenden Kunst- und Archäologiemuseen der Welt. Außerdem gibt es in Jerusalem genau eine offizielle Schwulenbar. Sie heißt Video – eine entspannte, bei Israelis, Palästinensern und Touristen gleichermaßen beliebte Location im 80er-Jahre-Design.

Tel Aviv ist eine der modernsten und Jerusalem eine der ältesten Städte Israels.

DESIGN UND HEDONISMUS IN TEL AVIV

Itay Blaish

„Tel Aviv ist eine Oase", sagt Kreativdirektor und Grafikdesigner Itay Blaish, „und die schwulste Stadt der Welt. Wer in Israel offen schwul lebt, hat es oft schwer – außer in Israels zweitgrößter Stadt, die deshalb zum Anziehungspunkt für Schwule und für die LGBTQ-Community insgesamt wurde." Itays Hetero-Freunde kommen sich manchmal schon wie eine Minderheit vor und klagen, ein Date mit einem Mann lasse sich leichter organisieren als ein Rendezvous mit einer Frau.

Tel Avivs Geschichte als LGBTQ-Hochburg, in der crossdressende Männer schon lange keinen Anstoß mehr erregen, begann in den 1950er und 1960er Jahren mit den ersten Aktivisten, Transgendern und Dragqueens. Heute ist die Community allgegenwärtig. „Inzwischen machen manche Schwulenbars dicht, weil viele Leute meinen, Tel Aviv brauche die Trennung zwischen Homo und Hetero nicht mehr. In der Tat ist Schwulsein heute weitgehend Normalität. Die Akzeptanz wächst immer mehr. Trotzdem finde ich gut, dass es Schwulenbars gibt. Wer jemanden abschleppen oder kennenlernen will, geht einfach in die nächste Bar."

Itay wuchs im 60 Kilometer entfernten Ashkelon auf. Nach dem Militärdienst zog er 22-jährig nach Tel Aviv und studierte Visuelle Kommunikation. „Schon während des Bachelor-Studiums arbeitete ich freiberuflich, knüpfte Kontakte und startete eigene Projekte", erzählt er. „Später baute ich ‚LaCulture' auf, eine der größten Kunstmessen Israels. Heute betreibe ich meine eigene Kreativagentur für Branding, Print und Trendberatung."

Derzeit konzipiert er als Branding Director den Markenauftritt der Makkabiade. Diese „Jüdischen Olympischen Spiele" sind das drittgrößte Sportereignis der Welt. Und welches war Itays Lieblingsprojekt? „Die Independent-Ausstellung ‚Homophile', die 2013 in Tel Aviv stattfand und bei der 25 schwule Künstler wirklich großartige Arbeiten präsentierten."

Itay wohnt im zentral gelegenen Viertel Lev Hair (wörtlich „das Herz der Stadt") und seit 2013 zeitweise in Zürich, wo er eine private Kunstsammlung kuratiert. „Ich erfreue mich an den Vorzügen beider Städte." Das Inspirierende an Tel Aviv ist für ihn gerade das, was die Küstenstadt von der wohlgeordneten

Itay Blaish

„Da Israel im Kriegszustand ist, haben sich viele eine nihilistische Philosophie zugelegt.“

Bankenmetropole in der Schweiz unterscheidet. „Architektonisch ist Tel Aviv bunt zusammengewürfelt und nach stadtplanerischen Maßstäben gar keine richtige Stadt“, meint er. „Tel Aviv ist ein einziges Durcheinander. Heruntergekommene und auf Hochglanz polierte Häuser stehen Seite an Seite. Direkt neben alten Bauhaus-Gebäuden, von denen es hier mehr gibt als wohl irgendwo sonst auf der Welt, ragen Wolkenkratzer in den Himmel.“

Die verbreitete Vorstellung, in Tel Aviv begegne man überall schönen schwulen Männern, die tagsüber am Strand abhängen und nachts Party machen und im Unterschied zu den distanzierten Europäern keine Berührungsängste kennen, entspricht nach Itays Überzeugung den Tatsachen: „Tel Aviv hat etwas Hedonistisches. Da Israel sich im permanenten Kriegszustand befindet, haben viele sich eine nihilistische Philosophie zugelegt nach dem Motto: ‚Morgen kann alles vorbei sein. Wenn ich Lust auf Strand habe, gehe ich an den Strand.‘ Jeder Tag wird maximal ausgekostet.“

„Diese Lebenseinstellung hat etwas für sich“, findet Itay, „und zwar erst recht für jemanden wie mich, der aus Europa und zumal aus der Schweiz das genaue Gegenteil von Israel gewöhnt ist. Viele Europäer halten mich vielleicht für einen Tagträumer, weil ich zwar vorausplane, aber vieles einfach auf mich zukommen lasse. Mich stresst es nicht, wenn ich etwas nicht zu Ende bringe oder noch nicht weiß, woran ich im nächsten Jahr arbeiten werde.“ Und Itays Resümee? „Tel Aviv ist innovativ, aufgeschlossen und frei. Und ich werde dieser Stadt niemals den Rücken kehren – auch nicht mit dem Herzen.“

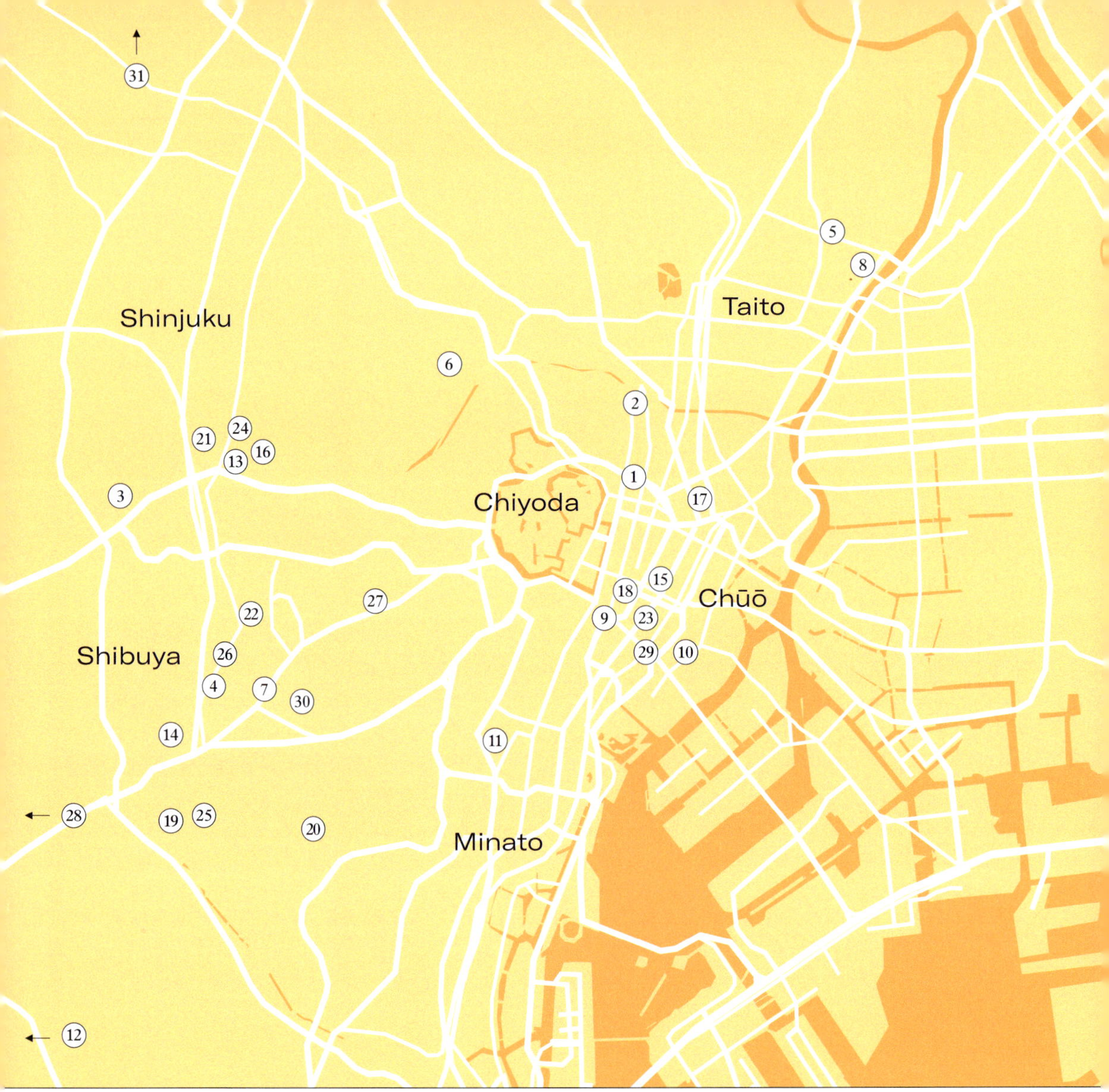

LOGIEREN

1. Hoshinoya
2. Hotel Ryumeikan Ochanomizu Honten
3. Park Hyatt
4. TRUNK (HOTEL)
5. Wired Hotel Asakusa

GENIEẞEN

6. Kyourakutei
7. Sakurai
8. Suke6 Diner
9. Sushi Ya
10. Sushi Zanmai
11. Tokyo Shiba Toufuya Ukai
12. Yakumo Saryoō

MITFEIERN

13. AISOTOPE Lounge
14. Contact
15. Dassai Bar 23
16. New Sazae
17. Oriental Lounge

SHOPPEN

18. Akomeya
19. Daikanyama T-Site
20. Hender Scheme
21. Isetan
22. Japan Traditional Crafts Aoyama Square
23. Motoji
24. Okamalt
25. Okura
26. Ragtag
27. United Arrows and Sons

ENTDECKEN

28. Gōtokuji Temple
29. Kabukiza-Theater
30. Nezu-Museum
31. Saya-No-Yudokoro

TOKIO

Wo Tradition und Moderne verschmelzen

Tokio ist mehr als viele andere Metropolen eine Stadt der Kontraste. Zwischen Wolkenkratzern, Neongeflacker und U-Bahnhöfen, in denen man die Orientierung verliert, stößt man in dieser elektrisierenden Stadt unversehens auf Oasen der Stille, in denen die Tradition lebendig ist. Nur wenige Schritte von den Hochhäusern und avantgardistischen Fashion Stores findet man sich plötzlich in gepflasterten Gässchen wieder und sieht Straßenhändler im Laternenlicht ihre Waren anbieten. Solche nahtlosen Übergänge zwischen Ultramoderne und jahrhundertealter Tradition machen die Faszination der Megacity aus. Vielleicht ist das auch der Grund, warum Japan und vor allem Tokio in puncto Gleichstellung und LGBTQ-Rechte oftmals eine Vorreiterrolle in Asien übernimmt. Erst kürzlich wurde die Diskriminierung aufgrund der sexuellen Orientierung und Geschlechtsidentität gesetzlich unter Strafe gestellt. Die Homo-Ehe ist zwar noch verboten, aber manche Stadtbezirke stellen gleichgeschlechtlichen Partnern mittlerweile besondere Bescheinigungen aus, die ihnen die gleichen Rechte wie anderen Paaren sichern.

Die Tokioter LGBTQ-Hochburg ist das Stadtviertel Shinjuku ni-chōme mit der weltweit höchsten Schwulenbar-Dichte. Im früheren Rotlichtbezirk drängen sich auf engem Raum 300 winzige Lokale und kleine Gay-Clubs. Es gehört zu Japans Kultur, dass die Gruppenidentität wichtiger ist als der Ausdruck der Persönlichkeit. Wer öffentlich Zuneigung zur Schau stellt, erntet Stirnrunzeln – unabhängig von der sexuellen Orientierung.

Allein wegen seiner Ausdehnung kann Tokio selbst erfahrene Reisende ein wenig einschüchtern. Zum Glück ist das Chaos wohlorganisiert und das ausgedehnte U-Bahnnetz bringt einen praktisch an jedes Ziel. Im Sterne-Restaurant (Tokio hat mehr als jede andere Stadt) speisen oder im Shintō-Schrein die eigene Mitte finden – inspirierend ist Tokio mit seinem Spagat zwischen Gestern und Morgen auf jeden Fall.

Am japanischsten wohnt man in einem Ryokan. So heißen die traditionellen Herbergen. Im HOSHINOYA beginnt für den Ankommenden in dem Moment, in dem ein guter Geist im Kimono ihn am Eingang empfängt und willkommen heißt, eine kleine Zeitreise. Zur Begrüßung werden in der Gäste-Lounge Sake und Konfekt gereicht. Kunstvolle Blumenarrangements und das filigrane Gitterwerk in den Innenräumen lassen die für Japans Perfektionskultur typische Liebe zum Detail erkennen. Auf keinen Fall verpassen sollte man ein Bad in den Innen- und Außenbecken, die mit Thermalwasser aus 1.500 Metern Tiefe gespeist werden – eine Oase mitten im geschäftigen Bankenviertel. Für alle Fans von *Lost in Translation* eine naheliegende Wahl ist das traditionell beliebte PARK HYATT, das sich mit vorbildlichem Service, zeitlosem Design und unverbaubarem Fuji-Blick seine fünf Sterne verdient hat. Dass die Schwulenbars von Shinjuku ganz in der Nähe sind, ist auch kein Nachteil.

Unverwechselbar wie ganz Tokio ist das angesagte TRUNK in der berühmten Gayborhood der japanischen Hauptstadt. Das kreative Konzepthotel mit 15 Zimmern ist mit Upcycling-Mobiliar und einheimischer Kunst bestückt und spricht in- und ausländische Gäste gleichermaßen an. Im Unterschied zur Fusion-Küche, die im hauseigenen Restaurant einheimische und westliche Cuisine verschmilzt, steht im Concept Store und im „Soul Food"-Bistro das Japanische im Mittelpunkt. In den öffentlichen Bereichen des Hotels herrscht reger Betrieb – man kommt dort leicht mit Einheimischen ins Gespräch.

Ein unkonventionelles Boutiquehotel ist das WIRED HOTEL ASAKUSA, in dem es auch Hostel-Zimmer mit Stockbetten gibt. Statt Tourismus-Einerlei erfährt der Gast hier Lokalkolorit. Gestaltet wurde das Hotel von Kunsthandwerkern aus dem Stadtviertel Asakusa, in dem das Hotel liegt, und das Café im Parterre wird gerne für Kulturveranstaltungen und kommunale Events genutzt. Fester kann ein Hotel nicht in sein Umfeld eingebunden sein. Wer es gern familiärer hat, erfährt im HOTEL RYUMEIKAN OCHANOMIZU HONTEN traditionelle japanische Gastfreundschaft. Das moderne und zugleich traditionsbewusste Haus wurde 1899 gegründet und 2014 mit nur neun großzügigen Suiten wiedereröffnet. Nach dem japanischen Bettfrühstück aus der Bento-Box mit dem Zimmergefährten in die Badewanne aus Shigaraki-Keramik steigen – so sollte Luxus sein.

Schon der Eingang des Hoshinoya Tokyo stimmt den Gast auf die Symbiose von Moderne und Tradition ein.

Schlichtes Holzmobiliar und Arbeiten von Tokioter Künstlern sorgen im TRUNK (HOTEL) für modernes Wohngefühl.

Zwischen Wolkenkratzern, Neongeflacker und U-Bahnhöfen, stößt man unversehens auf Oasen der Stille.

中目黒
ERA

Im TOKYO SHIBA TOFUYA UKAI zu Füßen des Tokyo Tower scheint die Zeit vor 200 Jahren stehengeblieben zu sein. Durch das markante Eingangstor aus Holz betritt der Gast ein Kaufmannshaus aus dem Zeitalter der Samurai. Vorbei an hochgewachsenen Kiefern und einem idyllischen Koi-Teich geht es zu einem Speisezimmer im klassisch japanischen Stil, das wie ein privater Raum wirkt. Durch die bodentiefen Fenster schweift der Blick in makellos gepflegte Gärten. Es ist kaum zu glauben, dass sich an diesem Ort früher eine Bowlingbahn und ein Parkplatz befanden. Tofu kommt nicht nur im Namen des Restaurants, sondern auch in allen Kaiseki-Menüs vor und wird im hauseigenen Betrieb in den Bergen von Okutama hergestellt. Das Kaiseki-Restaurant YAKUMO SARYŌ erprobt bei aller Treue zur japanischen Tradition gern neue Wege. Jeder Gang zaubert eine andere regionale Zutat auf den Tisch – von Seebrasse über Wagyū-Rind bis Daikon-Rettich. Das minimalistisch-elegante Ambiente trägt die Handschrift des Star-Designers Shinichiro Ogata, der auch für das Andaz Tokyo und viele Aesop-Filialen harmonische Interieurs entwarf.

Die Kunst des Sushi lebt von Einfachheit, Einfallsreichtum und meisterhafter Ausführung und ist damit ein Sinnbild für die japanische Kultur insgesamt. Wer nicht übermäßig als Ausländer auffallen möchte, macht von Sojasauce und Wasabi sparsamen Gebrauch – sonst gerät er in den Verdacht, die Qualität des frischen Fisches nicht zu würdigen. Am familiären Acht-Personen-Tresen im SUSHI YA sitzt man direkt vor dem gefeierten Sushi-Künstler Takao Ishiyama und schaut zu, wie er aus den Zutaten ein hochfeines und hochpreisiges Omakase-Sushi-Set oder ein individuelles Menü kreiert. Gutes, aber erschwinglicheres Sushi gibt es bei SUSHI ZANMAI. Bei der Restaurantkette mit mehreren Filialen in Tokio ist Verlass auf frisches Essen und unschlagbare Preise. Damit nicht genug: Sushi Zanmai ist täglich rund um die Uhr geöffnet und somit die Patentlösung für nächtliche Hungerattacken. Im Stadtteil Kagurazaka praktiziert das etwas versteckt gelegene KYORAKUTEI Soba-Nudelkunst auf allerhöchstem Niveau. Zu erkennen ist das Lokal an der Steinmühle im Schaufenster oder an der Menschenmenge, die bisweilen vor dem Restaurant einen langen Hals macht, um den Küchenmeister in Aktion zu sehen. Das Buchweizenmehl wird vor Ort sorgfältig zu frischem Teig geknetet und von Hand in Nudelform geschnitten. Unbedingt probieren sollte man die köstlich nussigen Juwari-Soba und gebratene Tempura. Der SUKE6 DINER, der sich von der oftmals etwas steifen Tokioter Gastronomie wohltuend unprätentiös abhebt, serviert einfache und rustikale Kost, die den Edel-Alternativen geschmacklich in nichts nachsteht. Im hippen Restaurant mit Blick aufs Wasser kommen westliche Klassiker wie Lachs-Bagels, Pancakes und frisches, vor Ort gebackenes Brot auf den Tisch.

Teehäuser gibt es in Tokio jede Menge, aber das moderne SAKURAI ist schon wegen des Interieurs ein Unikum. Teemeister Shinya Sakurai, der 14 Jahre auf seine Teezeremonie-Ausbildung verwendete, erschafft jedes Mal aufs Neue ein Gesamtkunstwerk für alle fünf Sinne. Damit der Tee seine heilenden Kräfte voll entfaltet, werden nur japanische Teeblätter von bester Qualität aufgegossen. Gehaltvolleres ist kein Tabu: Auf Wunsch wird der Tee mit Rum und Wodka versetzt. Nach der Probierzeremonie mit fünf Tees kann man sich für daheim mit den Blättern eindecken, die am besten mundeten.

Das Menü des lässig-urbanen Suke6 Diner erfährt der Gast auf Kreidetafeln.

Chefkoch Takao Ishiyama bereitet vor seinen Gästen im Sushi Ya die edelsten Kreationen zu.

Tokios Schwulenviertel Shinjuku ni-chōme kennt keinen Schlaf. Hier spielt sich das Leben tagsüber in Cafés und originellen Speiselokalen und nachts in Bars ab, in denen man am liebsten so lange verweilt, bis am Morgen die erste U-Bahn fährt. Bei Hunderten winziger Schwulen-Locations, in denen meist nur 15 Leute Platz finden, ist für jeden Geschmack das Richtige bei. Früher waren Ausländer nicht in allen Gays-Bars von Shinjuku ni-chōme gern gesehen. Das ändert sich mittlerweile. In etlichen Locations ist man jedenfalls garantiert willkommen. NEW SAZAE, eine der ältesten Schwulenbars im Viertel mit grandios grellem und freundlichem Personal, machte in den 1970er Jahren als Tanzschuppen Furore. Musik und Ausstattung sind der Disko-Ära treu geblieben. Der größte Schwulenclub in Shinjuku ni-chōme ist mit zwei großzügigen Dance Floors die AISOTOPE LOUNGE, in der man sich unabhängig vom Wochentag gut amüsiert und auch Kostümpartys, DJ-Auftritte und Men-only-Events stattfinden.

Bei Hunderten winziger Schwulen-Locations ist für jeden Geschmack das Richtige dabei.

Eine gute Wahl außerhalb von Shinjuku ni-chōme ist die ORIENTAL LOUNGE im 38. Stock des Hotels Mandarin Oriental. Zu den meisterhaft gemixten Cocktails gibt es spektakuläre Ausblicke auf die Stadt gratis dazu. Wir empfehlen einen auf Carrie Bradshaw zu machen und die exquisitiven Cosmopolitan-Cocktails auszuprobieren. Bekannt ist die Oriental Lounge auch für seinen *High Tea* – ein frühes Abendessen mit grandiosen Finger Sandwiches und köstlichen Scones. In der über Japan hinaus berühmten DASSAI BAR 23 geht der Geschmacksknospentest in die nächste Runde mit erstklassigen Sakes der Hausmarke Dassai – von sprudelnden Sorten bis zum exklusiven Dassai Beyond.

CONTACT, einer der aufregendsten Clubs in Tokio, ist eine zuverlässig gute Adresse für anspruchsvolle Musikfans mit Vorlieben für Electronic und Techno. Die schicke Location mit europäischem Flair befindet sich in einem Kellergeschoss im pulsierenden Stadtteil Shibuya. Der Hauptsaal ist alkohol- und kamerafreie Zone und ausschließlich zum Tanzen bestimmt. Von dem Geschehen auf dem Dancefloor dringt also nichts nach draußen. Zutritt hat nur, wer sich vorher online anmeldet.

Für romantische Abende bietet Tokio jede Menge kleine Bars mit dezenter Beleuchtung und gediegener Atmosphäre.

In der Oriental Lounge sorgt gedämpftes Licht für die richtige Stimmung zum Sonnenuntergang.

Der Stadtteil Shibuya ist bekannt für schrille Neonreklame und den meist besuchten Fußgängerüberweg der Welt.

Ob Designer-Labels oder die neueste Street Fashion – Tokio weiß, wie Shoppen zum besonderen Erlebnis wird. Schnäppchenjäger und Sammler, die qualitativ hochwertige Designerkleidung aus zweiter Hand suchen, werden sicher im RAGTAG fündig. Die neueste Filiale auf drei Etagen in der trendigen Cat Street im Stadtteil Harajuku lohnt auch einen zweiten und dritten Besuch, weil jeden Tag über hundert neue Stücke hinzukommen.

Apropos Designerware: Die Lederschuhe der japanischen Marke HENDER SCHEME sind eine Klasse für sich. Der Flagship-Store in einer alten Autoteilefabrik ist die Adresse für stylische Schuhe und Accessoires. OKURA lässt ihre hauseigene Marke nur im Inland herstellen und hält Japans traditionelles Textilhandwerk hoch. Nach einer alten japanischen Färbetechnik namens Aizome werden die meisten Kleidungsstücke mit Indigoblau gefärbt. Noch traditioneller sind die fantastischen modernen Kimonos, die MOTOJI aus hochwertiger Seide schneidert. Auch Gewänder für Männer gibt es hier.

Kunst und Kunsthandwerk aus allen Regionen des Landes findet man im Japan Traditional Crafts Aoyama Square.

Der Klassiker japanischen Kunsthandwerks ist der *tetsubin* – eine gusseiserne Teekanne.

Auf Schritt und Tritt stößt man in Tokios Straßenbild auf einen der unzähligen Verkaufsautomaten.

Japan weiß, was ein gutes Kaufhaus ausmacht – und ISETAN dürfte wohl das schickste von allen sein. Ein ganzes Gebäude ist allein für Herrenbekleidung und eine Maßschneiderei reserviert. Mit etwas Glück erwischt man als Krönung des Einkaufserlebnisses eine der saisonalen Trunk Shows. Bei Stilbewussten ist UNITED ARROWS & SONS ein fester Begriff. Markengründer Motofumi Kogi (alias Poggy) hat einen klassisch-coolen Männerlook mit nachhaltigem Kultcharakter kreiert.

Wer nicht das ganze Land nach dem besten Kunsthandwerk absuchen kann, möge sich auf einen Bummel durch das JAPAN TRADITIONAL CRAFTS AOYAMA SQUARE beschränken. Da es vom japanischen Staat betrieben wird, ist auf die Echtheit der Objekte Verlass – und die Preise sind unschlagbar. Was hier angeboten wird, hat vom handgeschöpften Japanpapier über das Porzellan bis zu den Holzschnitzereien nichts mit Touristenkitsch gemein. Gourmets und Hobbyköche werden an dem Lifestyle-Shop AKOMEYA ihre Freude haben, in dem sich alles um Reis dreht. Außerdem werden hier auch Geschirr und Utensilien für die Küche verkauft.

Der von vielen verehrte Schriftsteller, Zeitschriftenherausgeber und Gay-Pionier To Ogura, in Dragqueen-Kreisen besser bekannt unter dem Namen Margarette, hat sich mit seinem anregenden Buchcafé OKAMALT auf LGBTQ-Literatur spezialisiert. In dieser Tokioter Institution stöbert man bei Snacks und Drinks rund 600 Titel durch. Weitere literarische Entdeckungen verheißt das riesige Buchkaufhaus DAIKANYAMA T-SITE, in dem es auch Musik, Filme und Schreibwaren gibt. In der Anjin Library & Lounge im 1. Obergeschoss kann man bei einem Kaffee oder Cocktail in mehr als 30.000 alten Zeitschriften blättern.

Alles andere als ein Durchschnittsmuseum ist das NEZU-MUSEUM mit vorbildlich gepflegten japanischen Gärten, modernster Architektur und einer erlesenen Sammlung von 7.000 Kunstwerken aus Japan und Ostasien. Für das vom Star-Architekten Kengo Kuma renovierte Nezu sollte man sich mehrere Stunden Zeit nehmen – oder gleich einen ganzen Tag inklusive Picknick in den Museumsgärten. Am GŌTOKUJI-TEMPEL, dem legendären Geburtsort der berühmten Winkekatze Maneki-neko, sind Hunderte von Katzenfiguren zu bestaunen, die zwischen drei und dreißig Zentimetern groß sind. Schon auf den Zufahrtsstraßen stimmen allerhand Kunstwerke mit Katzenbezug den Besucher ein. Das KABUKIZA-THEATER ist berühmt, weil hier fast täglich Aufführungen der stark stilisierten Kabuki-Tänze stattfinden. Die Darsteller bei dieser traditionellen japanischen Kunstform, die viel mit Kostümen, Schminke und Perücken arbeitet, sind bis heute ausschließlich Männer.

Nach Shopping und Sightseeing bringt der Besuch einer traditionellen heißen Quelle Geist, Körper und Seele wieder in Einklang. In Tokio gibt es eine Handvoll solcher natürlichen Quellen, die hier *onsen* heißen, aber nur im SAYA-NO-YUDOKORO fließt das Wasser direkt aus den heißen Quellen in die Badebecken. Das ist selbst für Japan eine Rarität. Auch sonst kann die Ausstattung sich sehen lassen – mit Pools im Freien, Hydromassage und Liegebecken.

Wer sich bei künstlerischer Betätigung gut entspannt, kann bei einem Ikebana-Workshop die japanische Kunst des Blumenarrangierens für sich entdecken. Besonders zu empfehlen sind die in Japanisch und Englisch stattfindenden Kurse der zertifizierten Sogetsu-Lehrmeisterin MIKA OTANI, die in einem alten Ryokan stattfinden. Nach einer Einführung in die Basics kreieren die Workshopteilnehmer unter Anleitung ihr eigenes Ikebana-Gesteck.

Abseits vom Trubel der Innenstadt kann man auch in den Vororten Tokios auf Entdeckungsreise gehen.

MITMISCHEN

Die unverwechselbare Gay-Tanzparty GLAMOROUS TOKYO steigt unregelmäßig alle paar Monate an wechselnden Orten in Tokio. Die Atmosphäre dieses epischen Events mit Go-go-Tänzern und Dragqueens ist einladend und für alle sexuellen Präferenzen offen. Oder darf es noch etwas schillernder sein? Bei den Kostümpartys im FANCY HIM, einem der angesagtesten Gay-Tanzclubs der Stadt, lassen die Gäste ihren Verkleidungsgelüsten auch ohne Halloween freien Lauf.

Jedes Jahr im Mai lädt Tokio zur Rainbow Pride Parade mit rund 60 Events innerhalb einer Woche. Zwischen Festwagen und Darbietungen feiern Japaner und Ausländer gemeinsam und demonstrieren für LGBTQ-Rechte.

Jedes Jahr im Mai lädt Tokio zur RAINBOW PRIDE PARADE mit rund 60 Events innerhalb einer Woche. Höhepunkt ist der drei Kilometer lange Umzug zwischen den Stadtteilen Harajuku und Shibuya. Zwischen Festwagen und Darbietungen feiern Japaner und Ausländer gemeinsam und demonstrieren für LGBTQ-Rechte.

Während der Rainbow Pride, Japans größtem LGBTQ-Event, wird in ganz Tokio gefeiert.

Eine wichtige Partymeile für die Gay Pride ist der Yoyogi Park – allein hier finden 60 Events statt.

RAUSFAHREN

Der Weg von Tokio ans Meer nach KAMAKURA ist nicht weit. Darum kann man problemlos vormittags am beliebten Strand Yuigahama auf den Wellen reiten und am Nachmittag in Ruhe die Stadt erkunden. Kamakura war zu mittelalterlicher Zeit das politische Zentrum Japans und beherbergt bis heute Dutzende buddhistische und shintoistische Schreine. Besonders sehenswert ist der Große Buddha am Kōtoku-in-Tempel. Die 13 Meter hohe Bronzeskulptur wurde 1252 gegossen und überlebte sogar den verheerenden Tsunami, der diese Gegend im 15. Jahrhundert weitgehend verwüstete. Ringsum schlängeln sich viele Wanderwege an Höhlengräbern vorbei durch die malerische Landschaft. Hier fühlt man sich dem Tokioter Großstadtdschungel, der gar nicht weit entfernt ist, angenehm entrückt.

Der Große Buddha von Kamakura: die monumentale Bronzestatue gehört zu den berühmtesten Symbolen Japans.

SOLIDARITY
UNDER THE RAINBOW
Stand up for somebody.

KUNST UND REBELLION IN TOKIO

Akira the Hustler

Politisch, persönlich und sexuell unverblümt: Viele Arbeiten des Künstlers Akira the Hustler sind vom Geist der Rebellion durchdrungen. Seine Skulptur *Red String „Lovers"* von 2012 zeigt ein Männerpaar, das durch ein rotes Band miteinander verbunden ist. Ihre erigierten Glieder berühren sich.

Seine Aufmüpfigkeit führte Akira nach Umwegen wieder in seine Heimatstadt Tokio zurück. „Ich wurde in Tokio geboren und zog im Alter von zwei Jahren mit meiner Familie nach Deutschland", erklärt er. „Als ich acht Jahre alt war, gingen wir nach Japan zurück. Bis zu meinem Hochschulexamen lebte ich in Kyōto und Kobe. Die Leute im Westen Japans mögen Tokio nicht. Mich als rebellischen Geist lockte es, in einer – zumindest bei einigen – verhassten Stadt etwas Interessantes auf die Beine zu stellen."

Akira hat seine eigene Theorie, warum Tokio Japans LGBTQ-Hauptstadt ist: „In Tokio interessieren die Leute sich nicht besonders dafür, was ihre Nachbarn machen. Deswegen konnten sexuelle Minderheiten hier schon früher relativ unbehelligt leben." Der Weg zur sexuellen Gleichstellung war dennoch lang und reich an Hindernissen. Wie überall in Asien – außer in Taiwan – steht auch in Japan die Legalisierung der LGBTQ-Ehe noch aus.

In jüngster Zeit beobachtet Akira eine verstärkte Politisierung. Abfällige Äußerungen wie der Spruch eines staatlichen Vertreters, kinderlose LGBTQ-Paare seien „unproduktiv" und verschwendeten somit Steuergelder, werden nicht mehr hingenommen. „Viele Menschen, darunter auch Angehörige sexueller Minderheiten, haben ihre Empörung zum Ausdruck gebracht und protestiert", berichtet er. „Das hat mich sehr berührt. Nach langen Jahren der Überzeugungs- und Lobbyarbeit fangen die Menschen endlich an, ihren Unmut auch außerhalb von Pride-Paraden und Festivals öffentlich zu artikulieren. Die Entscheidung, den Protest auf die Straße zu tragen, war für die LGBTI-Community das eigentliche Coming-out."

Akiras Verhältnis zu der 9,7-Millionen-Einwohner-Stadt bleibt dennoch ambivalent. Neben den Lieblingsorten in seinem angestammten Stadtteil Toshima wie der Buchhandlung Popotame, „die Bücher und Kunstwerke meist radikaler Künstler aus Ostasien verkauft", gibt es in Tokio auch vieles, was ihm missfällt. Er beschreibt das Klima in der Stadt als „pessimistisch und verantwortungslos" und prognostiziert für die Zeit nach den Olympischen Spielen 2020 einen Niedergang, von dem er sich allerdings einen Kreativitätsschub erhofft.

„Was Tokio mir gibt? Einen illusionslosen Blick, Sarkasmus und ein kleines Feuer, das in mir brennt", erklärt Akira. „Aus meinem Ärger über diese Stadt, die meine Geduld auf eine harte Probe stellt, gewinne ich meine Lebensenergie."

„Was Tokio mir gibt? Einen illusionslosen Blick und ein Feuer, das in mir brennt.“

彩虹下没有憎恨
NO HATE UNDER THE RAINBOW

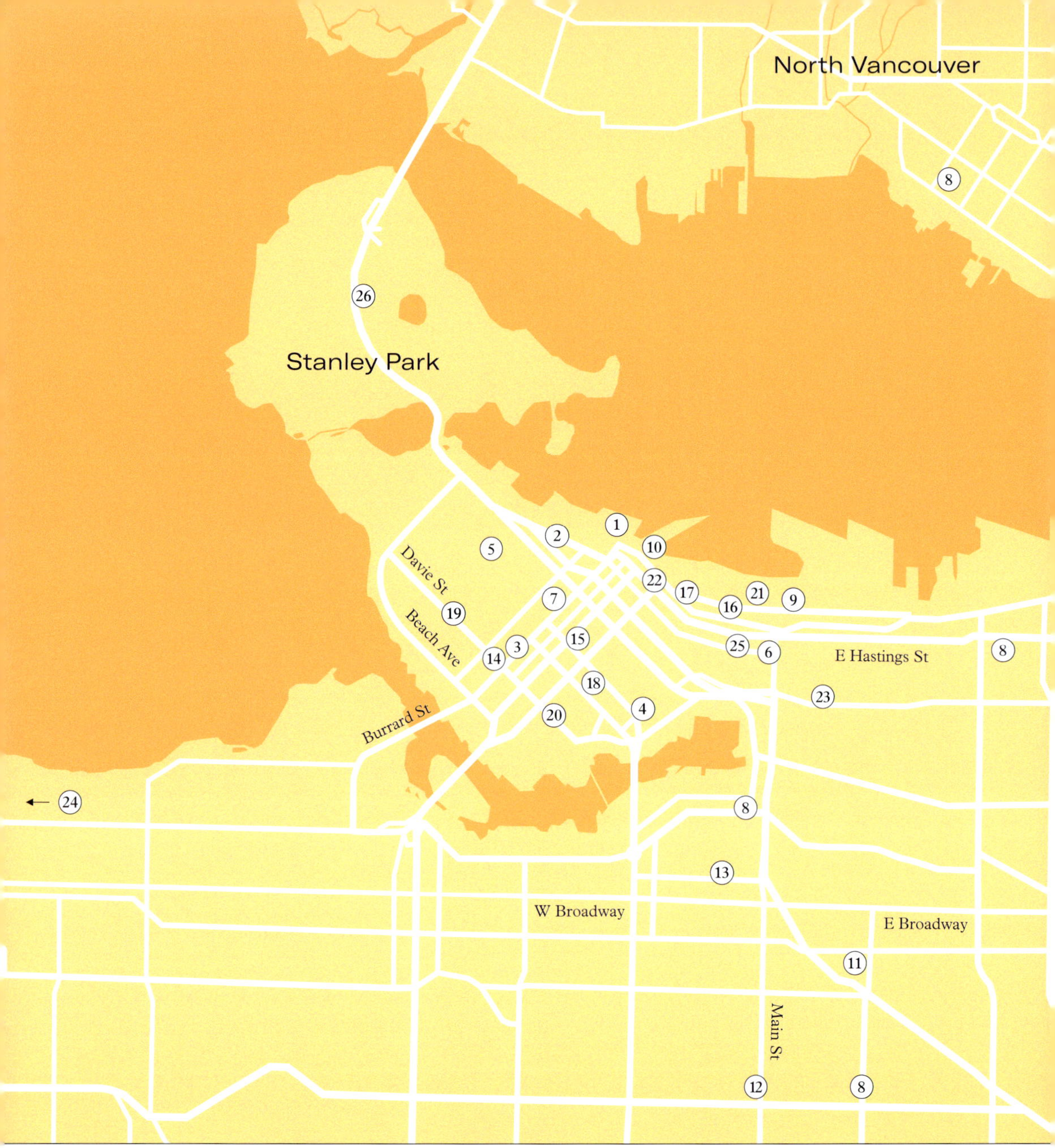

LOGIEREN

1. Fairmont Pacific Rim & The Botanist
2. Loden Hotel
3. The Burrard
4. The DOUGLAS
5. West End Guest House

GENIEßEN

6. Bao Bei
7. Boulevard Kitchen & Oyster Bar St.
8. Earnest Ice Cream
9. Lawrence
10. Miku
11. Savio Volpe
12. The Acorn Restaurant

MITFEIERN

13. 33 Acres Brewing Co.
14. Celebrities
15. Gorg-O-Mish
16. The Diamond

SHOPPEN

17. Herschel Supply Co.
18. Leisure Center
19. Little Sister's Book & Art Emporium
20. MASC
21. Neighbour
22. Old Faithful Shop
23. The Eastside Flea

ENTDECKEN

24. Museum of Anthropology
25. Rennie Museum
26. Stanley Park

VANCOUVER

Stadtparadies am Pazifik

Wenn der Morgennebel sich lichtet, glitzern Vancouvers gläserne Wolkenkratzer in der Sonne wie ein Kaleidoskop. Gedämpft wird der Glanz nur durch die North Shore Mountains. Sie rücken die Stadt im wahrsten Sinne des Wortes in den Schatten und locken die sportlichen Städter zum morgendlichen Joggen in uralte Wälder. Wenn dann die Tanker in Kanadas größten Hafen einlaufen, macht sich eine bunt gemischte Bevölkerung an ihr Tagwerk, legt in den besten Restaurants des Landes die Kochlöffel zurecht und schließt, sofern sie Vancouvers quicklebendiger Kunstszene angehört, die Galerietüren auf.

Kanadas attraktivste Stadt ist für viele ein Sehnsuchtsort, wie nicht zuletzt der ganzjährig florierende Tourismus zeigt. Die majestätische Landschaft, die städtische Wälder, Berge und atemberaubende Küstenlinien umfasst, ist ein starkes Argument für ausgiebige sportliche Betätigung an der frischen Luft. Im Sommer sind die Strände voll belegt. Vancouvers schwule Community trifft sich am English Bay Beach. Im Winter lädt das nahe Whistler zum Skifahren auf Weltklasseniveau und zu einem Pride-Event im Schnee.

Vancouvers Schwulenviertel Davie Village bekam 2013 den ersten dauerhaften regenbogenfarbigen Zebrastreifen in Kanada. Da die meisten Vancouveraner liberal gesinnt sind, können einheimische und ortsfremde LGBTQ-Menschen sich überall in der Stadt willkommen fühlen.

Passend zu den spektakulären Ausblicken auf Wasser und Berge ist das Design der eleganten Zimmer und erlesenen Suiten im FAIRMONT PACIFIC RIM von der Natur inspiriert. Das Luxushotel ist atmosphärisch und technologisch auf der Höhe der Zeit. Mit dem Botanist bietet es eine der besten Dinner-Locations der Stadt – mit Lounge, Außenterrasse, Craft-Bar und extravaganten Räumlichkeiten. Der Konditor sorgt mit seinem Backwerk, der Sommelier mit einer reichhaltigen Weinkarte und der Küchenchef mit regionalen Zutaten für höchstes Niveau. Etwas mehr Vintage-Flair verströmt das denkmalgeschützte, 1906 erbaute WEST END GUEST HOUSE. Das Mobiliar erinnert an vergangene Zeiten, aber die Ausstattung des Hotels ist auf dem neuesten Stand. Die Fotogalerie in der Lobby mit historischen Aufnahmen von Vancouver verdient ein genaueres Hinsehen.

Die Zimmer im Douglas Hotel überzeugen durch zeitgemäße Eleganz und dezente Farbgebung.

Wer echt cool untergebracht sein möchte, sollte im The Burrard einchecken. Die hellen Zimmer in einem umgebauten Motel von 1956 verraten einen ausgeprägten Sinn für gutes Design.

Ein ausgewogener Mix von Geschichte und Zukunft, Natur und Urbanität ist das DOUGLAS der Hotelkette Autograph Collection. Die durchdachte Ausstattung der Zimmer und Suiten ist passgenau auf den modernen Reisenden zugeschnitten. Das Hotel ist Teil des edlen Casino-Resort Parq Vancouver, zu dem auch ein Dachpark gehört, der mitten in der Stadt sechs Etagenhöhen über Straßenniveau thront. Das Boutiquehotel LODEN legt beim Service größten Wert auf die persönliche Note. Außen dominieren Holz und Kupfer und innen erdige Farbtöne. Die Inspirationsquelle für dieses Design, das die zentrale und trotzdem ruhige Lage des Hauses gut ergänzt, war die Küstenlandschaft von British Columbia. Wer erschwinglich und dabei echt cool untergebracht sein möchte, sollte im THE BURRARD einchecken. Die hellen und luftigen Zimmer in einem umgebauten Motel von 1956 verraten einen ausgeprägten Sinn für gutes Design und bieten allen nötigen Komfort wie Nespresso-Maschinen und kostenloses WLAN.

Hotel-Oase in der Stadt: Der Hof des Burrard ist der ideale Ort zum Relaxen oder für eine Partie Tischtennis.

Die majestätische Landschaft ist ein starkes Argument für ausgiebige sportliche Betätigung an der frischen Luft.

Vancouvers Gastronomie profitiert davon, dass Einwanderer aus der ganzen Welt ihre Kochkunst an die kanadische Westküste brachten. Da 40 Prozent aller Einwohner der Metropolregion Vancouver fernöstliche Vorfahren haben, ist die asiatische Edelcuisine bestens vertreten – ob Philippinisch, Indisch, Chinesisch oder Japanisch.

Frischer Fisch aus dem nahen Ozean und der lebhafte asiatische Einfluss sorgen dafür, dass man in Vancouver erstklassiges Sushi nicht lange suchen muss. Einer der beliebtesten Japaner heißt MIKU. Seine Spezialität sind Aburi, die über offener Flamme flambiert werden. Eine reiche Sake-Auswahl hält die Gäste warm, während sie durch die Fensterfront auf den Hafen blicken. Die BOULEVARD KITCHEN & OYSTER BAR zaubert aus frischen Meeresfrüchten traditionelle, regionale Spezialitäten. Die saisonalen Degustationsmenüs sind kreativ und wechseln häufig, aber Stammgäste bestellen immer nur ihren geliebten Seafood Tower für zwei oder vier Personen.

Italienisch gekocht wird bei SAVIO VOLPE, einer stilechten Osteria, die ihre frischen Zutaten aus den Seen, Meeren, Bauernhöfen und Äckern der Umgebung bezieht und die Pasta jeden Tag frisch von Hand herstellt, während die Proteine am Drehspieß über dem Holzkohlengrill zubereitet werden. Die reichhaltige italienische Weinkarte garantiert zu jedem Gang die passende Veredelung. Klassisch französisch mit einem Hauch Québec speist man bei ST. LAWRENCE. Kulinarisch hat Chefkoch Jean-Christophe Poirier sich von seinen Kindheitserinnerungen inspirieren lassen und sie für den modernen Gaumen abgewandelt.

Das BAO BEI in Chinatown gewinnt Gerichten aus Taiwan, Shanghai und der Provinz Sichuan neue Seiten ab und serviert sie in Form von kleinen Platten, die mehrere Gäste sich teilen. Bekannt ist das Bao Bei auch für sein Getränkeangebot. Vegetarier bekommen im ACORN RESTAURANT am oberen Ende der Main Street liebevoll angerichtete, köstliche und sättigende Kost – zum Beispiel geräucherte und karamellisierte Pastinake, Kartoffelpastete und Halloumi im Bierteig. Und zum Dessert? EARNEST ICE CREAM stellt sein Eis nur in kleinen Mengen her und experimentiert mit eigenhändig gesammelten Zutaten wie frischen Fichtenknospen und Holunderblüten, führt aber auch Klassiker wie Milchschokolade und gesalzenes Karamell. Zwecks konsequenter Müllvermeidung kann man sich seine Portion in wiederverwendbare Pfandgläser füllen lassen.

Die Pastelltöne im Restaurant Botanist harmonieren perfekt mit der üppigen Belaubung.

Schlichtes Holzmobiliar und königsblaue Wände sorgen im Restaurant St. Lawrence für Gemütlichkeit.

Wer Leute treffen und Einheimische kennenlernen will, ist in der 33 ACRES BREWING COMPANY richtig. Hier wird nicht nur Bier gebraut, sondern eine integrative Vision gelebt: gemeinschaftlich essen und trinken, miteinander reden und Ideen austauschen. Die Bierkarte, in der jedes Hausgebräu eloquent beschrieben wird, ist ein Quell der Freude. Privater geht es im THE DIAMOND zu, das nicht mehr und nicht weniger sein will als eine coole, lässig-entspannte Cocktaillounge im Stadtteil Gastown, in der man Freunde trifft und in der modernisierte Klassiker gemixt werden. Das Vintage-Ambiente ist unprätentiös und einladend und die Musik nie ohrenbetäubend laut, sodass man sich ungestört unterhalten kann. Zum Tanzen geht man am besten ins CELEBRITIES, das schon in den 1980er Jahren Kultstatus genoss. Seither hat der Club sich permanent weiterentwickelt und ist heute in Sachen Sound und Lightshows absolut auf der Höhe der technologischen Entwicklung. Für alle, die eine Portion Exklusivität brauchen, gibt es sogar einen VIP-Table-Service. Nachtschwärmer mit Durchhaltevermögen versammeln sich im GORG-O-MISH, das 2003 als erstes Lokal in Vancouver von der Sperrstunde befreit wurde. Hier läuft jeden Freitag und Samstag bis in die frühen Morgenstunden vor allem House und Techno.

> Nachtschwärmer gehen ins Gorg-O-Mish, das 2003 als erstes Lokal in Vancouver von der Sperrstunde befreit wurde.

33 Acres of Ocean ist nur eine von vielen Biersorten der 33 Acres Brewing Company.

Der Dancefloor im Gorg-O-Mish, Hotspot der Underground-Techno-Szene, ist immer gut gefüllt.

Dunkel und mondän: Die Keefer Bar serviert Cocktails mit hausgemachten Tinkturen und asiatisch angehauchte Snacks.

Im Old Faithful Shop gibt es geflochtene Wäschekörbe, Segeltuchtaschen und Leuchten aller Art.

LITTLE SISTER'S BOOK & ART EMPORIUM ist seit den 1980er Jahren ein in der Queer-Szene legendärer Buch- und Kunstladen in Davie Village. Er führt Bücher, Postkarten, Kleidung und vieles mehr und gehört zu einer aussterbenden Gattung. Man tut also gut daran, ihn zu unterstützen – und sei es nur durch den Kauf einer Anstecknadel. Im OLD FAITHFUL SHOP in Downtown, der sich selbst als modernen Gemischtwarenladen bezeichnet, kommt man sich vor wie in einer Wohnzeitschrift. In den Regalen stapeln sich neben Büchern und Parfums hochwertige Home-Artikel von Marken wie Hay, Skagerak und David Mellor. Viele Kunden geraten ins Schwärmen und fragen sich, wie sie die edle Ware nach Hause bekommen.

Im Bereich der Körperpflege hat Kanada große Namen vorzuweisen – wie zum Beispiel die Marke MASC, die sich seit 2007 um Hautpflege für Männer kümmert. Eine riesige Produktpalette und der exzellente Kundenservice machen jeden Besuch zu einem Gewinn für Skincare-Routiniers und Beratungsbedürftige. Ein Vancouveraner Eigengewächs ist HERSCHEL SUPPLY CO., das die Gebrüder Cormack 2009 gründeten. Die Accessoires mit Sinn für gutes Design gibt es überall auf der Welt zu kaufen, aber es macht Spaß, im riesigen Flagship-Store in Gastown das gesamte Sortiment in Augenschein zu nehmen.

Ein Unikat ist dagegen der Herrenausstatter NEIGHBOUR mit einer sorgsam zusammengestellten Auswahl an Bekleidung, Schuhwerk, Accessoires und Home-Artikeln. Einzelstücke, Sammlerobjekte und Handgefertigtes gibt es auf dem EASTSIDE FLEA zu entdecken. Bei der Suche nach dem ganz Besonderen helfen allerlei Imbisswagen und die Vinyl-DJs, die für Stimmung sorgen. Wer am liebsten alles unter einem Dach kauft, sollte sich im riesigen Lifestyle-Kaufhaus LEISURE CENTER umsehen. In dem Art-déco-Gebäude aus den 1930er Jahren wurden früher Briefumschläge hergestellt. Das Architekturbüro Casper Mueller Kneer hat die Räume, in denen heute Mode, Kunst, Musik, Bücher, Haushaltswaren, Kosmetik und sogar Erfrischungen präsentiert werden, mit L-förmigen Aluminiumplatten wie einen futuristischen Souk gestaltet.

Der Old Faithful Shop hält auf feinste Qualität und minimalistische Warenpräsentation.

MASC folgt dem Motto „Look good, feel great" und ist das Beste, was Vancouver an Männerpflege zu bieten hat.

Wer sich für die Historie des schwulen Vancouver interessiert, sollte an einer REALLY GAY HISTORY TOUR durch den Stadtteil Davie Street teilnehmen, eines der lebendigsten Schwulenviertel Nordamerikas. Die Vancouver Pride zieht Jahr für Jahr Zehntausende an. Offen schwule Politiker gibt es in der Stadt ebenso wie Mahnmale für Gay-Aktivisten. Das war nicht immer so, wie man bei dem kurzweiligen Stadtspaziergang erfährt.

Im RENNIE MUSEUM befindet sich einer der größten Sammlungen zeitgenössischer Kunst in Kanada. Die Objekte setzen sich mit Themen wie Identität, Ungerechtigkeit und kultureller Aneignung auseinander, kommentieren die Gesellschaft oder gehen dem Wesen von Malerei, Fotografie und Film auf den Grund. Die Galerie präsentiert sowohl aufstrebende als auch international bekannte Künstler. Viele Werke aus ihrem Bestand reisen als Leihgaben durch die ganze Welt.

Das MUSEUM OF ANTHROPOLOGY verfolgt Vancouvers Geschichte besonders weit zurück – über 8.000 Jahre. Beim Durchschreiten des industriell anmutenden Eingangs begrüßen den Besucher einige Totempfähle. Im Mittelpunkt des Museums steht die Kultur der sogenannten First Nations, ergänzt durch seltene Exponate aus anderen Zivilisationen.

Ganz oben auf der Liste der aufzusuchenden Orte steht der STANLEY PARK, Vancouvers größter und meistgeliebter Stadtpark. Die grüne Oase mitten in der Stadt besteht aus 400 Hektar natürlichem Regenwald und bietet vom berühmten Uferweg schöne Ausblicke auf Wasser, Berge und majestätische Bäume. Hier befinden sich auch das größte Aquarium Kanadas und kilometerlange Wege und Strände, kulturelle und historische Sehenswürdigkeiten und ausgezeichnete Gastronomie.

In Vancouvers Geschichte eintauchen kann man bei der Really Gay History Tour (links) oder im Museum of Anthropology (rechts).

Vancouver kann man bei unzähligen Aktivitäten auf dem Wasser entdecken (oben) oder bei einem Ausflug mit dem The Grouse Mountain Skyride (gegenüber).

SKYRIDE
2
VANCOUVER
CANADA
USE MOUN

Beim jährlichen QUEER ARTS FESTIVAL präsentiert sich die Queer-Szene mit ihrer Kunst, Kultur und Geschichte. Neben einer Kunstausstellung und einer Community Art Show bietet es drei Wochen lang hochkarätige Performances und Workshops aus allen künstlerischen Disziplinen und feiert die kreativen Ausdrucksformen queerer bildender und darstellender Künstler.

Weinliebhaber erleben beim Vancouver International Wine Festival eines der ältesten Weinfeste der Welt.

17 Tage lang gutes Essen und guten Wein verspricht das DINE OUT FESTIVAL – mit geführten Gastronomie-Erkundungen, Brunchtouren, Cocktail-Meisterkursen sowie Abendessen, bei denen die Gäste mitkochen, Streetfood-Märkten sowie Wein- und Craft-Beer-Verkostungen der British Columbia Vintners Quality Alliance. Weinliebhaber mit höheren Ansprüchen erleben beim VANCOUVER INTERNATIONAL WINE FESTIVAL eines der größten und ältesten Weinfeste der Welt. Ein Mittelpunkt des Festivals ist neben Seminaren, Verkostungen und Essen auf dem Weingut der Tasting Room: Hier können Besucher bei vier International Festival Tastings rund 750 Weine testen.

Im Sommer werden manche der vielen Strände im Stadtgebiet zu Partyzonen für Einheimische und Gäste.

RAUSFAHREN

Vancouvers NORDKÜSTE (NORTH SHORE) ist mehr als nur die spektakuläre Kulisse einer schön gelegenen Stadt, sondern eine Gegend voller wildem und urbanem Leben. Ihre Buchten und Inseln bieten Wassersportenthusiasten beste Bedingungen zum Paddeln und Tauchen. Außerdem ist die Nordküste mit Küstengebirgsregenwald gesegnet – ein Mekka für Wanderer und Radler aller Leistungsstufen. Nach so vielen Aktivitäten unter freiem Himmel empfiehlt sich ein Bummel durch die Einkaufsviertel Deep Cove, Lonsdale, Lower Lonsdale, Edgemont Village, Ambleside, Dundarave, Caulfield und Horseshoe Bay, die allesamt mit einer reichen Auswahl an Geschäften, Galerien und Lokalen aufwarten. Wo hat man schon die Möglichkeit, morgens Ski oder Snowboard zu fahren und am Nachmittag einen Strandspaziergang zu machen?

Die frei schwingende Capilano Suspension Bridge führt über den Capilano River im District of North Vancouver.

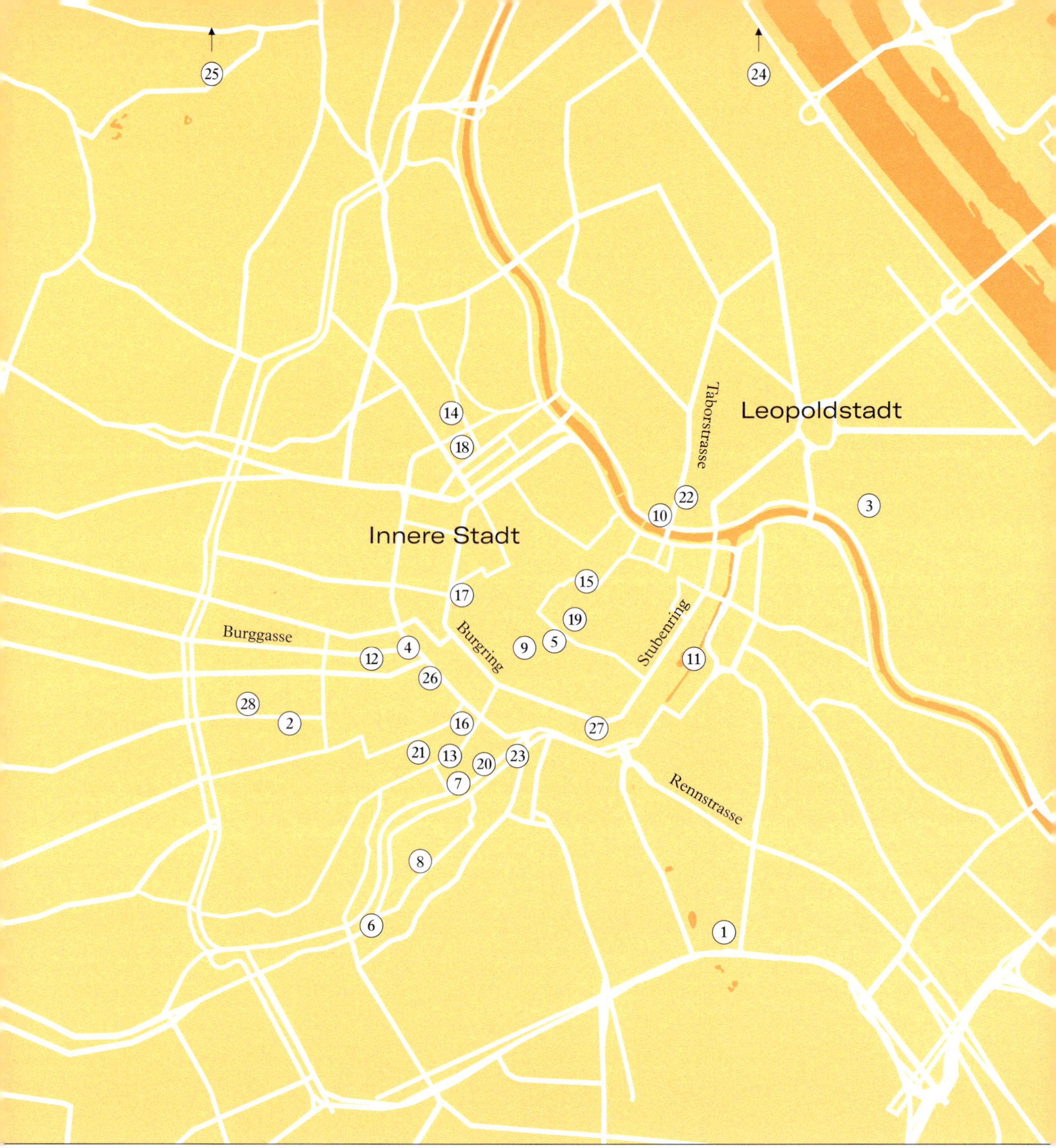

LOGIEREN

1. Daniel
2. Hotel am Brillantengrund
3. magdas HOTEL
4. Sans Souci
5. The Guesthouse

GENIEẞEN

6. Gasthaus Woracziczky
7. Market
8. Motto
9. Palmenhaus
10. Spelunke
11. Steirereck
12. ULRICH

MITFEIERN

13. Café Savoy
14. krypt.
15. Onyx Bar
16. phil
17. Volksgarten

SHOPPEN

18. Löwenherz
19. Mühlbauer
20. Naschmarkt
21. Saint Charles Apotheke
22. strictly HERRMANN
23. WienerBlut

ENTDECKEN

24. Donauinsel
25. Grinzing
26. mumok
27. Musikverein
28. WestLicht

WIEN

Symbiose von Alt und Neu

Paris hat das Marais, New York hat Chelsea und Barcelona hat sein „Gaixample", aber Wien begnügt sich nicht mit einem One-and-only-Schwulenviertel. In Wien kann man sich überall frei und akzeptiert fühlen. Auch die gelegentlichen schiefen Blicke werden weniger. Wie und wen man auch liebt – Wien empfängt schwule Gäste aus aller Welt mit offenen Armen. Es ist kein Problem, Hand in Hand über die Kärntner Straße zu flanieren, sich beim Sommernachtskonzert auf dem Gloriette-Hügel im Park von Schloss Schönbrunn zu umarmen oder oben auf dem Kahlenberg den Blick auf die herrliche Stadt mit einem innigen Kuss zu feiern.

Wien geht entspannt mit allen Spielarten der Liebe um, aber vermutlich besucht man die Stadt nicht in erster Linie, um auf Schritt und Tritt zu knutschen. Da die Stadt seit Jahrhunderten kulturell und politisch eine Schlüsselrolle spielt, gibt es genug anderes zu tun. Kunst, Kultur, Cuisine, Architektur und Nightlife sind nur einige Gründe, warum ein Besuch der ehemaligen Hauptstadt der Habsburgermonarchie lohnt.

Homosexualität ist für die Wienerinnen und Wiener übrigens nichts Neues. Dass Erzherzog Ludwig Viktor, der Bruder des österreichischen Kaisers Franz Joseph I., schwul und Stammgast im Centralbad war, wusste die ganze Stadt. Das Centralbad heißt heute Kaiserbründl und ist nicht nur Wiens berühmteste Schwulensauna, sondern weltweit eine der schönsten.

Wiens Kunst- und Kulturszene genießt ein hohes Renommee. Da liegt es nah, in einem Hotel einzuchecken, das beinahe selbst als Kunstgalerie durchgeht. Am Rande des munteren Bezirks Neubau befindet sich das SANS SOUCI WIEN, eines der neuesten und edelsten Luxushotels der Stadt. Für die Innenausstattung gab der Inhaber seine beeindruckende Kunstsammlung her, die Werke von Roy Lichtenstein und Steve Kaufman umfasst. Handverlesene Antiquitäten und exklusives modernes Mobiliar tragen ein Übriges zur luxuriösen und entspannten Atmosphäre bei. Am Morgen oder nach einer langen Stadterkundung kann man im hoteleigenen Sportbecken seine Bahnen schwimmen oder den weitläufigen Spa-Bereich genießen. Nicht minder edel, aber zentraler gelegen ist THE GUESTHOUSE VIENNA. Zu touristischen Highlights wie der Staatsoper und der Albertina ist es nur ein Katzensprung. Der britische Innenarchitekt Sir Terence Conran überließ nichts dem Zufall und kreierte ein behagliches Ambiente, in dem die Gäste sich dank der geradlinigen Ästhetik und des Quäntchens Extravaganz wie zu Hause fühlen und schon im Hotel eine Einführung in den Wiener Traditionsreichtum erhalten.

Wer es nicht so opulent braucht, steuere das HOTEL DANIEL an, das mit der Selbsteinstufung „Smart Luxury“ für sich wirbt und gut und gern die kleine Schwester eines großen Fünfsternehotels sein könnte. Das Daniel bietet den entsprechenden Komfort, legt aber Wert auf Flexibilität und faire Preise. Das Design ist schnörkellos und elegant. Nächtigen kann man in unterschiedlichsten Kategorien und sogar in Räumen, die keine Zimmer im eigentlichen Sinne sind – zum Beispiel im Airstream-Wohnwagen. Eine stylische Alternative ist MAGDAS HOTEL, das sich zudem um die Integration von Menschen mit Migrationshintergrund verdient macht. Das Social-Business-Projekt ermöglicht Menschen, die ihre krisengeschüttelten Heimatländer hinter sich lassen mussten, einen Neuanfang. Die Philosophie: Niemand wird ausgegrenzt, nur weil er oder sie nicht die Landessprache spricht. Die kulturelle Vielfalt der Belegschaft wird hier sehr geschätzt. Abgesehen vom sozialen Mehrwert bietet Magdas alle Annehmlichkeiten und Serviceleistungen eines Boutiquehotels. In den durchdacht gestalteten Innenräumen stehen Antiquitäten Seite an Seite mit Recycling- und Upcycling-Objekten.

Die oben aufgestellte Behauptung, Wien habe kein Gay-Viertel, stimmt vielleicht doch nicht ganz. Der 7. Bezirk, der Neubau heißt, gehört zu den besonders hippen, weltoffenen und kunstaffinen Ecken der Stadt und zieht auch viele schwule Wienbesucher an. Mitten in Neubau mit seinen Independent-Designer-Shops, Galerien, Restaurants, Cafés, Bars und Kneipen liegt das HOTEL AM BRILLANTENGRUND. Gemütlicher und entspannter kann man in Wien wohl kaum wohnen. Das Interieur, edles Mobiliar aus dem späten 19. Jahrhundert, schickt den Gast auf eine Zeitreise, ohne sich auf eine bestimmte Epoche festzulegen.

Im lauschig-grünen Innenhof des Hotels am Brillantengrund lässt sich so manche Stunde entspannt verträumen.

Lichtdurchflutet und schlicht möbliert: In The Guesthouse Vienna fühlt der Gast sich rasch wie daheim.

Kunst, Kultur, Cuisine, Architektur und Nightlife sind nur einige Gründe, warum ein Besuch lohnt.

Dank der Lage im Herzen Europas hat die Wiener Kochkunst Einflüsse aus den verschiedensten Regionen und Kulturkreisen aufgenommen, besonders aus Ungarn und Böhmen. Das GASTHAUS WORACZICZKY zaubert aus regionalen Zutaten, die den wienerischen Touch noch verstärken, fantastische, typisch österreichische Gerichte. Das Wirtshausflair hat ebenso wie die halbhohe Holzverkleidung und die kleinen Nischen die Zeiten überdauert und garantiert einen unvergesslichen Abend. Eine Institution für die Wiener LGBTQ-Szene und viele andere ist das MOTTO, in dem sich seit den 1980er Jahren Musiker und andere Kreative, darunter viele Homosexuelle, treffen. Geboten werden österreichische und internationale Speiseklassiker und ein unverwechselbares Interieur, das die Fantasie anregt. Mit grünem Samt gepolsterte Sitzbänke, Wände, denen man ihr Alter ansieht, und schwarzer Marmor wecken Erinnerungen an die Dinnerclubs der 1960er Jahre.

Kulinarisch in einer höheren Liga spielt das STEIRERECK. Dekoriert mit vier Gault & Millau-Hauben und zwei Michelin-Sternen, experimentiert das Gourmetlokal der Spitzenklasse mit den Aromen und Geschmäckern Österreichs und kreiert daraus faszinierende Gerichte. Nicht weit entfernt lockt die stadtbekannte SPELUNKE vor allem mit Fisch und Meeresfrüchten – und zwar ganztägig. Die Cocktails stammen von preisgekrönten Mixologen und die Wandmalereien von namhaften Graffiti-Künstlern. Beides ist Instagram-würdig. Wer Lust auf Asiatisches verspürt, bekommt im MARKET am Naschmarkt sagenhafte Asia-Fusion-Küche. In der Nachbarschaft gibt es diverse Schwulen-Bars und kleine Clubs. Bei freundlichem Wetter kann man an kleinen Tischen im Freien seinen Kaffee trinken und die gut aussehenden Passanten in Augenschein nehmen.

Nach einer langen Nacht meldet sich der Appetit? Und das Hotelfrühstück ist schon abgeräumt? Kein Grund zur Sorge: Am schmucken St.-Ulrichs-Platz wartet das nach dem Platzheiligen benannte Restaurant ULRICH nur darauf, dem Kater mit Wiens beliebtestem Brunch entgegenzuwirken. Ein ernst zu nehmender Konkurrent ist das PALMENHAUS. Es heißt so, weil es in einem alten Jugendstil-Gewächshaus aus kaiserlicher Zeit untergebracht ist. Ob Frühstück, Brunch, Mittagessen oder einfach ein Drink – hier werden zu jeder Tageszeit alle Wünsche erfüllt. Dank der Nähe zur Albertina und zur Hofburg ist das Palmenhaus eine gute Pausenstation bei Entdeckungstouren durch die Innere Stadt.

Die hypermoderne Architektur des Restaurants Steirereck ist im Wiener Stadtpark nicht zu übersehen.

Im Palmenhaus speisen die Gäste unter Stahl und Glas, zwischen Jugendstil-Flair und tropischen Pflanzen.

Im Motto werden Bistro-Klassiker modern interpretiert – zum Beispiel Gans mit Rotkraut und Knödeln.

Wiens Nachtleben ist überschaubarer als das anderer Metropolen, aber man kann sich prächtig amüsieren. Als Einstieg empfiehlt sich ein Drink in der Bar KRYPT, die ein echter Insider-Tipp ist. In einem extrahohen Keller mit Backsteinwänden und schwarzem Marmorboden werden exquisite Cocktails serviert. Für seine Kreationen ist auch die ONYX BAR im architektonisch etwas affektierten Haas-Haus am Stephansplatz bekannt. An Wochenenden sorgen DJs für ein abwechslungsreiches Programm von Smooth Jazz bis Funky House.

Zwangloser geht es im CAFÉ SAVOY zu, das nachts zur Bar wird. Es dürfte das älteste schwule Kaffeehaus in Wien sein. Das traditionsbewusste Interieur mit Endlosspiegeln bildet einen interessanten Kontrast zum alles andere als antiquierten Geist des Hauses. Das gemütliche PHIL in der Gumpendorfer Straße liegt in einer Gegend mit vielen Restaurants und Schwulenkneipen. Hier kann man nicht nur Hipster-Drinks und Snacks zu sich nehmen, sondern auch das Bücher-, LP- und Deko-Angebot des integrierten Geschäfts durchstöbern.

Wer sich später noch in Schale werfen und unter die Reichen und Schönen Wiens mischen will, begebe sich zur Party-Institution VOLKSGARTEN. Nach möglichen Alternativen fragt man am besten einen Einheimischen, denn Wiens schwules Nachtleben spielt sich großteils an wechselnden Örtlichkeiten ab.

Pracht in der Nacht: Die Spiegel im Café Savoy verdoppeln den Lichterglanz des imposanten Kronleuchters.

Das urbane, luxuriöse Onyx lockt eine edle Kundschaft – man sollte sich smart kleiden, um dabei zu sein.

Die imposante sieben Meter lange Bar steht im Mittelpunkt des krypt., die mit einem großen grünen Gemälde an der Wand kombiniert ist.

SAINT CHARLES COSMOTHECARY
RIGHT TO THE ROOTS.
REN
Dr.Hauschka
WELEDA
SAPOFACTUR
"I have no other wish than a close fusion with nature & I desire no other fate than to have worked and lived in harmony with her laws."
Monet

Souvenirs für die Daheimgebliebenen, trendige Neuerwerbungen für den Kleiderschrank – für den gepflegten Kaufrausch hält Wien viele Möglichkeiten bereit. Ein Bummel über den NASCHMARKT mit seinen Feinkostständen ist ein Muss. Der angrenzende Parkplatz verwandelt sich zudem jeden Samstag in einen Flohmarkt, auf dem es für den geduldigen Raritätensucher zwischen den Antiquitäten, Gemälden und Kuriosa echte Schätze zu entdecken gibt.

> Für den gepflegten Kaufrausch hält Wien viele Möglichkeiten bereit.

Die eigene Garderobe auf den neuesten Stand bringen kann man vortrefflich bei STRICTLY HERRMANN. Der Concept Store hat es sich zur Aufgabe gemacht, Männer zu beglücken – mit einem wohlsortierten Angebot an Menswear und Armbanduhren, aber auch mit elektronischen Gadgets, Schreibzeug und Wohlgerüchen. Was braucht der moderne Dandy mehr? Vielleicht noch einen Hut? MÜHLBAUER ist eine alteingesessene, bei Fashionistas aus Wien und der ganzen Welt beliebte Hutmanufaktur und fertigt seit 1903 Kopfbedeckungen in Spitzenqualität, die allesamt einmalig sind.

Parfum kaufen kann jeder im Duty-free-Shop, aber wer einen aufregenden Duft mit nach Hause nehmen will, der ihn nach der Heimreise an Wien erinnert, greife zu einem Flakon von WIENERBLUT. Das Parfumlabel interpretiert österreichische Rezepturen aus dem 19. Jahrhundert neu und lässt die Düfte der Kaiserzeit wieder aufleben. Freunden der anspruchsvollen Körperpflege wird die SAINT CHARLES APOTHEKE zusagen. Sie wurde 1886 gegründet und hat sich, gestützt auf die traditionelle europäische Medizin, auf Naturheilkunde und Homöopathie spezialisiert.
Wer nicht nur für die Schönheit, sondern auch für die geistige Vervollkommnung etwas tun will, kann sich in der Buchhandlung LÖWENHERZ mit LGBTQ-Literatur und internationalen Bestsellern eindecken.

Das Interieur der St Charles Apothecary glänzt mit alten Arzneischränken voller Tinkturfläschchen.

Vor der Endbearbeitung werden die Filzhüte von Mühlbauer gedämpft, geformt und im Ofen getrocknet.

Kopfschmuck vom Boden bis fast zur Decke im Wiener Geschäft des Traditionshutmachers Mühlbauer.

Auch wer für Klassik nicht viel übrig hat, muss wissen: Ein Wienbesuch ohne Konzertabend ist wie ein Parisbesuch ohne Eiffelturm. Eines der berühmtesten Orchester der Stadt sind die Wiener Philharmoniker. Sie spielen im MUSIKVEREIN auf, dessen unvergleichliche Akustik Weltruhm genießt. Neben klassischer Musik hat Wien zahlreiche Museen und Kunstgalerien im Angebot, die alle Epochen und Facetten künstlerischen Schaffens abdecken.
Das MUMOK ist doppelt sehenswert: wegen seiner Ausstellungen moderner Kunst und seiner Architektur. Es präsentiert Arbeiten international renommierter Künstler und scheut weder Kontroversen noch Grenzüberschreitungen. Einen Steinwurf vom mumok entfernt liegt das WESTLICHT; der „Schauplatz für Fotografie" zeigt neben Ausstellungen von Fotogrößen wie Annie Leibovitz jedes Jahr die Siegerfotos des World Press Photo Award.

In vielen Großstädten sind Grünflächen Mangelware. Nicht so in Wien. Am Rand des 19. Bezirks liegt zwischen Weinbergen und Wäldern das schmucke GRINZING. Nach einem Spaziergang zwischen Weingütern und auf die Wiener Hausberge sollte man in einem der vielen Heurigenlokale einkehren, in denen ausgezeichnete Weine aus der Gegend ausgeschenkt und köstliche Speisen serviert werden.

Eines der beliebtesten Erholungsgebiete in Wien ist die DONAUINSEL, auf der man die urbane Hektik rasch hinter sich lässt. Die 21 Kilometer lange Insel ist ein Eldorado für Radfahrer, Skater, Jogger und Schwimmer. Zudem gibt es Nacktbadestellen, die nicht nur bei der schwulen Community, sondern bei allen Wiener FKK-Freunden beliebt sind.

Das Museum Moderner Kunst (mumok) besitzt rund 10.000 Werke moderner und zeitgenössischer Kunst.

Eine „intime" Ausstellung des mumok widmete sich auch dem queer-lustvollen und leidenschaftlichen Universum des New Yorker Duos Fischerspooner.

In Wien findet alljährlich der LIFE BALL statt, Europas größte Benefiz-Veranstaltung im Kampf gegen HIV und AIDS. Highlights sind die große Eröffnungsshow mit internationalen Acts und künstlerischen Performances sowie eine Fashion Show sehr renommierter Couture-Labels. Verrückter, schwuler und wienerischer ist der VIENNA CITY TUNTATHLON, bei dem Dragqueens in drei Disziplinen gegeneinander antreten: Handtaschenweitwurf, Stöckelschuhstaffettenlauf und Synchronbügeln. Als Trophäe winkt ein überdimensionierter Plateau-Highheel.

> Boy-, Bur-, Drag- und Queerlesque-Stars beeindrucken das Publikum und werben dafür, Stereotypen und Normvorstellungen von vorgestern über Bord zu werfen.

Noch artistischer und nicht minder *draggy* geht es im Mai beim VIENNA BOYLESQUE FESTIVAL BY JACQUES PATRIAQUE zu. Zwei Tage beeindrucken Boy-, Bur-, Drag- und Queerlesque-Stars das Publikum und werben dafür, Stereotypen und Normvorstellungen von vorgestern über Bord zu werfen.

Beim Boylesque Festival im Wiener Stadtsaal treten an zwei Tagen rund vierzig Künstler auf.

RAUSFAHREN

In Wien kann man unendlich viel unternehmen, aber besonders empfehlenswert ist ein Tagesausflug in die WACHAU. Die Weltkulturerberegion erstreckt sich zwischen Krems und Melk entlang der Donau und ist nicht nur für ihre malerische Landschaft, sondern auch für ihre Marillen und ihren Wein berühmt. Beides wird in den vielen Gaststätten der Region zu typisch österreichischen Speisen gereicht. Die spektakulärste Anreisevariante: eine Schifffahrt auf der Donau, die Wien und die Wachau verbindet. Am Ende des Ausflugs sollte man unbedingt noch den ebenfalls UNESCO-geadelten Stift Melk besuchen, eines der größten Barockklöster Europas. Die Architektur ist mindestens so beeindruckend wie die einzigartige Lage auf einem Felsen oberhalb der Donau.

Die imposante Klosteranlage Stift Melk thront auf einem Felsen oberhalb der Donau.

adidas

WIENER ELEGANZ UND WURSCH-TIGKEIT

Christopher Wurmdobler

Der deutsche Autor Christopher Wurmdobler hat den größten Teil seines Erwachsenenlebens in Österreichs Hauptstadt verbracht. „In Berlin lernte ich einen Wiener kennen, mit dem ich dann 22 Jahre lang zusammen war", so begann seine Beziehung zu der Stadt an der Donau. Das Wien, das er bei seinem ersten Besuch 1989 antraf, hatte wenig gemein mit dem heutigen Wien, das ihn zu seinem Romandebüt inspirierte. *Solo* erzählt von einem „schwul-lesbischen Freundeskreis und seinem Lebensstil zwischen Bohème und Bürgerlichkeit und ist vor allem eine Hommage an meine Lieblingsstadt Wien."

„1989 war die Atmosphäre in Wien vom Eisernen Vorhang geprägt", erinnert sich Christopher. „Alles war grau und kalt. Auf den Straßen sah man nur alte Leute. Wien lag buchstäblich am Ende der westlichen Welt. Nach dem Zusammenbruch des Sowjetimperiums machte die Stadt eine rasante Frischzellenkur durch, erneuerte sich und legte das Graue und Dumpfe ab."

Christopher schrieb für österreichische Zeitungen und Zeitschriften und studierte Theaterwissenschaften in Gießen. Von dort pendelte er nach Wien. Bis heute ist er auch als Schauspieler und Performancekünstler aktiv. In den 1990ern zog er ganz nach Wien und schrieb fast 20 Jahre lang für den *Falter* über Kunst und Stadtleben. „Ich habe auch Sachbücher über Wien geschrieben – zum Beispiel über Kaffeehäuser – und wurde zu einer Art Experten für alles Wienerische", berichtet er.

Und in welches Wiener Kaffeehaus geht er am liebsten? „Mein Favorit ist das Café Eiles, eines der größten in der Stadt. Stammkundenstatus hast du erlangt, wenn der Kellner weiß, wie du deinen Kaffee haben willst. Das Publikum ist bunt gemischt: Politiker, Künstler, Studierende, Alt und Jung." Sehr gern schlendert er auch am Samstagvormittag über den Bauernmarkt am Yppenplatz im Bezirk Ottakring, in dem er lebt. Abschließend trifft er sich mit Freunden zum zweiten Frühstück im Frida, im An Do oder im Café C.I.

Sein literarischer Erstling ergab sich eher zufällig. „Meine Verleger baten mich um einen Roman. Es war also gar nicht meine Idee, aber ich habe das gerne gemacht. Fiktionales Schreiben ist sehr vergnüglich." In den Roman *Solo* hat Christopher persönliche Erlebnisse und das Lebensgefühl seiner Wahlheimatstadt einfließen lassen. „Man hat mir bescheinigt, das Buch wirke besonders wienerisch", berichtet er. „Das empfinde ich als großes Kompliment. Der Inhaber des schwulen Buchladens Löwenherz sagte mir, *Solo* sei der erste queere Roman, der ausschließlich in Wien spielt.

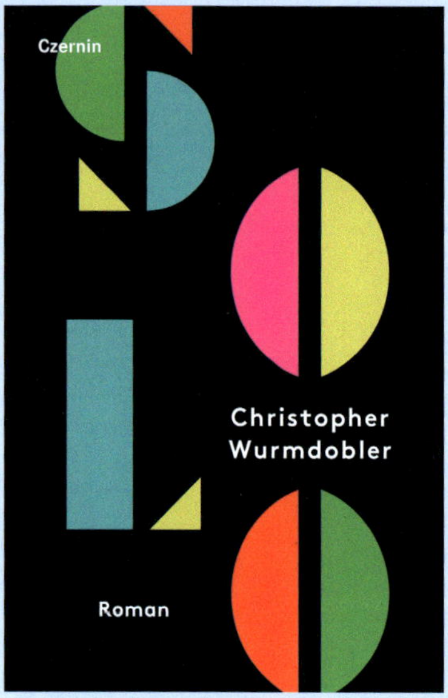

Christopher Wurmdobler

„Ihre elegante Lässigkeit, die Kulturszene, und die aufgeschlossene Mentalität.“

Die Geschichte ist natürlich stark von Wien geprägt, aber ich habe die sattsam bekannten Orte und touristischen Stätten bewusst ausgespart. Ich wollte das Wien beschreiben, das ich erlebe.“

So gewährt das Buch tiefe Einblicke in die „queere Blase“, in der Christopher privat und beruflich lebt: die überschaubare und gut vernetzte LGBTQ-Community. „Um mich herum gibt es so viele wunderbare Menschen, die Bücher, Kunst und Theater machen und – das finde ich besonders wichtig – auch politisch Stellung beziehen.“ Dass in Österreich am 1. Januar 2019 die Ehe für alle eingeführt wurde, ist für Christopher und viele andere Schwule die wichtigste politische Veränderung der letzten zehn Jahre – „auch wenn der Verfassungsgerichtshof die Politik dazu drängen musste.“

Wien liefert Christopher täglich Anregungen für seine Arbeit. „Ich beobachte die Leute in den öffentlichen Verkehrsmitteln, in Cafés, im Supermarkt“, berichtet er, „und diese Leute werden zur Inspirationsquelle für die Figuren, die ich erfinde.“ Wien hat für ihn nichts von seiner Faszinationskraft verloren. Abwanderungsgedanken liegen ihm fern. „Ich liebe die ungezwungene Gelassenheit dieser Stadt – ihre sprichwörtliche Wurschtigkeit, ihre elegante Lässigkeit, die Kunst- und Kulturszene, die Natur in Stadt und Umland und die ziemlich aufgeschlossene Mentalität. Das übrige Österreich kann da nicht mithalten. Mir kommt es so vor, als wäre ganz Wien mit einer Lage Schönheit überzogen.“

AMSTERDAM

Mood-Fotos: Alana Dimou (S. 9, 14 unten);
Nicole Franzen (S. 10 oben, 12, 18/19)

Profil Ferry van der Nat (S. 20–23), Fotos: Ferry van der Nat

Logieren (S. 8)
art'otel, artotels.com,
Prins Hendrikkade 33, 1012 TM Amsterdam
Conservatorium Hotel, conservatoriumhotel.com,
Van Baerlestraat 27, 1071 AN Amsterdam,
Foto: Today's Brew and Amit Geron (oben und mittig)
Hotel TwentySeven, hoteltwentyseven.com,
Dam 27, 1012 JS Amsterdam,
Foto: Courtesy of Hotel TwentySeven (unten)
Mr. Jordaan, mrjordaan.nl,
Bloemgracht 102, 1015 TN Amsterdam
The Dylan, dylanamsterdam.com,
Keizersgracht 384, 1016 GB Amsterdam
QO Amsterdam, qo-amsterdam.com,
Amstelvlietstraat 4, 1096 GG Amsterdam

Genießen (S. 10)
Anna, restaurantanna.nl,
Warmoesstraat 111, 1012 JA Amsterdam
Cafe George, cafegeorge.nl,
Leidsegracht 84, 1016 CR Amsterdam,
De Kas, restaurantdekas.nl,
Kamerlingh Onneslaan 3, 1097 DE Amsterdam,
Envy, envy.nl,
Prinsengracht 381, 1016 HL Amsterdam
George Marina, cafegeorge.nl/george-marina,
Spaklerweg 10 A, 1096 AC Amsterdam
Foto: Courtesy of Cafe George (unten)
Georgette, cafegeorgette.nl,
Pieter Cornelisz Hooftstraat 87A, 1071 BP Amsterdam
Georgio's, cafegeorge.nl/georgios,
Stadhouderskade 7, 1054 ES Amsterdam
Izakaya, izakaya-restaurant.com,
Albert Cuypstraat 2–6, 1072 CT Amsterdam
Kaagman & Kortekaas, kaagmanenkortekaas.nl,
Sint Nicolaasstraat 43, 1012 NJ Amsterdam

Mitfeiern (S. 11)
Baut, restaurantbaut.amsterdam,
Spaarndammerstraat 460, 1013 SZ Amsterdam,
Fotos: Dishtales
Cafe 't Mandje, cafetmandje.business.site,
Zeedijk 63, 1012 AS Amsterdam
Club NL, clubnl.nl,
Nieuwezijds Voorburgwal 169, 1012 RK Amsterdam
De Hallen, dehallen-amsterdam.nl,
Hannie Dankbaarpassage 47, 1053 RT Amsterdam
De Trut, trutfonds.nl,
Bilderdijkstraat 165-E, 1053 KP Amsterdam
Door 74, door-74.com,
Reguliersdwarsstraat 74, 1017 BN Amsterdam

Shoppen (S. 13)
Boerejongens Coffeeshop, boerejongens.com,
Utrechtsestraat 21, 1017 VH Amsterdam;
Bonairestraat 78, 1058 XL Amsterdam;
Baarsjesweg 239, 1058 AA Amsterdam
Concrete Matter, concrete-matter.com,
Gasthuismolensteeg 12, 1016 AN Amsterdam
Hester van Eeghen, hestervaneeghen.com,
Nieuwe Spiegelstraat 32, 1017 DG Amsterdam
matter .of material, matterofmaterial.com,
Kerkstraat 163, 1017 GG Amsterdam
Misc, misc-store.com,
De Clercqstraat 130, 1052 NP Amsterdam
X BANK, xbank.amsterdam, Spuistraat 172, 1012 VT
Amsterdam, Fotos: Michiel van Oosten

Entdecken (S. 14)
A'dam Toren, adamtoren.nl,
Overhoeksplein 1, 1031 KS Amsterdam
Amsterdam City Archives, amsterdam.nl/stadsarchief,
Vijzelstraat 32, 1017 HK Amsterdam
EYE Filmmuseum, eyefilm.nl,
IJpromenade 1, 1031 KT Amsterdam,
Foto: Courtesy of EYE Filmmuseum (oben)
Foam, foam.org,
Keizersgracht 609, 1017 DS Amsterdam
The Pulitzer, pulitzeramsterdam.com,
Prinsengracht 323, 1016 GZ Amsterdam,
Foto: Courtesy of Pulitzer (mittig)

Mitmischen (S. 15)
International Documentary Film
Festival Amsterdam (IDFA), idfa.nl
Amsterdam Dance Event, amsterdam-dance-event.nl,
Foto: Courtesy of Amsterdam Dance Event (unten)
Cello Biennale, cellobiennale.nl
Milkshake, milkshakefestival.com,
Fotos: Alina Krasieva for Milkshake Festival
(S. 15 oben, 16, 17 unten)
Spellbound, spellbound-amsterdam.nl
Canal Pride, amsterdamgaypride.nl/canal_parade

Rausfahren (S. 17)
Bloemendaal, Foto: iStock by Getty Images/Julia700702 (oben)

BERLIN

Mood-Fotos: Michael Schulz/@Berlinstagram
(S. 27, 30, 33, 34)

Profil Jurassica Parka (S. 36–39),
Fotos: © Jurassica Parka + Jaycap Photography (S. 36);
Jurassica Parka © Guido Woller (S. 38);
Jurassica Parka 2 © Maximilian König (S. 39)

Logieren (S. 26)
25hours Hotel Bikini, 25hours-hotels.com,
Budapester Str. 40, 10787 Berlin
Ackselhaus, ackselhaus.de,
Belforter Str. 21, 10405 Berlin
Hotel Oderberger, hotel-oderberger.berlin,
Oderberger Str. 57, 10435 Berlin
Hotel Zoo, hotelzoo.de,
Kurfürstendamm 25, 10719 Berlin,
Foto: Courtesy of Hotel Zoo Berlin (unten)
Soho House Berlin, sohohouseberlin.com,
Torstraße 1, 10119 Berlin,
Foto: Courtesy of Soho House (oben)

Genießen (S. 28)
Benedict, benedict-breakfast.de,
Uhlandstraße 49, 10719 Berlin
CODA, coda-berlin.com,
Friedelstraße 47, 12047 Berlin
Lucky Leek, lucky-leek.com,
Kollwitzstraße 54, 10405 Berlin
Markthalle Neun, markthalleneun.de,
Eisenbahnstraße 42/43, 10997 Berlin,
Foto: Shantanu Starick (unten)
Mogg, moggmogg.com,
Auguststraße 11–13, 10117 Berlin
ORA, ora-berlin.de,
Oranienpl. 14, 10999 Berlin
Pauly Saal, paulysaal.com,
Auguststraße 11–13, 10117 Berlin,
Foto: Robert Rieger for FvF Productions (oben)

Tim Raue, tim-raue.com,
Rudi-Dutschke-Straße 26, 10969 Berlin

Mitfeiern (S. 29)
Clärchens Ballhaus, ballhaus.de,
Auguststraße 24, 10117 Berlin,
Foto: Bernd Schoenberger (unten)
Möbel-Olfe, moebel-olfe.de,
Reichenberger Str. 177, 10999 Berlin
Perle Bar, bar-perle.de,
Sredzkistraße 64, 10405 Berlin,
Foto: Christoph Mangler (oben)
SchwuZ, schwuz.de,
Rollbergstraße 26, 12053 Berlin
Südblock, suedblock.org,
Admiralstraße 1–2, 10999 Berlin
The Coven Bar, thecovenberlin.com,
Kleine Präsidentenstraße 3, 10178 Berlin

Shoppen (S. 31)
A.D.Deertz, addeertz.com,
Torstraße 106, 10119 Berlin
Andreas Murkudis, andreasmurkudis.com,
Potsdamer Straße 77, 10785 Berlin;
Potsdamer Straße 81, 10785 Berlin
do you read me?!, doyoureadme.de,
Auguststraße 28, 10117 Berlin
Mykita, mykita.com,
Rosa-Luxemburg-Straße 6, 10178 Berlin;
Budapester Str., 10787 Berlin,
Foto: Courtesy of Mykita (unten)
Spacehall, spacehall.de,
Zossener Str. 33, 10961 Berlin
TYPE HYPE, typehype.com,
Rosa-Luxemburg-Straße 9–13, 10178 Berlin,
Foto: Courtesy of Type Hype Berlin (mittig)
Urban Industrial, urban-industrial.de,
Hasenheide 13, 10967 Berlin,
Foto: Courtesy of Urban Industrial (oben)

Entdecken (S. 32)
C/O Berlin, co-berlin.org,
Hardenbergstraße 22–24,
10623 Berlin, Foto: David von Becker (unten)
Hamburger Bahnhof, smb.museum/en/museums-institutions/hamburger-bahnhof/home.html,
Invalidenstraße 50, 10557 Berlin,
Foto: Nicole Franzen (oben)
Künstlerhaus Bethanien, bethanien.de,
Kottbusser Str. 10/d, 10999 Berlin
Schwules Museum, schwulesmuseum.de,
Lützowstraße 73, 10785 Berlin

Mitmischen (S. 35)
Berlin Biennale, blog.berlinbiennale.de
Karneval der Kulturen, karneval-berlin.de
Pride/CSD Berlin, csd-berlin.de,
Foto: Simone Kuhlmey/Pacific Press/LightRocket/
Getty Images (oben)

Rausfahren (S. 35)
Hamburg, Foto: iStock by Getty Images/querbeet (unten)

BRÜSSEL

Mood-Fotos: Alana Dimou (S.42 mittig rechts; S.45 oben);
iStock by Getty Images/Andrey Danilovich (S. 43);
iStock by Getty Images/MarioGuti (S. 46)

Profil Gay Haze (S. 50–53), Fotos: Gay Haze

Logieren (S. 42)
Hotel Amigo, roccofortehotels.com,
Rue de l'Amigo 1–3, 1000 Brüssel,
Fotos: Courtesy of Hotel Amigo (oben + mittig links)
Hôtel des Galeries, hoteldesgaleries.be,
Rue des Bouchers 38, 1000 Brüssel,
Foto: Courtesy of Hôtel des Galeries (unten)
La Maison Haute, lamaisonhaute.be,
Rue Haute 101, 1000 Brüssel
Pillows Grand Hotel Place Rouppe, pillowshotels.com,
Place Rouppe 17, 1000 Brüssel

Genießen (S. 44)
Au Vieux Saint Martin, auvieuxsaintmartin.be,
Place du Grand Sablon 38, 1000 Brüssel
Charli, charliboulangerie.com,
Rue Sainte-Catherine 34, 1000 Brüssel
Comme Chez Soi, commechezsoi.be,
Place Rouppe 23, 1000 Brüssel
La Fabrique, lafabriqueresto.be,
Rue Américaine 122, 1050 Ixelles,
Foto: Courtesy of La Fabrique (unten)
Maison Antoine, maisonantoine.be,
Place Jourdan 1, 1040 Etterbeek
Mano à Mano, manoamano.be,
Rue Saint-Boniface 8, 1050 Ixelles
Noordzee, poissonneriemerdunord.be,
Rue Sainte-Catherine 45, 1000 Brüssel,
Foto: Courtesy of Noordzee (oben)

Mitfeiern (S. 45)
Café Charbon, cafecharbon.be,
Rue du Marché au Charbon 90, 1000 Brüssel
Catclub, catclub.be,
changes its location every event,
Foto: Emmanuelle Godts (unten)
Chez Maman, chezmaman.be,
Rue des Grands Carmes Rue des Grands Carmes,
1000 Brüssel
L'aube sur Aÿ, champagne-laubesuray.com,
Galerie des Princes 4bis, 1000 Brüssel
La Demence, lademence.com,
Rue Blaes 208, 1000 Brüssel
Le Belgica, lebelgica.be, Kolenmarkt,
Marché au Charbon 32, 1000 Brüssel

Shoppen (S. 47)
Hunting and Collecting, huntingandcollecting.com,
Rue des Chartreux 17, 1000 Brüssel,
Foto: Merel Hart (oben)
LuLu Home Interior, lulustore.eu,
Rue du Page 101, 1050 Ixelles
Maison Dandoy, maisondandoy.com,
Galerie du Roi 2, 1000 Brüssel,
Foto: Lydie Nesvadba (mittig + unten)
Peinture Fraîche, Rue du Tabellion,
Notarisstraat 10, 1050 Ixelles
Pierre Marcolini, eu.marcolini.com,
9 Galerie de la Reine, 1000 Brüssel
Senteurs d'Ailleurs, senteursdailleurs.com,
Place Stéphanie 1A, 1000 Brüssel

Entdecken (S. 48)
BOZAR, bozar.be,
Rue Ravenstein 23, 1000 Brüssel
La Patinoire Royale, lapatinoireroyale.com,
Rue Veydt 15, 1060 Saint-Gilles
Magritte Museum, musee-magritte-museum.be,
Rue de la Régence 3, 1000 Brüssel,
Foto: Royal Museums of Fine Arts of Belgium (oben)
Comic Book Route, brussels.be/comic-book-route,
Foto: Steffen Liebscher (unten)

Mitmischen (S. 49)
BRAFA Art Fair, brafa.art, Foto: Emmanuel Crooy (oben)

Brussels Food Truck Festival, brusselsfoodtruckfestival.com
Bruxelles les Bains, bruxelleslesbains.be
BXLBeerFest, bxlbeerfest.com

Rausfahren (S. 49)
Ghent, Foto: iStock by Getty Images/Flavio Vallenari (unten)

CHICAGO

Mood-Fotos: Sandy Noto (S. 57, 58, 60 unten, 61, 62, 64 unten); Courtesy of Lollapalooza (S. 65)

Profil Mikael Burke (S. 66–69) Fotos: Mikael Burke

Logieren (S. 56)
Chicago Athletic Association, chicagoathletichotel.com, 12 S Michigan Ave, Chicago, IL 60603
FieldHouse Jones, fieldhousejones.com, 312 W Chestnut St, Chicago, IL 60610
The Publishing House, publishinghousebnb.com, 108 N May St, Chicago, IL 60607, Foto: Joshua Haines
The Robey, therobey.com, 2018 W North Ave, Chicago, IL 60647
Viceroy, viceroyhotelsandresorts.com, 1118 N State St, Chicago, IL 60610

Genießen (S. 59)
Entente, ententechicago.com, 3056 N Lincoln Ave, Chicago, IL 60657
Lost Larson, lostlarson.com, 5318 N Clark St, Chicago, IL 60640, Fotos: Courtesy of Lost Larson
Passerotto, passerottochicago.com, 5420 N Clark St, Chicago, IL 60640
Roister, roisterrestaurant.com, 951 W Fulton Market, Chicago, IL 60607
Southport Grocery and Café, southportgrocery.com, 3552 N Southport Ave, Chicago, IL 60657
Vincent, vincentchicago.com, 1475 W Balmoral Ave, Chicago, IL 60640

Mitfeiern (S. 60)
Devereaux, devereauxchicago.com, 1112 N State Street, Chicago, IL 60610, Foto: Devereaux/Anthony Tahlier (oben)
Disco, discochicago.com, 111 W Hubbard St, Chicago, IL 60654
Elixir Lakeview, elixirandersonville.com, 1509 W Balmoral Ave, Chicago, IL 60640
RM Champagne Salon, rmchampagnesalon.com, 116 N Green St, Chicago, IL 60607
Sidetrack, sidetrackchicago.com, 3349 N Halsted St, Chicago, IL 60657
The Second City, secondcity.com, 1616 N Wells St, Chicago, IL 60614, Foto: Courtesy of The Second City (mittig)

Shoppen (S. 63)
Asrai Garden, asraigarden.com, 1935 W North Ave, Chicago, IL 60622
Blind Barber, blindbarber.com, 948 W Fulton Market, Chicago, IL 60607
Rotofugi, rotofugi.com, 2780 N Lincoln Ave, Chicago, IL 60614
Stock Mfg. Co., stockmfg.co, 2136 W Fulton St unit j, Chicago, IL 60612, Fotos: Courtesy of Stock Mfg (oben + mittig)
Volumes Bookcafe, volumesbooks.com, 1474 N Milwaukee Ave, Chicago, IL 60622

Entdecken (S. 63)
Auditorium Theatre, auditoriumtheatre.org, 50 E W Ida B. Wells Dr, Chicago, IL 60605, Foto: John Boehm/Courtesy of the Auditorium Theater (unten)
Center on Halsted, centeronhalsted.org, 3656 N Halsted St, Chicago, IL 60613
Museum Of Contemporary Art, mcachicago.org, 220 E Chicago Ave, Chicago, IL 60611

Mitmischen (S. 64)
Chicago Blues Festival, chicagobluesfestival.us
Lollapalooza, lollapalooza.com, Fotos: Courtesy of Lollapalooza (64 oben, 65)
Northalsted Market Days, northalsted.com/marketdays

Rausfahren (S. 64)
Oak Park, visitoakpark.com, Foto: iStock by Getty Images/littleny (mittig)

LISSABON

Mood-Fotos: Kevin Faingnaert (S. 73, 79 oben, 82/83); Virginie Garnier (S. 74, 77, 78)

Logieren (S. 72)
Lisboa Pessoa, pessoa.luxhotels.pt, R. da Oliveira ao Carmo 8, 1200–309 Lissabon
The Independente Suites & Terrace, theindependente.pt, R. de São Pedro de Alcântara 83, 1250–238 Lissabon
The Late Birds Lisbon, thelatebirdslisbon.com, Tv. André Valente 21, 1200–024 Lissabon
The Lumiares, thelumiares.com, R. do Diário de Notícias 142, 1200–146 Lissabon
Valverde Hotel, valverdehotel.com, Avenida da Liberdade, 164, 1250–146 Lissabon, Foto: Courtesy of Valverde Hotel

Genießen (S. 75)
Bairro do Avillez, bairrodoavillez.pt, R. Nova da Trindade 18, 1200–303 Lissabon
Clube de Jornalistas, restauranteclubedejornalistas.com, R. Trinas 129, 1200–860 Lissabon
Hello, Kristof, hellokristof.com, R. do Poço dos Negros 103, 1200–350 Lissabon
Manteigaria, facebook.com/manteigaria.oficial, Rua do Loreto 2, 1200–108 Lissabon
Prado, pradorestaurante.com, Tv. Pedras Negras 2, 1100–404 Lissabon, Foto: Courtesy of Prado Restaurante (oben)
SEA ME – peixaria moderna, peixariamoderna.com, Rua do Loreto 21, 1200–169 Lissabon
Tapisco, tapisco.pt, R. Dom Pedro V 80, 1250–096 Lissabon
Time Out Market, cm-Lisbon.pt, Av. 24 de Julho s/n, 1200–481 Lissabon, Foto: Courtesy of Time Out Market Lisboa (unten)

Mitfeiern (S. 76)
Adega Machado, adegamachado.pt, Rua do Norte, nº 91, 1200–284 Lissabon
A Severa, asevera.com, 51, R. das Gáveas, 1200–206 Lissabon
Pensão Amor, pensaoamor.pt, R. do Alecrim 19, 1200–292 Lissabon, Fotos: Teresa Lopes da Silva
Purex, facebook.com/purexclub, 1200 241, R. das Salgadeiras 28, 1200–169 Lissabon
Red Frog, facebook.com/redfrogspeakeasy, R. do Salitre 5A, 1250–196 Lissabon
Tasca Do Chico, facebook.com/atasca.dochico, R. do Diário de Notícias 39, 1200–141 Lissabon

Trumps, trumps.pt,
R. da Imprensa Nacional 104B,
1250–127 Lissabon

Shoppen (S. 79)
A Vida Portuguesa, avidaportuguesa.com,
R. Anchieta 11, 1200–445 Lissabon; R. Ivens 2, 1200–289 Lissabon; Largo do Intendente Pina Manique 23, 1150–096 Lissabon
Chapelaria Azevedo Rua, azevedorua.pt,
Praça Dom Pedro IV 73, 1100–202 Lissabon
Conserveira de Lisbon, conserveiradeLisbon.pt,
Rua dos Bacalhoeiros 34, 1100–150 Lissabon
Embaixada, embaixadalx.pt,
Praça do Príncipe Real 26, 1250–184 Lissabon,
Foto: Baastian Ellen (unten)
Rosa & Teixeira, rosaeteixeira.pt,
Av. da Liberdade 204, 1250–147 Lissabon
SAL Concept Store, sal-shoS.com,
Rua de S. Paulo 98, 1200–035 Lissabon

Entdecken (S. 80)
Beach 19, playocean.net,
2825 Costa da Caparica
LX Factory, lxfactory.com,
R. Rodrigues de Faria 103, 1300–501 Lissabon
Museu Calouste Gulbenkian, gulbenkian.pt,
Av. de Berna 45A, 1067–001 Lissabon
Underdogs Gallery, under-dogs.net,
R. Fernando Palha 56, 1950–132 Lissabon, Foto: Bruno Lopes

Mitmischen (S. 81)
Arraial Lisboa Pride, facebook.com/arraialpridelx,
Foto: Patricia de Melo Moreira/AFP/Getty Images (oben)
Festas de Lisboa, facebook.com/festasdeLisbon
Jazz em Agosto, gulbenkian.pt/jazzemagosto/

Rausfahren (S. 81)
Cascais, Foto: Courtesy of Visit Cascais (unten)

LONDON

Mood-Fotos: Ingrid Hofstra (S. 87, 92, 94 unten);
Alana Dimou (S. 88, 89 unten, 91, 94 oben, 96/97)

Profil Josh McKenna (S. 98–101) Fotos: Josh McKenna

Logieren (S. 86)
40 Winks, 40winks.org,
109 Mile End Rd, London E1 4UJ,
Foto: Linnea Hurtig
Ham Yard Hotel, firmdalehotels.com,
1 Ham Yard, Soho, London W1D 7DT
Qbic, qbichotels.com,
42 Adler St, Whitechapel, London E1 1EE
The Curtain, thecurtain.com,
45 Curtain Rd, London EC2A 3PT
The Zetter Townhouse, thezettertownhouse.com,
49–50 St John's Square, Clerkenwell, London EC1V 4JJ

Genießen (S. 89)
Berners Tavern, bernerstavern.com,
10 Berners St, Fitzrovia, London W1T 3NP
Bistrotheque, bistrotheque.com,
23–27 Wadeson St, London E2 9DR,
Foto: Vilius Kadunas (oben)
Bob Bob Ricard, bobbobricard.com,
1 Upper James St, Soho, London W1F 9DF
Dishoom, dishoom.com,
4 Derry St, Kensington, London W8 5SE;
7 Boundary St, London E2 7JE;
5 Stable St, Kings Cross, London N1C 4AB;
22 Kingly St, Carnaby, London W1B 5QB;
12 Upper St Martin's Ln, London WC2H 9FB
MEATmission, meatliquor.com/restaurant/meatmission,
15 Hoxton Market, London N1 6HG
Morito, moritohackneyroad.co.uk,
195 Hackney Rd, London E2 8JL
Noble Rot, noblerot.co.uk,
51 Lamb's Conduit St, London WC1N 3NB
Poppie's, poppiesfishandchips.co.uk,
6–8 Hanbury St, London E1 6QR;
55–59 Old Compton St, Soho, London W1D 6HW;
30 Hawley Cres, Camden Town, London NW1 8NP

Mitfeiern (S. 90)
Bloc South, facebook.com/blocsouth,
65 Albert Embankment, Lambeth, London SE1 7TP
Dalston Superstore, dalstonsuperstore.com,
117 Kingsland High St, London E8 2PB
Roundhouse, roundhouse.org.uk,
Chalk Farm Rd, Camden Town, London NW1 8EH
Royal Vauxhall Tavern, vauxhalltavern.com,
372 Kennington Ln, Lambeth, London SE11 5HY
Savage, savagedisco.com,
234 Cambridge Heath Rd, London E2 9NN
The Glory, theglory.co, 281 Kingsland Rd, London E2 8AS
The Queen Adelaide, thequeenadelaide.com,
483 Hackney Rd, London E2 9ED,
Foto: Courtesy of The Queen Adelaide
The Tiger, thetiger-e9.com,
245 Wick Rd, London E9 5DG

Shoppen (S. 93)
Bonds, bondsstores.com,
5A Gransden Ave, London E8 3QA,
Foto: Courtesy of Earl East of London (unten)
Dover Street Market, london.doverstreetmarket.com,
18–22 Haymarket, London SW1Y 4DG
Fortnum & Mason, fortnumandmason.com,
181 Piccadilly, St. James's, London W1A 1ER
Gay's The Word, gaystheword.co.uk,
66 Marchmont St, Kings Cross, London WC1N 1AB
Konditor & Cook, konditorandcook.com,
46 Grays Inn Rd, London WC1X 8LR
Liberty, libertylondon.com,
Regent St, Carnaby, London W1B 5AH
Murdock, murdocklondon.com,
83 Brewer St, Soho, London W1F 9ZN,
Fotos: Courtesy of Murdock (oben + mittig)
We Built This City, webuilt-thiscity.com,
56b Carnaby St, Soho, London W1F 9QF

Entdecken (S. 94)
Barbican, barbican.org.uk, Silk St, London EC2Y 8DS
Hampstead Heath, cityoflondon.gov.uk/things-to-do/green-spaces/hampstead-heath, London
Newport Street Gallery, newportstreetgallery.com,
Newport St, Lambeth, London SE11 6AJ
Sadler's Wells, sadlerswells.com,
Rosebery Ave, Clerkenwell, London EC1R 4TN,
Foto: Philip Vile (mittig)
Sky Garden, skygarden.london,
20 Fenchurch St, London EC3M 8AF

Mitmischen (S. 95)
Mighty Hoopla, mightyhoopla.com,
Foto: Lorne Thomson/Redferns/Getty Images (mittig)
Regent's Park Open Air, openairtheatre.com
Royal Academy Summer Exhibition,
summer.royalacademy.org.uk,
Foto: iStock by Getty Images/TonyBaggett (oben)
Secret Cinema, secretcinema.org

Rausfahren (S. 95)
Brechtson, Foto: Kerry Murray (unten)

LOS ANGELES

Mood-Fotos: Ingrid Hofstra (S. 109, 112 unten rechts, 114 unten, 115); Nana Hagel (S. 105, 106, 112 unten links); Ludwig Favre (S. 110)

Profil Michael Lannan (S. 116–119)
Foto: Roman Udalov (S. 116);
Michael Lannan (S. 118,119)

Logieren (S. 104)
Hotel Covell, hotelcovell.com,
4626 Hollywood Blvd, Los Angeles, CA 90027,
Fotos: Courtesy of Hotel Covell
Kimpton La Peer Hotel, lapeerhotel.com,
627 N La Peer Dr, West Hollywood, CA 90069
Petit Ermitage, petitermitage.com,
8822 Cynthia St, West Hollywood, CA 90069
The Ambrose, ambrosehotel.com,
1255 20th St, Santa Monica, CA 90404
The NoMad Hotel, thenomadhotel.com,
649 S Olive St, Los Angeles, CA 90014

Genießen (S. 107)
A. O. C., aocwinebar.com,
8700 W 3rd St, Los Angeles, CA 90048
Alfred, alfred.la,
8428 Melrose Pl, Los Angeles, CA 90069
Bavel, baveldtla.com,
500 Mateo St, Los Angeles, CA 90013,
Fotos: Dylan + Jeni
Cafe Gratitude, cafegratitude.com,
639 N Larchmont Blvd, Los Angeles, CA 90004
Craig's, craigs.la,
8826 Melrose Ave, West Hollywood, CA 90069
Norah, norahrestaurant.com,
8279 Santa Monica Blvd, West Hollywood, CA 90046
République, republiquela.com,
624 South La Brea Ave, Los Angeles, CA 90036
Sawyer, sawyerlosangeles.com,
3709 Sunset Blvd, Los Angeles, CA 90026

Mitfeiern (S. 108)
Akbar, akbarsilverlake.com,
4356 Sunset Blvd, Los Angeles, CA 90029,
Foto: Courtesy of Akbar (unten)
E. P. & L. P., eplosangeles.com,
603 N La Cienega Blvd, West Hollywood, CA 90069,
Fotos: Courtesy of E. P. & L. P (oben and mittig)
Moonlight Rollerway, moonlightrollerway.com,
5110 San Fernando Rd, Glendale, CA 91204
Precinct, precinctdtla.com,
357 S Broadway, Los Angeles, CA 90013
The Chapel at The Abbey,
shoS.theabbeyweho.com,
692 N Robertson Blvd, West Hollywood, CA 90069

Shoppen (S. 111)
Cactus Store, hotcactus.la,
1505 1/2 Echo Park Ave, Los Angeles, CA 90026,
Foto: Courtesy of Cactus Store (unten)
Carlton Drew, carltondrew.com,
8024 W 3rd St, Los Angeles, CA 90048
County Ltd., countyltd.com,
1837 Hyperion Ave, Los Angeles, CA 90027
Garrett Leight California Optical,
garrettleight.com,
165 South La Brea Ave, Los Angeles, CA 90036,
Foto: Courtesy of Garrett Leight California Optical (oben)
Melrose Place Farmers Market, rawinspiration.org,
8400 Melrose Ave, Los Angeles, CA 90069
The Elder Statesman, elder-statesman.com,
607 Huntley Dr, West Hollywood, CA 90069

Entdecken (S. 112)
Griffith Park, laparks.org,
4730 Crystal Springs Dr, Los Angeles, CA 90027
Marciano Art Foundation, marcianoartfoundation.org,
4357 Wilshire Blvd, Los Angeles, CA 90010
Phoenix Effect, phoenixeffectla.com,
7264 Melrose Ave, Los Angeles, CA 90046
Tom of Finland Foundation, tomoffinlandfoundation.org,
1421 Laveta Terrace, Los Angeles, CA 90026
Will Rogers State Beach, beaches.lacounty.gov/will-rogers-beach,
17000 Pacific Coast Hwy, Pacific Palisades, CA 90272

Mitmischen (S. 113)
Hollywood Bowl Concerts, hollywoodbowl.com
Outfest, outfest.org
Queer Biennial, queerbiennial.org,
Fotos: Ruben Esparanza/Queer Biennale
West Hollywood Halloween Carnaval,
visitwesthollywood.com/halloween-carnaval

Rausfahren (S. 114)
Palm Springs,
Foto: iStock by Getty Images/constantgardener (oben)

MADRID

Mood-Fotos: Alana Dimou (S. 123, 130, 131 unten); Courtesy of Madrid Pride 132/133

Logieren (S. 122)
7 Islas Hotel, 7islashotel.com,
Calle de Valverde, 14, 28004 Madrid
Axel Hotel Madrid, axelhotels.com,
Calle de Atocha, 49, 28012 Madrid,
Fotos: Courtesy of Alex Hotel Madrid
Only You, onlyyouhotels.com,
Calle del Barquillo, 21, 28004 Madrid
Urso Hotel & Spa, hotelurso.com,
Calle de Mejía Lequerica, 8, 28004 Madrid
Vincci The Mint, vinccithemint.com,
Calle Gran Vía, 10, 28013 Madrid

Genießen (S. 124)
Angelita, madrid-angelita.es, Calle Reina, 4, 28004 Madrid
CEBO, cebomadrid.com,
Carrera de S. Jerónimo, 34, 28014 Madrid
Celso y Manolo, celsoymanolo.es,
Calle Libertad, 1, 28004 Madrid
Federal Café, federalcafe.es,
Plaza del Conde de Barajas, 3, 28005 Madrid;
Plaza de las Comendadoras, 9, 28015 Madrid
Honest Greens, honestgreens.com,
Calle de Hortaleza, 100, 28004 Madrid;
Velázquez, 123, 28006 Madrid;
Paseo de la Castellana, 89, 28046 Madrid
La Duquesita, laduquesita.es,
Calle de Fernando VI, 2, 28004 Madrid
Mercado de San Miguel, mercadodesanmiguel.es,
Plaza de San Miguel, 28005 Madrid,
Fotos: Courtesy of Mercado de San Miguel

Mitfeiern (S. 125)
Cha Chá The Club, xceed.me, Calle de Alcalá, 20, 28014 Madrid
Hemingway, casasuecia.es,
Calle del Marqués de Casa Riera, 4, 28014 Madrid
Macera TallerBar, maceradrinks.com,
Calle de San Mateo, 21, 28004 Madrid
Marta, Cariño!, Calle de Luchana, 38, 28010 Madrid
Medias Puri, mediaspuri.com, Plaza de Tirso de Molina, 1,
28012 Madrid, Foto: Courtesy of Medias Puri (unten)

Sala Equis, salaequis.es,
Calle del Duque de Alba, 4, 28012 Madrid,
Foto: Lucia Marcano (oben)

Shoppen (S. 127)
El Moderno, elmoderno.es,
Corredera Baja de San Pablo, 19, 28004 Madrid
García Madrid, garciamadrid.com,
Corredera Baja de San Pablo, 26, 28004 Madrid;
Calle del, Calle Conde de Aranda, 6, 28001 Madrid
Mercado de Motores, mercadodemotores.es,
Museo del Ferrocarril, Paseo de las Delicias, 61, 28045 Madrid,
Foto: Josetxu Miguel (oben)
Oliver & Co., oliverandcoperfumes.com,
Calle de la Palma, 58, 28015 Madrid
Orquídea Drácula, orquideadracula.com,
Calle Amaniel 20, local 10, 28015 Madrid
Xoan Viqueira, xoanviqueira.com,
Calle Gravina 22 Local 5, 28004 Madrid,
Fotos: Courtesy of Xoan Viqueira store (126, 127 unten)

Entdecken (S. 128)
Caixa Forum, caixaforum.es,
Paseo del Prado, 36, 28014 Madrid
La Casa Encendida, lacasaencendida.es,
Ronda de Valencia, 2, 28012 Madrid
Matadero Madrid, mataderomadrid.org,
Paseo de la Chopera, 10, 28045 Madrid,
Fotos: Courtesy of Matadero Madrid
Museo Sorolla, culturaydeporte.gob.es/msorolla,
Paseo del General Martínez Campos, 37, 28010 Madrid

Mitmischen (S. 129)
ARCOmadrid, arco.ifema.es,
Foto: Alejandro Cayetano/Arco Madrid (unten)
LesGaiCineMad, lesgaicinemad.com
Madrid Pride, madridorgullo.com,
Foto: Courtesy of Madrid Pride (oben)
Noches del Botánico, nochesdelbotanico.com

Rausfahren (S. 131)
Ribera del Duero,
Foto: iStock by Getty Images/Sima_ha (oben)

MEXIKO-STADT

Mood-Fotos: Nicole Franzen (S. 137, 140, 143, 144)

Logieren (S. 136)
Casa Prim, casaprim.mx,
Calle Gral. Prim 72, Juárez, 06600 Mexiko-Stadt
El Patio 77, elpatio77.com,
Joaquin Garcia Icazbalceta 77, San Rafael, 06470 Mexiko-Stadt,
Fotos: Courtesy of El Patio 77 (oben + mittig)
Hotel Villa Condesa, villacondesa.com.mx,
Colima 428, Roma Nte., 06700 Mexiko-Stadt
La Valise, lavalise.com,
Tonalá 53, Roma Nte., 06700 Mexiko-Stadt
Nima Local House, nimalocalhousehotel.com,
Colima 236, Roma Nte., 06700 Mexiko-Stadt,
Foto: Courtesy of Nima Local House (unten)

Genießen (S. 138)
Amaya, amayamexico.com,
Calle Gral. Prim 95, Juárez, 06600 Mexiko-Stadt
Contramar, contramar.com.mx,
Calle de Durango 202, Roma Nte., 06700 Cuauhtémoc
Eno, eno.com.mx,
Petrarca 258, Polanco, Polanco V Secc, 11560 Mexiko-Stadt,
Fotos: Maureen M. Evans and Claudio Castro
Forte, Calle Querétaro 116, Roma Nte., 06700 Mexiko-Stadt
Lorea, lorea.mx,
Sinaloa 141, Roma Nte., 06700 Mexiko-Stadt
Milán 44, milan44.mx,
Calle Milan 44, Juárez, 06600 Colonia Juárez
Panadería Rosetta, rosetta.com.mx,
Colima 179, Roma Nte., 06700 Mexiko-Stadt
Por Siempre Vegana, facebook.com/porsiempreveganataqueria,
Manzanillo, Roma Norte, Roma Nte., 06760 Cuauhtémoc
Pujol, pujol.com.mx,
Tennyson 133, Polanco, Polanco IV Secc, 11550 Mexiko-Stadt

Mitfeiern (S. 139)
Baltra Bar, baltra.bar,
Iztaccihuatl 36D, Condesa, Hipódromo, 06100 Mexiko-Stadt
Guilt, envytheclub.com/guilt,
Anatole France 120, Polanco III Sección,
Polanco III Secc, 11560 Mexiko-Stadt
Jules Basement, julesbasement.com,
Calle Julio Verne 93, Polanco, Polanco IV Secc,
11560 Mexiko-Stadt
La Botica, labotica.com.mx,
Alfonso Reyes 120, Hipódromo Condesa, 06170 Mexiko-Stadt
Saint, Campos Elíseos 290, Polanco,
Polanco IV Secc, 11550 Mexiko-Stadt
Teatro Bar El Vicio, elvicio.com.mx,
Calle Madrid 13,Del Carmen, 04100 Mexiko-Stadt

Shoppen (S. 141)
Bi Yuu, biyuu.mx,
Avenida Prado Norte 235, Lomas-Virreyes,
Lomas de Chapultepec V Secc, 11000 Mexiko-Stadt
El Bazaar Sábado, bazaarsabado.com,
Plaza San Jacinto 11, San Ángel TNT,
San Ángel, 01000 Mexiko-Stadt
Onora, onoracasa.com,
Lope de Vega 330, Polanco, Polanco V Secc, 11560 Mexiko-Stadt
Stendhal Store, stendhalstore.com,
Av. 360, loc. 9H, Av. Pdte. Masaryk 360, Polanco,
Polanco III Secc, 11550 Mexiko-Stadt,
Foto: Courtesy of Stendhal Store (oben)
The Pack, Av. Veracruz 111, Condesa, 06140 Mexiko-Stadt
Voces en Tinta, vocesentinta.com,
Calle de Niza 23, Juárez, 06600 Mexiko-Stadt
Xinú, xinu.mx, Alejandro Dumas 161, Polanco, Polanco IV Secc,
11560 Mexiko-Stadt,
Foto: Courtesy of Xinú Perfumes (unten)

Entdecken (S. 142)
ArtSpace, artspacemexico.com,
Art gallery, Campeche 281, Hipódromo,
06100 Mexiko-Stadt,
Foto: Courtesy of ArtSpace México
Casa Luis Barragán, casaluisbarragan.org,
Gral. Francisco Ramírez 12–14, Ampliación Daniel Garza,
Amp Daniel Garza, 11840 Mexiko-Stadt
Museo Dolores Olmedo, museodoloresolmedo.org.mx,
Av Mexico 5843, La Noria, 16030 Mexiko-Stadt
Museo Memoria y Tolerancia, myt.org.mx,
Av. Juárez 8, Colonia Centro, Centro, 06010 Cuauhtémoc
Museo Nacional de Antropología, mna.inah.gob.mx,
Av. Paseo de la Reforma s/n, Polanco,
Bosque de Chapultepec I Secc, 11560 Mexiko-Stadt

Mitmischen (S. 145)
Mexico City Gay Pride,
facebook.com/MarchaLGBTCDMX
Salon ACME, salonacme.com,
Foto: Alum Gálvez (oben und mittig)
Queer Room, facebook.com/queerroommx,
Foto: Courtesy of Queer Room (S. 139)

Rausfahren (S. 145)
Teotihuacán, Foto: iStock by Getty Images/benedek (unten)

NEW YORK CITY

Mood-Fotos: Ingrid Hofstra (S. 149, 150, 155, 156, 157 unten, 158/159)

Logieren (S. 148)
1 Hotel Brooklyn Bridge, 1hotels.com, 60 Furman St, Brooklyn, NY 11201
Franklin Guesthouse, franklinguesthouse.com, 214 Franklin St, Brooklyn, NY 11222
Pod 39, thepodhotel.com, 145 E 39th St, New York, NY 10016, Foto: Courtesy of Pod 39
Pod BK, thepodhotel.com, 247 Metropolitan Ave, Brooklyn, NY 11211
PUBLIC Hotel, publichotels.com, 215 Chrystie St, New York, NY 10002
The Bowery Hotel, theboweryhotel.com, 335 Bowery, New York, NY 10003

Genießen (S. 151)
American Cut Steakhouse, americancutsteakhouse.com, 363 Greenwich St, New York, NY 10013
Avant Garden, avantgardennyc.com, 188 Havemeyer St, Brooklyn, NY 11211
Big Gay Ice Cream, biggayicecream.com, 125 E 7th St, New York, NY 10009; 61 Grove St, New York, NY 10014; 207 Front St, New York, NY 10038
Frankel's Delicatessen, frankelsdelicatessen.com, 631 Manhattan Ave, Brooklyn, NY 11222
Gotham West Market, gothamwestmarket.com, 600 11th Ave, New York, NY 10036
Hunan Slurp, hunanslurS.com, 112 1st Avenue, New York, NY 10009, Foto: Courtesy of Hunan Slurp (oben)
Legacy Records, legacyrecordsnyc.com, 517 W 38th St, New York, NY 10018, Foto: Douglas Friedman (unten)
MeMe's Diner, memesdiner.com, 657 Washington Ave, Brooklyn, NY 11238
Pietro NoLita, pietronolita.com, 174 Elizabeth St, New York, NY 10012

Mitfeiern (S. 153)
Attaboy, attaboy.us, 134 Eldridge St, New York, NY 10002
Baby's All Right, babysallrechts.com, 146 Broadway, Brooklyn, NY 11211
Club Cumming, clubcummingnyc.com, 505 E 6th St, New York, NY 10009
Industry Bar, industry-bar.com, 355 W 52nd St, New York, NY 10019
Sleep No More, mckittrickhotel.com, 530 W 27th St, New York, NY 10001, Foto: DrielyS for The McKittrick Hotel (unten)
Stonewall Inn, thestonewallinnnyc.com, 53 Chrisobenher St, New York, NY 10014, Fotos: iStock by Getty Images/OlegAlbinsky (oben); iStock by Getty Images/PeskyMonkey (mittig)

Shoppen (S. 153)
Bureau of General Services – Queer Division, bgsqd.com, 208 W 13th St #210, New York, NY 10011
Coming Soon, comingsoonnewyork.com, 37 Orchard St, New York, NY 10002
De Vera, deveraobjects.com, 1 Crosby St, New York, NY 10013
Front General Store, frontgeneralstore.com, 143 Front St, Brooklyn, NY 11201
MAST Chocolate, mastchocolate.com, 111 N 3rd St, Brooklyn, NY 11249, Foto: Dean Kaufman (oben)
STORY, thisisstory.com, 144 10th Ave, New York, NY 10011

Entdecken (S. 153)
Dia Art Foundation, diaart.org, 535 W 22nd St, New York, NY 10011
Leslie-Lohman Museum, leslielohman.org, 26 Wooster St, New York, NY 10013, Foto: Tom Stoelker (unten)
NYC LGBT Historic Sites Project, nyclgbtsites.org
The High Line, thehighline.org, High Line, New York, NY 10001

Mitmischen (S. 154)
Billy Joel residency @ Madison Square Garden, billyjoel.com
NY Art Book Fair, nyartbookfair.com
NYC Pride, nycpride.org, Fotos: Kena Betancur/Getty Images (mittig); Volkan Furuncu/Anadolu Agency/Getty Images (unten)
The Latex Ball, facebook.com/TheLatexBall, Foto: Dustin Moore (oben)

Rausfahren (S. 157)
The Hamptons, Foto: iStock by Getty Images/littleny (oben)

PARIS

Mood-Fotos: Nicole Franzen (S. 163, 164,168), Ingrid Hofstra (S. 171)

Logieren (S. 162)
Bourg Tibourg, bourgtibourg.com, 19 Rue du Bourg Tibourg, 75004 Paris, Foto: Courtesy of Bourg Tibourg Hotel (unten)
Hôtel Grand Amour, hotelamourparis.fr, 18 Rue de la Fidélité, 75010 Paris
Hotel Monte Cristo, hotelmontecrisobenaris.com, 20–22 Rue Pascal, 75005 Paris
Le Meurice, dorchestercollection.com, 228 Rue de Rivoli, 75001 Paris
Le Roch Hôtel & Spa, leroch-hotel.com, 28 Rue Saint-Roch, 75001 Paris, Fotos: Francis Amiand (oben + mittig)

Genießen (S. 165)
Café de la Nouvelle Mairie, 19 Rue des Fossés Saint-Jacques, 75005 Paris
Café Pouchkine, cafe-pouchkine.fr, Paris-8E-Arrondissement, 16 Place de la Madeleine, 75008 Paris
Carbón, carbonparis.com, 14 Rue Charlot, 75003 Paris
Chez Georges, facebook.com/chezgeorges1965, 1 Rue du Mail, 75002 Paris
La Tour d'Argent, tourdargent.com, 17 Quai de la Tournelle, 75005 Paris
Le Temps des Cerises, letempsdescerises-restaurant.fr, 31 Rue de la Cerisaie, 75004 Paris
Pharamond, pharamond.fr, 24 Rue de la Grande Truanderie, 75001 Paris, Foto: Courtesy of Pharamond
Septime, septime-charonne.fr, 80 Rue de Charonne, 75011 Paris

Mitfeiern (S. 166)
Au Passage, restaurant-aupassage.fr, 1bis Passage Saint-Sébastien, 75011 Paris
Le Dokhan's, hotelledokhansparis.com, 117 Rue Lauriston, 75116 Paris

Les Souffleurs, facebook.com/lessouffleursofficiel,
7 Rue de la Verrerie, 75004 Paris
Le Syndicat, syndicatcocktailclub.com,
51 Rue du Faubourg Saint-Denis, 75010 Paris,
Foto: Courtesy of Le Syndicat
Maxim's, maxims-de-paris.com,
3 Rue Royale, 75008 Paris

Shoppen (S. 167)
Anatomica, anatomica.fr,
14 Rue du Bourg Tibourg, 75004 Paris
Astier de Villatte, astierdevillatte.com,
173 Rue Saint Honoré, 75001 Paris
Buly 1803, buly1803.com,
6 Rue Bonaparte, 75006 Paris,
Foto: Ramdane Touhami&Victoire de Taillac (oben)
Deyrolle, deyrolle.com,
46 Rue du Bac, 75007 Paris
Etat Libre d'Orange, etatlibredorange.com,
69 Rue des Archives, 75003 Paris
La Compagnie des Hommes,
48 Rue des Archives, 75004 Paris
Leclaireur, leclaireur.com,
10 Rue Boissy d'Anglas, 75008 Paris;
40 Rue de Sévigné, 75003 Paris;
10 Rue Hérold, 75001 Paris,
Fotos: Courtesy of Leclaireur (mittig + unten)

Entdecken (S. 169)
Astronomy Tower of the Sorbonne,
17 Rue de la Sorbonne, 75005 Paris
Coulée verte René-Dumont,
Coulée verte René-Dumont, 75012 Paris
Fondation Louis Vuitton, fondationlouisvuitton.fr,
8 Avenue du Mahatma Gandhi, 75116 Paris,
Foto: Andrew Holbrooke/Corbis/Getty Images (unten)
Grande Mosquée de Paris, mosqueedeparis.net,
2bis Place du Puits de l'Ermite, 75005 Paris
Jardin de Plantes, jardindesplantesdeparis.fr,
57 Rue Cuvier, 75005 Paris
Musée de la Chasse et de la Nature, chassenature.org,
62 Rue des Archives, 75003 Paris,
Fotos: Courtesy of Musée de la Chasse et de la Nature (oben + mittig)
Muséum national d'Histoire naturelle,
mnhn.fr,
57 Rue Cuvier, 75005 Paris

Mitmischen (S. 170)
Cité de la Musique, citedelamusique.fr,
Fotos: Courtesy of Cité de la Musique (oben + mittig)
FIAC, fiac.com
Paris Photo, parisphoto.com
VendrediX/MercrediX, vendredix.fr

Rausfahren (S. 170)
Reims, Foto: iStock by Getty Images/
southtownboy (unten)

PORTLAND

Mood-Fotos: iStock by Getty Images/GarysFRP (S.175);
iStock by Getty Images/simonkr (S.178);
Carly Diaz (S. 181), iStock by Getty Images/Joel Carillet (S.182)

Logieren (S. 174)
Ace Hotel, acehotel.com,
1022 SW Stark St, Portland, OR 97205
Caravan – The Tiny House Hotel, tinyhousehotel.com,
5009 NE 11th Ave, Portland, OR 97211
Hotel Eastlund, hoteleastlund.com,
1021 NE Grand Ave, Portland, OR 97232
Jupiter NEXT, jupiterhotel.com,
900 E Burnside St, Portland, OR 97214,
Fotos: Chris Dibble
Sentinel, sentinelhotel.com,
614 SW 11th Ave, Portland, OR 97205

Genießen (S. 176)
Ava Gene's, avagenes.com,
3377 SE Division St, Portland, OR 97202
Canteen, canteenpdx.com,
2816 SE Stark St, Portland, OR 97214
Coava Coffee Roasters, coavacoffee.com,
1015 SE Main St, Portland, OR 97214
Han Oak, hanoakpdx.com,
511 NE 24th Ave, Portland, OR 97232
Hat Yai, hatyaipdx.com,
1605 NE Killingsworth St, Portland, OR 97211
Kachka, kachkapdx.com,
960 SE 11th Ave, Portland, OR 97214,
Foto: Carly Diaz (unten)
Langbaan, langbaanpdx.com,
6 SE 28th Ave, Portland, OR 97214
Nomad.PDX, nomadpdx.com,
575 NE 24th Ave, Portland, OR 97232,
Foto: Jordan Fox/Rabbit Hole Photo (oben)
Tasty n Sons, tastynsons.com,
3808 N Williams Ave C, Portland, OR 97227,
Foto: Courtesy of Tasty n Sons (mittig)
Tusk, tuskpdx.com,
2448 E Burnside St, Portland, OR 97214

Mitfeiern (S. 177)
Coopers Hall, coopershall.com,
404 SE 6th Ave, Portland, OR 97214
Crush, crushbar.com,
1400 SE Morrison St, Portland, OR 97214
Departure, departureportland.com,
525 SW Morrison St, Portland, OR 97204
Dig A Pony, digaponyportland.com,
736 SE Grand Ave, Portland, OR 97214
Expatriate, expatriatepdx.com,
5424 NE 30th Ave, Portland, OR 97211
Multnomah Whiskey Library, mwlpdx.com,
1124 SW Alder St, Portland, OR 97205,
Foto: Dina Avila
Stag PDX, facebook.com/stagpdx,
317 NW Broadway, Portland, OR 97209

Shoppen (S. 179)
Ampersand Gallery & Fine Books,
ampersandgallerypdx.com,
2916 NE Alberta St, Portland, OR 97211
Beam & Anchor, beamandanchor.com,
2710 N Interstate Ave, Portland, OR 97227
Machus, machusonline.com,
542 E Burnside St, Portland, OR 97214
Monograph Bookwerks, monographbookwerks.com,
5005 NE 27th Ave, Portland, OR 97211
Serra, shopserra.com,
220 SW 1st Ave, Portland, OR 97204,
Fotos: Courtesy of Serra
Union Way, facebook.com/UnionWayPDX,
1022 W Burnside St, Portland, OR 97209

Entdecken (S. 180)
Disjecta, disjecta.org,
8371 N Interstate Ave, Portland, OR 97217
Forest Park, forestparkconservancy.org/forest-park,
Portland, OR 97231
Lumber Room, lumberroom.com,
419 NW 9th Ave, Portland, OR 97209
Mississippi Studios, mississippistudios.com,
3939 N Mississippi Ave, Portland, OR 97227

Revolution Hall, revolutionhall.com,
1300 SE Stark St #110, Portland, OR 97214
Washington Park, explorewashingtonpark.org,
4033 Southwest Canyon Road, Portland, OR 97221,
Foto: Courtesy of Portland Japanese Garden

Mitmischen (S. 183)
Ballroom culture, facebook.com/pdxball
Peacock in the Park, peacockinthepark.org
Red Dress Party, reddresspdx.org,
Foto: Courtesy of Red Dress PDX (oben)
Qdoc, qdocfilmfest.org

Rausfahren (S. 183)
Columbia River Gorge,
Foto: iStock by Getty Images/alptraum (unten)

ROM

Mood-Fotos: Nicole Franzen (S. 187, 193);
iStock by Getty Images/Calin Stan (S. 190)

Logieren (S. 186)
Elizabeth Unique Hotel, ehrome.com,
Via delle Colonnette 35, 00186 Rom,
Foto: Courtesy of Design Hotel AG (unten)
G-Rough, g-rough.it,
Piazza di Pasquino 69, 00186 Rom,
Foto: Courtesy of Design Hotel AG (oben)
Horti 14, horti14.com,
Via di S. Francesco di Sales 14, 00165 Rom
The Shire, theshirehotel.com,
Via Vittorio Veneto 146, 00187 Rom
Villa Spalletti Trivelli, villaspalletti.it,
Via Piacenza 4, 00184 Rom

Genießen (S. 188)
Come il Latte, comeillatte.it,
Via Silvio Spaventa 24/26, 00187 Rom
Coromandel, coromandel.it,
Via di Monte Giordano 60/61, 00186 Rom
Faro, farorome.com,
Via Piave 55, 00187 Rom
Glass Hostaria, glasshostaria.it,
Vicolo de' Cinque 58, 00153 Rom,
Fotos: Courtesy of Glass Hostaria
Lanificio Cucina, lanificio.com,
Via di Pietralata 159A, 00158 Rom
Mercato Testaccio, mercatoditestaccio.it,
Via Beniamino Franklin, 00118 Rom
Panificio Bonci, bonci.it,
Via Trionfale 36, 00195 Rom
Roscioli, roscioli.com,
Via dei Giubbonari 21/22, 00186 Rom

Mitfeiern (S. 189)
Amigdala, facebook.com/amigdalaparty
Goa Club, goaclub.com,
Via Giuseppe Libetta 13, 00154 Rom,
Foto: Courtesy of Goa Club
Jerry Thomas Speakeasy,
thejerrythomasproject.it,
Vicolo Cellini 30, 00186 Rom
Muccassassina, muccassassina.com,
Via di Portonaccio 212, 00159 Rom
Salotto42, salotto42.it,
Piazza di Pietra 42, 00186 Rom

Shoppen (S. 191)
Bocache & Salvucci, bocachesalvucci.com,
Via Francesco Crispi 115A, 00187 Rom,
Fotos: Courtesy of Bocache & Salvucci (oben + mittig)
Cartoleria Pantheon, pantheon-roma.it,
Via della Maddalena 41, 00186 Rom;
Piazza Navona 42, 00186 Rom
Chez Dede, chezdede.com,
Via di Monserrato 35, 00186 Rom
Mercato Vintage Ecosolidale,
facebook.com/MercatoVintageEcosolidale,
Via del Porto Fluviale 2, 00154 Rom
Tartufi & Friends, tartufiandfriends.it,
Via Borgognona 4/E, 00187 Rom,
Fotos: Courtesy of Tartufi & Friends (unten)

Entdecken (S. 192)
All Saints' Anglican Church, allsaintsrome.org,
Via del Babuino 153, 00187 Rom
MACRO, museomacro.it,
Via Nizza 138, 00198 Rom
Palazzo Massimo alle Terme,
archeoroma.beniculturali.it,
Largo di Villa Peretti 2, 00185 Rom
Sacripante Gallery, facebook.com/sacripantegallery,
Via Panisperna 59, 00184 Rom,
Foto: Courtesy of Sacripante Gallery
Sant'Agnese in Agone, santagneseinagone.org,
Via di Santa Maria dell'Anima 30/A, 00186 Rom
Untold History Tour/Untold History Vatican Tour,
untoldhistorytour.com

Mitmischen (S. 195)
Gay Village, gayvillage.it
G I AM, facebook.com/GIAMRoma
Roma Pride, romapride.it,
Fotos: Jacopo Landi/NurPhoto via Getty Images (S. 194);
Stefano Montesi – Corbis/Getty Images (S. 195 mittig
links + oben); NurPhoto/NurPhoto via Getty Images
(S. 195 mittig rechts)

Rausfahren (S. 195)
Sperlonga,
Foto: iStock by Getty Images/MatthiasRabbione (unten)

SAN FRANCISCO

Mood-Fotos: Nana Hagel (S.199);
iStock by Getty Images/bluejayphoto (S.200);
iStock by Getty Images/xavierarnau (S.201);
iStock by Getty Images/heyengel (S. 203);
iStock by Getty Images/ibsky (S.204);
iStock by Getty Images/diegograndi (S. 208/209)

Profil Josh Cheon (S. 210–213) Fotos: Josh Cheon

Logieren (S. 198)
Hotel Drisco, hoteldrisco.com,
2901 Pacific Ave, San Francisco, CA 94115
Inn at the Presidio, presidiolodging.com,
42 Moraga Ave, San Francisco, CA 94129
Proper Hotel, properhotel.com,
1100 Market St, San Francisco, CA 94102,
Fotos: Proper Hospitality
The Laurel Inn, jdvhotels.com,
444 Presidio Ave, San Francisco, CA 94115
The Ritz-Carlton, ritzcarlton.com,
600 Stockton St, San Francisco, CA 94108

Genießen (S. 201)
Californios, californiossf.com,
3115 22nd St, San Francisco, CA 94110

Foreign Cinema, foreigncinema.com,
2534 Mission St, San Francisco, CA 94110,
Foto: Courtesy of Foreign Cinema restaurant (unten rechts)
Liholiho Yacht Club, liholihoyachtclub.com,
871 Sutter St, San Francisco, CA 94109
Monsieur Benjamin, monsieurbenjamin.com,
451 Gough St, San Francisco, CA 94102
Nopa, nopasf.com,
560 Divisadero St, San Francisco, CA 94117
Sightglass Coffee, sightglasscoffee.com,
270 7th St, San Francisco, CA 94103;
301 Divisadero St, San Francisco, CA 94117;
3014 20th St, San Francisco, CA 94110;
SFMOMA, 151 3rd St, San Francisco, CA 94103
Tartine Manufactory, tartinebakery.com,
595 Alabama St, San Francisco, CA 94110,
Foto: Courtesy of Tartine Manufactory (unten links)
The Big 4, big4restaurant.com,
1075 California St, San Francisco, CA 94108
Zuni Café, zunicafe.com,
1658 Market St, San Francisco, CA 94102

Mitfeiern (S. 202)
ABV, abvsf.com, 3174 16th St, San Francisco, CA 94103
Bar Agricole, baragricole.com,
355 11th St, San Francisco, CA 94103
Lookout, lookoutsf.com,
3600 16th St, San Francisco, CA 94114
The Stud, studsf.com,
399 9th St, San Francisco, CA 94103
Trick Dog, trickdogbar.com,
3010 20th St, San Francisco, CA 94110
Twin Peaks Tavern, twinpeakstavern.com,
401 Castro St, San Francisco, CA 94114

Shoppen (S. 205)
Heath Ceramics, heathceramics.com,
2900 18th St, San Francisco, CA 94110,
Fotos: Mariko Reed and Eszter Matheson (oben + mittig)
Loved To Death, lovedtodeath.com,
1681 Haight St, San Francisco, CA 94117
Maas & Stacks, maasandstacks.com,
2128 Market St, San Francisco, CA 94114
Park Life, parklifestore.com,
220 Clement St, San Francisco, CA 94118
Unionmade, unionmadegoods.com,
493 Sanchez St, San Francisco, CA 94114
Welcome Stranger, welcomestranger.com,
460 Gough St, San Francisco, CA 94102

Entdecken (S. 205)
GLBT Historical Society Museum,
glbthistory.org,
4127 18th St, San Francisco, CA 94114
Minnesota Street Project,
minnesotastreetproject.com,
1275 Minnesota St, San Francisco, CA 94107,
Foto: Phil Bond Photography.
Courtesy of Minnesota Street Project (unten)
Precita Eyes Muralists, precitaeyes.org,
2981 24th St, San Francisco, CA 94110
Tours of the Tales, toursofthetales.com
Yerba Buena Center for the Arts, ybca.org,
701 Mission St, San Francisco, CA 94103

Mitmischen (S. 206)
Castro Street Fair, castrostreetfair.org
Folsom Street Fair,
folsomstreetevents.org/folsom-street-fair,
Fotos: Gooch (206 oben, 207)
stARTup Fair, startupartfair.com

Rausfahren (S. 206)
Napa, Foto: iStock by Getty Images/wilpumt (mittig),
iStock by Getty Images/YinYang (unten)

SHANGHAI

Mood-Fotos: iStock by Getty Images/pidjoe (S.217);
Simone Anne (S. 220, 223, 224/225)

Profil CINEMQ (S. 226–229)
Fotos: Alejandro Scott (S.226, 229 unten);
Tingting Shi (S. 229 oben)

Logieren (S. 216)
Amanyangyun, aman.com,
6161 Yuanjiang Rd, Minhang Qu, 201111
Capella Hotel, capellahotels.com,
480 West Jianguo Road, Xuhui District, Shanghai Shi, 200031
The Drama Hotel,
1013 Bei Jing Xi Lu, Jingan Qu, Shanghai Shi, 200085,
Foto: Courtesy of The Drama Hotel (oben)
The PuLi Hotel and Spa, thepuli.com,
1 Changde Rd, JingAnSi, Jingan Qu, Shanghai Shi, 200040,
Foto: Courtesy of The PuLi Hotel and Spa (unten)
URBN, urbnhotels.com,
183 Jiaozhou Rd, Jingan Qu, Shanghai Shi, 200040

Genießen (S. 218)
Din Tai Fung, dintaifung.com.cn,
JingAn Distinguish NanJing West Road 1376,
ShangHai ShangCheng 1 Floor a104, 200085
Grand Brasserie at Waldorf Astoria Shanghai on the Bund,
waldorfastoriashanghai.com,
2 Zhongshan East 1st Rd, WaiTan, Huangpu Qu,
Shanghai Shi, 200002
Jin Xuan in The Ritz-Carlton, Pudong,
marriott.com.cn,
8 Century Ave, LuJiaZui, Pudong Xinqu, 200085,
Foto: Courtesy of Jin Xuan in The Ritz-Carlton (unten)
Lost Heaven, lostheaven.com.cn,
38 Gaoyou Rd, Xuhui Qu, Shanghai Shi, 200085;
17 Yan'an E Rd, WaiTan, Huangpu Qu, 200002
Moka Bros, mokabros.com,
108 Xiang Yang Bei Lu, HuaiHai Lu XiDuan,
Xuhui Qu, Shanghai Shi, 200085,
Foto: Courtesy of MOKA Bros (oben)
The Commune Social, communesocial.com,
511 Jiangning Rd, Jingan Qu, Shanghai Shi, 200085,
Foto: Marius Ionita/Kollektiv Creative Hub
for Commune Social (mittig)
Ultraviolet by Paul Pairet, uvbyS.cc,
Waitan, Huangpu, Shanghai, 200002
Zee Tea, 74 Tong Ren Lu, Jingan Qu,
Shanghai Shi, 200040

Mitfeiern (S. 219)
French Concession,
Puxi Central, Huangpu District, Shanghai Shi, 200000
Happiness 42,
Xing Fu Lu, 42, Changning Qu, Shanghai Shi, 200085
Lucca 390, lucca.cc, 390 Panyu Rd, Changning Qu, 200085
Lychee, 49 Fu Xing Xi Lu, Xuhui Qu, Shanghai Shi, 200085,
Fotos: Courtesy of Lychee

Shoppen (S. 221)
Brut Cake, brutcake.com,
232 Anfu Rd, Xuhui Qu, Shanghai Shi, 200085
Culture Matters, 206 Wu Lu Mu Qi Zhong Lu, Xuhui Qu,
Shanghai Shi, 200085
Little B, 123 Xing Ye Lu, XinTianDi, Huangpu Qu,
Shanghai Shi, 200085
Project Aegis Co., projectaegis.com,
1–3 Taojiang Rd, Xuhui Qu, Shanghai Shi, 200085
Sinan Books, 517 Fu Xing Zhong Lu, Huangpu Qu,
Shanghai Shi, 200085, Foto: Courtesy of Sinan Books (oben)
Xingmu Handicraft, 258–260 Tai Kang Lu, Huangpu Qu,
DaPuQiao, Shanghai Shi

Entdecken (**S. 221**)
M50, m50.com.cn,
50 Moganshan Rd, Putuo Qu, Shanghai Shi, 200085
Power Station of Art, powerstationofart.com,
200 Hua Yuan Gang Lu, Huangpu Qu,
Shanghai Shi, 200231
Propaganda Poster Art Center,
shanghaipropagandaart.com,
Changning, 200085
Tai Chi, Foto: iStock by Getty Images/hxdbzxy (unten)
CINEMQ, cinemq.com

Mitmischen (**S. 222**)
ANGEL, facebook.com/angelshanghai
ShanghaiPRIDE, shpride.com,
Foto: Courtesy of ShanghaiPRIDE volunteers (oben)
SNAP!, facebook.com/snapshanghai

Rausfahren (**S. 222**)
Hangzhou, Fotos: Simone Anne (unten)

STOCKHOLM

Mood-Fotos: iStock by Getty Images/mikdam (S.233);
iStock by Getty Images/zoom-zoom (S.234);
Nana Hagel (S.238);
iStock by Getty Images/Perboge (S.241)

Logieren (**S. 232**)
At Six, hotelatsix.com,
Brunkebergstorg 6, 111 51 Stockholm
Downtown Camper by Scandic,
scandichotels.com,
Sköldungagatan 2, 114 27 Stockholm
Ett Hem, etthem.se,
Sköldungagatan 2, 114 27 Stockholm,
Fotos: Courtesy of Ett Hem
Hotel Skeppsholmen, hotelskeppsholmen.se,
Gröna gången 1, 111 49 Stockholm
Lydmar Hotel, lydmar.com,
Södra Blasieholmshamnen 2, 111 48 Stockholm

Genießen (**S. 235**)
Johan & Nyström, johanochnystrom.se,
Swedenborgsgatan 7, 118 48 Stockholm;
Norrlandsgatan 20, 111 43 Stockholm;
Odengatan 62, 113 22 Stockholm;
Hantverkargatan 7, 112 21 Stockholm
Oaxen Krog & Slip, oaxen.com,
Beckholmsbron 26, 115 21 Stockholm,
Fotos: Erik Olsson
Taverna Brillo, tavernabrillo.se,
Sturegatan 6, 114 35 Stockholm
Teatern, ringencentrum.se,
Götgatan 100, 118 62 Stockholm
Tyge & Sessil, tygesessil.se,
Brahegatan 4, 114 37 Stockholm
Urban Deli, urbandeli.org,
Sveavägen 44, 111 34 Stockholm
Woodstockholm, woodstockholm.com,
Mosebacke torg 9, 116 46 Stockholm

Mitfeiern (**S. 236**)
Fasching, fasching.se,
Kungsgatan 63, 111 22 Stockholm
Folii, folii.se,
Erstagatan 21, 116 36 Stockholm,
Foto: Courtesy of Folii
Guldbaren (**Nobis Hotel**), nobishotel.se,
Norrmalmstorg 2–4, 111 86 Stockholm
Patricia, patriciastockholm.se,
SöderMälarstrand, Kajplats 19, 118 25 Stockholm
Side Track, sidetrack.nu,
7, Wollmar Yxkullsgatan, 118 50 Stockholm

Shoppen (**S. 237**)
Brandstationen, herrjudit.se,
Hornsgatan 64, 118 51 Stockholm,
Foto: Daniel G Johansson (unten)
Grandpa, grandpastore.se,
Gamla Brogatan 32, 111 20 Stockholm;
Södermannagatan 21, 116 40 Stockholm,
Foto: Susanna Mansson (oben)
L:a Bruket, labruket.com,
Södermannagatan 19, 116 40 Stockholm
Snickarbacken 7, snickarbacken7.se,
Snickarbacken 7, 111 39 Stockholm
Sandqvist, sandqvist.net,
Swedenborgsgatan 3, 118 48 Stockholm;
Jakobsbergsgatan 9, 111 44 Stockholm
Svenskt Tenn, svenskttenn.se,
Strandvägen 5, 114 51 Stockholm

Entdecken (**S. 239**)
ABBA the Museum, abbathemuseum.com,
Djurgårdsvägen 68, 115 21 Stockholm,
Foto: Courtesy of ABBA the Museum (oben)
Färgfabriken, fargfabriken.se,
Lövholmsbrinken 1, 117 43 Stockholm,
Fotos: Åke E.son Lindman (mittig rechts);
Jean-Baptiste Berganger (unten)
Fotografiska, fotografiska.eu,
Stadsgårdshamnen 22, 116 45 Stockholm
Spritmuseum, spritmuseum.se,
Djurgårdsvägen 38–40, 115 21 Stockholm,
Foto: Courtesy of Spritmuseum (mittig links)

Mitmischen (**S. 240**)
Mälarpaviljongen, malarpaviljongen.se
Stockholm Design Week, stockholmdesignweek.com,
Foto: Gustav Kaiser (oben)
Trädgården, tradgarden.com

Rausfahren (**S. 240**)
Fjäderholmarna archipelago,
Foto: iStock by Getty Images/irakite (unten)

TEL AVIV

Mood-Fotos: Kevin Faingnaert (S. 245, 246, 249 unten links);
iStock by Getty Images/Gelia (S. 251)

Profil Itay Blaish (S. 254–257)
Fotos: Merav Ben-Loulou (S. 254); Itay Benit (S. 256–257)

Logieren (**S. 244**)
Brown TLV Urban Hotel, brownhotels.com,
Kalischer St 25, Tel Aviv
CUCU Hotel, cucuhotel.com,
Dizengoff St 83, Tel Aviv
Market House Hotel, atlas.co.il,
Beit Eshel St 5, Tel Aviv
The Jaffa, marriott.com,
Louis Pasteur St 2, Tel Aviv,
Fotos: Amit Geron
The Norman, thenorman.com,
Nahmani St 23–25, Tel Aviv

Genießen (**S. 247**)
Abu Hassan, Ha-Dolfin St 1, Tel Aviv

Bana, banatlv.com,
Nahmani St 36, Tel Aviv
Dallal, Kol Israel Haverim St 7, Tel Aviv
Herzl 16, herzl16.co.il,
Herzl St 16, Tel Aviv
Kitchen Market, kitchen-market.co.il,
Farmers Market, Ha-Angar St 12, Tel Aviv,
Foto: Dan Perez (oben)
Miznon, miznon.com,
King George St 30, Tel Aviv,
Foto: Courtesy of Miznon (mittig)
Nahat, nahatcafe.com, Dizengoff Square 1, Tel Aviv
OCD, ocdtlv.com, Tirtsa St 17, Tel Aviv
Port Said, facebook.com/theportsaid,
Har Sinai St 5, Tel Aviv,
Foto: Ariel Efron (unten)

Mitfeiern (S. 248)
Bellboy, bellboybar.com,
Berdyczewski St 14, Tel Aviv,
Fotos: Courtesy of Bellboy (oben + unten)
Cuckoo's Nest, facebook.com/Cnestjaffa,
3, No'am St, Tel Aviv,
Foto: Courtesy of Cuckoo's Nest(mittig)
Kuli Alma, kulialma.com,
Mikveh Israel St 10, Tel Aviv
Lima Lima Bar, facebook.com/LimaLimaBar,
Lilienblum St 42, Tel Aviv
Shpagat, facebook.com/shpagatlv,
Nahalat Binyamin St 43, Tel Aviv
The Block, block-club.com,
Shalma Rd 157, Tel Aviv

Shoppen (S. 249)
Asufa, asufadesign.com,
Nakhman St 2, Tel Aviv
David Sassoon, david-sassoon.com,
Dizengoff St 161, Tel Aviv
Nachlat Binyamin Arts and Crafts Fair,
nachlat-binyamin.com,
Nahalat Binyamin St 18, Tel Aviv
Papier, papier.co.il,
Sderot David HaMelech 1, Tel Aviv,
Foto: Courtesy of Papier TLV (unten rechts)
SAGA, sagatlv.com,
Rabi Pinkhas St 4, Tel Aviv

Entdecken (S. 250)
Bascula, bascula.co.il,
HaRakevet St 72, Tel Aviv
Design Museum Holon, dmh.org.il,
Pinkhas Eilon St 8, Holon
Gordon Gallery, gordongallery.co.il,
HaZerem St 5, Tel Aviv,
Fotos: Gideon Levin
Municipal LGBT Community Center,
lgbtqcenter.org.il,
Tchernikhovski St 22a, Tel Aviv
Hilton Beach,
Hilton Beach, Shlomo Lahat Promenade, Tel Aviv

Mitmischen (S. 253)
Forever Tel Aviv,
facebook.com/ForeverTelAviv
Tel Aviv Gay Pride,
gaytelavivguide.com,
Fotos: iStock by Getty Images/eldadcarin
(S. 252, 253 oben)
Tel Aviv Illustration Week,
illustrationweek.co.il,
Foto: Ariel Efron (mittig)

Rausfahren (S. 253)
Jerusalem, Foto: Dan Perez (unten)

TOKIO

Mood-Fotos: Courtesy of Oriental Lounge (S. 261);
Ingrid Hofstra (S. 262, 264 unten, 265, 266, 270/271);
Alana Dimou (S. 264 oben, 267 oben, 268 unten)

Profil Akira the Hustler (S. 272–275)
Fotos: Courtesy of OTA Fine Arts

Logieren (S. 260)
Hoshinoya, hoshinoya.com,
9–1 Otemachi, Chiyoda-ku, Tokio,
Foto: Courtesy of Hosino Resorts (oben)
Hotel Ryumeikan Ochanomizu Honten,
ryumeikan-honten.jp,
3–4 Kanda-Surugadai, Chiyoda-ku, Tokio
Park Hyatt, hyatt.com,
3–7–1–2 Nishi-Shinjuku, Shinjuku-ku, Tokio
TRUNK (HOTEL), trunk-hotel.com,
31 Jingumae, Shibuya, Tokio,
Foto: Courtesy of Trunk Hotel (unten)
Wired Hotel Asakusa, wiredhotel.com,
2–16–2 Asakusa, Taito, Tokio

Genießen (S. 263)
Kyourakutei, kyourakutei.com,
3–6 Kagurazaka, Shinjuku-ku, Tokio
Sakurai, sakurai-tea.jp,
5–6–23 Minami-Aoyama, Minato-ku, Tokio
Suke6 Diner, suke6diner.com,
Ayumi Bldg 1–2F, 1–11–1 Hanakawado, Taito-ku, Tokio,
Foto: Courtesy of Suke6 Diner (oben)
Sushi Ya, 6–3–17 Ginza, Chuo-ku, Tokio,
Foto: Courtesy of Sushi Ya (unten)
Sushi Zanmai,
4–11–9 Tsukiji, Chuo-ku, Tokio
Tokyo Shiba Toufuya Ukai, ukai.co.jp,
4–4–13 Shiba-koen, Minato-ku, Tokio
Yakumo Saryo, yakumosaryo.jp,
3–4–7 Yakumo, Meguro-ku, Tokio

Mitfeiern (S. 264)
Aisoobene Lounge, aliving.net,
2–12–6 Shinjuku, Shinjuku, Tokio
Contact, contacttokyo.com,
Shin-Taiso Bldg Nr 4 B2F, 2–10–12 Dogenzaka,
Shibuya-ku, Tokio
Dassai Bar 23, dassaibar23.com,
B1F Tokyo Square Garden,
3–1–1 Kyobashi, Chuo-ku, Tokio
New Sazae, twitter.com/NEWSAZAE1966,
2F, 2–18–5 Shinjuku, Shinjuku-ku, Tokio
Oriental Lounge, mandarinoriental.com/tokyo,
2–1–1, Nihonbashimuromachi, Chuo-ku, Tokio,
Foto: Courtesy of Oriental Lounge (mittig)

Shoppen (S. 267)
Akomeya, akomeya.jp,
2–2–6 Ginza, Chuo-ku, Tokio
Daikanyama T-Site, real.tsite.jp,
17–5 Sarugakucho, Shibuya-ku, Tokio
Hender Scheme, henderscheme.com,
1F, 2–17–20 Ebisu, Shibuya-ku, Tokio
Isetan, isetan.mistore.jp,
3–14–1 Shinjuku, Shinjuku-ku, Tokio
Japan Traditional Crafts Aoyama Square,
store-2164.business.site,
Akasaka Oji Bldg 1F, 8–1–22 Akasaka, Minato-ku, Tokio,
Foto: Courtesy of Japan Traditional
Crafts Aoyama Square (mittig + unten)
Motoji, motoji.co.jp,
4–8–12 Ginza, Chuo-ku, Tokio
Okamalt, Shin-Chidorigai 2F, 2–18–10 Shinjuku,
Shinjuku-ku, Tokio

Okura, hrm.co.jp,
20–11 Sarugakucho, Shibuya-ku, Tokio
Ragtag, ragtag.jp,
6–14–2 Jingumae, Shibuya-ku, Tokio
United Arrows and Sons, store.united-arrows.co.jp,
B1–1F, 3–28–1 Jingumae, Shibuya-ku, Tokio

Entdecken (S. 268)
Gotokuji Temple, city.setagaya.lg.jp,
2–24–7 Gotokuji, Setagaya-ku, Tokio
Kabukiza Theatre, kabuki-za.co.jp,
4–12–15 Ginza, Chuo-ku, Tokio
Mika Otani, atelier-soka.com,
5–17–16 Kinuta, Setagaya-ku, Tokio
Nezu Museum, nezu-muse.or.jp,
6–5–1 Minamiaoyama, Minato-ku, Tokio
Saya-No-Yudokoro, sayanoyudokoro.co.jp,
3–41–1 Maenocho, Itabashi-ku, Tokio

Mitmischen (S. 269)
fancyHIM, facebook.com/fancyhimtokyo
Glamourous Tokyo, twitter.com/glamoroustokyo
Tokyo Rainbow Pride, tokyorainbowpride.com,
Foto: Alessandro Di Ciommo/NurPhoto via Getty Images (oben),
Courtesy of Tokyo Rainbow Pride (mittig)

Rausfahren (S. 269)
Kamakura, Foto: iStock by Getty Images/Mustang_79 (unten)

VANCOUVER

Mood-Fotos: Kamil Bialous (S. 279, 281 unten links, 282, 284 unten, 285, 286, 287 oben, 288/289)

Logieren (S. 278)
Fairmont Pacific Rim, fairmont.com,
1038 Canada Pl, Vancouver, BC V6C 0B9
Loden, theloden.com,
1177 Melville St, Vancouver, BC V6E 0A3
The Burrard, theburrard.com,
1100 Burrard St, Vancouver, BC V6Z 1Y7,
Foto: Martin Tessler (unten)
the DOUGLAS, thedouglasvancouver.com,
45 Smithe St, Vancouver, BC V6B 0R3,
Foto: Courtesy of the DOUGLAS (oben)
West End Guest House, westendguesthouse.com,
1362 Haro St, Vancouver, BC V6E 1G2

Genießen (S. 280)
Bao Bei, bao-bei.ca,
163 Keefer St, Vancouver, BC V6A 1X4
Boulevard Kitchen & Oyster Bar, boulevardvancouver.ca,
845 Burrard St, Vancouver, BC V6Z 2K6
Earnest Ice Cream, earnesticecream.com,
3992 Fraser St, Vancouver, BC V5V 4E4;
1829 Quebec St, Vancouver, BC V5T 2Z3;
1485 Frances St, Vancouver, BC V5L 1Z1;
127 W 1st St, North Vancouver, BC V7M 1B1
Miku, mikurestaurant.com,
200 Granville St #70, Vancouver, BC V6C 1S4
Savio Volpe, saviovolpe.com,
615 Kingsway, Vancouver, BC V5T 3K5
St Lawrence, stlawrencerestaurant.com,
269 Powell St, Vancouver, BC V6A 1G3,
Foto: Courtesy of St Lawrence (unten)
The Acorn Restaurant, theacornrestaurant.ca,
3995 Main St, Vancouver, BC V5V 3P3
The Botanist, botanistrestaurant.com,
1038 Canada Place, Vancouver, BC V6C 0B9,
Foto: Ema Peter (oben)

Mitfeiern (S. 281)
33 Acres Brewing Co.,
33acresbrewing.com,
15 W 8th Ave, Vancouver, BC V5Y 1M8,
Foto: Courtesy of 33 Acres Brewing Co. (oben)
Celebrities, celebritiesnightclub.com,
1022 Davie St, Vancouver, BC V6E 1M3
Gorg-O-Mish, gorgomish.com,
695 Smithe St, Vancouver, BC V6B 2C9,
Foto: Sam Steele Photography (mittig rechts)
The Diamond, di6mond.com,
6 Powell St, Vancouver, BC V6A 1E9

Shoppen (S. 283)
Eastside Flea, eastsideflea.com,
550 Malkin Ave, Vancouver, BC V6A 3X2
Herschel Supply Co., herschel.ca,
347 Water St, Vancouver, BC V6B 1B8
Leisure Center, leisure-center.com,
950 Homer St, Vancouver, BC V6B 2W7
Little Sister's Book & Art Emporium,
littlesisters.ca,
1238 Davie St, Vancouver, BC V6E 1N3
MASC, shopmasc.com,
433 Davie St, Vancouver, BC V6B 2G2,
Foto: Courtesy of MASC (unten)
Neighbour, shopneighbour.com,
12 Water St #125, Vancouver, BC V6B 1A5
Old Faithful Shop, oldfaithfulshoS.com,
320 W Cordova St, Vancouver, BC V6B 1E8,
Foto: Courtesy of Old Faithful Shop (oben + mittig)

Entdecken (S. 284)
Museum of Anthropology, moa.ubc.ca,
6393 NW Marine Dr, Vancouver, BC V6T 1Z2,
Foto: Cory Dawson/Courtesy of Museum of Anthropology at UBC (oben rechts)
Rennie Museum, renniemuseum.org,
51 E Pender St, Vancouver, BC V6A 1S9
Stanley Park, vancouver.ca,
Vancouver, BC V6G 1Z4
The Really Gay History Tour,
forbiddenvancouver.ca/really-gay-history-tour,
Foto: Courtesy of The Really Gay History Tour (oben links)

Mitmischen (S. 287)
Dine Out Festival, dineoutvancouver.com
Queer Arts Festival, queerartsfestival.com
Vancouver International Wine Festival,
vanwinefest.ca

Rausfahren (S. 287)
North Shore, vancouversnorthshore.com,
Foto: Courtesy of Capilano Suspension Bridge Park (unten)

WIEN

Mood-Fotos: iStock by Getty Images/manfredxy (S.293)

Profil Christopher Wurmdobler (S. 302–305)
Fotos: Gregor Hofbauer (S. 302); Manfred Langer (S. 305)

Logieren (S. 292)
Hotel am Brillantengrund, brillantengrund.com,
Bandgasse 4, 1070 Wien,
Foto: Courtesy of Hotel am Brillantengrund (oben)
Hotel Daniel, hoteldaniel.com,
Landstraßer Gürtel 5, 1030 Wien
Magdas Hotel, magdas-hotel.at,
Laufbergergasse 12, 1020 Wien

Sans Souci, sanssouci-wien.com,
Burggasse 2, 1070 Wien
The Guesthouse, theguesthouse.at,
Führichgasse 10, 1010 Wien,
Foto: Courtesy of Design Hotel AG (unten)

Genießen (S. 295)
Market, market-restaurant.at,
36, Linke Wienzeile, 1060 Wien
Motto, motto.wien, Rüdigergasse 1, 1050 Wien,
Foto: Courtesy of Motto (unten)
Palmenhaus, palmenhaus.at,
Burggarten 1, 1010 Wien,
Fotos: Gregor Lechner/phoenics.eu
(294 mittig + 299)
Spelunke, spelunke.at,
Taborstraße 1, 1020 Wien
Steirereck, steirereck.at,
Am Heumarkt 2A, 1030 Wien,
Foto: Courtesy of Steirereck (oben)
Ulrich, ulrichwien.at,
Sankt-Ulrichs-Platz 1, 1070 Wien
Woracziczky Gasthaus, woracziczky.at,
Spengergasse 52, 1050 Wien

Mitfeiern (S. 295)
Cafe Savoy, savoy.at, Linke Wienzeile 36, 1060 Wien,
Foto: Courtesy of Cafe Savoy (oben)
Krypt., krypt.bar, Berggasse, Wasagasse, 1090 Wien,
Foto: Courtesy of Krypt (unten)
Onyx Bar, docohotel.com,
Stephansplatz 12, 1010 Wien,
Foto: DO&CO (mittig)
phil, phil.business.site,
Gumpendorfer Str. 10, 1060 Wien
Volksgarten, volksgarten.at,
Burgring 1, 1010 Wien

Shoppen (S. 297)
Löwenherz, loewenherz.at,
Berggasse 8, 1090 Wien
Mühlbauer, muehlbauer.at,
Seilergasse 10, 1010 Wien,
Fotos: Courtesy of Mühlbauer (mittig + unten)
Naschmarkt, wien.gv.at,
Wienzeile, 1060 Wien
Saint Charles Apothecary, shoS.saint-charles.eu,
Gumpendorfer Str. 30, 1060 Wien,
Fotos: Tom_Linecker (296 + 297 oben)
Strictly Herrmann, strictlyherrmann.com,
Taborstraße 5, 1020 Wien
Wienerblut, Faulmanngasse 5, 1040 Wien

Entdecken (S. 298)
Donauinsel, 1220 Wien
Grinzing, 1190 Wien
mumok, mumok.at,
Museumsplatz 1, 1070 Wien,
Fotos: Niko Havranek
Musikverein, musikverein.at,
Musikvereinsplatz 1, 1010 Wien
WestLicht, westlicht.com,
Westbahnstraße 40, 1070 Wien

Mitmischen (S. 301)
Life Ball Vienna, lifeplus.org
Vienna City Tuntathlon
Vienna Boylesque Festival, viennaboylesquefestival.com,
Stadtsaal, Mariahilfer Straße 81, 1060 Wien,
Fotos: VBF and Tuomas Lairila (300 + 301 oben)

Rausfahren (S. 301)
Wachau Valley, Foto: iStock by Getty Images/
Bertl123 (unten)

Mr Hudson unterwegs

Der stilvolle Reiseführer für schwule Männer

Konzeption, Redaktion und Design von gestalten.

Mitherausgeber: BASTIAAN ELLEN
Vorwort von BASTIAAN ELLEN
Herausgegeben von ROBERT KLANTEN und ANDREA SERVERT

City Guides von LOUIS BOSHOFF (Amsterdam, Paris), JESSICA BENAVIDES CANEPA (Lissabon, Madrid, Stockholm), MATT BRAMFORD (London), DAVID DURÁN (New York City, Tel Aviv, Vancouver), JAMES FANCOURT (Berlin), JEFF KATCHERIAN (Brüssel, Los Angeles), BERNHARD MELZER (Wien), FERNANDO NOCEDAL (Portland), GINA SAMAROTTO (Chicago, San Francisco, Shanghai), CASEY SIEMASKO (Mexiko-Stadt, Rom, Tokio)

Profiltexte von JAMIE TABBERER
Bildunterschriften von ANNA SOUTHGATE
Übersetzung aus dem Englischen von ANDREAS BREDENFELD

Editorial Management von LARS PIETZSCHMANN

Photo Editing von VALENTINA MARINAI

Design und Cover von HY-RAN KILIAN
Layout von HY-RAN KILIAN, MONA OSTERKAMP und STEFAN MORGNER

Karten von DAN CRISP (vertreten durch The Bright Agency) und HY-RAN KILIAN
Schriften: Plantin MT Pro von MONOTYPE, GT America von GRILLI TYPE
Titelbild: CERRUTI & DRAIME
Umschlagbilder :
Oben: Courtesy of POD 39, New York
Unten links: XOAN VIQUEIRA STORE, Madrid
Unten rechts: KAMIL BIALOUS

Druck: PRINTER TRENTO S.R.L., Trento
Hergestellt in Europa

Erschienen bei gestalten, Berlin 2019
ISBN 978-3-89955-322-2

Die englische Ausgabe ist unter der ISBN 978-3-89955-974-3 erhältlich.

Weitere Informationen und Buchbestellungen unter *www.gestalten.com.*

Bibliografische Information der Deutschen Nationalbibliothek. Die Deutsche Nationalbibliothek verzeichnet diese Publikation in der Deutschen Nationalbibliografie; detaillierte bibliografische Daten sind im Internet über *www.dnb.de* abrufbar.

Alle in dieser Publikation vorgestellten und porträtierten Unternehmen, Projekte und Individuen wurden auf Basis ästhetischer und inhaltlicher Kriterien ausgewählt und in keinem Fall aufgrund von Zahlungen oder kommerziellen Zuwendungen seitens der vertretenen Urheber.

Dieses Buch wurde auf FSC®-zertifiziertem Papier gedruckt.

FSC www.fsc.org
MIX
Papier aus verantwortungsvollen Quellen
FSC® C015829